KB177696

DONGSUH MYSTERY BOOKS 70

THE MURDER OF MY AUNT

백모살인사건

리처드 헐/백길선 옮김

동서문화사

옮긴이 백길선(白吉善)

서울대문리대영문과 졸업. 중앙고교 경복고교 영어교사·한국미스터리클럽
총무 역임. 옮긴책 크리스티《오리엔트 특급 살인》등 많이 있다.

DONGSUH MYSTERY BOOKS 70

백모살인사건

리처드 헐 지음/백길선 옮김

초판 발행/1977년 12월 1일

중판 발행/2003년 5월 1일

발행인 고정일/발행처 동서문화사

창업 1956. 12. 12. 등록 16-345(윤)

서울강남구신사동 540-22 ☎ 546-0331~6 (FAX) 545-0331

www.epascal.co.kr

*

편찬·필름·제작 일체 「동판」 자본으로 이루어짐에 따라
출판권 소유권자 「동판」에서 제조출판판매 세무일체를 전담합니다.

사업자등록번호 211-90-02201

ISBN 89-497-0155-3 04840

ISBN 89-497-0081-6 (세트)

백모살인사건

차례

등장인물

에드워드 파우엘 주인공

밀드레드 에드워드의 큰어머니

스펜서 의사

바이올렛 스펜서의 아내

잭 스펜서의 아들

휴스 우체국장

오웬 데이비드 우편배달부

허버트슨 자동차 수리소 주인

윌리엄스 농부

에번스

메리 } 파우엘 집안의 고용인들

요리사

어느 무더운 오후

1

나의 큰어머니는 르울(Llwll)이라는 작은 거리——참으로 좋지 않은 거리이다——어귀에 살고 있다. 이 거리는 두 가지 뜻에서 좋지 않은 곳이다.

누구도 발음할 수 없는 이런 이름의 거리에서 분별 있는 사람이라면 살고 싶은 마음이 생길까? 나는 Llwll이라는 발음을 도저히 할 수가 없다. 첫 글자부터 발음하면 되지 않느냐 생각하겠지만, Llwll이니만큼 그것은 무리이다. 발음하기 전부터 시작해야 하므로 우습기 짝이 없다. 어느 저작가의 말에 의하면 단어 첫머리에 있는 'll'은 'thl'처럼 't'를 조금 생략해서 발음해야 한다지만, 그것은 전혀 무의미하고 비실제적인 견해이다. 또 어떤 저작가는 'cl'을 발음하기 시작하다가 누구에게 목이라도 졸린 듯 목구멍에서 '윽' 하는 소리를 내라고 한다. 그러나 나로서는 내가 살고 있는 거리의 이름을 누가 물어볼 때마다 목을 졸리는 듯한 이상한 발음을 한다면 엉뚱한 소문이 퍼질지도 모른다는 생각이 든다.

그런데 이 거리의 이름을 그럭저럭 발음하게 되었다 해도 그것으로써 난관을 다 넘었다고 할 수는 없다. 가운데에 있는 'w'라는 글자인데, 이것은 물론 'w'의 발음이 아니다. 어느 쪽인가 하면 'o'를 두 개 겹친 발음에 가까우면서도, 거기에 'u'의 발음이 조금 보태지는 것이다! 이 감탄부호는 내가 찍은 것이다. 그 사람, 즉 저작가는 틀림없이 이러한 장식이 필요하다고는 생각지 않았을 것이다. 어쨌든 목이 졸린 듯 하면서 조금 짓눌린 듯한 소리를 내면 끝부분의 'll'은 그럭저럭 발음할 수가 있다. 적어도 이 점만은 해결했음에 틀림없다. 이것은 'lth'라는 발음이 된다고 한다. 겨우 다섯 자밖에 안되는 단어가 어째서 이토록 속을 썩이는지 모르겠다.

그래서 나는 늘 이것을 'filth(더럽다)'라고 발음하곤 했다. 이것은 참으로 이 거리에 꼭 맞는 발음이다.

르울——아무래도 발음이 딱 들어맞지 않는다——은 설명할 필요도 없겠지만 웨일스에 있다. 대부분의 사람들은 이름만 들어도 짐작할 수 있을 것이다. 어쨌든 내가 아는 한 이보다 더 싫은 거리는 없다. 많은 사람들이 웨일스의 경치를 크게 칭찬하는 것을 보면 나는 솔직히 말해서 벌어진 입이 다물어지지 않는다. 나는 늘 사람들로부터 이런 아름다운 전원에서 살고 있는 내가 부럽다는 말을 듣는다. 대체 사람들의 눈은 옹이구멍에 지나지 않는단 말인가? 이곳에는 그저 숨을 헐떡거리면서 겨우 꼭대기에 올라갔다 하면 곧 내려와야 하는 보잘것없는 언덕과 질척거리는 숲——여기서 개에게 운동이라도 시키고 있을라치면 괘씸한 꿩들에게 해를 끼치고 좁은 풀밭을 어지럽힌다고 트집잡는 밀렵 감시인에게 대뜸 쫓겨나고 만다——이 있을 뿐이다. 아아, 참으로 이 고장에는 진절머리가 난다! 사리 주(州) 같은 곳에서 살고 싶다.

게다가 길 또한 굉장하다. 기가 막히게 꼬불꼬불한 오솔길은 대부분 발 밑에서 휘뚝거리는 모나고 껄끄러운 자갈로 뒤덮여 있다. 그리고 양쪽이 가파른 둑으로 된 곳이 많은데, 울타리를 지나려면 보다시피 눈에 띄는 것이라고는 날카로운 가시가 돋친 덩굴장미와 들장미 같은 산울타리뿐이다. 만일 내가 그 산울타리에 빠져나갈 구멍이라도 뚫는다면, 남의 일에 참견 잘하는 사람이 있어 반드시 거기에 가시철망을 쳐서 막아버릴 것이다.

그리고 비록 이 감옥 같은 둑과 산울타리에서 벗어났다 한들 거기서 무얼 보겠는가? 이렇다 할 변화는 하나도 없다. 눈에 보이는 거라곤 언덕과 숲뿐 어디 한 군데 다른 곳은 없다. 자연이 만들어낸 이 무의미한 모듬에 인위적으로 손을 대어 이용해 보려 한 사람은 여태까지 하나도 없었다. 요컨대 이용할 가치가 없는 것이다.

여담은 그만하고 길에 대한 이야기로 돌아가자. 이 시골에는 내가 정상적인 속도로 자동차를 달릴 만한 길이 없다. 아마 이 시골에서 시속 35마일 이상으로 달려본 적이 있는 자동차는 한 대도 없을 것이다. 그러므로 이 거리를 빠져나가 워틀링 스트리트에 이르러 괘씸한 언덕에 방해받는 일 없이 지평선까지 곧장 뻗은 길을 쏜살같이 달릴 때야말로 다시 살아난 기분이 든다. 길을 고친다면서 달걀만큼이나 큰 모난 돌들을 잔뜩 깔아놓고 감질나게 타르를 바른 다음 지나다니는 차들이 몇 년에 걸쳐 그 돌들을 고를 때까지 기다리는 끔찍한 르울에서와는 달리 이곳 길은 매우 매끈하고 쾌적하다.

이 한심한 고장에 대해 내가 느낀 바를 적은 글을 다시 읽어 보니 '질척거리는 숲'이라는 표현을 썼는데, 이것은 사태를 정확히 묘사하고 있다. 이 고장은 눈 내리는 겨울철만 빼놓고는 일년 내내 비가 그칠 날이 없다. 바로 그렇기 때문에 사람들은 로드나 넬슨의 함대를 이룬 배 만드는 떡갈나무 재목을 충분히 댈 만큼 훌륭한 나무가 자란다고 말한다. 그러나 오늘날 배는 목재로 만들지 않는다. 따라서 그런 건 이미 전혀 쓸모가 없으며, 무엇보다도 나는 나무의 종류에 따라 배의 질이 좌우된다고는 생각지 않는다. 어쨌든 나는 비와 나무의 양은 줄고 사람 수가 늘었으면 좋겠다고 생각한다. '오오, 고독이여. 그대의 매력은 대체 어디 있는가?' 바로 이 말이 맞는다. 나는 이런 황폐한 고장에서 사느니 차라리 놀라움에 흔들리는 편이 낫다고 생각한다.

나무들과 강, 강과 나무들. 이 고장 주민은 한 사람당 몇 천 개나 되는 나무에 둘러싸여 살고 있으며, 이곳을 중심으로 반지름 20마일 안에서는 사람보다 송어가 더 많이 서식하고 있음에 틀림없다. 이 세상에서 송어를 좋아하는 친구들——먹는 게 아니라 잡는 것을 말한다——만큼 따분한 사람도 없다. 하긴 송어 뫼니에에르는 괜찮은 요리지만——개인적인 의견을 말하면 백숙(白熟)으로 조리하는 것이 가장 좋다——방앗간식 송어잡이, 즉 송어용 도리깨로 물의 표면을 두드려서 송어를 잡는 방법은 말할 수 없이 따분하다. 이런 신소리는 약간 억지스러운 데가 있긴 해도 그리 나쁘지는 않다.

그러나 호기심 많은 사람, 단순히 시골을 모르기 때문에 시골을 좋아하는 명랑한 사람들이 조금은 있겠지만, 그렇다고 해서 르울을 좋아할 사람은 하나도 없으리라고 생각한다. 사실 칭찬하고 싶어도 칭찬할 만한 점이 없고, 말할 건더기가 거의 없는 것이다.

서로 비슷하게 헐어 빠진 더러운 빨간 벽돌집들이 지저분하게 모여 있는 한가운데로 으스대듯이 강이 흐르고 있다. 여러 개의 비슷한 언덕으로 에워싸여 움푹 들어간 이 거리 한쪽에 있는 조금 높은 언덕에는 돌로 지은 교회가 있고, 몇몇 비국교도(非國敎徒) 예배당도 드문드문 있다. 나는 이런 종류의 예배당이 대체 몇 개나 되는지 끝내 알아내지 못했다. 다른 종파에 속하는 예배당들이 끊임없이 새로 지어졌다. 어쩌면 다른 종교에 속한다고 말해야 옳을지도 모르지만.

거리에는 큰길이 있다. 이 길에 우체국이 있는데, 편지는 배달되기도 하고 안되기도 한다——그리고 식료품 가게가 몇 군데 있으며, 거의 흔해빠진 통조림 식품만 진열해 놓고 적정가격보다 50퍼센트나 비싸게 팔고 있다. 그리고 정육점이 몇 집 있는데, 주로 뉴질랜드의 어린 양고기며 덴마크 제 베이컨이며 아르헨티나의 쇠고기를 팔고 있다. 다른 것은 없어도 양, 특히 머리가 나쁜 양——과 호기심 많은 돼지들은 얼마든지 있는 이 시골에서 이것은 참으로 우습기 짝이 없는 일이다.

그러나 지금의 정부가 계속 집권하는 한 대체 무엇을 기대할 수 있겠는가? 하기야 나는 정치에는 거의 무관심하여 지금 우리가 어떤 종류의 정부를 받들고 있는지도 잘 모르지만, 아무튼 르울의 주민들은 연어통조림과 살구통조림을 훌륭한 요리로 생각하며 계속 사들이고 있다. 그러기 위해서 냉동육과 마가린을 먹으며 절약하는 것이다. 여기에 비해 부근 농민들의 생활이 어떤가 하면——아니, 농민들에 대한 이야기는 그만두기로 하자.

거리에는 영화관이 하나 있다. 영화관 이야기를 한다고 해서 내가 영화를 특별히 좋아하는 것은 아니다. 세련된 기지 대신 엉터리에 저속하며 촌스럽고 흔해빠진 끈적끈적한 감상이 줄거리 전체에 배어 있으며, 기술면에서는 예술적 구성이 모자라고 인생문제에 직면하는 태도도 없을 뿐 아니라 새롭고 독창적인 사상이나 착상도 없다. 영화란 대체로 그런 것이 아니겠는가. 와일드나 피런델로나 체홉이 영화각본을 썼다는 이야기는 들어본 적이 없다. 그것은 생각만 해도 우스꽝스럽다.

그러나 만일 내가 이런 오락에 마음이 끌려 와인 영화관에 갔다고 해도 거기에서 누구를 만나는 것만은 질색이다. 영화관은 이 지방의 대지주 펜터 경의 성을 따서 부르고 있다. 좌석이 싸구려서 어떤 사람과 나란히 앉게 될지도 모르니——등급의 구별은 있지만——농부들 옆에라도 앉으면 그 냄새를 도저히 참을 수가 없다.

아무튼 르울 이야기로 되돌아가자. 르울 거리로 가기 위해서는, 특히 큰어머니 집으로 가기 위해서는 자동차를 타지 않는 한 매우 힘들다. 영국 본토에서 이 미개의 땅으로 연결된 철도 지선의 기차는 느릿느릿 꾸불꾸불한 길을 간다.

나는 언제나 생각하지만——이것은 공상에 지나지 않는다——기차는 르울에서 9마일 떨어진 시장이 있는 거리, 애버쿰 같은 어이없는 거리로 가는 것을 은근히 싫어하는 것이 아닌가 싶다. 르울 거리로 가려면 이 애버쿰에서 경편 철도로 갈아타야 한다. 여기서부터 9마일에 걸친 거리를 진저리나도록 느릿느릿 가는 기차는 내가 알고 있는 한 가장 지겨운 것이다. 차라리 아무 말도 하지 않는 편이 낫겠다.

2

지금까지의 설명에 귀 기울여준 독자도 있으리라 가정하고 하는 이야기지만——이런 설명이 필요한 이유는 나중에 이야기하겠다——이 정도로로 설명했으니 르울 근교에 산다는 것이 얼마나 지겨운 일인지 아마 납득했을 것이다. 더욱이 큰어머니 집에 산다는 것은 그보다 더 참을 수 없는 일이다.

이 우스꽝스러운 경편 철도의 종점에서 블라인모어까지는 거의 2마일은 된다. 그런데 내 큰어머니는 되도록이면 이 거리를 걸어서 다니도록 만드는 그런 성질의 여자이다. 블라인모어는 '큰 언덕'이라는 뜻이라고 한다. 집의 이름으로서는 좀 어울리지 않는 듯하지만, 큰어머니 집에는 딱 맞는 것 같다. 르울을 떠나 1과 4분의 1마일 정도 뚜벅뚜벅 언덕을 올라가야만 한다.

바로 이 언덕이 또 굉장하다! 큰어머니는 육지 측량부 지도를 찬찬히 들여다보고 나서 이 언덕의 높이는 6백 피트인데, 참으로 굉장한 높이라고 나에게 말했었다. 나도 그 말에는 동감이지만, 숫자 따위는 아무래도 좋다. 그런데 큰어머니는 마음에 안 드는 이 시골에서 몇 마일 사이에 있는 여러 지역의 자세한 지도를 몇 장이나 가지고 있을 뿐 아니라, 몇 시간 동안 그것을 들여다보며——그녀의 말을 빌리면 그것을 '읽으며'——부근의 크고 작은 언덕의 높이를 표시한 숫자를 기억 속에서 끌어내는 일에 일종의 기쁨을 느끼는 괴상한 버릇이 있다. 그럼에도 불구하고 자동차를 몰 때 필요한 도로 지도는 이 집에 한 장도 없는 것이다.

아무튼 6백 피트인지 6백 야드인지를 간신히 올라가면——바로 이것이 내가 이 시골을 싫어하는 까닭이지만——숨돌릴 틈도 없이 다시 또 언덕을 오르기 위해 내려가야만 한다. 특히 마지막 4분의 3 마일은 몹시 힘에 벅차다. 큰어머니는 경치가 좋다고 하지만, 나는 운전솜씨를 시험해 보는 흥미밖에 느낄 수가 없다.

왜냐하면 간담이 서늘해질 만큼 가파른 비탈길인가 하면 갑자기 눈앞에 나타나는 급커브, 특히 이 고장 사람들이 '골짜기 밑을 흐르는 시냇물'이라 부르는 냇가에 있는 다리 부근의 커브는 운전자로 하여금 더없이 느릿느릿 차를 몰게 하여 운전을 더욱 곤란하게 만들기 때문이다. 그러나 만일 이 길을 걸어서 올라간다면——오늘 오후 큰어머니가 꾀를 내어 필요도 없었는데 나를 르울까지 걸어갔다가 다시 같은 길을 걸어오게 하려고 했던 사실을 생각하면 나는 피가 거꾸로 흐르는 듯한 노여움을 느낀다.

일은 점심식사 때 일어났다. 나는 오전에 《스핑크스의 동굴》을 다

읽었으므로 오후에는 무엇을 읽을까 생각하고 있던 참이었다. 물론 큰어머니 집에 나에게 알맞은 책이 있을 리 없다. 서티스, 디킨스, 서컬레, 키플링, 그리고 이런 작가들처럼 지금은 아무도 읽는 사람이 없는 매우 노련한 작가들이 쓴 책이라면 얼마든지 있다.

큰어머니의 현대소설에 대한 취향은 《한패들》《겨울이 오면》 등 장황한 소설을 쓴 휴 월폴 정도에 지나지 않는다. 그래서 나는 내가 읽을 책은 스스로 구하고 있었다. 일부는 '현대 독서 클럽'에서, 그리고 또 일부는 대영박물관 뒤에서 발견한 아담하고 멋진 〈프랑스 문고〉에──이곳에서는 가끔 아주 재미있는 책이 배달되어 왔다──가입함으로써.

대체로 나는 큰어머니가 간직한 책에 신세를 지지 않도록 마음쓰고 있었는데, 시골 우체국의 게으름 탓인지 오늘따라 기다리고 있는 소포가 오전 배달 때 도착하지 않았다. 책 없이 지내야 한다고 생각하자 마음이 조금도 즐겁지 않았다.

자신에 찬 큰어머니의 작은 모습이 다리 쪽에서 언덕을 향해 올라오는 것을 보자 나는 기분이 우울해졌다. 사실 시골풍의 옷을 입은 밀드레드 큰어머니의 모습은 참으로 기가 막힌 것이었다. 그러나 잠깐 뜰에 나가보는 것도 나쁘지 않으리라는 생각이 들어 나는 큰어머니를 맞이하러 나갔다.

큰어머니는 잔디밭 한가운데서 나에게 손을 흔들고 20야드 앞쪽에서 큰소리로 말하기 시작했다. 나는 그런 큰어머니를 싫어한다.

"이처럼 좋은 날씨에 오전 내내 집 안에만 틀어박혀 지낸 건 아니겠지?" 그녀는 지나치게 젊은 취향의 보기흉한 푸른 빛 베레모를 희끗희끗해지기 시작한 머리 뒤쪽으로 밀어 올렸다. "바깥은 아주 상쾌하단다. 너는 좀더 바깥공기를 쐬도록 해야겠어. 그러면 그 창백한 얼굴도 조금은 건강하게 보일 테니까."

나는 큰어머니가 다른 사람의 모습에 대해 이러쿵저러쿵 말하는 것을 무척 싫어한다. 마음만 먹으면 호되게 반박할 수도 있다. 그렇게 말하는 큰어머니의 안색도 전혀 건강하게 보이지 않았기 때문이다. 그러나 나는 유한부인다운 사과 같은 분홍색 뺨과 이마에 송송 솟은 땀방울 때문에 더욱 지저분하게 보이는 큰어머니 얼굴의 붉은 반점을 흘끗 보는 것만으로 만족했다. 큰어머니는 화장하는 방법을 모르는 모양이다.

"하지만 정말 덥군요. 아무리 산책을 좋아하는 사람이라도 이렇게 날씨가 더워서야 어쩔 수 없겠지요." 나는 화를 억누르며 말했다.

이런 비아냥이 큰어머니에게도 통한 모양이다. 솔직히 말해서 큰어머니는 비꼬는 말을 절대로 그냥 들어넘기지 못한다. 말의 이면에 담긴 뜻을 알아내는 재능에서 그녀는 특히 천재적이다. 지나치게 민감하여 오히려 곤란할 정도로.

"그야 땀은 흘리겠지……."

'물론이지요, 밀드레드 큰어머니' 하고 나는 마음 속으로 외쳤다.

"하지만 시시한 프랑스 소설책을 읽는 것보다는 그편이 훨씬 시간을 쓸모있게 쓴다고 할 수 있지 않겠니?"

"큰어머니, 《스핑크스의 동굴》은 절대로 시시한 책이 아닙니다." 나는 눈살을 찌푸리며 말했다. "시시하다니요, 그런……."

"그렇다면 내 코가 그런 모양이구나" 큰어머니는 엉뚱한 대답을 했다. "어서가서 손이나 씻어라. 식사시간에 늦겠다."

큰어머니는 말할 수 없이 초라한 청록색 트위드 스커트에 달라붙은 나무열매를 떼어버리고 단호한 걸음걸이로 집 안을 향해 걷기 시작했다.

"내가 더 빠를 겁니다, 사랑하는 큰어머니" 하고 나는 중얼거렸다.

나는 어린아이 취급 받는 것을 몹시 싫어했는데, 큰어머니도 '사랑하는 큰어머니'라고 불리는 것이 싫은 것 같았다. 큰어머니는 매우 키가 작고 낡은 옷을 입고 있었으나 당당하게 집 안으로 걸어 들어갔다.

싸늘한 침묵 속에서 식사를 하며 큰어머니가 말했다.

"지금 생각났는데, 오늘 아침에 프론 숲 근처에서 오웬 데이비드 씨를 만났다."

나는 딸기 파이를 먹던 손길을 멈추었다. 오웬 데이비드란 이 고장의 우편배달부지만, 프론 숲이 어디 있는지는 모른다. 어느 숲이든 모두 비슷비슷해 보이기 때문이다.

"그런데 프랑스 어디에선가 보낸 책이 도착했다고 하더라." 큰어머니는 이상하리만큼 흑설탕을 듬뿍 뜨며 말했다. "수신인의 이름이 조금 찢어져 있는데, 어쩌면 그 책이 너에게 온 것일지 모른다는 거야. 그도 말했듯이 이 부근에서 그런 책을 읽는 사람이라면 '에드워드 도런님'밖에 없을 테니까."

큰어머니는 나를 놀리기 위한 가장 적당한 말투라고 생각했는지, 유난히 그 노래하는 듯한 듣기 싫은 웨일스 식 어조를 썼다. 그러나 나는 이 '에드워드 도런님'이라는 호칭에 눈썹 하나 까딱하지 않을 수 있었다.

"그의 말이 틀림없을 테니 너는 르울까지 그것을 가지러 가야 하겠구나. 자아, 산책할 훌륭한 목적이 생기지 않았니?" 큰어머니는 의기양양하게 말했다.

"나는 산책하러 나갈 생각은 없습니다, 밀드레드 큰어머니. 틀림없이 그 소포는 무거울 테니까요. 어쩌면 큰어머니가 좋아하는 데이비드는 소포가 너무나 무거워서 배달하기 싫었는지도 모르겠군요. 틀림없습니다." 나는 자신의 추측에 저절로 흥분하여 말했다. "풀로 단단히 붙인 소포의 수신인 이름이 도중에 찢어졌다는 말을 들은 적이 있습니까? '현대 독서 클럽' 사람들은 아주 조그마한 부분에까지 마음을 써주거든요."

"그야 그렇겠지." 큰어머니는 불쾌한 듯한 미소를 띠며 말했다.

"그 사람들로서는 수신인을 찾을 때 경관들이 보고 되돌려보내기를 바라지는 않을 테니까. 하지만 너는 르울 경편 철도가 어떤지 잊어버린 모양이구나. 차량의 지붕이 낡아서 비가 새는데, 어제 내린 비로 수신인의 이름이 지워지고 찢어졌을지도 모르잖니?"

"그보다 데이비드가 일부러 찢었다고 생각하는 편이 맞을지도 모르지요. 여기까지 소포를 날라다주기가 싫을 테니까요."

"너도 역시 그렇지. 매주 한 번쯤 그가 하는 일을 네가 해보면 어떻겠느냐는 말조차 듣기 싫어하니까."

"하지만 그것은 그의 의무가 아닙니까? 어째서 내가 가지러 가야 하지요?" 하고 나는 큰어머니의 손에 치즈를 건네주며 거침없이 말했다.

"그건 그렇지만, 그 일이 어려운 것만은 사실이잖니. 그리고 만일 내가 데이비드라면 그런 수상한 책을 배달하는 일은 아주 질색일 거야."

"하지만 그는 그런 일을 함으로써 월급을 받고 있지요."

이 말에는 큰어머니도 그만 말이 막히고 말았는지 자리에서 벌떡 일어났다.

"데이비드가 수신인의 이름을 뜯었다고 의심하는 것은 좋지 않아. 어쨌든 나는 네가 네 발로 르울까지 가지 않는 한 소포가 손에 들어오지 못하도록 해놓았으니까."

"나는 가지 않겠습니다!" 하고 나는 말했다.

큰어머니는 나의 자동차에 대해 잊어버린 모양이었다. 나는 식사를 끝낸 뒤 한잠자기 위해——이것은 건강에 좋은 듯하다——내 방으로 돌아갔다. 큰어머니는 이 방을 '부인용 방'이라고 한껏 경멸을 담아 부른다. 큰어머니의 기분을 언짢게 해놓고 물러나올 수 있어서 기뻤다.

그러나 여느 때처럼 쉽사리 잠이 들 수 없음을 알았다. 쉽게 잠들려면 마음이 안정되어야 하는데, 지금 난 그렇지 못했다. 아주 조심하여 자동차에 대한 말을 하지 않도록 애썼으나 그렇다고 해서 큰어머니가 자동차에 대해 잊어버렸다고는 생각할 수 없다. 게다가 내가 걸어가지 않는 한 책이 손에 들어오지 못하도록 해놓았다고 매우 자신있게 단언하지 않았던가. 문득 어떤 무서운 생각이 머리에 떠올랐다. 큰어머니는 나의 소중한 자동차를 고장나도록 하지 않을까? 이렇게 생각하자 졸음은 순식간에 달아나고 말았다.

나는 부리나케 차고로 달려갔다. 홀을 지날 때 전화에다 대고 말하는 큰어머니의 목소리가 들려왔다. 르울 우체국장에게 내가 책 때문에 걱정하고 있으니, 직접 르울까지 받으러 가지 않는 한 아무에게도 주지 말라고 부탁하는 참이었다. 국장은 르울에서 나에게 직접 전해주겠다고 약속하는 모양이었다. 이렇게 되면 국장에게 수신인의 이름도 없는 소포를 배달시킬 수는 없지 않은가? 나는 그전부터 별 이유도 없이 그를 싫어했다.

어쨌든 큰어머니는 이 문제 때문에 분명히 애를 태우고 있는 듯했다. 홀을 지나갈 때 또 그녀가 다른 곳에 전화하는 소리가 들렸다. 나는 그것이 이 지방 자동차 수리소의 번호임을 알고 움찔했다. 솜씨가 몹시 거칠고 불친절하지만, 르울에서는 단 한 집밖에 없는 수리소였다. 나는 얼른 자동차 있는 곳으로 달려갔다. 다행히 큰어머니는 자동차 엔진에 대해서는 별로 지식이 없다. 자동차를 망치 따위로 때려부수는 거친 방법을 쓸 리는 없고, 그렇다고 해서 좀더 교묘하게 장치를 할 수도 없을 것이다.

어쨌든 나는 자동차에 아무런 이상이 없음을 알고 마음을 놓았다. 큰어머니가 어떤 계획을 꾸미고 있는지는 알 수 없지만, 그것이 무르익기 전에 얼른 르울로 달려가면 그만이다. 그러나 이때 문득 엔진을 조정하기 위해 가솔린 탱크를 깨끗이 비웠던 사실이 생각났다. 큰어머니는 이 사실을 알고 단순하게 나의 자동차가 움직이지 못한다고 믿었음에 틀림없다.

단순──과연 그렇다. 이만큼 단순하면서도 효과적인 타격은 없을 것이다. 나는 우선 큰어머니의 자동차문을 열려고 했다. 열쇠가 잠겨 있었으나 뜻밖의 일은 아니었다. 그래서 난 큰어머니가 비상시에 대비하여 마련해 둔 가솔린 통이 있는 오두막으로 가보았다. 그런데 놀랍게도 오두막은 텅 비어 있었다. 큰어머니가 감추었음에 틀림없다. 이 사실에는 나도 울컥 화가 치밀었으나, 그렇다고 해서 내가 쉽사리 항복할 사람이라고 생각했다면 큰 잘못이다. 식사가 끝난 뒤 큰어머니가 행동할 시간적 여유를 준 것이 분해서 견딜 수가 없었다. 꾸물거리지 말고 떠났어야 하는 것인데……그러나 나도 와인랜드 수리소에 전화할 수 있다.

나는 큰어머니와 엇갈려서 전화기 앞으로 다가갔다. 큰어머니의 눈은 심술궂게 빛났으나 그 얼굴에는 낭패한 표정이 떠올라 있었다. 나는 큰어머니가 어떤 계략을 꾸며놓고 만족해 있긴 해도 무언가 조그마한 점에서 실수를 저질러 당황하고 있음을 알아차렸다. 내가 해야 할 일은 그녀가 무엇 때문에 당황하고 있는지 알아내는 것이었다.

나는 와인랜드 수리소의 주인 허버트슨과 결코 친한 사이는 아니다. 그는 자기 일에 대해 도무지 아는 것이 없다. 그래서 불행히도 내 자동차가 고장났을 때 나는 그의 무능함을 지적하고 다른 수리소에 부탁하지 않을 수 없었다. 그러나 그와 거래하지 않을 수 없는 간단한 문제도 몇 가지 있다. 예를 들면 가솔린 같은 것. 물론 나는 큰어머니가 계략을 꾸미고 있음을 한낱 장사꾼에게 털어놓을 생각은 없었다. 그래서 나는 공교롭게도 큰어머니와 내가 동시에 가솔린이 떨어졌으니 점원을 시켜 배달해 달라고 부탁했다.

그런데 뜻밖에도 미안하지만 안되겠다는 대답이었다. 예상 밖의 난관에 부딪친 셈이다. 나는 그 말을 도저히 믿을 수 없었다. 나는 애써 자존심을 누르며 큰어머니도 나도 이만저만 난처하지 않다고 설명했다. 우리 두 사람을 위해 좀 배달해 달라고까지 부탁했다. 어쨌든 큰어머니를 끌어들이는 것이 이롭다고 판단했기 때문이다. 허버트슨은 큰어머니에게 절대적인 경의를 품고 있으니까. 그 반대로 그는 나를 무시해 왔다. 나로서는 오히려 그편이 고마웠지만.

"죄송합니다, 에드워드 씨." 허버트슨의 불쾌한 목소리가 들려왔다. 나는 이 고장 사람들에게 세례명으로 불려지는 것이 싫었다. "배달해 드릴 점원이 한 사람도 없군요. 파우엘 부인을 위해서라면 무슨 일이든 해드리고 싶습니다만, 지금 부인께서 하신 말씀에 의하면 그다지 급한 용건도 아닌 것 같아서. 아무튼 대단히 죄송합니다만, 지금 당장에는 손이 비지 않습니다."

그리고는 일방적으로 전화를 끊어버렸다!

'좋아. 어쩔 수 없는 일이라면 모르지만, 앞으로 저 수리소와는 한 푼어치의 거래도 하지 말아야지!' 나는 마음속으로 외쳤다.

이미 오래 전부터 이런 생각은 하고 있었으나, 별수없이 그 수리소를 이용해야 할 경우가 있었던 것이다.

나는 앉아서 잠시 생각에 잠겼다. 물론 그는 큰어머니의 지시에 따라 나에게 거짓말을 하고 있음에 틀림없다. 큰어머니는 내가 그런 방법을 써서 빠져나가리라 짐작하고 미리 선수를 친 것이다. 그렇다면 다른 방법을 생각해 내야만 한다. 이렇게 된 이상 나의 모든 자존심은 걸어가지 않고 책을 손에 넣는 데 걸려 있다고 해도 과언이 아니다.

와인랜드 수리소에서 가솔린을 구할 생각은 이제 단념해야 한다. 좋다, 그렇다면 애버쿰에 있는 수리소에서 구하자! 비용이 더 들겠지. 하지만 큰어머니의 콧대를 꺾어주기 위해서라면, 비록 내 수입이 대단치는 않지만 돈을 아낄 생각은 없다. 큰어머니로서도 애버쿰에 거는 전화요금을 지불해야 하겠지!

그런데도 여기서 뜻밖의 장애가 끼어들었다. 애버쿰 전화선은 현재 고장이 나서 언제 복구될지 교환수도 모른다고 했다. 그러나 나는 패배를 인정하지 않았다. 필요하다면 슐즈베리에 있는 수리소에라도 전화를 걸어 가솔린을 구해야겠다. 나는 전화번호부를 찾았다. 그러나 보이지 않았다. 큰어머니는 그것도 감추어버린 것이다.

아무래도 큰어머니는 빈틈없이 손을 쓴 모양이다. 어쩌면 교환수에게까지도 귀띔해 두었을지 모른다. 큰어머니는 르울 거리의 여러 지방단체에서 일하고 있어 온갖 지위의 사람들을 알고 있으므로 교환수까지 알고 있을지 모른다. 이 점에 생각이 미치자, 나는 문득 패배를 인정해야 할 것 같은 기분이 들었다. 그러나 그때 큰어머니의 얼굴에 떠올랐던 당황하는 빛이 생각났다.

큰어머니는 틀림없이 뭔가 잊어버린 것이 있다. 나는 걸터앉아 몇 분 동안 생각한 끝에 겨우 그것이 무엇인지 짐작할 수 있었다. 큰어머니의 자동차에는 열쇠가 잠겨져 있다. 그러나 마음만 먹으면 창문을 깨뜨릴 수도 있다. 큰어머니의 낡아빠진 모리스 차에는 가솔린이 가득 들어 있다. 오늘 아침에 가솔린을 막 채웠으니까.

그녀는 우선 자기 자동차를 다른 곳으로 옮겨놓을 계획이었으리라. 그러므로 지금 아마도 서둘러 그 일을 하고 있을 것이다. 나는 미친 듯이 차고로 달려갔다. 여느 때 같으면 부득이한 일이 아니면 절대 달리지 않았겠지만, 지금은 어쩔 수 없다. 아직 늦지 않을지도 모른다. 과연 늦지는 않았다. 큰어머니의 자동차는 아직 차고에 있었던 것이다.

그러나 갑자기 독한 가솔린의 냄새가 내 코를 찔렀다. 재차 말하지만 큰어머니의 자동차는 역사 이전의 디자인이 아닌가 싶을 만큼 낡아빠진 모리스이다. 무슨 일에나 근대적인 발명품을 멸시하는 큰어머니의 버릇 때문에 언제까지나 이런 낡은 자동차를 쓰는 것이다. 이 자동차는 물론 움직이기는 한다, 그것도 매우 능률적으로. 그러나 이처럼 시대에 뒤떨어진 자동차로 만족하는 큰어머니의 기분을 나는 이해할 수가 없다.

이 자동차에는 오랜 옛날에 설치한 연료 탱크가 하나 있다. 내 자동차의 연료 탱크를 비우려면 사이펀으로 빨아내야 하지만, 큰어머니의 자동차는 플로트 체임버의 뚜껑을 떼기만 하면 된다. 그렇게 하면 가솔린은 모두 밑으로 흘러내린다.

큰어머니는 바로 그 방법을 썼는지, 마침 마지막 한 방울이 흘러나오고 있었다. 큰어머니가 자기 자동차에 대해 거기까지 알고 있는 줄은 몰랐다. 아마 지난 겨울 플로트 체임버에 물이 들어가 청소시킬 때 우연히 알았으리라.

그건 그렇고, 지금은 한가하게 그런 생각을 하고 있을 틈이 없다. 당장 행동을 시작해야만 한다. 개의 물그릇을 집어 그 안에 담긴 물을 쏟은 후, 지금으로서는 더할나위없이 귀중한 그 액체를 조금이라도, 아주 조금이라도 헛되이 버리지 않으려고 무진 애를 썼다. 아마 이 정도만 있으면 충분할지도 모른다.

그러나 그것으로는 충분하지 못했다. 그 정도로는 르울까지 갔다오기는 힘들겠지만, 그곳까지만 가면 조금은 구할 수 있을 것이다——괘씸한 허버트슨 녀석——이렇게 되면 그럭저럭 승리를 거두었다고 할 수 있다. 나는 다시 한 번 물그릇에 받은 가솔린을 보았다. 과연 르울까지 갈 수 있을까. 골짜기 너머까지만 가면 거기서부터는 엔진을 끈 채 언덕을 내려갈 수 있다.

나는 내 자동차를 타고 출발했다. 큰어머니의 자동차문이 잠겨 있는 것을 발견했을 때 유리창을 깨지 않아 다행이었다. 그런 거친 짓을 했다면 상처를 입었을지도 모르니까.

3

그러나 나는 결국 목적지까지 자동차를 달리게 할 수는 없었다.

물론 나는 골짜기 밑까지 내려갔다. 그리고 조금만 더 가면 반대편 언덕 꼭대기에 닿을 수 있었는데, 슬프게도 끝내 꼭대기까지는 오르지 못했다. 50야드쯤 남겨놓은 지점에서 가솔린이 바닥나고 말았던 것이다.

이번에는 나로서도 정말 어찌할 바를 몰랐다. 자동차를 그대로 버리고 갈 수도 없고 그렇다고 언덕 위까지 밀어올린다는 것도 무리였다. 블라인모어까지 도로 밀고내려가는 일이라면 그럭저럭 가능할지도 모르지만 그렇게 하면 몹시 지칠 뿐이며 사태가 별로 나아지는 것도 아니다. 나는 난감하여 몇 분 동안 그 자리에 선 채 자동차를 바라보고 있었다.

가까운 수풀에서 놀란 새가 얼빠진 울음 소리를 질렀고, 멍청해 보이는 들토끼 한마리가 천천히 골짜기 밑을 가로질러 갔다. 나는 허리를 굽혀서 돌을 집어들었다. 겨냥을 잘했더라면 새를 맞혔을지도 모른다. 어쨌든 시끄러운 울음 소리도 그쳤고, 들토끼의 모습도 보이지 않았다.

나는 좋은 생각이 떠오르도록 담배에 불을 붙여 물었다. 그리고 무슨 일이 있어도 나를 르울까지 걸어가게 했다고 큰어머니가 으스대지 못하도록 해야겠다고 마음 속으로 맹세했다.

이 '르울까지 걸어가게 한다'는 말에서 어떤 생각이 떠올랐다. 아무튼 이 골치 아픈 상태에서 벗어나야만 한다. 되는 대로 내버려둘 수는 없는 것이다. 왜냐하면 내 자동차가 여기 있다는 것을 큰어머니가 알면 아마 미칠 듯이 기뻐할 것이기 때문이다. 그러나 만일 내가 나머지 거리를 걸어가 가솔린을 사가지고 와서 일을 마치고 집으로 돌아간다면, 처음부터 자동차를 타고 갔다 왔다고 해도 거짓말로 들리지는 않을 것이다. 따라서 큰어머니는 자기의 악의에 가득찬 계획이 성공했다는 사실을 알 리가 없다. 물론 대부분의 거리를 걸어야겠지만, 그러나 나로서는 가장 하고 싶지 않은 일——즉 큰어머니가 걸어가라고 했기 때문에 걸어갔다는 생각만은 하지 않아도 되는 것이다.

우선 큰어머니가 이 길로 오면 좋지 않으므로 나의 자동차를 숨겨야만 한다. 나는 개똥지빠귀의 울음 소리에 착안하여 그 수풀 속에 자동차를 숨겼다. 그러니 개똥지빠귀도 전혀 이용가치가 없는 것은 아닌 모양이다. 이것은 매우 힘이 드는 일이어서 꼭대기에 다다랐을 때는 온 몸에서 열기가 뿜어나와 기분이 언짢았다. 그러나 그 다음부터는 슬슬 걸어서 언덕을 내려갔다. 다리를 끌다시피 하며 더위에 지친 모습으로 거리에 나타난다는 것은 보기 좋지 않기 때문이다. 길을 걸으며 나는 허버트슨에게 어떻게 사정을 설명할까 생각했다. 절대로 사실을 있는 그대로 이야기해서는 안된다. 그는 틀림없이 호기심 많고 말많은 큰어머니에게 일러바칠 테니까. 큰어머니는 내가 아는 한 남의 일에 참견하지 않고는 견디지 못하는 여자인 것이다.

"안녕하시오, 허버트슨 씨?" 하고 나는 명랑한 목소리로 말했다.

만일 내가 나의 진짜 기분을 드러내 보인다면 그는 자기의 불친절한 처사가 나를 곤란하게 만들었음을 알고 고소하게 생각할 뿐만 아니라, 또 어떻게 곤경에 빠뜨릴까 궁리할 게 틀림없기 때문이다. 따라서 나는 그로 하여금 내가 조금도 곤경에 처해 있지 않다고 생각하게 만들어야만 했다.

"요즈음은 장사가 무척 잘되는 모양이지요?" 나는 전화로 한 말은 거짓말이라는 듯이 빈둥빈둥 서 있는 조수를 흘겨보았다. "결국 가솔린을 조금 찾아내어 바로 이 부근까지 자동차를 몰고 왔답니다. 이제 한 통만 있으면 자동차를 몰아 돌아갈 수 있을 것 같습니다."

"바로 이 부근이라고요, 에드워드 씨? 그렇다면 조수를 보내어 가솔린을 넣어드리지요." 그는 여느 때보다 상냥하게 말했으나, 그 눈이 야릇하게 빛나고 있었다.

"아, 아니, 그럴 필요는 없습니다. 일손도 모자랄 테고, 그리 멀지도 않으니까 내가 가지고 가지요. 깡통은 나중에 꼭 돌려드리겠습니다."

"괜찮습니다, 에드워드 씨. 깡통을 돌려주지 않으면 나중에 그 요금을 청구할 테니까요." '이 사나이는 참으로 빈틈이 없다!'고 나는 생각했다. "하지만 그리 멀지 않다니 내가 갖다 드리지요. 오랜 단골손님이신데 아무리 바빠도 그 정도쯤 해드려야지요."

이 불그레한 얼굴의 뚱뚱보 사나이는 나와 함께 정말 자동차 있는 곳까지 걸어갈 눈치였다.

비록 르울 거리라 하더라도 푸른 작업복을 입은 사나이와 함께 길을 걷는 모습을 남에게 보이고 싶지는 않다. 사람에게는 한도라는 것이 있는 법이다. 더구나 내 자동차는 '바로 이 부근'에 있는 것이 아니니까.

"그럴 필요는 없습니다, 허버트슨 씨." 나는 딱 잘라 거절했다.

그러고는 직접 가솔린 통을 들고——그다지 질이 좋은 것은 아니었으나 눈에 띄는 것이라곤 그것뿐이었으므로——이런 경우에 보일 수 있는 최대한의 위엄을 보이며 당당하게 수리소를 걸어 나왔다. 나의 태도에 그들을 제압하는 무언가가 있었음에 틀림없다. 모퉁이를 돌 때 흘끗 돌아다보니 놀랍게도 수리소 사람들이 모두 한길까지 나와서 물끄러미 바라보고 있었다. 그들은 셔츠며 칼라의 진짜 연푸른 빛깔이 어떤 것인지 관찰하고 있었는지도 모른다. 물론 그들이 그 빛깔이 어떤 것인지 알았다 하더라도 전혀 어울리지 않는 빛깔의 옷을 입어 망치고 말 테지만. 르울 거리 사람들의 색채감각은 아주 형편없다. 그들의 모습이 보이지 않게 되었을 때, 나는 분명히 그들의 웃음소리를 들은 듯했다. 과연 나는 옷차림에 어울리지 않는 물건을 들고 있었다. 그러나 나는 허버트슨이나 그의 천박한 고용인들 따위는 생각하지 않기로 했다.

아까부터 나는 머릿속에서 열심히 어떤 궁리를 하고 있었다. 가는 도중에 우체국 바로 옆을 지나게 되어 있었던 것이다. 르울 거리에 다시 모습을 나타낸다는 것은 그리 좋은 일이 아니다. 더욱이 그렇게 하면 시간이 너무 많이 걸려 큰어머니가 의심할지도 모른다. 이윽고 나는 결심했다. 나는 귀중한 가솔린 통을 산울타리 속에 살짝 숨겨놓고 우체국 쪽으로 발길을 옮겼다. 우체국 근처까지 왔으니 책을 찾아가는 것도 나쁘지 않으리라.

"어서 오십시오, 에드워드 씨."

우체국장 휴스 노인은 매우 기분이 좋은 듯 나를 만난 게 반가운 모양이었다. 그는 박하과자를 사러 온 아이 옆을 떠나——그는 잡화상 주인과 우체국장을 겸하고 있었다——끈적거리는 두 손을 더러운 앞치마에 닦으며 절뚝절뚝 가게 구석으로 걸어갔다.

"이 소포를 찾으러 오셨겠지요? 다행히 당신의 습관을 알고 있었으니 망정이지, 하마터면 도로 보낼 뻔했답니다. 그런데 파우엘 부인께서 그렇게 되면 당신이 무척 서운해 할 거라고도 말씀하시더군요."

나는 남이 나의 습관을 알고 있는 것이 다행이라고 생각하지는 않는다. 그래서 노인의 말에 아무 대꾸도 하지 않고 그저 미소만 지었다. 아마 조금 귀찮다는 뜻이 담긴 미소였으리라.

휴스 노인은 상냥한 얼굴로 소포를 내주었다. 그것은 내가 생각했던 것보다 훨씬 큰 꾸러미였다. 여느 때 같으면 나에게 몹시 퉁명스럽게 대했을 휴스 노인과 허버트슨이 오늘따라 크게 반기는 이유를 알 수가 없었다.

"오늘은 산책하기에 꼭 알맞은 날씨로군요, 에드워드 씨" 하고 노인이 말했다. "이것을 들고 블라인모어까지 가려면 무겁겠는데요. 이제 당신에게 보내온 소포라는 것을 알았으니 괜찮으시다면 내일 아침 데이비드에게 배달시키지요. 여기까지 오셨으니 받았다는 표시로 영수증에 서명이나 해주시든지. 하긴 오늘 오후에 꼭 필요한 책인지도 모르겠습니다만. 그러나 산책하기에 안성맞춤인 이런 날씨에 집 안에서 책이나 읽으며 시간을 허비하지는 않으시겠지요?"

나는 멋대로 지껄이게 내버려두었으나, '산책'이라는 말이 두 번이나 입에 오르자 그대로 들어넘길 수가 없었다.

"나는 걸어서 온 것이 아닙니다. 산책을 별로 좋아하지 않거든요."

"그렇습니까, 에드워드 씨?" 땀이 배어나온 이마 위로 안경을 밀어올리며 휴스 노인이 말했다. "난 또 당신이 걸어오신 줄 알았지요. 자동차 멎는 소리가 들리지 않았거든요."

"차는 블라인모어로 가는 모퉁이에 세워두었지요" 하고 대답하고 나는 얼른 그 앞을 떠났다.

꼭 마음에 새겨두게 하고 싶은 말을 마지막으로 해주었던 것이다. 이 말에 부정할 여지가 없다는 것은 생각해 보면 알 수 있으리라.

나는 상쾌한 기분으로 블라인모어로 접어드는 모퉁이를 돌아 가솔린 통을 찾아 집어들었다. 그리고 눈길을 돌려 우체국 건물의 뒤쪽을 보았다. 휴스 노인이 일이 바쁜데다 신경통이 심해 층계를 잘 오르내리지 못하는 점이 나로서는 다행이었다. 그렇지 않았더라면 2층 창문으로 나의 거동을 보았을 테니까. 나는 그 창문을 올려다 보았다. 그러자 커튼이 흔들린 듯하여 나는 그만 등골이 오싹해졌다. 이렇게 되면 난처하다. 누가 나를 보았다면 일이 망쳐지고 만다. 나는 두려움에 사로잡혀 본능적으로 재빨리 어떤 나무 그늘에 숨었다. 거기서라면 모습을 감추고 창문을 지켜볼 수 있을 것이다. 그러나 커튼은 그 뒤 까딱도 하지 않았다. 얼마 뒤 나는 다시 지겨운 언덕길을 오르기 시작했다.

그러나 조금 전의 사소한 일들이 자꾸 마음에 걸렸다. 허버트슨이 자동차 있는 곳까지 가솔린을 들어다 주겠다고 고집하던 일, 그와 휴스 노인이 여느 때와는 달리 유난히 상냥했던 일, 휴스 노인이 하던 말──뭐라고 했더라? 그렇지, '난 또 당신이 걸어오신 줄 알았지요'──등 생각해 보니 모두 이상했다. 휴스 노인은 어떻게 내가 걸어온 것을 알고 있을까? 아참, 그리고 보니 큰어머니가 책 때문에 그에게 전화를 했었지. 아마 그때 큰어머니는 뻔뻔스럽게도 그에게 내가 걸어서 책을 가지러 갈 거라고 말했으리라. 과연 나는 걸어서 가지러 갔다. 그러나 큰어머니 앞에서든 휴스 노인 앞에서든 그것을 인정하고 싶지는 않았다. 만일 내가 인정할 생각이 있었다면 다음날 아침 데이비드에게 책을 배달시키겠다는 그의 말을 받아들여 영수증을 써주면 그만이었으리라. 그런데 나는 영수증을 쓰지 않았다. 휴스 노인의 실책은 이만저만이 아니다. 그의 이 실책을 이용하여 무슨 일을 꾸밀 수 없을까? 어디 한 번 지혜를 짜내보자.

그러나 지금은 내버려두어야겠다. 르울 거리에서 있었던 한두 가지의 사소한 사건들은 별로 대수롭지 않았으니, 그래도 어딘지 수상한 데가 있다. 만일——생각만 해도 두렵지만——큰어머니가 이렇게 될 것을 미리 짐작하고 도중에서 내가 돌아오기를 기다리고 있다면 어떻게 할까? 큰어머니라면 능히 그럴 수 있을 것 같아 나는 한 손에 가솔린 통을, 또 한 손에는 무거운 책 꾸러미를 들고 숨을 헐떡이며 서둘러 엉성한 산울타리를 헤치고 나와 큰길에서 들판으로 접어드는 모퉁이를 돌았다. 소가 몇 마리 놀고 있다가 나를 보고 뒤쫓아오기에 풀밭 끝에 있는 둑을 뛰어넘었다.

그 다음 한 시간 동안 일어난 일에 대하여는 지금 여기서 설명하고 싶지 않다. 길에서 조금 떨어진 곳에 이르자 골짜기로 들어서기 위해 조그만 숲을 지나가야 했는데, 그 숲 속 지리에 어두운 나는 길을 잘못 들었던 모양이다. 몹시 가파른 언덕을 여러 번 오르내렸다. 이 화가 치미는 지형 때문에 나는 몹시 애를 먹었다. 그러나 마침내 내 자동차가 있는 곳에 다다를 수 있었다. 나는 얼마나 신이 나서 자동차를 몰아 집으로 돌아갔는지 모른다. 큰어머니가 이 개선의 외침을 들을 수 있도록 최대한 큰소리를 내며. 물론 옷을 갈아입어야 했는데, 큰어머니가 진상을 알아차리지 못하도록 같은 색깔의 셔츠로 갈아입었다. 그러나 가시에 긁힌 얼굴의 상처는 감출 도리가 없었다. 이래저래 나는 조금 늦게 차를 마시러 내려갔다.

"산책은 즐거웠니?" 한 입 가득 과자를 베어물며 큰어머니가 말했다.

"산책요?" 나는 멋지게 눈썹을 치켜올리며 되물었다.

"그래, 그 시시한 소설책을 또 가져온 것 같으니 말이야."

"그야 그랬지요."

나는 프랑스 문학과 영국 문학 중 어느 것이 더 훌륭한가 하는 논쟁에 휘말려드는 일은 질색이다. 더구나 어느 쪽 문학도 제대로 알지 못하는 큰어머니를 상대로 하여 그런 논쟁을 벌이고 싶은 생각은 조금도 없다.

"그럼, 걸어갔다 왔겠구나?"

큰어머니는 허리를 꼿꼿이 세우고 앞으로 몸을 조금 내밀며 기분이 언짢아지리만큼 뚫어지게 쳐다보았다. 나도 그녀의 얼굴을 똑바로 쳐다보았다.

"아니, 자동차를 타고 갔다왔지요. 이상하게도 가솔린이 아무 데도 없어 르울 부근에서 몇 야드쯤 걸었지만요. 그래서 조금 늦었습니다."

"겨우 몇 야드만 걸었단 말이지, 에드워드?"

"거짓말이 아닙니다. 큰어머니."

침묵이 찾아왔다. 큰어머니는 시무룩한 얼굴을 하고 있었다. 우리들의 조그만 경쟁에서 진 것이 큰어머니에게는 큰 타격이었던 모양이다. 그런 표정을 보자 나는 큰어머니 때문에 상당히 많이 걸었다고 사실대로 털어놓을까 하는 생각이 들었다. 그러면 노인을 위로해 주는 셈이 될 테니까. 그러나 그럴 수는 없다. 큰어머니는 자기가 이겼다고 생각할 테고, 나는 견디기 어려운 기분을 맛보아야 할 것이므로.

"그랬었구나. 그렇다면 그다지 피곤하지 않을 테니 에번스와 내가 버찌에 쇠그물 두르는 일을 도와다오. 까마귀들이 쪼아먹기 시작하고 있거든. 하지만 하기 싫으면 내일로 미루어도 괜찮다."

쾌씸하게도 이 재미없는 일을 도와주는 것이 지금은 관례처럼 되어 버렸다. 쇠망을 치는 일은 확실히 두 사람이 하기에는 좀 벅차다. 그러나 내가 아니더라도 다른 사람의 도움을 받을 수 있을 텐데 큰어머니는 언제나 내가 해야 한다고 단정하고 있다. 어느 해였던가 내가 도와주지 않겠다고 하자 큰어머니는 쇠망 치기를 그만두었다. 나는 버찌를 좋아하고 큰어머니는 싫어하는데, 그해 따라 까마귀들이 한

톨도 남기지 않고 모두 쪼아먹었다. 그렇다 하더라도 이 연중행사를 하필이면 오늘 오후, 솔직히 말해서 온 몸이 휴식을 부르짖고 있는 지금, 마음이 안정되지 않아 설치고 만 낮잠과 아픈 다리와 지친 두 팔과 뻣뻣해진 근육과 긁힌 얼굴이 모두 큰소리로 휴식을 부르짖고 있는 지금 하겠다니, 너무나도 무정한 처사이다.

그러나 큰어머니는 내가 이런 기분이라는 것을 꿈에도 모르리라. 나는 얼른 대답했다.

"하기 싫다니요, 오늘처럼 기운이 넘쳐흐르는 날은 또 없을 겁니다."

"별로 그렇게 보이지도 않는데" 하고 큰어머니는 내 얼굴의 긁힌 상처 자국을 찬찬히 바라보며 아무 억양도 없이 의미심장한 투로 말했다.

나는 이때 비로소 밀드레드 파우엘 부인에 대한 내 감정의 성질이 어떤 것인지 뚜렷이 알았다. 이 글을 써야겠다고 마음먹은 것도 바로 이때였다.

이 전형적인 사건을 기록함으로써 나는 크나큰 마음의 위안을 받고 있다. 나는 그 일부를 어제 저녁식사가 끝난 다음, 몸과 마음을 지칠 대로 지치게 만든 여러 가지 일들이 완전히 끝난 다음에 썼고, 그 나머지는 오늘 오전 중에 썼다. 앞으로 마음을 가라앉히고 싶을 때 이따금 이 일기 비슷한 것을 계속 써야겠다.

새로운 종교의 어떤 종파는 가까운 사람들끼리 서로의 죄를 '나누어 갖는'——오로지 나누어 가지기를 좋아하기 때문에——다시 말해서 죄를 고백하는 방법을 생각해 내고 있는 모양이다. 나는 이 말 없는 종이, 나 말고는 아무도 보지 않는 종이와 나의 고민을 나누어 갖고 싶다.

오늘 있었던 사건은 그다지 유쾌한 것이 아니었다.

큰어머니는 묘한 기분에 빠져 있었다. 마음 속의 불안을 한 마디도 입 밖에 내지 않고도 남에게 느낄 수 있게 하는 점에 있어서 큰어머니만큼 능숙한 사람을 나는 아직 본 적이 없다. 아침식사 때부터 큰어머니가 무슨 일을 곰곰히 생각하고 있는 것만은 확실했다. 몇 번이나 무언가 말하려다가는 그만두는 눈치였다. 그리고 몇 번이나 나를 보며 웃으려다가 그만두는 것이었다.

큰어머니의 웃음거리가 되어 기분나빠하지 않을 사람은 없을 것이다. 당연한 일이지만, 큰어머니의 이러한 태도는 어제의 조그만 사건과 관련이 있을 듯한 생각이 들었다. 그래서 어제 이 글을 쓸 때 매우 자세하게 썼으므로 다시 검토해 보았다. 큰어머니는 내가 생각하고 있는 것보다 어제 오후의 일에 대해 잘 알고 있는 것이 아닐까? 쇠망을 치는 일은 거기에 대한 보복이었을까?

큰어머니는 능히 그런 식으로 보복을 할 수 있는 사람이다. 그러나 그녀는 정말 알고 있었을까? 아무래도 그렇게는 생각되지 않는다. 내가 생각하기에 큰어머니가 그것을 짐작할 수 있을 일은 두 가지밖에 없다. 하나는 나의 얼굴에 생긴 긁힌 상처 자국이다. 이유는 알 수 없으나, 큰어머니는 상처 자국에 대해 아무 말도 하지 않았다. 또 하나는 내가 집을 비운 시간의 일이다. 그러나 차마시는 시간에 조금 늦었다고 해서 큰어머니가 진짜 이유를 알아낼 수는 없었을 것이다. 점심식사가 끝난 뒤 그런 일이 있었으니, 큰어머니와 얼굴을 마주하고 싶어하지 않는 것은 자연적인 현상이라고 볼 수 있지 않을까.

언뜻 창 밖을 내다보니, 응접실의 프랑스식 창문 밑에서 뜰의 산울타리 저쪽 목초지까지 가파른 경사를 이루고 있는 잔디밭에 큰어머니의 모습이 보였다.

농부 윌리엄스의 소 몇 마리가 한낮의 더위를 피해 여기저기 나무 그늘에 얌전히 앉아 있고, 목초지 저편으로 블로드 산 정상이 보였다. 블로드 산은 이렇다할 특징도 없이 옆으로만 길게 펼쳐진 언덕으로 산이라고 할 만한 것도 못되었지만, 오늘은 꽤 그럴싸하게 보였다. 저 멀리 왼쪽에는 잉글랜드와 웨일스의 경계를 이루는 골퍼 산맥의 세 봉우리가 오후의 안개 속에 어렴풋이 떠올라 있었다.

큰어머니가 기르는 하얀 비둘기 한 마리가 졸린 듯한 울음 소리를 냈고, 가냘픈 바람에도 밤나무 잎이 살랑거렸다. 이때만큼은 이 시골을 사랑하는 마음이 일어 위안을 받는 나 자신을 발견했다. 그러나 장미원에서 잡초를 뽑고 있는 큰어머니만은 어쩐지 어울리지 않아 귀에 거슬리는 불협화음 같은 존재였다. 만일 나의 이런 기분을 알았다면 큰어머니는 어제 운동을 한 탓이라고 말할 것이다. 아무튼 큰 어머니는 아무 앞에서나 내 간장(肝臟) 상태를 마구 떠들어대는 그런 사람인 것이다.

목초지 저쪽에서 윌리엄스가 걸어왔다. 그러자 큰어머니도 그쪽으로 걸어갔다. 큰어머니의 목초지에 소가 들어와 있다는 말을 하기 위해서이겠지. 아마 큰어머니는 '거세당한 젊은 소'라고 말할 것이다. 어쩌면 나한테 진 화풀이를 윌리엄스에게 퍼부을지도 몰랐다. 그들이 서로 화를 내고 있는 것이 여기서도 똑똑히 보였다.

큰어머니가 나를 부른 것은 바로 이때였다. 큰어머니의 말 한 마디 한 마디를 뚜렷이 기억하고 있는 동안에 기록해 두면 훨씬 마음이 가벼워질 것이다. 그토록 예의도 모르고 불성실하며 신분이 낮은 사람과 공모하여 심술궂게 보복하는 여자가 또 있을까 생각하면, 지금도 나는 속이 뒤집히는 듯한 기분이 든다. 나는 글을 쓰면서도 펜 끝을 부러뜨리고 싶을 정도이다. 그것도 전혀 무리가 아니다.

내가 뜰을 건너 큰어머니 옆으로 갔을 때 그녀는 몹시 화를 내며 몸을 부르르 떨고 있었다. 노여움의 발작이 일어나면 큰어머니는 거의 자제심을 잃고 만다. 윌리엄스가 옆에 있다는 사실 따위는 완전히 무시하고 다짜고짜 나에게 마구 화를 냈다.

"에드워드, 난 거짓말쟁이는 질색이다."

이런 점이 나의 약점인지는 모르지만 나는 이때 너무나 부끄러워 얼굴을 붉혔다. 그러나 물론 큰어머니를 생각해서 그랬던 것이다. 큰어머니는 정원 일을 할 때 신는 보기흉한 장화를 신고 잔디 위에 버티고 서서 말을 계속했다.

"그래도 얼굴을 붉힐 만한 양심은 있구나. 너는 어제 여러 가지 쓸데없는 거짓말을 했지만, 대수롭지 않은 일이어서 참았다. 허버트슨 씨와 휴스 노인에게 자동차가 바로 모퉁이에 있다고 빤한 거짓말을 했으나, 나와는 별상관이 없으니까. 짐작했겠지만, 네가 골짜기의 수풀 속으로 자동차를 밀고 가는 것을 보고 나는 우스워 견딜 수가 없었다. 커다란 책꾸러미와 가솔린 통을 양손에 들고 자동차 쪽으로 가는 너를 보고 허버트슨 씨와 휴스 노인도 얼마나 웃었는지 몰라. 나무그늘로 숨던 네 모습이 너무 우스워서 하마터면 자기네들의 웃음 소리가 너에게 들릴 뻔했다고 하더라. 그 사람들이 어디 있었느냐고? 그야 물론 우체국 뒤에서 살짝 내다보고 있었지. 몹시 놀란 모양이지만, 너는 그처럼 시시한 거짓말로 그 사람들을 속일 수 있다고 생각했니? 내가 르울까지 걸어가게 하겠다고 말한 이상, 너는 그곳까지 걸어가게 되어 있어. 물론 허버트슨 씨도 휴스 노인도 내가 하라는 대로 했을 뿐이지만, 두 사람 모두 너에게는 조금 감정이 있었으니까 아마 통쾌하게 웃었을 거다."

"저는 큰어머니가 그처럼 부끄러운 짓을 할 수 있는 사람이라고는 생각하지 못했습니다. ”

나는 차츰 냉정을 되찾으며 말했다.

“그런 천박한 사람들이 나를 비웃었다고 생각하면 불쾌하긴 하지만, 큰어머니가 목적을 이루기 위해 시골 우체국장과 음모를 꾸밀만큼 자기 신분을 낮추었다고 생각하니 참으로……. ”

그리고 덧붙여 내가 “당신은 좀더 자존심을 가져야 합니다”라고 말하려는데 큰어머니가 무서운 기세로 말을 막았다.

“하지만 그 사람들이 너에 비하면 백 배나 더 사나이답고 신사적이야 ! ”

“윌리엄스 씨가 그 말을 들으면 틀림없이 기뻐하겠군요, 사랑하는 큰어머니. ” 나는 말대꾸했다.

큰어머니는 때와 장소를 가릴 줄 모르는 것일까 ?

“윌리엄스도 이 일에 관계가 있지” 하고 큰어머니가 뜻밖의 말을 했다.

“설마……? ”

“놀랐니 ? 문제는 바로 거기에 있어. 아까도 말했듯이 나는 거짓말과 거짓말쟁이를 몹시 싫어한다. 하지만 그 소중한 위엄을 잃지 않으려는 너의 가엾은 노력을 이해하지 못하는 건 아니야. 그러나 그것이 남의 재산을 무시하거나, 시골생활에서 가장 중요한 예의를 저버리고 남에게 폐를 끼치거나, 가축의 안전을 위협하고도 모르는 척한다면 나도 잠자코 보고만 있을 수는 없지. ”

“아니, 느닷없이 그게 무슨 말씀입니까, 큰어머니 ? ” 하고 물었으나 나는 차츰 그 뜻을 알 것 같았다. 그래서 나는 다시 말을 이었다.

“윌리엄스 씨의 소에 대해서라면, 소들이 나를 쫓아왔던 것입니다. 나는 큰어머니가 무슨 말을 하시는 건지 모르겠군요. ”

“네가 한 짓을 본 사람이 적어도 둘이나 있어 ! ” 큰어머니는 험악

한 얼굴로 나를 노려보았다.

윌리엄스는 초라한 각반을 친 다리를 움직였다.

"우선 네가 길을 걸어가는 걸 나는 야 올트 산꼭대기에서 보고 있었어. 그곳은 전망이 무척 좋은 곳인데, 네 모습도 참으로 볼 만하더라." 큰어머니는 갑자기 무례한 웃음 소리를 내며 말을 이었다. "프론 숲에서 나와 소중한 자동차가 있는 곳에 다다랐을 때 너는 땀을 뻘뻘 흘리고 흙투성이가 되어서, 얼굴에 온통 긁힌 상처투성이인 작고 뚱뚱한 몸으로 숨을 헐떡이며 머리를 엉망으로 흩뜨리고 있었는데, 참으로 남이 볼까 겁날 만큼 심술궂은 표정이더구나. 그리고 내가 버찌에 쇠망 치는 일을 도와달라고 했을 때의 네 얼굴은 그야말로 아주 볼 만했지. 큰소리로 웃어주고 싶었지만 너무 화가 나 있었기 때문에 그럴 수가 없었다."

큰어머니는 말을 마치자 두 손을 허리에 짚고 큰 입을 벌린 채 바보처럼 웃었다. 참으로 바보 같은 웃음이라고밖에 할 수 없었다.

침묵에 의해서만 나의 존엄을 주장할 수 있을 때가 가끔 있다. 나는 천천히 그 자리를 떠나 집으로 들어가려고 했다.

"들어가면 안돼!" 큰어머니는 문득 웃음을 그치고 나를 못 가게 했다.

"아직 이야기가 끝나지 않았다. 또 한 사람의 목격자 오웬 데이비드 씨에 대해서는 아직 이야기하지 않았으니까. 그는 너의 이른바 소중한 책 때문에 늘 애를 먹고 있으며, 더구나 네가 그를 그런 식으로 나쁘게 말한 뒤였으므로 네가 소포를 들고 돌아가는 것을 보고는 기뻐하지 않을 수 없었겠지. 그는 네 뒤를 따라 언덕 위까지 올라갔는데, 그 결과 네가 윌리엄스 씨의 산울타리를 망가뜨리는 광경을 보았다는 거야."

"이야기가 시시하게 돌아가는 것 같습니다." 나는 말을 가로막았다. "어느덧 이야기가 엉성하고 쓸모없는 산울타리로 옮겨졌군요!"

"쓸모없다니, 너무합니다!" 윌리엄스가 갑자기 거칠게 말했다. 그가 대화에 끼어든 것은 이것이 처음이었다.

"잠자코 계세요, 윌리엄스 씨. 이 자리는 내 방식대로 결말짓게 해 주세요."

윌리엄스는 큰어머니의 말에 따랐다. 이 부근의 사람들은 모두 그렇다. 어찌된 셈인지 큰어머니는 그들에 대해 큰 지배력을 가지고 있는 듯했다.

"산울타리를 망가뜨렸을 뿐 아니라 윌리엄스 씨의 순한 소들이 천천히 네 뒤를 따라가자──소들이란 젖을 짜내고 싶을 때나, 단순한 호기심에서 흔히 그렇게 하지만──겁많은 너는……"

큰어머니의 목소리는 몹시 심술궂었다. "무서움을 이기지 못해 돌을 던졌다지? 다행히도 오웬 데이비드 씨는 소가 무서워서 달아나는 바보 어린아이가 아닌 훌륭한 어른이라 산울타리를 깨끗이 고쳐놓고 ──그렇지 않으면 소들이 모두 한길로 나가버리니까──네가 돌을 던져 상처를 입힌 소도 치료해 주었다는구나. 지금 네 얼굴을 보니 네가 얼마나 몹쓸 짓을 했는지 도무지 모르는 모양인데, 그렇다면 좀 더 구체적으로 말해 주마. 돈문제를 말이야, 너는 네 돈으로 변상을 해야 한다!"

큰어머니는 나에게 얼굴을 가까이 대고 손가락을 꼽아가며 문제점을 열거했다.

"첫째로 산울타리 수리비, 둘째로 오웬 데이비드 씨의 수고비, 셋째로 소의 치료비, 넷째로 소의 건강상태를 낮아지게 한 손해배상. 다섯째……"

갑자기 큰어머니는 도움을 청하려는 듯 윌리엄스를 돌아보았다.

"우유지요" 하고 그는 말했다.

그는 큰어머니의 끈질긴 심술 덕분에 예상 밖의 이익을 차지할 듯하자 조금 꺼림칙하게 생각되는 모양이었다.

"그렇지, 우유가 있군요" 하고 큰어머니는 덧붙였으나 어째서 우유문제가 나왔는지 그녀 자신도 잘 모르는 듯했다.

"우유가 잘 나오지 않게 되었단 말입니다." 윌리엄스가 퉁명스럽게 말했다.

"그렇겠지요." 큰어머니는 조금 모호한 투로 그의 말을 강조하고는 덧붙였다.

"그리고 그밖에도 여러 가지를 들 수 있어."

"결국 큰 이득을 보게 될 모양이군요." 나는 윌리엄스 쪽을 보며 말했다. 그리고 큰어머니 쪽으로 몸을 돌려 있는 위엄을 다 갖춰 말했다.

"기꺼이 변상하겠습니다."

그리고 나서 나는 곧 그 자리를 떠났다. 한순간 큰어머니는 벙어리가 된 듯 우뚝 서 있었다. 이윽고 그녀는 잔디밭 너머로 마지막 화살을 던졌다.

"거짓말 말거라, '기꺼이'라니! 하지만 어쨌든 변상해야 해. 너의 용돈에서 뺄 테니 그리 알아."

억울한 일이지만 큰어머니는 반드시 그렇게 할 것이다.

5

나는 자신의 입장을 냉정하게 생각해 봐야겠다. 머릿속에서 매우 기묘한 생각이 떠오르기 시작했기 때문이다. 나의 머릿속에는 소포를 가지고 온 두더지 둔덕에서 커다란 산이 솟아오르고 있었던 것이다.

사태를 똑바로 보아야겠다. 나는 이 고장에서 사는 것이 싫증 났다. 그런데 나는 어째서 따분하고 마음에 들지 않는 고장에서, 횡포하고 지배적인 큰어머니 밑에서 당장 오늘이라도 떠나지 못하는 것일까?

대답은 간단하다. 큰어머니가 돈주머니의 끈을 쥐고 있기 때문에 여기를 떠나고 싶어도 떠날 수가 없는 것이다. 나의 아버지는 경제적인 면에서는 운이 나빴다. 사실 아버지와 어머니가 일찍 세상을 떠난 것도 돈문제 때문이었다고 한다. 여기에는 상당히 미묘한 문제가 얽혀 있는 모양이다. 나는 큰어머니에게서도, 돌아가신 할머니에게서도 그 문제에 대해 설명을 들은 적이 없다. 내가 그 이유를 알려고 하면, 그들은 언제나 갑자기 화제를 바꾸거나 나를 멀리했다. 마을사람들이며 이웃사람들도 나의 부모에 대한 이야기를 입에 올린 적이 없는 것 같다.

그건 그렇고, 나의 할머니의 유언은 참으로 묘한 것이었다. 그 유언에 의하면 큰어머니가 나의 유일한 후견인, 즉 재산관리인으로 지정되어 있다. 모든 재산은 큰어머니가 살아 있는 동안은 그녀의 것이며, 내가 큰어머니와 함께 살거나 그녀가 승낙하는 곳에서 사는 한 나에게 일정한 액수를 지급해야 한다고 뚜렷이 적혀 있다. 그 지급 액수도 큰어머니가 결정하도록 되어 있다.

따라서 만일 내가 큰어머니 곁을 떠난다면 그녀는 경제적으로 나를 도와줘야 하는 의무에서 해방되며, 모든 법적 의무로부터 벗어날 수 있는 것이다. 따라서 큰어머니는 모든 절대적인 결정권을 가지고 있다. 그리고 그녀는 분명히 나를 '감독하겠다'는 맹세를 했던 것이다 ──나로서는 귀찮기 짝이 없는 일이지만, 공명정대하게 말해서 큰어머니는 일단 약속한 일은 반드시 지키는 사람이다. 큰어머니가 죽으면 블라인모어와 그밖의 모든 재산이 나에게로 돌아온다.

그렇게 되면 나는 곧 집을 팔아버리고 좀더 문명이 발달된 곳으로 나아가 살 작정이다. 내가 이 글 첫머리에 '나의 큰어머니는 르울이라는 작은 거리 어귀에 살고 있다. 이 거리는 두 가지 뜻에서 좋지 않은 곳이다'라고 쓴 것은 이러한 이유에서였다.

이 글을 다시 한 번 읽어보니 나는 사리 주에 대해 말했는데, 그러나 만일 내가 내 마음대로 할 수 있는 입장이 되더라도 그런 곳에 살고 싶은 마음은 없다. 다만 시골치고는 사리 주가 여기보다 문명이 발달되어 있다는 뜻일 뿐이다. 솔직히 말해서 대영제국에 과연 진정한 뜻에서 문명화된 고장이 있을지 의문이다. 결국 나는 파리나, 아니면 그 무서운 파시스트들만 없다면 로마에서 살게 될 것이다. 리비에라, 나폴리, 그리고 라그더나 이스탄불 같은 곳이라면 이따금 찾아가보겠지만, 미개의 영국 식민지 따위는 절대로 가고 싶지 않다. 언젠가 나는 오스트레일리아 사람을 만난 적이 있는데, 그 사나이의 악수하는 방법이야말로 참으로……

이야기가 본줄거리에서 벗어난 듯싶다.

따라서 지금으로서는 르울 이외의 고장에서 산다는 것은 바랄 수 없는 일이다. 큰어머니는 내가 다른 고장에서 사는 데 필요한 경비를 절대로 대주지 않을 것이다. 일시적이나마 큰어머니의 경제적인 도움을 포기할 각오가 되어 있다면 별문제지만, 물론 어떤 천한 직업을 택해 생계를 유지함으로써 그렇게 할 수도 있겠지만, 나로서는 불가능하다. 절대로 불가능하다는 것은 누가 보아도 알 수 있으리라. 현대풍의 시를 써서 그 방면의 재능을 시험해 본 적이 있긴 하지만, 글을 써서 독립할 만큼의 교양을 지닌 사람은 그리 흔치 않다. 사실 그렇지 못한 것이 오히려 다행이라고 나는 생각하고 있다.

이런 이유에서 큰어머니가 살아 있고, 내가 이 고장에서 살아야 한다고 그녀가 주장하는 한 나는 별수없이 르울에서 살아야 한다. 큰어머니는 일단 약속한 것은 어떤 일이 있어도 지키는 사람이므로 내가 아무리 발버둥쳐도 그녀는 나를 '감독하는' 일을 그만두지 않을 것이다. 머리 아픈 것은 큰어머니는 이 '감독한다'는 것을 자기 눈이 미치는 곳에 나를 둔다는 뜻으로 해석하고 있다. 만일 큰어머니가⋯⋯ 아니, 그런 가능성에 대해서는 생각지 말기로 하자. 그런 생각은 나의 글 쓰는 손을 떨리게 하고, 내 마음에 더할 나위 없는 무서운 상상을 가져다준다. 냉정을 잃기 전에 이 글을 다 써야겠다. 그 일에 대해서는 생각지 말기로 하자. 잊어버려, 잊어! 그 생각을 더듬어 올라가면⋯⋯아아, 거기에는 아버지의 죽음에 관해 내가 들은 소문과 의혹이 가로놓여 있는 것이다!

6

나는 며칠 동안 이 기록을 멀리하고 있었다. 왜냐하면 앞에서도 말했듯이 사태를 냉정한 머리로 다시 생각해 보고 싶었기 때문이다. 겉으로 보기에는 큰어머니와의 관계도 그전과 같은 상태──아무리 보아도 결코 다정한 사이라고 할 수 없는──로 돌아가 있었다. 물론 그녀는 여전히 신경에 거슬리는 존재였다. 전혀 여자다운 데가 없는 인생관과 옷차림에 대해 마음쓰지 않는 성격을 가졌으니 남에게 그런 느낌을 주는 것도 당연하다. 그러나 나는 지나치게 그 영향을 받지 않도록 애써 노력해 왔다. 나는 대부분의 시간을 '소소'라는 이름의 내가 사랑하는 동양종 개를 상대로 보냈다. 소소의 동양적인 얼굴은 나에게 평온한 철학적 관념을 심어주는 것이었다.

"결국은 별로 대단한 일도 아니잖습니까?" 하고 소소는 말하는 듯했다.

"아마도 당신이 나의 유일한 친구인 것 같습니다만, 그러나 조금이라도 내 마음이 위안받을 수 있는 일을 위해서라면 나는 기꺼이 당신을 희생시킬 수도 있답니다. "

아아, 그 솔직하고 담담한 개철학!

대체로 소소의 말이 옳다고 나는 생각한다. 강철 같은 정신이란 비록 '끈적거리는 기름으로 다듬은 금발의 뚱뚱하고 작은 육체' 속에 있다 해도 언제나 사실과 직면할 각오를 가지고 있어야 하지 않겠는가? 덧붙여 말해 두지만, 나의 헤어토닉은 큰어머니가 말하듯이 끈적끈적한 기름은 아니다.

아무튼 좋다. 그럼, 사실과 직면해 보자. 큰어머니가 르울에 살고 있기 때문에 골치아프다고 썼을 때, 나는 정말 그렇게 생각하고 있었다. 큰어머니가 죽으면 나는 참으로 행복해질 것이다. 만일 안전하게 그것을 실현시킬 방법만 있다면, 나는 지금 노여움의 극치에 달해 있는만큼 그 방법을 써서 나의 소망을 이루고 싶다고 진심으로 생각한다. 다만 가능한 한 고통을 덜 주는 방법으로. 그러나 슬프게도 나는 그 방법을 모른다.

쿰 경찰당국이 아무리 무능하다 하더라도, 만일 밀드레드 파우엘 부인이 폭력적인 수단에 의하여 갑자기 죽었다고 하면 그 혐의가 그녀의 단 하나의 친척인 나에게 돌아올 것은 뻔하다. 그 친척은 그녀의 죽음에 의해 경제적인 이익을 얻을 입장에 있으며, 더욱이 최근에 그녀와 다투었다는 사실을 모든 사람들이 알고 있지 않은가. 그리고 그녀가 죽은 원인이 그 친척에게 있다면 자연히 매우 위험한 입장에 몰릴 것이 틀림없다. 그리고 비록 대단히 교묘한 계획을 세워 끝내는 자유의 몸이 될 수 있다는 확신이 있다 해도 그칠 줄 모르는 혐의와 질문과 강제적인 심문, 그리고 재판이라는 일련의 고통을 끝까지 참고 견딜 만한 자신이 나에게는 없다.

사실은 매우 명백하다. 겉으로 전혀 사건과 관계없는 듯이 보이도록 확고한 알리바이를 미리 마련할 수 있다 해도 큰어머니가 갑작스럽게 죽는다면 그 혐의가 전적으로 나에게 걸릴 입장에 놓여 있다. 그러므로 이 문제는 내가 아무리 생각해 보아도 해결이 나지 않을 것이다. 이 문제에 대해 고민하는 것은 이제 그만두기로 하자.

여기까지 썼을 때 나의 머리에 어떤 묘한 생각이 떠올랐다. 나는 벌써 오래 전부터 나의 소소가 큰어머니가 기르는 하얀 비둘기들과 사이가 나쁘다는 것을 알고 있었다. 소소는 비둘기들이 이 집에 산다는 것에 대해 뿌리깊은 반감을 품고 있어, 비둘기들이 뜰에 내려오기만 하면 영락없이 크게 짖으며 쫓아가는 것이었다. 비둘기들이 그보다 빨라 한번도 붙잡지는 못했지만.

그런데 큰어머니는 비둘기들이 자기 손바닥에서 먹이를 쪼아먹으라고 창문에 서서 불러들인다. 그 때문에 추운 겨울 날씨에 얼어붙을 듯한 찬바람이 불어 들어와도 창문을 활짝 열어두는 것이었다.

지금 소소는 양지바른 곳에서 편안히 잠을 자고 있다. 그 적갈색 털이 황금빛 도는 갈색 융단과 잘 어울린다. 그런데 소소가 너무 조용히 자고 있었기 때문인지, 부르지도 않았는데 날개를 퍼덕이며 창문으로 들어온 한 마리의 비둘기가 그의 존재를 알아차리지 못했을 뿐만 아니라 그의 작은 코에 그만 몸을 부딪치고 말았다.

두말할 필요도 없이 소소는 이 무례한 침입자에게 달려들었다. 이런 경우 어떤 개든 그렇게 했으리라. 나는 특별히 비둘기를 좋아하지는 않았으나, 하필이면 큰어머니의 죽음에 대해 생각하고 있을 때 내 방에서 소소가 비둘기를 죽이는 것은 싫었다.

왜냐하면 첫째, 그다지 크지는 않았으나 한눈에 뚜렷이 알아볼 수 있는 핏자국이 융단에 났기 때문이다. 그리고 둘째, 이 사건이 내가 지금 생각하고 있는 일과 너무나 가까웠기 때문이다. 만일 큰어머니가 이 비둘기처럼 스스로 죽음의 입 속으로 뛰어들어 이런 일을 당해준다면 얼마나 고마울까! 비둘기의 시체는 에번스를 시켜 묻으라고 해야겠다. 그렇지 않으면 소소는 그것을 장난감으로 삼아가지고 놀 테니까. 일껏 묻었는데 소소가 다시 파헤치면 안되므로 아주 먼 곳에 묻으라고 해야겠다. 참으로 일이 성가시게 되어 버렸다.

7

참으로 믿기가 어려운 일이지만, 하찮은 비둘기 한 마리마저 나와 큰어머니가 다투는 원인이 되었다. 이번에도 점심때 그 문제가 일어 났다. 하긴 식사 때 말고는 거의 큰어머니와 얼굴을 대하지 않도록 마음쓰고 있으므로 생각해 보면 무리도 아니지만.

"스테이크 파이를 들지 않겠지, 애야?"

큰어머니는 위선적이라고 생각될 만큼 이 '애야'라는 말에 특별히 힘을 주어 말했다.

"비둘기 파이가 아니어서 유감이지만 말이다. 에번스가 그러는데, 네가 사랑하는 그 개는 늙은 새밖에 잡지 못한다더구나."

큰어머니와 이야기할 때, 그녀의 사고방식이 근본적으로 잘못되어 있다는 것을 아무리 지적해 주어도 소용이 없음을 나는 잘 알고 있다. 그러므로 나는 아무 대답도 하지 않았다. 잠시 동안 침묵이 계속 되었다.

큰어머니는 그 살찐 어깨를 돌리더니 꼬리를 흔들며 파이를 달라고 조르고 있는 소소를 쫓아버렸다. 나에게 달라고 하면 쉽게 그 소망이 이루어질 텐데도 굳이 지독하게 까다로운 큰어머니에게 애교를 떨며 맛있는 것을 얻어먹으려는 소소의 투쟁심을 볼 때마다 나는 언제나 감탄하지 않을 수 없다.

"무슨 개가 이렇지" 하고 밀드레드 큰어머니가 말했다. "끝내 이 렇게 버릇없이 굴면 어디로든 쫓아버려야겠다."

이런 말을 듣고도 잠자코 있을 수는 없었다.

"그렇게는 못합니다. 소소는 내 개라는 것을 잊지 마십시오."

"그렇다면 저 개가 죽인 것은 내 비둘기가 아니냐?"

"그 비둘기는 소소가 자고 있는데 달려들어 먼저 집적거렸단 말입니다. 그러니 개가 물어뜯은 것도 당연하지요."

"그럴 테지. 비둘기만 보면 쫓아가서 물어뜯으라고 주인이 늘 시킬 테니까."

운나쁘게도 이때 나는 스테이크 조각이 목에 걸려 대답을 하려 해도 할 수가 없었다. 게다가 큰어머니가 도와주는 척하며 나의 등을 여러 번 세차게 때렸으므로 눈에서 눈물이 쏟아져 나올 지경이었다.

"아무튼 버릇을 단단히 고쳐주어라, 에드워드." 큰어머니는 자기 의자로 돌아가며 말했다. "그렇지 않으면 가만두지 않겠어."

내가 아직 어렸을 때부터 늘 들어온 큰어머니 특유의 이 불길한 말은, 피하고 싶어도 피할 수 없는 아주 불쾌한 무언가를 늘 암시해 주었다. 나는 경멸어린 눈으로 큰어머니의 답답해보이고 나이에 어울리지 않게 화려한 블라우스를 쳐다보았다. 큰어머니의 잿빛이 감도는 푸른 눈은 흔들리지 않는 확신의 빛을 담고 있었으며 커다란 콧구멍은 굳은 결의로 떨리고 있었다.

"나는 가엾은 소소를 누구에게도 맡기지 않고 스스로 돌봐줄 겁니다" 하고 나는 말했다.

그러고 나서 나는 내 접시에서 가장 맛있어 보이는 부분을 떼어 소소에게 주었다. 그런데 운나쁘게도 이것이 소소의 섬세한 혀에 너무 뜨거웠는지, 곧 융단 위에 파이를 토해내었다. 이어서 소소는 조금 기분이 언짢은 듯한 표정을 지었다.

"돌봐준다고 큰소리치지만 별수없구나." 큰어머니는 호되게 비평했다.

"무엇보다도 먼저 융단을 깨끗이 닦아라. 홀 벽장 서랍에 걸레가 있으니까."

큰어머니는 어째서 끊임없이 억지를 부리지 않으면 견디지 못하는지, 나로서는 그 기분을 이해할 수가 없었다.

점심식사가 끝날 무렵, 바깥에 비가 내리고 있었다. 이 세상에서 가장 마음을 우울하게 만드는 것이 무엇이냐 하면 이 고장의 장마철이다. 집의 서쪽에 해당되는 언덕 위로 비구름이 몰려오는 속도가 너무도 빨라 신문이나 라디오의 일기예보를 믿고 있다가는 틀림없이 큰코다치고 만다. 조금 전까지만 해도 하늘이 맑게 개고 햇빛이 쨍쨍 내리쬐어서 오늘은 날씨가 좋다고 생각하고 있으면 어느덧 구름이 몰려와 이 부근 일대가 믿을 수 없으리만큼 침울한 짙은 잿빛 안개로 에워싸인다. 그리고 이 구름과 함께 부슬부슬 안개비가 내리기 시작하여 마침내 몇 시간, 심할 때에는 며칠 동안이나 억수같이 쏟아지는 것이었다.

창문으로 밖을 내다보면 뜰 저쪽에 목초지가 보인다. 그러나 소들의 모습은 이미 없고, 보이는 것이라고는 오직 비에 젖은 풀과 빗방울을 떨구는 나무들뿐이다. 블로드 산도 이미 첩첩이 겹친 구름에 가려 보이지 않고 골퍼 산도 다른 세계에 속해 있는 듯 싶다. 이럴 때면 나 혼자 인간세계에서 격리되어 무한히 퍼져 있는 그 두께를 알 수 없는 잿빛 빗속에 에워싸여 의지할 곳을 잃은 듯한 기분이 든다.

야 올트 산꼭대기에서 바람이 휘몰아쳐——오늘 같은 날이었다면 큰어머니도 저 산꼭대기에 앉아 내가 숨을 헐떡이며 르울에서 올라오는 것을 보면서 비웃지는 못했을 텐데——블라인모어의 바람벽에 감겨 있는 담쟁이덩굴을 마구 흔들어댔다. 눈에 보이는 것은 다만 방의 창틀뿐이다. 그 창문에 뭐라고 표현할 수 없는 핑크 빛 페인트가 칠해져 있어, 내가 싫어하는 안초비(지중해 산 멸치류) 소스를 연상시켰다. 나는 한때 이 빛깔 때문에 큰어머니에게 이의를 말한 적이 있었는데, 큰어머니의 대답은 오랜 옛날부터 그래왔다는 것이었다. 이 얼마나 폭군적이고도 문제의 본질에서 벗어난 대답인가!

'오랫 옛날부터'——집 안이건 바깥이건, 특히 건물의 장식에 관한 한 큰어머니의 위대한 생각은 전통있는 것이라면 모두 옳다는 식이었다. 내 방을 제외하곤 이 집에는 근대적 취미라곤 한 조각도 없다. 큰어머니의 색채감각이란! 언젠가 한 번 나는 인간의 환경, 특히 환경에 있어서의 색채라는 것이 그 인간의 정신구조에 얼마나 큰 영향을 미치는가 하는 것을 큰어머니에게 설명하려고 한 적이 있었다. 그런데 그녀는 바로 그때 내가 입고 있던 풀오버(앞이 막힌 스웨터)에 대해 개인적인 비평을 함으로써 반격해 왔다. 아마도 빛깔이 조금 화려했던 모양이다. 나의 창백한 안색에는 딸기를 물들인 듯한 살코기 빛깔이 너무 환했을지도 모르지만, 그렇다고 해서 그토록 심한 말을 할 필요까지는 없었을 것이다.

큰어머니 집의 응접실은 악취미의 전형이라고 할 수 있다. 뜻도 없는 무늬가 새겨진 오렌지 빛 계통의 을씨년스러운 융단이 깔려 있다. 큰어머니도 그것을 좋다고 생각지는 않았으나, 절약하기 위해 그것을 바꾸지 않고 참는 것이었다. 벽지——이것 역시 참으로 한심하다——는 장미꽃과 덩굴을 엇갈려 그린 무의미한 무늬로 뒤덮여 있다. 이것은 그 한심한 인물 윌리엄 모리스가 '아름다운 집'에 관한 기묘한 주장을 하기 시작했을 무렵에 유행했던 벽지라고 나는 생각한다. 의자에는 르울 거리의 어느 가엾은 처녀에게 일거리를 주기 위해 만들도록 시킨 듯한 이 고장에서 나는 사라사 목면으로 만든 덮개가 씌워져 있거나 새빨간 비로드가 덮여 있다.

하얀 대리석 맨틀피스 위에는 야한 금도금 거울이 걸려 있고, 그 앞에는 양치기 소년과 소녀의 모습을 본뜬 믿을 수 없으리만큼 작은 목조 드레스덴 도자기가 장식되어 있다. 이러한 것들이 유리상자 속에 들어 있으니 참으로 어처구니없는 일이다. 유리상자 한가운데에는 닳아빠진 가죽 케이스에 넣어진 밋밋한 여행용 시계가 놓여 있는데, 이 시계가 그토록 명예로운 자리를 차지한 이유는 매우 정확하게 시간을 알려주기 때문이리라. 마치 블라인모어에서는 시간의 흐름이 완전히 멈춰서는 일이 결코 없다는 듯이. 나는 언젠가 용기를 내어 이 상징적인 사실을 큰어머니에게 지적한 적이 있는데, 그녀는 그것을 말 그대로 받아들였을 뿐이었다.

"그럴 리가 있겠니, 에드워드, 여기서도 시간의 진행은 다른 곳과 마찬가지야. 우리 집 요리사들은 시간관념이 정확해. 늦는 것은 오히려 네가 아니냐."

그리고 큰어머니는 갑자기 화제를 돌려 나의 음식에 대한 기호며, 따뜻한 요리만 좋아한다는 둥 전혀 쓸데없는 말을 늘어놓았다. 비평, 비평──큰어머니는 언제나 이처럼 쓸데없는 비평만 한다──그것도 모두 나에 대해서.

이쯤에서 펜을 놓아야 할 것 같다. 스펜서 의사의 집에 가서 그의 쓸모없는 아내와 함께 차를 마시며 브리지 게임을 하기로 되어 있기 때문이다. 이 부부는 르울에서 우리 집과는 반대 방향으로 1마일쯤 떨어진 곳에 살고 있는데, 그리로 가는 드라이브는 그다지 유쾌할 것 같지 않았다. 이 방문을 미루도록 하자고 큰어머니에게 제안해야겠다.

8

물론 이 제안은 받아들여지지 않았다. 아무리 이치에 맞는 제안이라도 그것이 나에게서 나온 이상 큰어머니가 틀림없이 반대하리라는 것쯤 이미 알고 있어야 했다.

"하지만 에드워드, 스펜서 부부에게 가겠다고 약속했잖니."

큰어머니는 뜨개질거리를 무릎 위에 놓고 진심으로 놀랍다는 듯한 표정으로 나를 쳐다보았다.

"그런 식으로 다른 사람과의 약속을 어기면 안돼요."

"큰어머니는 그야말로 자신의 도덕관념에 대한 순교자로군요. 스펜서 부부도 아마 이런 날에는 손님이 오지 않기를 바라고 있을 겁니다. 웨일스다운 이런 날 오후에는 누구나 다 그렇게 생각하지요."

나는 한 손을 들어 바깥의 을씨년스러운 하늘을 가리켜보았다.

이렇게 하는 것은 큰어머니를 내 생각대로 움직이게 하는 가장 확실한 방법임을 알고 있었기 때문이다. 큰어머니는 웨일스에 속하는 것은 무엇이든——이 끔찍한 날씨까지 포함하여——덮어놓고 칭찬해야 한다고 생각하고 있다.

"말은 그렇게 하지만, 너는 비 맞기가 싫어서 그러지?"

"비를 맞아서 좋을 건 없지요, 큰어머니. 하지만 비를 맞지 않아도 될 텐데요. 큰어머니도 설마 이런 날씨에 걸어서 가자고 하시지는 않을 테니까요. 다만 나는 그 집에 가봐야 따분하고 재미없으리라 생각했기 때문입니다. 초대를 받았을 때 얼른 거절할 구실이 떠오르지 않아 나중에 거절하기로 마음먹고 그냥 받아들이는 수도 있잖습니까?"

"하지만 어떻게 거절하지?"

"그야 전화를 걸어서 적당한 이유를 말하면 되지요."

"안돼, 에드워드. 나는 너의 일시적인 변덕을 만족시켜 주기 위해 거짓말을 할 생각은 조금도 없어. 그리고 스펜서 부부는 아주 좋은 분들이잖니. 스펜서 선생님이 유능한 분이 아니었더라면 너는 아마 살아나지 못했을 거다."

이처럼 여러 해 전의 은혜를 강요하듯 되풀이하여 꺼내면——그 은혜가 과연 어느 정도의 것이었는지 의심스럽지만——나는 미칠 듯이 화가 난다. 큰어머니의 이야기는 결코 이치에 맞는 때가 없다.

그녀는 무서운 얼굴로 여전히 나를 쏘아보았다.

"네가 가고 싶어하지 않는 진짜 이유는, 브리지 게임에서 나와 상대하기가 두렵기 때문이 아니냐? 하긴 윌리엄스 씨에게 변상을 해야 할 테니까 경제적으로 곤란하겠지. 그러니 네가 원한다면 돈은 나중에 주어도 좋아."

이것은 물러설 수 없는 도전이었다.

"천만에요!" 나는 대답했다.

"비록 내가 진다 하더라도 큰어머니나 스펜서 부부에게 그 자리에서 당장 지불할 만한 돈은 있습니다."

"알았다. 그럼, 가기로 결정되었구나." 큰어머니는 뜨개질거리를 그러모았다.

"5분 뒤에 떠나기로 하자. 그때까지 자동차를 내놓으마. 그리고 에드워드, 스펜서 선생님 댁에서 무례한 행동을 하지 않도록 조심하거라."

큰어머니는 내가 그 말에 대답할 여유도 주지 않고 문을 닫고 나갔다.

우리 두 사람이 함께 외출할 때에는 어느 자동차를 타고 가느냐 하는 문제로 옥신각신하는 것이 거의 습관이 되어버렸다. 큰어머니는 '라 조아이유즈(향락)'라는 유혹적인 이름을 가진 내 자동차를 타는 것은 숙녀로서의 품위에 관한 문제라고 주장하였다. 그러나 나로서는 큰어머니의 모리스같이 시대에 뒤떨어진 자동차를 타고 가는 모습을 남에게 보이는 것은 질색이다. 그리고 운전에 관한 큰어머니의 사고 방식은 아무리 잘 보아줘도 매우 한심한 것이었다. 결국 우리는 각각 자기 자동차를 타고 가는 때가 많았다.

그러나 오늘은 내가 양보했다. 지금 그 이유를 말하기는 조금 멋적지만 내 재정상태에 대한 큰어머니의 말에도 일리가 있고, 또한 가솔린을 절약해 쓰는 것이 현명한 방법이었기 때문이다. 그리고 빗속에서 자동차를 꺼내놓는 것은 큰어머니 자신이 하겠다고 했으니, 내가 가장 손쉽게 할 수 있는 보복은 현관에 나가 자동차를 기다리는 것이다.

큰어머니는 생각을 조금 잘못하고 있는 것 같다. 내가 큰어머니와 함께 외출하면 무언가 이득이 있는 듯이 여기는 모양인데, 어째서 그런 생각을 하는지 나로서는 알 수가 없다. 큰어머니는 자동차가 스펜서 댁에 도착했을 때에도 예절이며 부인에 대한 태도 등에 대해 지루하게 작은 목소리로 늘어놓았다. 아마도 무슨 일에 깊이 감동했음에 틀림없다. 그렇지 않고서는 결코 작은 목소리로 이야기하는 사람이 아니기 때문이다.

물론 나는 큰어머니의 말에 완전히 주의를 기울이고 있었던 것은 아니다. 어떤 생각이 나의 머릿속에 뚜렷이 형태를 갖추고 있었기 때문이다. 큰어머니의 운전솜씨를 보면 언젠가는 틀림없이 충돌할 거라는 생각이 들었던 것이다. 그런 사고가 빨리 일어났으면 좋겠다!

블라인모어의 대문을 나서 얼마 가지 않은 곳에 길 한옆이 골짜기로 향해 몹시 경사가 진 매우 위험한 장소가 몇 군데 있다. 만일 그 길을 잘못 운전해 가면 자동차는 빙글빙글 돌며 곧장 골짜기 밑바닥으로 떨어질 것이다. 나는 그 광경을 눈앞에 선히 그려낼 수가 있었다. 이 상상은 아무리 머릿속에서 쫓아내려 해도 떠나지 않았다. 그만큼 세세한 점에 이르기까지 뚜렷이 내 눈앞에 보였던 것이다.

운전하는 사람은 이렇다 할 이유없이 가끔 플로트 체임버를 만지작거리는 습관이 있다. 그러한 운전자에게는 매우 어울리는 시적 (詩

的)인 결과가 아니겠는가! 나는 스펜서 부인이 우리를 맞이하러 나와 서 있는 것을 자신에게 일깨우기 위해 상당한 의지력을 발휘하지 않으면 안되었다.

이러한 생각에 마음을 빼앗겨 브리지 쪽은 등한히 했던 모양이다. 나의 사고력은 패(霸)며 7점이니 8점이니 하는 시시한 일에 집중되기를 원하지 않았다. 그리고 옥션 브리지의 경우 별로 생각을 집중시킬 필요가 없다. 콘트랙트 브리지는 아직 르울 거리에서는 해본 사람이 아무도 없다. 만일 누가 그것을 하자고 제안했다 해도 큰어머니는 이렇게 말했으리라.

"하지만 나는 주욱 옥션 브리지만 해왔거든요."

그리고 틀림없이 그 한 마디로 다시는 그런 말을 꺼내는 사람이 없을 것이다.

나는 내가 쓴 글 속에서 나 자신을 부당하게 다루고 있었던 것 같다. 나의 브리지 솜씨는 그리 나쁜 편이 아니다. 어떤 경우에든 나는 잘못된 방법을 쓴 적이 한 번도 없었다. 다만 엄청나게 좋은 패가 돌아온 적이 없다는 뜻일 뿐이다. 큰어머니는 좋은 패수가 나오지 않는다는 것과 브리지하는 방법이 나쁘다는 것의 차이를 구별하지 못한다. 그녀는 다만 결과만 보고 이러쿵저러쿵 말하는 것이다. 피네스가 실패하거나 뜻밖에도 잭이 방어해야 하게 되면 큰어머니는 무언가 이유를 붙여서 그 가능성을, 또는 큰어머니의 말에 의하면 '어느 정도 예상되었던 일' 또는 '확실히 예상되었던 일'을 꿰뚫어보지 못한 내가 잘못했다고 비난한다.

언제였던가 역시 오후에 게임을 했는데, 아무래도 피네스가 잘 되지 않은 적이 있었다. 그런데 큰어머니는 수학적인 확률로 볼 때 분명히 잘못된 방법으로 게임을 진행하고 있었다. 큰어머니가 들어줄 마음만 있다면 나는 언제고 그 점을 증명해 보일 작정이다. 그러나 큰어머니는 그 괴상한 방법으로 올바른 방법을 엉망으로 만들어 혼자서 승리를 거두었다.

스펜서 선생이라는 자도 함께 브리지를 하기에는 몹시 화를 돋구는 사람이다. 그는 늘 질문만 하는 것이다.

"이번에는 누구 차례지요? 아아, 자네 차례로군. 내가 카드를 칠 차례인가? 내가 부를 차례인가? 자네가 카드를 나누어주었지, 안 그런가? 무엇이라고?"

운이 나쁜 선(先)은 그가 "스페이드 한 장" 하고 말한 것을 지적한 뒤 그만 엉겁결에 "석 장" 하고 덧붙여 말한다.

"옳지, 시스페이드를 한 장, 자네는 스페이드라고 말했지? 고맙네. 그렇다면 나는 노 비트로 하지."

요컨대 한 게임이 끝날 때까지 이런 식이다. 그리고 그러는 동안 반드시 콘트랙트는 몇 점인가, 으뜸패는 무엇인가, 맨 처음에 패를 내놓는 사람은 누구이며 자기 차례는 언제인가, 이 밖에도 열 가지 이상의 쓸데없는 질문을 되풀이하는 것이다.

그가 질문을 하지 않는 것은 자기 짝이 처음에 내놓은 카드와 같은 쌍의 카드를 내놓지 않을 때뿐이다. 그 결과 그는 나에게 다른 짝의 카드를 두 번이나 내놓게 만들었다. 그래서 차례가 되었을 때 그는 언제나 자기가 어느 카드를 내놓아야 할지 잊어버리고 이따금 잘못된 카드를 내놓아 반칙의 벌을 받게 하곤 하는 것이다. 덕분에 나는 크게 손해를 보는 수가 있었다.

마지막 세 번째 게임을 할 때 내 손에는 한 장의 카드도 남아 있지 않았다. 그러다가 겨우 패가 나오기 시작하자 마침내 스펜서 선생이 말했다.

"겨우 세 번째 게임에서 이겼군, 에드워드. 오늘은 수가 별로 좋지 않았어. 하지만 아마도 좋은 경험을 했을 걸세."

내 소년 시절의 병에 대한 그의 조치가 잘못되어 있었다 해서——나는 그렇게 확신하고 있다——나에게 이런 식으로 대해야 할까? 좋은 경험이 들으면 놀라겠군! 브리지 게임에 관한 한 그보다는 내가 훨씬 수가 높아 큰어머니처럼 킹을 한 장 바깥쪽에 놓고 '스페이드 녁 장'으로 퀸을 향해 6점을 가지고 가거나 하지는 않는다. 만일 그렇게 한다면 큰어머니가 늘 그렇듯이 비어 있는 자리의 한 장과 석 장의 에이스를 찾아내지 못할 테니까. 이런 것이 유익한 경험이라고는 할 수 없다. 트럼프에 대한 육감이니 재능이니 하는 말을 큰어머니로서는 꺼낼 자격이 없는 것이다! 옳지 못한 게임을 정당화시키기 위해 그런 말을 하고 있을 뿐이다. 그러므로 스펜서 선생이 탁자 밑에서 큰어머니의 발을 걷어찼다 해도 나는 놀라지 않는다. 그는 그 정도의 일쯤은 해치울 만한 사람이니까.

물론 옥션 브리지는 시대에 뒤떨어진 것이지만, 현대적이라고 하는 콘트랙트 브리지도 대부분 미국적인 것과 마찬가지로 세련되지 못한 데가 있다. 그러므로 문명화된 사람들은 요즈음 프랑스식 프라폰을 하고 있다.

이리하여 우리는 집으로 돌아와 큰어머니가 '만찬'이라고 하는 것을 들었다. 큰어머니가 나에게서 따낸 돈을 돌려주며 크게 봐주는 듯한 태도를 보였으므로 나는 더욱 비참한 기분에 빠져 들었다. 브라인 모어의 메뉴는 이 집의 가구들과 마찬가지로 확고한 전통에 의해 짜여져 있었다. 그러므로 새로운 요리나 맛있는 소스나 요리사의 솜씨가 식탁에 올려진 적은 지금까지 한 번도 없다. 평범하고 실제적이며 지루한 영국풍의 식사, 그것도 그 나름대로 맛이 있다고 인정하지 않을 수는 없지만 너무나 변화가 없다. 그렇기는 해도 대부분의 경우 나는 건강한 식욕을 느낀다.

그러고 나서 나는 잠자리에 들어가 꿈을 꾸었다. 밤새도록 한 대의 모리스 자동차가 빙글빙글 돌며 골짜기 밑바닥으로 이어지는 가파른 비탈길을 굴러 떨어지는 꿈을 꾸었다.

큰어머니가 다음날 아침 식탁에서 말했다.

"애야, 자기 전에 너무 많이 먹으면 좋지 않아. 너는 어젯밤에 자면서 여러 번 고함을 지르더구나."

브레이크와 비스킷

1

오래 전부터, 블라인모어의 대문을 나가서 얼마 안 되는 곳에 있는
그 허술한 비탈길이 내 마음을 사로잡고 있었다.

현관에서 집 대문까지는 3, 40야드의 거리가 있으며, 현관 앞은 쓸
모는 있으나 거의 아무 장식도 없는 아스팔트로 된 빈터였다. 큰어머
니도 이곳이 미관상 좋지 않다는 것을 알고 있는 듯했다. 집에서 나
가면 이 빈터 왼쪽에 꽃밭이 있는데, 봄에는 여기에 구근을 심고, 여
름에는 갖가지 꽃이 피며, 가을에는 달리아가 핀다.

큰어머니는 이 꽃밭에 큰 애착을 가지고 늘 손질하는데, 가끔 나도
그 일을 도와주어야 할 때가 있었다. 그럴 때면 몸도 마음도 지칠 대
로 지쳐버린다. 그러나 꽃이며 야채재배에 대한 큰어머니의 노력이
열매를 맺고 있다는 사실만은 나도 인정하지 않을 수 없다. 이 황량
한 고장에는 좀처럼 햇빛이 비치는 일이 없으므로 큰어머니로서도 과
일은 재배할 수 없는 모양이었다.

현관 앞에 서면 아스팔트 빈터의 왼쪽에 큰어머니가 가장 아끼는 꽃밭이 있고, 오른쪽 앞에 좁은 잔디밭이 있다. 이 잔디밭이 이따금 다툼의 원인이 되곤 한다. 큰어머니는 늘 그곳이 테니스를 치기에 너무 좁다고 불평했는데, 사방이 몹시 비탈져 높은 둑이라도 쌓지 않는 한 넓힐 수가 없게 되어 있다. 만일 둑을 쌓는다면 참으로 눈에 거슬리는 모습이 될 것이다. 큰어머니는 그런 터무니없는 것을 만드는 일도 마다할 사람이 아니지만, 다행히 돈이 들므로 실행하지 못하고 있다.

나로서는 그곳을 크리킷용 잔디밭으로 쓰고 싶다. 나는 이런 종류의 운동을 찬양하며, 앞으로 언젠가는 틀림없이 현대인들 사이에서 유행하리라 생각하고 있다. 이 운동에는 우아한 멋이 있으며, 빨강과 노랑 그리고 파랑과 까망의 충돌에는 기분좋게도 단순한 상징주의가 있다. 게다가 이 경기에서는 상대방의 작전에 철저한 타격을 줌으로써 승리의 가능성을 완전히 빼앗아 꼼짝도 할 수 없게 만드는 원시적인 정열을 마음껏 만족시킬 수가 있다.

악의라는 적은 양의 양념을 쳐서 마음의 응어리를 풀어버리는 것 외에 게임의 효용이 달리 또 있을까? 그러나 큰어머니는 크리킷에 대하여 일종의 혐오감을 느끼고 있다. 큰어머니의 말에 의하면, 크리킷은 여린 게임이라고 한다. 그리고 큰어머니 연배의 사람들이 볼 때 이 게임은 시대에 뒤떨어졌다는 것이다. 복장에서와 마찬가지로 운동에도 유행의 부활이 있다는 것을 큰어머니는 모르는 모양이다.

차고에서 현관으로 가려면 두 가지 길이 있다. 집 옆에 매우 좁은 길이 있는데, 여느 자동차라면 그곳을 지나 현관으로 나갈 수 있다. 또 하나는 뒤뜰 문을 통과하는데 앞에서도 말했듯이 꽃밭 뒤를 지나가는 길과 통하고 꽃밭보다 6피트쯤 낮다. 아까 말한 좁은 길과 꽃밭 뒤에 있는 돌담은 생긴 지 얼마 안되었으며, 큰어머니 대에 이루어진 것이다. 내 자동차와 큰어머니의 자동차는 좁은 길로 충분히 지나다닐 수 있으나, 나의 친구 이네스가 벤트리를 타고 우리 집으로 올 때에는 자동차의 흙받이를 긁히지 않고는 지나갈 수가 없다. 큰어머니는 이 길을 만들 때의 설계가 잘못되어 있다는 점을 인정하려 하지 않고, 벤트리 같은 대형차를 타고 다니는 이네스가 나쁘다는 것이었다.

그리고 큰어머니다운 말투지만, 그의 자동차가 벗겨진 데 대해서는 한 마디도 하지 않고 언제나 그를 가리켜 우리 집 옆담 페인트를 벗긴 너의 친구라고 한다. 그리고 이럴 때면 큰어머니는 옆에 있는 사람에게로 눈길을 주고, 아무도 없을 경우에는 위를 쳐다보며 "그처럼 거칠게 운전하는 사람은 또 없을 거야" 하고 중얼거린다. 이렇게 말함으로써 자기에게 선견지명이 없어 생긴 결과에 대한 책임을 회피하려고 하니 얼마나 어이없는 일인가!

현관을 나서면 르울 거리로 통하는 길이 조금씩 오른쪽을 향해 내닫다가 곧 오른쪽으로 급커브를 틀게 되어 있다. 그 오른쪽은 농부 윌리엄스가 소를 놓아 기르고 있는 목초지이며, 왼쪽은 골짜기 밑바닥으로 이어지는 가파른 낭떠러지이다. 그러다가 길은 왼쪽으로 급히 꺾어들며 블라인모어 강이 흐르는 작은 돌다리까지 이어진다.

이 다리는 나도 인정하지 않을 수 없지만, 사계절을 통해 언제나 경치가 좋은 곳이다. 이른봄 프림로즈(프리뮬러)와 블루벨과 야생 아네모네로 뒤덮인 골짜기 양쪽 기슭은 언제나 나의 마음을 사로잡고 시냇물이 상쾌한 물소리를 내며 흐른다. 가을에는 다른 어느 것보다 맛있는 검은 딸기가 열리는데, 가끔 큰어머니가 그것을 따올 때면 나는 신이 나서 도와주기도 한다.

나는 골짜기 밑바닥의 풀밭 속에 수없이 돋아 있는 물기 많은 버섯을 따는 것을 더욱 좋아한다. 오늘 아침에도 거기에 앉아 생각에 잠겨 있다가 큰어머니의 목소리와 개짖는 소리에 언뜻 정신이 들어 현실로 되돌아왔다. 큰어머니는 잡종 폭스테리어를 두 마리 기르고 있다. 그 개를 얻어왔을 때 마침 큰어머니는 초등학생이나 좋아할 만한 초보적인 유머가 잔뜩 곁들여진 시시하고 우스꽝스러운 영국 역사를 읽고 있는 중이었다. 저자가 만들어낸 두 개의 낱말이 큰어머니의 마음에 들었던 모양이다.

지금도 기억이 나지만, 큰어머니는 미련해 보이지만 선량한 듯한 검은 점이 있는 하얀 네발짐승을 바라보다가 불쑥 말했다.

"이 개들에게 아셀스랄과 스루셀스롤스라는 이름을 붙여주어야겠다."

나는 몸이 오싹해졌다. 나는 큰어머니의 유머 감각을 알고 있다. 큰어머니는 르울이건 애버쿰이건 슐즈베리건 길 한가운데에 서서 웃음이 터져나와 말도 할 수 없으리만큼 얼굴을 새빨갛게 붉히며 "아셀스롤스 스르셀스랄, 스르세라셀스로셀, 아르셀스로셀스르스"라고 계속 불러댈 수 있는 여자다. 옆에서 보고 있는 사람들은 틀림없이 미치광이라고 생각할 텐데도, 나로서는 그 옆에 서서 그런 말을 들어야 하는 처지에 놓이지 않기를 바랄 뿐이다.

나는 그런 재난에서 벗어나려고 필사적으로 노력했다.

"그 개는 점박이라고 이름을 지었으면 좋겠어요" 하고 나는 말해보았다.

"어째서?" 하고 큰어머니는 물었다.

"검은 점이 있으니까요, 저기…… 저……." 나는 조심스럽게 말했다.

"궁뎅이짝에 말이지" 하고 큰어머니는 천한 말을 썼다. "나는 말이다, 에드워드."

큰어머니는 때마침 작은 종기가 나 있는 내 이마를 뚫어지게 쳐다보았다. 나는 이런 불쾌한 종기가 잘 생기는 체질이지만, 그렇다고 해서 뚫어지게 볼 건 없지 않은가.

"나는 말이다, 차라리 너에게 점박이라는 이름을 지어주고 싶구나."

그리고 큰어머니는 며칠 동안 나를 그렇게 불렀으나, 다행스럽게도 곧 그런 유머에 싫증이 난 모양이었다.

어쨌든 아셀스랄과 스루셀스롤스는 큰어머니의 개로 함께 살게 되었다. 하긴 편의상 '아셀', '스루셀'이라고 줄여서 불렀으며 그 개들도 그렇게 부르면 알아들었다. 그런데 불행히도 그들은 나의 개 소소를 싫어하여 서로 자주 다투는 것이었다. 소소는 집 안에서 살 수 있는데 자기들은 그렇지 못하니 질투하는 듯했다. 생각에 잠겨 있는 나를 방해하는 것은 언제나 그들이 시끄럽게 싸우는 소리였다. 묘하게도 동물들은 그 주인을 닮는 법이다.

큰어머니의 목소리가 그들의 시끄럽게 짖어대는 소리에 섞여 들려왔다.

"멍청이, 앉아 있지만 말고 네 개를 어서 안아올려라. 그렇지 않으면 아셀이 물어죽일 테니까. 아셀은 쥐를 얼마나 잘 잡는지 모른단다. 스루셀도 언제까지나 내가 이렇게 붙들고 있을 수는 없잖니."

스루셀 녀석도 나의 소소에게 달려들려고 으르렁거리고 있었다.

나는 으르렁거리는 아셀을 걷어차고 여전히 용감하게 짖어대며 반항하고 있는 소소를 안아올렸다.

"앞으로 한 번만 더 내 개를 걷어차면 가만두지 않을 테다. 아니, 다른 개도 마찬가지야. 알았지?" 큰어머니는 나를 노려보며 말했다.

나는 큰어머니에게 반쯤 등을 돌리고 가파른 비탈을 쳐다보았다. 나의 마음은 결정되었다.

"그렇다면 큰어머니와 큰어머니의 똥개들이 내 개를 물어죽여도 손가락 하나 까딱하지 말고 가만히 보고 있으란 말입니까? 그럴 수는 없습니다, 큰어머니. 절대로 그럴 수는 없단 말입니다."

우리들은 서로의 눈을 뚫어지게 노려보며 한참 동안 눈싸움을 했다. 두 사람의 눈 속에는 참으로 많은 뜻이 담겨 있었음에 틀림없다. 눈길을 먼저 돌린 것은 나였다. 큰어머니가 걸어가기 시작했으므로 나는 천천히 뒤따라갔다. 사람을 매우 지치게 하는 산길인 데다, 언제나 걷는다기보다는 달린다고 하는 편이 옳을 듯한 큰어머니의 걸음을 바짝 따라갈 필요는 없었으므로 나는 천천히 걸어갔다. 그러나 나의 마음은 결정되었다.

2

정말로 나의 마음이 결정된 것은 그보다 조금 전이었다고 생각하지만, 아마도 그 순간이 결정적이었다고 할 수 있으리라. 그 이전이었다면 결심을 바꿀 수도 있었겠지만, 그때로서는 되물리지 못할 만큼 마음이 굳어 버렸다.

자동차를 심하게 몰아댐으로써 나를 모욕했던 다리 부근으로, 나를 비웃으며 서 있던 관목 언저리로, 큰어머니를 떨어뜨릴 결심은 누구나 쉽게 할 수 있다. 큰어머니가 상식에 벗어나리만큼 우상화하여 사랑하는 웨일스의 끝없이 쏟아지는 비 때문에 길이 미끄러웠다는 것도 어쩌면 한 구실을 할 테지. 그러나 이 계획을 실현시키기 위한 준비를 갖추는 문제에 이르면 그리 쉽지 않다. 이미 설명했듯이 혐의가 나에게 걸리지 않도록 하는 일이 절대로 필요하기 때문에 더욱 그러했다.

나는 여러 가지 방법을 생각해 보았으나, 어느 방법에도 모두 곤란한 점이 조금씩 뒤따르는 듯했다.

첫째 방법은, 큰어머니가 자동차를 타고 어디로 가게 되어 있는 달 없는 밤을 골라 길에 어떤 장애물을 놓는 것이다. 그러나 이 방법은 요즈음 늦게까지 어두워지지 않으므로 몇 달이나 기다려야 하며, 큰어머니가 언덕길을 올라올 때 그 장애물에 부딪치도록 잘 연구해서 놓는다 해도 별소용이 없을 것이다. 왜냐하면 큰어머니는 벼랑에서 굴러떨어질 만큼 속력을 내지 않기 때문이다.

이 방법이 잘 될 가능성만 있다면 나로서도 못 기다릴 것은 없다. 그러나 아무래도 미심쩍다. 우선 장애물이 고의적으로 보이게 해서는 안된다. 그렇지 않으면 의심을 사기 때문이다. 그리고 사고를 일으킬 만큼 그 장애물이 커야 할 텐데, 그러면 자동차 헤드라이트로 몇 야드 앞에서도 뚜렷이 보일 것이다.

그리고 누가 보아도 납득이 갈 만한 것으로 길을 막아야 할 텐데 이것은 참으로 어려운 문제이다. 나뭇가지는 꽤 커야만 쓸모가 있을 테고, 나무기둥은 너무 눈에 잘 띌 것이다. 더욱이 그러기 위해서는 길가의 나무를 잘라야 하는데 나는 그처럼 힘든 일을 도저히 해낼 수 없고, 또 남의 눈에 띄지 않게 할 수도 없으며, 부자연스럽게 보이지 않도록 하는 것도 쉽지 않다. 나는 여러 개의 나무를 살펴보았으나 쓰러뜨릴 수 있을 만한 것은 한 그루도 없었다. 편리한 장소에 세워진 전봇대도 없었다.

길이 내리막이 되기 전에 아주 어두운 곳이 있는데, 거기라면 커다란 장애물을 놓아도 그다지 뚜렷하게 보이지 않을 것이다. 그러나 거기는 집에서 가까워 큰어머니가 언제나 자동차를 천천히 모는 곳이다. 왜냐하면 큰어머니 자동차의 낡은 엔진으로는 그렇게 할 수밖에 없으며, 또 길이 갑자기 휘어져 있기 때문이다. 그리고 거기에 장애물을 놓는다면 다른 자동차가 부딪칠 가능성도 있다. 하지만 그런 일은 없으리라. 왜냐하면 블라인모어의 옆길은 사실 막다른 길로서, 집 뒤에는 윌리엄스와 그의 양들이 살고 있는 '낡은 농장'을 에워싸는 히드며 고비덤불로 뒤덮여 있어 짐수레가 겨우 지나다닐 수 있을 정도로 좁은 길이 나 있을 뿐이기 때문이다. 윌리엄스가 르울 시장에서 술에 취해 돌아오다가 내가 놓은 장애물로 인해 상처를 입는다 해도 양심의 가책 따위는 조금도 받지 않겠지만 말이 먼저 알고 멈춰서서 술에 취했거나 말거나 그는 틀림없이 장애물을 치워버릴 것이다. 그렇게 되면 의심받을 염려가 있으므로 어떤 장애물도 두 번 다시 놓을 수 없을 것이다.

뿐만 아니라 길에 놓을 수 있는 것으로서 부자연스럽게 보이지 않을 장애물이 있을 듯 싶지도 않고, 나중에 흔적을 남기지 않고 치워버릴 수 있는 장애물도 생각나지 않는다. 이 방법은 확실하지 못하고 이 점은 절대로 바람직하지 못하다. 실행하기 곤란하며, 무엇보다도 위험하다. 절대로 성공할 방법이 발견되지 않는 한 이것은 그만두어야겠다.

큰어머니가 운전대에 앉아 있는 동안 자동차에 불이 일어날 방법은 없을까 하고 나는 생각해 보았다. 내가 꾸는 꿈이 늘——요즈음에는 매일 밤 그런 꿈을 꾼다——불길에 싸인 한 대의 자동차가 골짜기 밑으로 굴러떨어지는 광경이라는 것은 매우 상징적이다. 몹시 미워하는 사람을 죽여놓고——죽였다고 추정될 뿐일 경우도 있지만——자동차에 불을 지른 사건을 신문에서 읽은 적이 몇 번 있다. 그러나 주의해야 할 점은, 불이 그 기능을 완전히 발휘하지 못할 경우도 있다는 것이다. 대부분의 경우 시체가 완전히 타버리지 않아 주제넘은 경찰의사가 와서 참으로 상상할 수 없을 만큼 놀라운 추리를 해내는 것이다. 따라서 큰어머니의 시체를 태운다는 어리석은 방법은 피해야 한다. 더구나 이 방법은 먼저 큰어머니를 폭력으로 죽이는 행위를 해야 하는데, 타고난 나의 성격은 그런 종류의 행위를 절대로 할 수 없게 되어 있다. 나는 피를 보는 것을 좋아하지 않는다.

이런 생각을 자꾸만 되풀이하다 보니 신경이 몹시 날카로워져 더 이상 이 글을 써나갈 수가 없게 되어버렸다. 그래서 마음을 가라앉히기 위해 모파상의 단편을 하나 읽어 숨을 돌렸다. 덧붙여 말하자면 이런 글을 쓴다는 것 자체가 벌써 어리석기 짝이 없는 것이지만, 그러나 여러 가지 방법을 차근차근 검토해 보는 것은 두뇌의 기능을 발휘하는 데 꽤 유익하다는 사실을 나는 알고 있다. 두뇌의 움직임이 별로 날카롭지 못한 부류에 속하는 군인들도 이른바 '정세판단'이라는 것을 씀으로써 두뇌를 자극하여 사물을 자신의 두뇌로 생각하게 되는 것이다.

어쨌든 이야기를 계속해 보자. 엔진에 발동을 걸어 자동차가 달리는 동안 어떤 전기 장치나 시한 장치로 차에 불이 붙게 하는 방법은 없을까? 되도록 연료 탱크 가까이에 장치해서 기어를 넣을 때 그것이 작동하도록 변속장치에 철사로 묶어놓으면 될지도 모른다. 이 방법에는 큰 장점이 있다. 문제의 장치도, 부속품인 철사도, 그리고 거기에 묻을지도 모르는 지문도 모두 불에 타서 없어진다는 점이 바로 그렇다. 그렇게 해두면 직접 손을 대지 않아도 되며, 내가 현장 가까이에 없을 때 사고가 일어날 가능성도 있다.

그러나 불리한 점이 없는지 검토해 보기로 하자.

첫째, 큰어머니는 재빨리 자동차 밖으로 뛰어내릴지도 모른다. 나는 그 방면에 대한 지식은 없지만, 좁은 자리에서 가솔린에 불이 붙었을 경우 눈깜짝할 사이에 폭발하리라는 것은 쉽게 상상할 수 있다. 실험을 해보고 싶지만 틀림없이 힘들 것이다. 그리고 불꽃이 직접 연료 탱크 안에서 일어나야 할 텐데, 그것이 어떤 장치이든 가솔린 속에 가라앉아 버린다면 불꽃이 일어날 것 같지 않다. 그러나 가솔린 표면에 장치해 둘 수 있을는지도 모른다. 요컨대 탱크에 가솔린이 가득 차 있지 않은 좋은 기회를 기다리면 되는 것이다. 그런 기회는 틀림없이 있을 테니까.

확실히 이것은 그럴 듯한 방법이다. 가솔린을 이용하여 복수한다는 것은 아주 적절한 방법이다. 그러나 유감스럽게 이 방법에도 아주 중대한 장애가 있다. 그런 장치를 어떻게 만드느냐 하는 문제에 대해 나는 아무런 지식도 없다. 그렇다고 해서 남에게 물어볼 수도 없다. 그러나 어쨌든 만들 수는 있을 것이다. 그때까지 이 생각을 잊어버리지 않도록 머릿속에 간직해 두어야 한다. 아무튼 이 방법은 성공할 확률이 매우 높은 것이다.

확실히 이 방법은 가능성이 있을 듯하지만, 그렇다고 다른 방법을 전혀 생각해 두지 않아서는 안된다. 아주 쉬운 방법——이것은 큰어머니의 운전솜씨에서 착상했다——으로, 핸들에 손을 써두는 방법이 있다. 핸들을 조금 풀어 놓는 것이라면 누구나 쉽사리 할 수 있는 일이다. 자동차 운전에 충분히 주의를 기울여야 할 장소라면, 좁은 길을 지나 현관으로 나가든, 뒷문에서 나오는 길을 통과하여 현관으로 나가든, 블라인모어의 차고에서 현관으로 나오는 길이다. 그러므로 만일 핸들에 이상이 있다면 큰어머니는 언덕을 내려가 시내에 이르기 전에 반드시 그 사실을 알아차릴 것이다.

그러나 자동차에 시동을 걸었을 때에는 아무 이상이 없다가 급히 핸들을 돌릴 때 이상이 생기도록 장치해 놓고, 한편에선 큰어머니가 갑자기 급커브를 틀어야 할 사태를 만들어 놓으면 어떨까? 예를 들어 길이 오른쪽으로 꼬부라지는 어느 어두컴컴한 곳에서 소소가 달려 나가 큰어머니의 자동차 바로 앞을 가로질러 가게 한다면? 제아무리 큰어머니라도 나의 가엾은 개를 치어 죽일 만큼 냉혹하지는 않을 것이다. 그러므로 일단 왼쪽으로 자동차를 돌렸다가——오른쪽에는 둑이 있다——다시 급히 오른쪽으로 자동차를 돌리려 하는데 갑자기 핸들이 고장을 일으켜 말을 듣지 않아 자동차는 오른쪽으로 돌아가지 못하고 곧장 나아가 앞의 낭떠러지로 굴러떨어지게 되는 것이다.

그럼, 이 방법에는 결점이 없을까? 있다. 큰어머니가 브레이크를 단단히 밟으면 나의 목적은 이루어지지 않는다. 이 장소에서는 그리 속력을 내지 않을 것이므로 자동차는 낭떠러지로 굴러떨어지기 전에 멈춰설 것이다. 그렇게 되면 자동차는 부서지지도 않을 테고 큰어머니는 핸들을 살펴볼 것이다. 만일 그렇게 된다면 그 다음이 어떻게 되는지 상상할 수 있으리라. 그러나 이러한 사태를 피할 수 있는 확실한 방법이 한 가지 있다. 그것은 큰어머니 자동차의 브레이크가 말을 듣지 않도록 해놓는 방법이다.

바로 이것이다! 핸들이 고장을 일으키게 해놓고, 브레이크가 말을 듣지 않도록 해놓는다. 마스터 실린더에 구멍을 하나 뚫어 놓으면 안쪽 피스톤이 움직여도 차바퀴에 이어져 있는 파이프로 제동 오일이 통과하지 않아 캠은 제동 바퀴에 제동답(制動沓)을 밀어내지 않으므로 큰어머니의 자동차는 큰어머니와 함께 벼랑으로 떨어질 것이다.

사실 이보다 더 간단히 해치울 수도 있다. 마스터 실린더에 구멍을 뚫을 필요는 없다. 그렇게 하면 알아차릴 염려가 있으니까. 단지 나사를 하나 풀어놓기만 하면 오일 파이프의 이음새에서 가솔린이 새어 나옴으로써 목적은 이루어지는 것이다. 이렇게 해두면 나사가 저절로 헐거워져 있었고, 핸들이 본디부터 고장나 있었을지도 모른다는 추측을 누가 부정할 수 있겠는가? 그렇게 되면 허버트슨이 큰어머니의 자동차를 마지막으로 분해했을 때 이상함을 알았을 거라는 이야기가 나오리라. 그리고 허버트슨이 수리를 아무렇게나 하여 신용할 수가 없었기에 나는 한 번도 그에게 내 자동차를 수리시키지 않았다고 주의깊게 지적할 수 있지 않을까? 그러면 오히려 이로운 점이 하나 더 느는 셈이다.

이 방법은 좀더 신중히 생각해 보아야겠으나, 지금으로서는 흠잡을 데가 없다.

3

나는 그동안 계속 지형을 정찰해 왔다. 나의 표현은 차츰 군사적으로 되어가고 있다! 스펜서 의사에게는 아들이 하나 있다. 그는 매우 불쾌한 느낌을 주는 건장한 사나이로, 아무 데서나 허풍을 떨고 버릇없이 악수를 청하는가 하면, 국방의용군이라는 그 기묘하게도 사람을 우울하게 만드는 시대착오에 대하여 쉽게 이해가 가지 않는 애착을 느끼고 있다. 전쟁을 없애려면 좀더 사물을 논리적으로 생각하여 군인을 먼저 없애야 하지 않겠느냐고 나는 말하고 싶다. 사실 나는 호감이 가는 군인을 만난 적이 한 번도 없다. 어쨌든 내가 '정찰'이라는 단어를 알게 된 것은 그가 하는 말을 들었기 때문이리라.

내가 무엇을 보고 있든, 예를 들어 군(郡)에서 개최하는 자선무도회에서 만찬을 드는 방은 어디일까 찾고 있으면 그는 "정찰하십니까? 정찰한 시간은 어떤 경우에도 헛수고가 되는 법이 없지요, 아니, 전혀 '헛수고'로 돌아가지 않는다고 할까요?"라는 식의 말을 하지 않고서는 견디지 못한다.

이처럼 아무 기지도 없는 유머를 자랑스럽게 말하며——이러한 말들은 틀림없이 시시한 교본에서 배웠을 것이다——그는 자신이 멋진 연기를 하고 있다고 생각하는 모양이다. 그리하여 부엉이 같은 표정을 띠며 호쾌하게 웃는 것이다. 그에게는 사양이라는 예절이 없다. 진정한 뜻에서의 자제심이 결여되어 있다. 그런 진부한 금언이 실려 있는 교본이 필요한 사람은 군인이나 초등학생 정도일 것이다.

그러나 나의 정찰은 스펜서 의사의 아들이 말하는 '지형조사'라고 할 것까지는 못 되고, 다만 숨어 있을 장소를 찾아보는 데 지나지 않는다. 큰어머니를 당황하게 만들기 위해서는 어디서 어떻게 소소를 뛰어나가게 해야 할까 하는 문제에 대해 살펴본 것이다. 그리고 소소는 자기가 해야 할 역할을 미리 연습할 필요가 있다. 연습을 하지 않으면 이 신경이 예민한 동물은 자동차 앞을 가로질러 뛰어나가거나, 또는 나에게 뛰어오는 일 등을 싫어할지도 모른다. 그리고 만일 이 계획이 완전히 성공하지 못했을 경우, 나는 얌전한 아이처럼 모습도 들키지 않고 목소리도 들리지 않도록 해야 안전할 테니까.

그런데 급격한 방향전환과 핸들의 고장은 반드시 문제의 그 휘어진 곳에서 일어나지 않으면 곤란하다. 그렇지 않으면 큰어머니는 길을 곧장 달려가고 말지도 모르기 때문이다. 나로서는 큰어머니가 비탈에서 골짜기 밑바닥으로 떨어져 주어야만 한다. 자동차가 도중에서 나무에 걸려 멎어서도 안되며 적당히 튀면서 굴러떨어져 주어야만 한다. 물론 비탈이란 어디든 나무가 없는 곳이 없지만, 내가 바라는 장소에서 자동차가 굴러떨어진다면 나의 목적이 이루어지기에 충분하리만큼 떨어지는 동안 장애물의 방해를 받을 염려가 없을 듯싶다. 큰어머니에게 이 계획을 설명하고, 문제의 지점에다 흰 줄을 그어 뚜렷이 표시해 둘 수만 있다면 이런 고생은 하지 않아도 될 텐데!

그러나 그것이 불가능한 이상, 소소는 어딘가 특정한 지점에서 큰어머니의 자동차가 대문을 나와 두 번째 나무와 세 번째 나무 사이에 다다랐을 때 길을 가로질러야만 한다. 여기서 문제점이 하나 생긴다. 소소에게 어떻게 그 역할을 맡길까? 그리고 그때 나는 어디에 있으면 좋을까? 이 점에 대해 곰곰이 생각해 보았다. 첫째, 골짜기 저쪽에서 소소를 부를 수는 없다. 내가 없어지면 소소도 그 자리에 가만히 있지 않을 것이기 때문이다.

그렇다고 해서 길 가까이의 비탈 어디엔가 숨어 있을 수도 없다.

큰어머니의 자동차에 치이기라도 하는 날에는 그야말로 얄궂은 결말이 되고 말 테니까. 결국 나는 소소를 마음대로 다룰 수 있는 가까운 장소에 있어야 하는데, 그러려면 길 오른쪽에 숨어 있어야 할 것이다. 따라서 농부 윌리엄스의 목초지와 길 사이의 경계를 이루는 산울타리 뒤에 몸을 숨겨야 한다는 이야기가 된다. 길 왼쪽, 즉 골짜기 쪽에는 물론 산울타리도 없고 울짱도 없다. 이 점은 내가 너무나 잘 알고 있는 사실로, 만일 누군가가 이 기록을 읽고 있을지도 모른다고 생각했다면 좀더 일찍 밝혔어야 했다. 나는 이 산울타리 뒤에 숨어 있어야만 한다. 아니면 목초지 쪽으로 1, 2야드쯤 들어간 곳에 있는 나무그늘이 더 좋을지도 모른다. 그리고 소소는 내가 신호를 보내자마자 앞으로 뛰어나가기 위해 길가에서 기다리고 있어야 한다. 그렇다, 그를 뛰어나가게 하기 위해서는 이 방법이 가장 좋지 않겠는가? 이렇게 문장으로 쓰고 있으니 두뇌의 움직임이 더욱 활발해지는 것 같다.

나는 지금까지 소소에게 재주를 가르쳐준 일이 없다. 재주를 가르치다 보면 우선 내가 먼저 지쳐버릴 것이다. 소소의 고집이 굉장히 세기 때문이다.

그러나 소소는 특제의 달콤한 비스킷을 얻기 위해서는 물불을 가리지 않는다. 그 비스킷은 집에서 만들기 때문에 식당에 가면 언제나 쉽사리 구할 수 있다. 어릴 적부터 '블라인모어의 물결 모양 비스킷'이라고 불러야 한다는 말을 들어온 물건이다. 밀가루와 버터를 주원료로 하여 거기에 설탕을 넣어 만든 것인데, 꺼칠꺼칠하니 손가락 모양으로 구워진 아주 맛있어 보이는 비스킷이다. 그래서 소소를 훈련시켜 길 왼쪽 끝에 가면 이 비스킷을 찾아낼 수 있다는 것을 익히게 한 다음 목에 끈을 매어 그를 길 오른쪽 끝에서 붙잡고 있다가 "가!" 하면서 그 끈을 늦춰주면 된다. 우선 길 왼쪽에 비스킷이 있다는 것을 기억시키고 다음에 반대쪽으로 데리고 가서 끈을 늦추어주는 일부터 훈련시켜야겠다. 그리고 차츰 거리를 늘려나가 산울타리 뒤에서 뛰어나가도록 만들고, 나 자신은 나무그늘에 숨어 있다는 사실에 소소가 익숙해지도록 해야 한다. 그렇게 하면 소소는 내가 비스킷을 놓는 것을 보지 않아도 뛰어나가고 싶어 안달할 것이다. 다행히도 소소는 아주 감정이 격렬해질 때에는 짖지 않는다. 예를 들어 식욕이 일어날 때에는 짖지 않는 것이다.

오늘 아침에 조금 난처한 일이 있었다. 시간의 낭비는 무의미하다는 격언에 따라 나는 조금 전까지의 문장을 다 쓰자마자 곧 물결 모양의 비스킷을 얻기 위해 식당으로 내려갔다. 귀여운 소소는 자기가 좋아하는 비스킷이 어디 있는지 알고 있었으므로 매우 기분이 좋아서 나를 따라왔다. 그런데 마침 상자 속에는 비스킷이 얼마 남아 있지 않았고, 또 내가 몇 개 먹어버렸기 때문에 겨우 일고여덟 개밖에 없었다. 그리고 여덟 번도 안되는 연습은 결국 시간낭비에 지나지 않을지도 모르므로 나는 비스킷을 한 개도 남기지 않고 모두 가지고 나왔다.

한길 쪽으로 나가려는 순간 "에드워드! 에드워드!" 하고 큰어머니가 부르는 소리가 들려왔다.

나는 소소에게 그런 훈련을 시키는 장면을 큰어머니에게 들키고 싶지 않았다. 그래서 나는 곧 큰어머니에게로 갔다.

"왜 그러세요, 큰어머니?" 나는 현관에서 큰소리로 물었다.

"너는 오늘 아침식사를 하지 않았니?" 하고 식당에서 큰어머니의 목소리가 들려왔다.

"아니…… 했는데요, 큰어머니."

"식사시간에 또 늦은 모양이군." 큰어머니는 무슨 일에든 비꼬지 않으면 직성이 풀리지 않는다. "글쎄, 어떻게 되었는지 모르지만 틀림없이 아무것도 먹지 않았을 거야."

이 말과 함께 큰어머니는 식당에서 뛰어나오며 내 눈앞에 빈 비스킷 상자를 휘둘렀다.

"내가 한두 개 먹은 것 같아요, 하지만 그것이 아까워서 그러시는 건 아니겠지요?" 나도 지지 않고 비꼬듯이 말했다.

"한두 개라고! 이 상자에 4분의 3은 있었어. 아침식사를 한 다음 얼마나 남았나 하고 뚜껑을 열어보았거든. 그런데 지금 하나 먹을까 하고 열어보았더니 비어 있는 게 아니냐. 너야말로 내가 비스킷 먹는 것이 아까운 모양이로구나."

큰어머니는 비스킷 상자를 손으로 두드리며 부엌 쪽으로 가버렸다. 다행스럽게도 다시 가득 채워놓을 모양이었다.

"이제부터는 조금씩 넣어두어야겠다. 이렇게 맛이 짙은 비스킷은 너에게 맞지 않아, 에드워드, 한꺼번에 너무 많이 먹으니까 그렇게 늘 얼굴에 뭐가 나지."

큰어머니의 부당한 비난은 접어두기로 하고——내가 상자 속의 비스킷을 모조리 먹었다 해도 이 비난은 당치도 않은 말이니까——난처한 문제가 생겼다. 그것은 소소를 훈련하기에 충분할 정도의 비스킷을 어떻게 구하느냐 하는 것이다. 왜냐하면 비스킷이 아닌 다른 것으로는 차에 치일 위험을 무릅쓰며 그 앞을 가로질러 길을 건너갈 만큼 이 변덕스러운 동물의 마음을 끌 수가 없기 때문이다.

그러므로 무슨 수를 써서든 비스킷을 손에 넣어야 한다. 나는 그렇게 해야 한다고 마음 속으로 거듭 다짐했다. 매일 조금씩 내가 먹는 척하고 가져갔다가 모두 소소의 훈련용으로 쓸 수 있을 것이다. 소소의 혀가 틀림없다는 점은 절대로 신용해도 좋다. 소소가 그토록 좋아하는 비스킷이니만큼 나로서도 전적으로 그 권리를 포기한다는 것은 괴로운 일임에 틀림없다.

그러나 이보다 좀더 좋은 방법, 이러한 희생을 피할 수 있는 방법으로 하녀 메리에게 부탁하여 가끔 식품실에서 직접 내 방으로 가져오게 할 수도 있다. 메리는 따분한 여자이지만 조금 달콤하게 말을 걸어주기만 하면 거의 내가 원하는 대로 해준다. 이것은 그다지 내키는 일은 아니지만, 나의 계획을 성공시키기 위해서는 이만한 희생쯤 참아야 한다. 그리고 이 문제가 해결될 때까지 나는 행동을 완전히 기교적으로 해야 한다고 생각한다.

4

기교적으로 일을 진행시켜야 하는 것이 필수조건이었다. 오늘 나는 하마터면 실수를 할 뻔했다. 요즈음 나는 이따금 소소를 데리고 나가 연습을 시키고 있다. 소소는 정말 개라고 여겨지지 않을 만큼 두뇌의 움직임이 뛰어났다. 소소는 이미 갈색의 몸을 흥분으로 떨며 기대에 가득찬 작고 거무스름한 혀로 턱을 핥으며 내가 가라고 할 때까지 기다리는 단계에 이르렀다. 더구나 감탄하지 않을 수 없는 것은, 그동안 소소가 소리 하나 내지 않고 목줄이 느슨해져 몸이 자유로워지면 애타게 바라는 비스킷에게 달려들기 위해 몸을 도사리고 있는 일이었다.

나는 이리하여 소소가 참는 시간이 조금씩 길어지도록 훈련시켰다. 드디어 계획을 실행에 옮기는 그 날에는 큰어머니가 나타날 때까지 한참 동안 기다려야 할지도 모르기 때문이다. 그 날은 나의 행동에 대하여 의심스러운 점을 남기면 안되므로 큰어머니보다 훨씬 먼저 집을 나오는 편이 좋을지도 모른다. 그럴 경우를 위해 소소에게 참는 연습을 시키는 것이다. 그는 꼭 한 번 이 훈련에 복종하지 않은 적이 있었다. 그것은 아셀이 먹이를 찾아나왔는지 혼자 헤매다가 비스킷을 발견하고 먹어버렸을 때였다. 나는 모르고 있었는데, 소소가 그것을 보고서 큰 소동이 벌어졌다. 이런 경우에 소소를 비난하는 것은 잘못이리라. 그는 정당하게 평가할 능력도 없는 상대에게 자기 재산이 빼앗기는 것을 막기 위해 거의 미친 듯이 날뛰었으므로, 하마터면 나까지 물릴 뻔했다.

그런데 오늘은 나도 주의가 부족했다. 소소에게 오랫동안 참도록 만드는 것은 좋았으나, 지나치게 시간을 끌었기 때문에 내가 오히려 주의가 산만해져 버렸다. 이때 갑자기 길에서 발소리가 나기에 나는 깜짝 놀라 어리석게도 소소를 붙들어 매고 있던 끈을 손에서 놓아버렸다. 그러자 소소는 쏜살같이 산울타리를 빠져 한길로 뛰어나갔기 때문에 하필이면 농부 윌리엄스의 장화 신은 발에 밟힐 뻔했다.

"이제 보니 에드워드 도련님이 거기에 계신 모양이군."

윌리엄스가 중얼거리는 소리가 들렸다.

"오전 시간을 보낼 좀더 좋은 방법도 있을 텐데 말이야."

그는 산울타리에서 나와 소소를 달래고 있는 듯했다.

"알겠니, 강아지야. 내 장화 밑으로 뛰어들면 안돼. 다시 한 번 그런 짓을 하면 너는 짓밟힐지도 모르니까. 솔직히 말해서 나는 너를 좋아하지 않지만, 그런 짓을 하고 싶지는 않아. 너에게 상처를 입히는 것은 질색이거든."

그러고 나서 그는 소소를 가볍게 쓰다듬어주려고 했던 모양이다. 그런데 개는 입에 물고 있는 귀중한 비스킷을 빼앗기는 줄로 착각한 것 같았다. 이어서 윌리엄스의 목소리가 들려왔다.

"아니, 그게 무엇이지? 옳아, 비스킷이로군. 네 주인이 아직 낮잠을 자고 있다면 비스킷을 던져줄 리가 없고…… 그렇다면 내가 이 길로 올라오기 조금 전에 너에게 비스킷을 주고 그리고 1분 안에…

… 아니, 1분도 채 안되어 다시 잠들어 버렸단 말이냐? 정말 기가 막히는군!"

윌리엄스는 잠깐 말을 끊었다.

"하지만 잘 들어라. 나는 너의 비스킷을 빼앗지는 않아. 너의 주인도 언젠가는 소와 산울타리 때문에 나하고 다툰 것을 잊어줄 거야. 그래서 나는 너에게 원한을 품고 있지도 않으며, 또 너의 그 갈색 몸이 우리 집으로 들어온다면 나는 다른 손님들과 마찬가지로 '자아, 어서 안으로 들어와서 큰 입을 벌리고 많이 먹어라' 하고 말해줄 수도 있단 말이야."

믿음직하게도 소소는 그의 화해 신청을 완전히 무시하는 듯했다. 그리고 그가 말한 대로 '큰 입을 벌리고' 비스킷을 먹으려고 한 모양이었다. 나는 여전히 잠들어 있는 척했다. 그는 아마 진심으로 큰어머니가 그가 있는 앞에서 모욕했다는 이유로 내가 자기를 만나고 싶어하지 않는 줄 아는 모양이다. 물론 그때 그가 나에게 한 말을 나는 결코 용서할 생각이 없다. 그러나 그가 나에게 좋지 않게 대했다고 해서 그에 대한 태도를 바꾸는 것은 성가신 일이다. 그는 나의 마음을 괴롭힐 만큼 가치있는 사람도 아니다. 나는 이렇게 생각하고 있다는 것을 그에게 알려주고 싶었다. 그러나 지금 그가 사태를 잘못 파악하고 있는 것은 유감스러운 일이지만 나의 계획을 조금이라도 알아차리는 것보다는 낫다.

유감스럽게도 나는 이 웨일스 사람들에 대해서 거의 아무것도 모른다. 그러나 그들이 호기심만은 대단하다는 것을 나는 알고 있다. 그러므로 어째서 소소에게 비스킷을 주는 것이며, 어째서 훈련을 시키고 있으며, 어째서 그것을 찻길에서 해야만 하느냐고 호기심이 일어나 그가 끝없이 질문을 퍼부을지도 모른다. 그가 자기 마음대로 내린 해석——내가 잠자고 있다는 해석——은 바람직한 것이 못되지만,

적어도 그가 이 문제에 대해 이리저리 추측하거나 깊이 생각하지 않을 것이며, 앞으로 일어날 사건에 대한 소식을 듣더라도 여러 가지 말을 떠벌리거나 무의미한 억측을 함부로 퍼뜨리지는 않을 것이다.

그러니 그가 제의한 분명한 화해 공작을 나는 무시하지 않으면 안된다.

나는 나무그늘을 따라 햇빛을 피하며 점심식사를 하러 돌아오는 도중 곰곰이 생각해 보았다. 신중을 기해야 하기 때문이다. 내가 그 길의 그 지점에 있는 것을 큰어머니는 물론 다른 누구에게도 두 번 다시 들켜서는 안된다. 어쨌든 이 계획은 빨리 실천하는 것이 좋을 것 같다. 소소도 이미 충분히 연습을 했고, 나로서도 언제까지나 메리에게 달콤한 말을 해야 한다면 참기 어렵다. 더구나 정신적인 긴장 탓으로 육체적인 건강상태가 차츰 나빠지기 시작했다. 요즈음에는 제대로 잠을 이룰 수가 없었다.

사실 이러한 긴장을 나의 표정에도 나타나기 시작한 모양이다. 점심식사 때 큰어머니가 그 점에 대해 말했다. 큰어머니는 나를 위하여 걱정해 주는 듯이 말했으나, 나로서는 남의 안색이 나쁘다며 걱정하는 태도치고는 좀 친절하지 못한 느낌이었다고 말하지 않을 수 없다.

오늘 오후에 큰어머니가 자두를 따는 동안 나는 나의 자동차를 정밀검사해야겠다면서 시간을 보냈다. 큰어머니는 내가 무엇을 하고 있는지 너무 자주 물어왔으므로 항상 설명할 수 있는 준비를 갖추고 있어야 했다. 분명히 말해서 큰어머니가 나를 살피고 있다거나 의심하고 있는 것은 아니다. 더욱이 내가 무엇을 하고 있느냐에 관심이 있기 때문에 묻는 것도 아니다. 큰어머니는 다만 심심해서 묻는 것이다. 그러므로 나는 만일 큰어머니가 물으면 자연스럽게 내 자동차의 기화기에 대해 이야기할 수 있도록 준비해 놓았다. 이런 이야기라면 큰어머니가 따분해 할 것이 틀림없기 때문이다. 물론 나는 내 자동차

보다 큰어머니의 자동차를 살펴보고 있었던 것이다.

핸들에 고장을 일으키게 해놓는 것은 아주 간단하다. 지금 그대로도 결코 상태가 좋다고 할 수는 없다. 만일 이 계획을 한참 뒤로 미룬다면, 큰어머니는 스스로 이 고장을 알아차리고 수리시킬 것이므로 일하기가 더욱 어려워질 뿐이다. 그러나 브레이크 쪽에는 곤란한 점이 있다.

전에도 말했듯이 나는 모든 자동차에 수압식 브레이크가 달려 있는 줄 알았다. 하긴 어떤 형의 자동차에는 금속의 굴대가 차바퀴를 제동하게끔 장치된 것도 있지만. 그러나 큰어머니의 자동차가 얼마나 원시적인지 알자 나는 벌어진 입이 다물어지지 않았다. 이 자동차는 노아가 홍수 때 방주(方舟)에 실었던 것이 아닐까 하는 생각마저 들었다. 놀랍게도 큰어머니의 자동차 브레이크는 철사로 조작하도록 되어 있었던 것이다.

그렇다면 방법은 딱 한 가지뿐이다. 열 개의 철사 가운데 여덟 개를 잘라놓고 나머지 두 개는 급격하게 움직일 때 저절로 끊어지기를 바라는 수밖에 없다. 이것은 마스터 실린더의 기능을 잃게 하는 방법만큼 확실하지도 못하고 함께 꼬여 있는 철사를 자를 때 충분히 신중을 기하지 않으면 안된다. 즉 나중에 조사당할 가능성이 있으므로 날카롭게 잘린 자국을 남겨서는 안되며 닳아서 끊어진 듯이 보이게 해야 한다. 하긴 운이 좋으면 자동차가 엉망이 되어버려서 사고가 난 뒤 조사할 여지가 없는 상태에 이를지도 모르지만.

어쨌든 이 일은 조금씩 찬찬히 해야만 한다. 어느 철사에도 최근에 잘린 흔적이 뚜렷이 남게 해서는 안된다. 오늘 오후 나는 매우 주의 깊게, 그리고 교묘하게 이 일에 착수했다. 이렇게 하면 쿰의 샛길이 울퉁불퉁하기 때문이었다고 주장할 수가 있다.

오전 내내 이 글을 쓰면서 시간을 보냈다. 이렇게 함으로써 나는 냉정해질 수 있고, 무엇보다도 두뇌가 맑아지는 것이다. 다시 말해서 드디어 오늘 오후에 계획을 실천에 옮기기로 결정했기 때문이다. 여기서 오늘 아침에 있었던 사건을 이야기하면 내가 공연한 상상력으로 시달리는 것을 막을 수 있으리라.

일반적으로 아침식사란 매우 매력적인 식사가 될 수 있다. 그런데 블라인모어의 아침식사가 즐겁게 느껴질 가능성은 절대로 없다. 첫째, 식사시간을 너무 엄격하게 지켜야 한다는 것은 잘못이다. 사람은 그에게 필요한 수면을 충분히 취하기 전에 억지로 일어나도록 강요당해서는 안된다. 그리고 목욕이며 옷 갈아입는 일만 해도 옆에서 이러쿵저러쿵 잔소리를 해서는 안된다. 그런데 블라인모어의 생활은 거의 날마다 큰어머니의 목소리가 고요함을 깨트려버린다.

"에드워드, 에드……워드 (나의 이름이 이처럼 중간에서 일단 끊어졌다가 다시 이어지며 불려질 때면 언제나 성가신 일이 생긴다)! 일어났니?"

솔직히 대답한다면 "아니오, 오늘 아침엔 일어나지 않고 그냥 계속 자겠습니다"라고 해야겠지만, 어찌된 일인지 나에게는 그렇게 대답할 용기가 없다. 꼭 한 번 그렇게 대답한 적이 있었는데, 그 때 큰어머니가 어찌나 미주알고주알 캐물었던지 마침내 나는 병에 걸렸다고 인정하지 않을 수 없는 지경에 몰리고 말았다. 그렇게 되면 큰어머니는 동정을 하여 차와 토스트를 갖다주고 가만히 내버려두는 것이 아니라 피마자기름을 지겹도록 마시게 하고, 더구나 아침식사를 걸러야 한다는 어이없는 결과를 가져다주는 것이었다.

어쨌든 오늘 아침에는 여느 때대로 대답을 했다.

"네, 일어나겠어요. 이제 곧 아래층으로 갑니다. 실은 셔츠 단추가 하나 없어져서요."

어째서 나는 변명 따위를 할까? 결국 큰어머니는 나의 변명을 믿어주지 않을 텐데.

"그렇다면 어서 빨리 하고 내려오너라, 식사가 식으니까."

"데워주면 안됩니까?"

큰어머니는 이 빤한 역습을 무시했다. 큰어머니가 일부러 차게 만든다는 것을 나는 잘 알고 있다. 지난해 크리스마스 때 큰어머니에게 식사 보온기를 선물했는데, 그녀는 절대로 그것을 쓰려고 하지 않았다.

"종소리를 듣지 못했니?"

이것이 큰어머니가 언제나 쓰는 비꼬는 말이다. 온전한 가정이라면 찾아볼 수 없는 이 끔찍스러운 도구, 그것이 울려퍼지는 소리를 못 들을 사람은 하나도 없다는 것을 큰어머니 자신이 너무나 잘 알고 있다. 큰어머니의 특별 지시에 따라 메리가 놋쇠가 깨어지라고 두들겨 대는 것이다. 그리고 큰어머니는 큰소리로 나를 부름으로써 나의 화를 돋궈 준다는 것도 잘 알고 있다

나는 천천히 마음을 가라앉히며 옷을 갈아입었어야 했다. 그런데 어찌된 까닭인지 또 큰어머니에게 주눅이 들어 넥타이와 양말 빛깔이 나의 취미에 맞는지 어떤지 생각할 겨를도 없이 몹시 서두르며 옷을 입었다. 금방이라도 큰어머니의 목소리가 다시 들려올 것만 같아 안절부절못했던 것이다.

나는 무언가 잊어버린 물건이 있는 듯한 기분으로 층계를 뛰어내려 갔는데, 결국 25분 늦었다. 이런 하찮은 일 때문에 어째서 야단법석을 떨어야만 할까! 나는 나의 시간관념의 정확성에 대해 고귀한 감동마저 느꼈다.

큰어머니는 나를 뚫어지게 바라보았다.

"너에게도 빨리 해야겠다는 생각은 있었던 모양이구나. 머리손질은 나중에 해도 되겠지."

큰어머니는 나에게 차를 따라주고, 식사가 끝날 때까지 마치 순교자 같은 표정으로 나를 지켜보았다. 나는 마멀레이드를 끌어당기고 차를 한 잔 더 마시고 싶은 참이었지만——커피를 마시고 싶었다————큰어머니는 결코 그렇게 하도록 나를 내버려두지 않을 것이다. 나를 서두르게 하고 싶어서인지, 내가 조금 귀찮은 존재라는 것을 알리기 위해서인지 아니면 그저 나에게 불쾌감을 주기 위해서인지 본심은 알 수 없지만, 어쨌든 큰어머니는 늘 그렇듯 마침내 깊이 한숨을 쉬며 "이제 다 먹었니, 에드워드?" 하고 독촉하며 사뭇 바쁘다는 듯이 부엌 쪽으로 걸어가는 것이었다.

말할 필요도 없이 아침식사란 천천히 들어야만 한다. 천연색 사진이 실려 있는 신문 같은 것을 한가하게 들여다볼 여유가 필요한데 르울에서는 점심식사 때까지 신문이 배달되지 않으며, 더구나 큰어머니가 읽는 신문이란 데일리 텔레그래프 정도이다. 어째서인지 그 이유를 나는 모른다. 아무튼 내가 할 수 있는 일이란 아무 말도 하지 않고 식어가는 달걀을 먹거나, 아니면 큰어머니에게 말을 거는 것뿐이다. 만일 오늘 오후의 계획이 예정대로 진행된다면, 나는 두 번 다시 식탁에서 이런 고통을 참을 필요가 없을 것이다. 그것은 하늘에 감사해야겠다.

처음부터 삭막한 침묵이 감돌고 있었다. 너무나도 삭막하여 마침내 내 쪽에서 입을 열었다.

"오늘은 무엇을 하실 작정이세요, 큰어머니?"

큰어머니의 행동에 관심이 있어서 물은 것이 아니라——물론 큰어머니에게 방해당하지 않는 시간이 언제인지 알면 소소에게 충분한 연습을 시킬 수 있겠지만──달리 할 말이 없었기 때문이다. 아무튼 끝내 아무 말도 하지 않고 있을 수는 없지 않은가.

"오전중에는 집안일을 해야지. 오늘은 빨래하는 날이기 때문에 점심 때까지는 다른 일을 할 틈이 없단다. 그리고 오후에는 병원 모임에 가야 해."

"병원이라고요? 아아, 큰어머니가 소속해 있는 그 위원회 말이군요! 이 토스트는 정말 맛이 없군요. 모임은 몇 시에 있습니까?"

"4시. 그 토스트는 아까는 맛있었는데 네가 너무 늦게 내려와서 그렇구나. 그런데 어째서 갑자기 병원에 대해서 흥미를 갖지?"

"그저 물어보았을 뿐입니다. 이 토스트는 너무 구워졌어요."

큰어머니는 무서운 얼굴로 나를 흘겨보았다. 그녀는 자기 마음에 드는 여자 요리사에 대해 이러쿵저러쿵 말하면 몹시 싫어한다. 하긴 지금의 요리사는 좀처럼 흠잡을 데가 없는 여자지만, 그러나 나는 큰어머니가 자랑하는 것만큼 그녀의 솜씨가 뛰어나다고는 생각지 않는다. 전에도 말했지만, 그녀의 솜씨에는 상상력과 섬세한 감각이 모자란다.

"아무래도 너는," 하고 그녀──요리하는 여자가 아니라 큰어머니이다──는 불쑥 말했다.

"나에게 방해받지 않는 시간이 언제인지 알고 싶어서 그러는 모양이구나."

큰어머니의 추리가 너무도 정확하여 나는 깜짝 놀라 회색 플란넬 바지에 뜨거운 차를 엎지르고 말았다. 몹시 뜨거웠으나 가까스로 참았다. 그러나 바지의 얼룩은 지워지지 않을 것 같다. 어쨌든 대단한 일은 아니다. 큰어머니는 말을 계속했다.

"내가 지금 하는 말을 두 번 다시 하지 않게 해다오. 메리는 아주 착한 아이이며, 하녀로서도 나무랄 데가 없어. 그애는 우체국장 휴스의 딸이니만큼 우리 집에서 그애가 불쾌한 생각을 갖게 해서는 안 된다."

"대체 무슨 말씀이시지요?" 나는 몹시 놀랐다.

큰어머니는 나의 얼굴을 똑바로 노려보았다.

"네가 메리에게 치근댄다는 말을 들었다. 메리에 대한 너의 친절이 일방적인 감정임을 알고는 있지만, 그렇지 않다 하더라도 그런 일은 내가 절대로 용서할 수 없어!"

나는 의자를 뒤로 기울이고──내가 이렇게 하면 큰어머니는 늘 초조해한다──초록색 담배 케이스에서 담배를 한 개비 뽑아든 뒤 큰어머니 앞에서 크게 웃었다.

"친절이라고요?" 나는 목소리를 떨며 노래하듯이 되물었다.

"그럼, 네가 지난 열흘 동안 메리를 유혹하려고 갖은 애를 썼다는 것을 부정하겠니? 하루 종일 그 아이에게 추파를 던지고, 남의 눈을 피해 만나자는 약속을 받으려고 하지 않았느냔 말이다. 내가 이 눈으로 똑똑히 보았어. 그리고 그런 식으로 의자를 뒤로 기울이지 말아라. 뒤로 쓰러지면 다리가 부러지니까."

큰어머니가 이런 말을 하는 데 가만히 있을 수는 없다. 물론 나는 메리를 매우 좋아하며, 그녀가 없다면 블라인모어의 생활이 참을 수 없을 만큼 따분할 게 틀림없다. 나는 요즈음 거의 머리에서 떠난 적이 없는 그 문제마저 한순간 잊고 있었다. 따라서 블라인모어에서 그리 오래 살지 않으리라는 것도 잊어버리고 있었다.

"큰어머니, 너무 지나친 과장인데요, 이 점은 설명해 두는 편이 좋을 것 같군요, 담배 한 대 피우시겠습니까?"

"너의 그 고약한 냄새가 나는 담배 따위는 절대로 피우지 않는다는 것을 잘 알고 있을 텐데 그러는구나, 에드워드."

그녀는 일어나 맨틀피스 앞으로 가서 자기의 골드 프레이크 담배를 가지고 왔다. 큰어머니는 절대로 담배 케이스를 쓰지 않는다. 그녀가 꾸깃꾸깃해진 노란 담뱃갑을 꺼내 남에게 권할 때면 나는 얼굴을 붉히지 않을 수 없다. 내가 조금 주춤거리고 있는 동안 큰어머니는 구두창에 대고 성냥을 그었다. 이것 역시 큰어머니의 보기흉한 버릇 가운데 하나이다.

"그렇다면 어서 설명해 보렴" 하고 큰어머니는 말했다.

"물론 그것은 전적으로 오해입니다. 큰어머니는 2, 3일 전에 맛있는 비스킷을 조금씩 내놓겠다고 말씀하신 것을 기억하고 계시겠지요? 만일 내가 그런 처사에 만족하고 있다면 그것만으로도 충분했겠지요. 그러나 사람에게는 각기 자존심이라는 것이 있습니다. 그래서 나는, 간단히 말하자면 메리에게 비스킷을 가져오게 하는 것이 가장 간단한 방법이라고 생각했던 것입니다. 그랬던 것이 그런대로 재미도 있고 장난스러운 점도 있어 우리는 아마 가끔 서로 웃기도 했겠지요. 큰어머니가 '추파를 던졌다'라는 등 불쾌한 표현을 하신 것은 아마도 이것을 보고 하시는 말씀인 것 같군요."

큰어머니는 내가 무엇 때문에 비스킷을 가져오게 했는지 전혀 눈치채지 못한 것 같았다!

큰어머니는 나의 얼굴을 향해 훅 하고 담배연기를 뿜어냈다.

"정말 잘도 꾸며대는구나, 에드워드, 정말 대단해. 하지만 어느 정도 사실도 섞여 있긴 하겠지. 그렇지 않다면 그토록 재빨리 설명할 수가 없을 테니까. 실은 나도 그 점은 알고 있었지. 여분의 비스킷을 가져오게 하고 있다는 것은 나도 알고 있었어. 하지만 그것은 너의 야비한 마음을 감추기 위한 수단이며, 내가 캐물을 때 곧 대답할 수 있는 구실에 지나지 않아. 너의 그 행동의 이유가 비스킷 때문이 아니라는 것을 나는 잘 알고 있단 말이다. 앞으로 그런 행동은 삼가거라. 그렇지 않으면……."

이때 큰어머니는 쌀쌀맞은 눈으로 나를 노려보며, 언제나 나를 꼼짝 못하게 만드는 그 말을 입에 올렸다.

"그렇지 않으면 엄한 조치를 취할 테니까. 그리고 너의 구실에 이용당하지 않도록 얼마 동안 비스킷을 만들지 말라고 요리사에게 일러두겠다. 이미 만들어 놓은 것은 오늘 오후 병원으로 가지고 가야겠구나. 상자에 들어 있는 것은."

큰어머니는 식당을 가로질러 가서 괘씸한 비둘기들을 불러모아놓고 비스킷을 잘게 부수어 식당의 창문 밑에 뿌려 주었다.

이것은 보고 있던 아셀과 스루셀이 달려와 비둘기들을 쫓아버렸으므로 큰 소동이 일어났다. 한편 가장 좋아하는 비스킷의 냄새를 맡고 가엾은 소소가 이것이 마지막인 줄도 모르고 그 짧은 다리로 초고속으로 달려왔으나, 비둘기들과 마찬가지로 이 버릇없는 두 마리의 폭스테리어에게 위협당했을 뿐이었다.

"괜찮아, 소소." 나는 내 개를 두 손으로 안아올리면서 부드러운 귀에 입을 갖다대고 속삭였다.

"2층에 아직 두 개 숨겨둔 게 있으니까. 하나는 4시 조금 전에 너에게 주마. 그리고 내일은……아니지, 내일은 아마 오늘과 다른 명령을 요리사가 받게 될 거야."

내가 메리와 다정하게 지낸다고! 만일 내가 그녀에게 다정한 말을 하여 접근해 갔다 하더라도 그것이 대체 큰어머니와 무슨 상관이 있담. 큰어머니는 너무 점잖은 척한다. 이 일만은 아무래도 용서할 수가 없다. 오늘 오전 중에 브레이크의 철사를 잘라놓고, 오후에는 단숨에 해치워야겠다. 큰어머니는 땅바닥에 비스킷을 뿌림으로써 스스로 이 일을 빨리 진행시키도록 만들었다. 이제 비스킷이 두 개밖에 남아 있지 않으니 소소가 자기 임무를 잊어버리기 전에 행동해야 한다. 그렇지 않으면 큰어머니의 마음이 달라져서 다시 요리사에게 비스킷을 구우라는 명령을 내릴 때까지 막연히 기다리는 수밖에 없다. 그러므로 두 개의 비스킷에 곰팡이가 끼기 전에——나는 소소에게 곰팡이 낀 비스킷을 주고 싶지 않다——그리고 큰어머니가 이 소중하기 이를 데 없는 두 개의 비스킷을 찾아내어 창 밖으로 던져버리기 전에, 다시 말해서 오늘 오후에 해치워야만 한다. 사실 지금이라도 큰어머니가 나의 방을 뒤진다면 그렇게 될 가능성이 충분히 있는 것이다.

6

꽝장했다. 정말 꽝장했다. 나는 내 눈앞에서 일어난 모든 순간을 그대로 적어두어야만 한다.

괴로운 점심식사였다. 여러 가지 이유로 누구 하나 정상적인 상태에 있는 사람이 없었다. 당연한 일이지만, 나 역시 어쩐지 차분히 마음을 가라앉힐 수가 없었다. 오후에 해치울 일을 생각한다면 차분히 가라앉힐 수 있는 사람이 오히려 이상하겠지만, 마지막 고비에 이르러서도 나의 마음은 여전히 갈팡질팡했다.

큰어머니가 앞으로 맞이할 운명은 말하자면 당연한 대가라고 나는 아주 강하게 확신하고 있었다. 그러나 이것 말고는 다른 방법이 없는 것일까? 내가 블라인드어를 떠나서 내 생활을 해도 좋다고 큰어머니에게 인정시킬 수는 없을까? 나는 지금까지 한 번도 그 일에 대해 큰어머니와 의논한 적이 없지 않은가? 나는 다시 한 번 큰어머니에게 마지막 기회를 주어야겠다는 생각마저 들었다. 이때까지 나는 내 접시 위에 시선을 떨구고 있었는데, 메리가 방에서 나가자 큰어머니에게 집행유예의 가능성을 줄 생각으로 고개를 들었다. 그런데 운나쁘게도 나의 눈은 큰어머니가 아니라 메리의 눈과 마주치고 말았다.

이 어리석은 처녀가 얼굴을 붉힌 것은 지극히 당연하다고 할 수 있으리라. 그녀 역시 침착성을 잃고 있었던 것이다. 오늘 아침에 큰어머니가 입에 담은 모욕이며 비꼬는 말들을 회상하자, 나의 얼굴에 핏기가 솟아올랐다. 큰어머니는 자못 뜻있는 눈초리로 나를 보고 나서 방을 나가는 메리를 쳐다보았다. 큰어머니의 이 눈초리가 나의 신경을 날카롭게 만들었다.

결국 큰어머니에게 마지막 기회를 주는 건 위험한 일이 아닐까? 만일 사고가 일어난 뒤 심문이 시작되었을 때, 우리들의 마지막 대화에서 내가 날마다 별수없이 굴복당하는 큰어머니의 끝없는 잔소리, 잔소리, 잔소리에서 벗어나기 위해 자유를 요구했다는 사실이 드러난다면 과연 현명한 일일까? 물론 큰어머니와 내가 단둘이 있을 때 어떤 화제를 놓고 서로 이야기했는지는 아무도 모르리라. 그러나 이런 성질의 화제는 일단 시작되면 짧은 시간 안에 끝나는 게 아니며, 더구나 윌리엄스 앞에서 듣기 거북한 말을 함부로 입에 담는 큰어머니이니만큼 메리가 푸딩을 가지고 다시 들어와도 말을 멈추지 않고 계속할는지도 모른다.

메리는 이야기의 앞뒤 관계를 모르기 때문에 더욱 나쁜 뜻으로 해석할지도 모른다. 더구나 이번 같은 일은 처음이므로 과연 내가 메리를 신용해도 좋을지 어떨지 자신이 없었다. 내가 이제부터 하고자 하는 이런 종류의 일을 계획할 때 어떤 사람이든 한 가지 실수는 저지른다고 한다. 지금 이런 것을 큰어머니에게 호소하는 일이야말로 그 실수일지도 모른다고 나는 생각했다. 나는 좀더 자신을 가지고서 냉혹하고 단호하게 일을 진행시켜야만 한다.

나는 마음 속으로 이렇게 다짐하며 푸딩에 손을 댔다. 손에 들고 있던 스푼에 굉장한 힘이 주어져 그만 구부러지고 말았다. 큰어머니는 말없이 그것을 내 손에서 빼앗아 바로 폈다.

"파우엘 집안 사람들은 1658년부터 이 블라인모어에 살기 시작했다. 그리고 이 스푼만 하더라도 벌써 백 년 이상이나 쓰고 있지." 큰어머니는 은스푼에 새겨진 표시를 들여다보았다.

"아암, 백 년도 넘었고말고. 우리는 이 시골에서 언제나 당당하게 살아왔단다. 모든 일이 자기 마음대로 되지 않는다고 해서 화를 내며 유서깊은 스푼을 구부러뜨린다는 것은 참으로 슬픈 일이야. 오랜 전통을 깨뜨리는 것은 칭찬할 만한 행동이 못돼. 아니, 내겐 치즈가 필요없어."

이런 식으로 마지막 끝맺음을 하여 일껏 지켜온 위엄을 망가뜨리는 태도야말로 과연 큰어머니다운 행동이다. 그리고 우연히 일어난 일을 가지고 한바탕 설교를 늘어놓는 것도 참으로 큰어머니답다. 게다가 그 설교란──언제나 영원이 어떠니, 흔들리지 않는 전통이 어떠니 하며 장황하게 늘어놓는 것이었다.

그런데 여기에는 무언가 미묘한 것이 있었다. 큰어머니의 목숨도 앞으로 몇 시간밖에 없다고 생각하자 나로서는 뜻하지 않게 조금 감상적이 되지 않을 수 없었다. 결국 나는 큰어머니를 가엾게 생각해야 할 것인가? 나라는 인간은 동정심이 많고 이기적인 데가 없으며, 너그러운 성격의 소유자이다. 나는 이 점에 대해 생각해 보기 위해서 발소리를 죽여가며 지금은 쓰고 있지 않는 다락방으로 올라갔다. 따스한 감정이 나의 마음 속에서 슬그머니 솟아올랐다. 아래층에서 큰어머니가 나의 방으로 가는 발소리가 들려왔다. 나는 다락방을 고른 나의 선견지명에 만족했다.

"에드워드, 에드……워드!"

큰어머니가 날 부르는 소리가 들려왔다.

"에드……워드! 정말 한심한 아이로구나. 볼일이 있을 때면 언제나 보이지 않는다니까. 에드……워드!"

그 목소리가 끊기더니 큰어머니가 홀을 가로질러가는 기척이 났다. 이어서 내가 펄쩍 뛸 만큼 요란한 종소리가 울려퍼졌다. 이것만큼은 참을 수가 없다. 나는 별수없이 나가지 않을 수 없었다.

"왜 그러세요, 큰어머니?"

"귀가 멀었니, 에드워드?"

"네, 갑자기…… 종소리 때문에……."

큰어머니의 눈초리는 막연한 불평의 기색에서 갑자기 뚜렷한 의혹의 빛으로 바뀌었다.

"다락방에서 대체 무엇을 하고 있었지?"

이 질문에는 대답할 말이 없었다. 그런 질문은 하지 않는 편이 좋을 텐데. 큰어머니가 바로 이 점을 알아준다면 얼마나 편할까. 당연한 일이지만 나는 뭐라고 대답해야 좋을지 몰라 당황했다.

"……저어, 생각할 일이 좀 있어서요."

"다락방에서? 생각할 일이? 어째서 네 방에서는 안되니? 하녀방 가까이에 가서 대체 무슨 짓을 하려고 했지? 정말이지, 에드워드, 내가 알았더라면……."

이런 말을 듣고는 가만 있을 수가 없다. 나는 큰어머니를 똑바로 쳐다보았다.

"밀드레드 큰어머니, 당신은 천박한 마음을 가진 분이군요."

내가 이처럼 호된 말을 툭 터놓고 하자 이번만큼은 큰어머니도 깜짝 놀라고 말았다. 숨을 헐떡거리고 큰 입을 벌렸다 오므렸다 하며 벌레먹어 땜질한 이를 드러내고 있는 큰어머니를 남겨둔 채 나는 그 자리를 떠났다.

그리고 내 뒤를 졸졸 따라오는 소소를 데리고 성큼성큼 집을 나왔다. 돌아가는 길로 해서 재빨리 차고로 갔다. 이윽고 나의 계획은 세세한 점에 이르기까지 빈틈없이 준비를 끝마쳤다. 그리하여 조금 걸어서 집 뒤꼍에 있는 찻길 반대쪽의 야 올트 산으로 올라갔다. 거기에서 책을 한 권 꺼내 집 전체가 내려다보이는 자리에 앉아 책을 읽고 있는 척했다.

이윽고 큰어머니가 뜰로 나오는 것이 보였다. 그녀는 일을 하여 한바탕 땀을 흘릴 필요를 느꼈는지, 이미 때가 늦은 완두콩 덩굴을 거두기 시작했다. 쓸모없게 된 줄기를 힘껏 잡아뽑았다. 그리고 덩굴이 감겨 있는 받침대를 힘껏 흔들어서 잡아뺐다. 그 받침대는 다시 쓸 수 있도록 뜰 한구석에 쌓아올렸다.

내가 있는 곳에서는 큰어머니가 오후의 햇살을 가득 받으며 열심히 일하는 모습이 환히 보였다. 그녀가 지금 어떤 기분인지 잘 알 수 있었다. 큰어머니 앞에서 재빨리 빠져나오기를 정말 잘했다. 아까 나를 부른 것은 아마도 저 천한 일을 시키기 위해서였으리라. 게으름쟁이 에번스를 지금보다 더 게으름쟁이로 만들고 싶어서 나를 시키려는 것일까?

상쾌한 오후였다. 나는 너도밤나무 그늘 아래에 앉아 있었다. 소리 하나 내지 않고 조용히 앉아 있었으므로 호랑나비 한 마리가 겁도 없이 날아와 내 손 옆에 핀 꽃에서 날개를 쉬었다. 풀을 뜯고 있는 양들은 내 존재를 전혀 모르는 모양이었다. 골짜기 저 너머의 펜터 저택에서는 깃발이 바람에 휘날리고 있었다. 이 깃발이 나붙은 것은 펜터 경이 런던으로부터 이곳에 와 있다는 표시이다. 그 너머에는 가파르게 솟아오른 골퍼 산맥이 가로누워 있으며, 산중턱은 떡갈나무와 단풍나무와 전나무 숲으로 뒤덮여 있다.

봉우리 아래 한쪽에는 미들랜드가 지도처럼 펼쳐져 있고 다른 한쪽에는 난잡하고 볼품없는 웨일스의 언덕들이 어수선하게 퍼져 있다. 내가 이 언덕에 올라와서 보는 곳은 언제나 잉글랜드 쪽인데, 몹시 불쾌하고 가파른 오솔길을 걸어서 올라가야 하므로 별로 올라가보고 싶은 생각이 없었다. 그러나 골퍼 산맥이 말할 수 없는 매력을 지니고 있다는 사실은 나도 인정하지 않을 수 없다. 그 매력은 나에게마저 저 봉우리 하나하나에 올라가보고 싶다는 기분을 일으키게 한다. 그러나 한 번이면 충분하다.

나는 눈앞에 펼쳐진 이 풍경에 도취되어 있었다. 감정이 흥분되어 있을 때 사람은 자기 주위의 상황을 생생하고 뚜렷하게 느끼는 법이다. 저 밑에서는 큰어머니가 티끌만큼의 의심도 없이 완두콩 덩굴을 한아름 안은 채 씨름하고 있었다. 나는 시계를 들여다보았다. 큰어머니가 병원에서 열리는 모임에 빠듯하게 시간을 댈 작정인 듯하여 마음이 놓였다. 큰어머니가 서둘러 자동차를 몬다면 그보다 다행스러운 일이 없기 때문이다. 이제 슬슬 집 안으로 들어가 모임에 참석하기 위한 몸단장을 해야 할 시간이다. 하긴 내 계획이 실현되면 큰어머니는 이 모임에 참석할 수도 없겠지만.

드디어 행동을 개시할 때가 온 것이다. 나는 일어나 야 올트 산의 비탈길을 슬슬 내려왔다. 집에서 내 모습이 보이지 않는 곳에 이르자 나는 갑자기 걸음을 빨리했다. 과수원 아래까지 재빨리 걸어갔다. 이날 오후의 일은 자잘한 점까지 모두 기억하고 있으므로 지금 돌이켜보니 그때는 거의 관찰하지 않았던 것까지 뚜렷이 기억에 되살아난다. 사과나무는 풍작일 듯 했으나 자두는 흉작이 예상되었다. 나로서는 그편이 오히려 고마웠다. 자두는 아무래도 잉크에 넣어 졸인 구두창 같은 맛이 난다. 하긴 절임으로 만들면 입맛을 산뜻하게 하는 단맛이 나긴 하지만, 그래도 새콤한 맛이 지나치게 강하다.

과수원에서 나온 뒤부터 신중을 기해야 할 필요가 있다. 미리 살펴본 결과, 위험한 장소라고 점찍어 놓은 곳이 바로 여기인 것이다. 과수원 끝에 작은 시냇물이 흐르고 있는데, 그 흐름은 잔디밭 앞의 목초지를 지나 다리에서 그리 멀지 않은 지점에서 블라인모어 강과 합류한다. 비탈진 잔디밭은 목초지 끝에까지 이어져 있는데, 이 작은 시냇물 바로 앞까지 급경사를 이루어 마치 둑처럼 되어 있다. 거기서부터 다시 언덕을 이루다가 4, 5마일 앞에서 블로드 산과 이어진다. 이 둑 바로 뒤에 있으면 아무에게도 들키지 않고 앞을 내려다 볼 수가 있다.

무리에서 벗어난 한 마리의 소를 피하며, 이 위험한 지역에서 소소가 헤매지 않도록 그를 안은 채 나는 과수원 모퉁이에서 시냇물 둑까지 재빠르게 달려갔다. 내가 보기에 모든 일이 잘 되어가고 있었다. 둑 그늘에 이르자 나는 예정된 지점인 길 왼쪽으로 가서 비스킷을 놓았다. 소소는 전에도 여러 번 먹어본 적이 있는 맛있는 비스킷을 보자 나의 팔 안에서 몸부림치고 코를 울리며 열심히 나의 얼굴을 핥았다. 그러나 고맙게도 전혀 짖지는 않았다. 이제 곧 그 맛있는 비스킷이 자기 입으로 들어온다는 걸 알고 있었던 것이다. 말하자면 소소는 마음놓고 나를 믿고 있는 것이다. 이윽고 나는 번개처럼 빠르게 길을 가로질러 무성한 고사리수풀 속에 서 있는 나무그늘에 몸을 숨겼다. 그때까지는 몰랐는데 완전히 엎드리자 한길이 보이지 않았다. 그래도 자동차 소리는 뚜렷이 들려왔다. 그럭저럭 시간에 맞춰온 듯했다.

사실은 조금 일렀다. 어느 정도 시간이었는지는 모르지만, 아무튼 나는 기다려야만 했다. 실제로는 그리 긴 시간이 아니었을 텐데도 나에게는 영원한 것처럼 느껴졌다. "좋아!" 하는 반가운 신호를 기다리고 있는 소소도 똑같이 느꼈으리라. 갑자기 이 말에 담긴 짓궂은 뜻이 머리에 떠올랐다. 정말 틀림없이 '좋게' 되어가고 있다. 이제야말로 수없이 받은 큰어머니의 모욕을 하나도 남김 없이 갚아주는 것이다. 나는 최근에 받은 모욕을 생각해 보았다. 윌리엄스와 그의 산울타리, 메리가 얼굴을 붉히던 일, 끊임없는 비웃음, 허버트슨의 비웃음, 휴스 노인의 비웃음 등등에 얽힌 갖가지 모욕. 그리고 기억을 더욱 더듬어 올라가 어릴 적에 가끔 받았던 엄한 벌이며, 쉴새없이 되풀이 들어온 "그러면 안된다, 에드워드"라는 잔소리에 대해서도 생각해 보았다. 이런 모든 것이 이제야말로 훌륭하게 보복을 받는 것이다.

나는 꿈꾸는 듯한 기분으로 큰어머니의 자동차가 달려오는 소리를 들었다. 그리고 바로 지금이야말로 결정적인 순간이라고 판단될 때까지 온 신경을 집중시켜 소소를 끌어안고 있다가 새된 외침인지 목쉰 속삭임인지 알 수 없는 목소리로——어느 쪽인지는 나도 모른다——"좋아！"라는 신호와 함께 손에 쥔 끈을 놓았다.

눈에 보이지는 않았으나 비명 소리며 핸들이 꺾이는 소리며 소소가 울부짖는 소리며 브레이크가 떨리는 소리 등이 들려왔다. 다음 순간 완전히 자유를 잃은 큰어머니의 자동차가 길에서 골짜기 밑바닥을 향해 굴러떨어지는 소리가 들려왔다.

나는 벌떡 일어나 비탈에서 사라지고 있는 자동차를 보았다. 굴러가면서 운전석 문이 안쪽에서 열렸다가 공기의 압력에 밀려 다시 닫혔다. 그러고 나서 자동차는 나의 시야에서 사라졌다.

나는 산울타리를 재빨리 빠져나왔다. 지금 내가 산울타리에 구멍을 뚫었다고 해서 잔소리할 사람은 아무도 없다. 이처럼 중대한 순간에 이런 시시한 생각이 떠오르다니, 참으로 이상하다. 앞에서는 자동차가 속력을 더해가며 벼랑을 굴러떨어지면서 좌우의 나무기둥에 부딪쳐 여러 번 구르다가 마침내 굉장한 소리를 내며 골짜기 밑바닥에서 충돌하는 소리가 들렸다.

나는 이 마지막 충돌 장면을 겨우 볼 수 있었다. 그 광경은 평생 잊을 수 없으리라. 그 처참함은 말로 표현할 수가 없다. 자동차는 골짜기 밑바닥을 향해 돌진하여 산산조각으로 부서지고 말았다. 아마 큰어머니 몸의 뼈도 틀림없이 산산이 부러졌을 것이다.

그러나 큰어머니는 자동차에서 탈출하려고 애썼으며, 어느 정도까지는 성공하고 있었다. 사실 그녀는 탈출할 수 있었던 것이다. 탈출하긴 했으나, 거의 무의미하다는 사실을 나는 알았다. 큰어머니는 크게 내동댕이쳐져 다리만 밖으로 나와 있고 머리 쪽은 무성한 검은딸기덤불 속에 처박힌 자세로 힘없이 축 늘어져 있었다.

나는 그리로 내려갔다. 그런 자세로 꼼짝 않고 있는 것을 보니 목숨이 끊어졌음은 거의 의심할 여지가 없다. 물론 나는 의사가 아니므로 내 손으로 확인할 수는 없지만, 계획의 성과를 확신할 수 있었다. 시체에 손을 대볼 생각은 도저히 나지 않았으므로 큰어머니를 그 자리에 남겨놓은 채 돌아섰다. 부끄러운 이야기지만 나는 조금 속이 메슥거렸다.

찻길까지 돌아왔을 때 나는 비극이 일어났음을 알았다. 가엾은 소소가 비스킷에서 1인치나 2인치쯤 떨어진 길가에 나동그라져 있었다. 이미 숨이 끊어졌음은 의학적 지식을 빌리지 않아도 한눈에 알 수 있었다. 끈을 놓아주는 것이 조금 늦었음에 틀림없다. 소소는 자동차 따위는 안중에도 없이 마구 달려 길 저쪽까지 다다랐으나 크리슈나 신의 수레(인도신화에 나오는 크리슈나 신의 우상을 태운 수레. 이 수레에 치인 자는 극락으로 간다고 한다)가 사정없이 달려와 그를 짓밟고 지나가버린 것이다. 나는 둘도 없는 친구를 잃고 말았다. 나는 소소가 버릇없이 굴면 '가만두지 않겠다'고 하던 큰어머니의 말이 생각났다. 큰어머니는 사실 그 말대로 한 것이다. 비록 우연히 그렇게 되긴 했지만.

가엾은 소소! 나는 비스킷을 주워 가까운 가시덤불 속에 던지고 기운을 내어 축 늘어진 소소의 시체를 안고 집을 향해 걸어가기 시작했다. 지금은 그의 죽음을 슬퍼하고 있을 때가 아니다. 행동을 해야 할 때인 것이다. 그러나 몹시 흥분하여 눈물을 참는 것이 고작이었다.

　물론 우선 무엇을 해야 할지 생각할 만한 분별력은 있었다. 나 자신은 얼른 그 자리를 떠나고, 누군가 다른 사람이 사고를 발견하도록 하는 것이 가장 좋은 방법이 아닐까 생각되었던 것이다. 그렇게 하면 나 자신은 이 사고와 전혀 관계가 없어보인다는 잇점이 있다. 그러나 목격하지는 않았어도 충돌하는 소리를 들을 수 있는 어떤 장소에 있었다는 편이 현명할는지 모른다는 생각이 머릿속에서 떠나지 않았다. 좀처럼 내 곁을 떠난 적이 없는 가엾은 소소는 이처럼 비극적으로 이 사고에 휘말려들었으니 나 자신도 사고현장 부근에 있어야만 하기 때문이다.

　빠른 속도로 식어가는 소소를 큰어머니가 홀에 두었던 헝겊에 싸서 탁자 위에 놓아 아셀이나 스루셀이 그의 영원한 안식을 방해하지 않도록 해놓고 나는 재빨리 전화기 쪽으로 갔다.

　"르울 47번, 지금으로 부탁합니다. 스펜서 선생님 댁으로." 나는 초조한 듯한 목소리로 말했다.

　"스펜서 선생님이십니까? 빨리 와주십시오. 큰어머니의 자동차가 사고를 일으켰습니다. 빨리 와주십시오."

　"곧 가겠네, 에드워드!" 스펜서 선생은 쓸데없는 말을 한 마디도 하지 않았다.

　전화기를 내려놓으며 뒤돌아보자 난처하게도 요리사가 내 바로 옆에 서 있었다.

　"대체 무슨 일이지요? 굉장한 소리가 난 것 같았는데……."

　이럴 때 자칫하면 실수하기 쉽다. 예를 들어 절대로 알고 있을 리가 없는 사실을 알고 있는 것처럼 보이는 행동을 하면 큰일이다. 나는 애써 침착성을 잃지 않으려고 했다.

　"나도 잘 모르겠소. 소소가 대문 앞에서 길을 가로질러가자마자 외치는 소리와 충돌하는 소리가 들려왔소. 큰어머니의 자동차는 골짜기 밑바닥에 있고, 소소는 저기 있소."

내가 헝겊에 싸인 소소의 시체를 가리키자 그녀는 무섭다는 듯이 몸을 떨었다. 그녀는 숨을 할딱이며 말했다.

"하지만 설마 마님이!"

"나도 잘 모르겠어. 너무 놀라서……큰어머니는 아마 자동차가 굴러떨어질 때 밖으로 퉁겨져 나왔나 보오. 큰어머니는……."

여기까지 말하자 감정이 복받쳐 말을 이을 수가 없었다.

"맙소사, 어쩌면 그런 일이. 설마 마님을 그대로 내버려두고 오시진 않았겠지요? 대체 어디 계세요, 거기가 어디예요? 어서 가르쳐주세요."

스펜서 의사가 큰어머니를 맨 먼저 발견하는 것이 가장 좋으리라고 나는 생각했다.

"침착하오, 이제 곧 스펜서 선생님이 오실 테니까."

"그렇다면 나는 길까지 선생님을 마중나가겠어요. 그렇게 하는 편이 조금이라도 빨리 그분 곁으로 갈 수 있을 테니까요. 자아, 뛰어가요, 어서!"

요리사는 뚱뚱한 몸을 앞으로 내밀고 보기흉한 뜀박질을 하기 시작했다. 그런데 그녀는 몇 야드 가지 않아 발길을 멈추었다. 그녀는 숨을 헐떡이며 말했다.

"메리를 부르는 것이 좋겠어요. 그 아이는 소녀단에서 붕대감는 법을 배웠거든요."

"그렇지, 메리를 불러오시오. 나는 에번스를 불러올 테니까. 큰어머니를 데려오려면 도움이 필요할지도 모르겠소."

집 안에 있는 사람을 모두 나오게 하는 것이 좋으리라고 나는 생각했던 것이다. 그들은 나에게서 주의를 다른 데로 돌리게 해줄 테고,

만일 나의 행동을 눈치채게 할 만한 흔적이 남아 있다면 그것을 그들이 밟아없앨지도 모르기 때문이다.

에번스를 데리고 돌아와보니 메리와 요리사가 찻길로 나가는 대문을 열고 있는 참이었다. 그들 뒤에는 더러운 손수건을 눈두덩이에 댄 부엌하녀가 서 있었다. 찻길 모퉁이에 이를 때까지 이 하녀의 흐느낌 소리만 들릴 뿐 아무도 말 한 마디 하지 않았다. 스펜서 의사의 자동차가 이미 길가에 멈춰서 있는 것을 보고 나는 조금 당황했다. 어떤 위험한 단서가 남아 있는지 다시 한 번 확인하기 위해 그 부근을 둘러보고 싶었던 것이다.

그러나 나는 자신이 있었다. 그런 일은 만의 하나라도 있을 수 없다! 나에게 혐의가 걸릴 만한 단서 따위는 있을 리가 없다.

집 고용인들은 나보다 먼저 현장에 도착했다. 그 중에는 나의 부름을 받고 그 나이로는 믿을 수 없으리만큼 빨리 달려온 에번스의 모습도 보였다. 나는 오래간만에 달렸으므로 몹시 숨이 가빴다. 아래쪽에 스펜서 의사의 목소리가 들려왔다.

"모두들 이리 내려와 덤불 속에서 파우엘 부인을 끌어내시오. 메리, 너는 옷에 박힌 그 가시를 떼어내. 도와주게, 에드워드. 그렇게 멍청히 서 있으면 어떻게 하나! 이 가시덤불 덕분에 목숨을 건진 모양인데, 여기에서 끌어내는 것이 큰일이로군. 이 가지와 가시덤불이 굴러떨어지는 것을 막아주었어. 다행히도 그리 억세지 않은 덤불이어서 충격이 강하지 않았던 모양이야. 그렇지, 에번스, 이제 거의 다 됐어. 옳지, 됐네!"

그는 끊임없이 지껄이며 모두의 힘을 북돋아주고, 큰어머니의 몸을 가시덤불 속에서 끌어내는 일을 지휘했다. 나로서도 온 힘을 다해 노력하는 것이 현명하다고 생각하고 힘껏 도왔으므로 끝났을 때는 옷이 여러 군데 찢겨지고 얼굴이며 손에 심한 생채기가 생겼다. 이윽고 큰어머니의 몸은 덤불 속에서 끌려나와 근처에서 가장 평평한 자리에 눕혀졌다.

스펜서 의사는 부리나케 그 옆으로 가서 몸을 굽혔다. 한순간 모두 물을 끼얹은 듯 조용해졌다. 마침내 요리사가 메리의 어깨에 얼굴을 묻고 짓눌린 듯한 목소리로 흐느끼기 시작했고, 부엌하녀가 미친 듯이 울부짖기 시작했다. 이제는 자기들의 할 일이 없어졌다는 반응이나 자신에게도 영향을 미치기 시작했음을 깨닫고 나는 무어라 표현할 수 없는 묘한 기분을 느꼈다.

"조용히 해야지, 그러면 안되오. 당신들부터 좀더 침착하시오." 스펜서 의사가 요리사와 메리에게 주의를 주었다.

의사의 목소리는 날카롭고 단호한 울림을 띠고 있었다. 그는 신속하고도 정확하게 진찰을 계속했다. 갑자기 그는 뭐라고 중얼거리더니 이어서 무언가 시험해 보고 다시 한 번 그것을 되풀이했다. 나는 그의 검진이 길어지지 않기를 빌었다. 왜냐하면 솔직히 말해서 골짜기의 그 지점에 무언가 굉장히 기분나쁜 것이 달라붙어 있어 떨어지지 않는 듯한 느낌이 들었기 때문이다. 하긴 나는 앞으로 다시 블라인모어에 돌아올 마음은 조금도 없지만.

스펜서 의사가 얼굴을 들었다.

"파우엘 부인은 아직 살아 있소."

"네, 뭐라고요!" 엉겁결에 놀라는 목소리가 나의 입에서 튀어나왔다.

땅덩어리가 빙글빙글 돌았다. 그렇다면 그토록 애쓴 일이 헛수고로 돌아갔단 말인가? 나는 거의 기절할 듯이 그 자리에 주저앉고 말았다.

다행히도 스펜서 의사는 나의 놀라움을 다른 뜻으로 받아들인 모양이었다.

"염려 말게, 에드워드. 하기야 그렇게 놀라는 것도 당연하지. 하지만 자네가 기뻐할 만한 보고를 할 수 있을 것 같네. 물론 뇌진탕이나 그런 것을 일으켰겠지만 살아 있는 것만은 확실해. 내가 보건대 아무 데도 상처를 입은 흔적조차 없으니까. 그러나 아직 단언할 수는 없을지도 모르네. 어쨌든 집으로 모시고 가세."

나는 검은딸기 가시로 무참하게 긁힌 큰어머니의 얼굴을 내려다보았다. 그리고 자동차가 굴러떨어질 때의 광경과 골짜기 밑바닥을 향해 추락하는 도중의 가속도가 생각나 밑바닥에 있는 부서진 자동차를 보았다. 큰어머니가 자동차 속에서 비교적 쉽게 탈출할 수 있었다는 사실을 나는 도저히 믿을 수가 없었다.

7

그 다음부터의 시간은 나에게 있어 고통의 연속이었다.

물론 계획의 준비로 신경을 곤두세우고 있었으므로 지난 며칠 동안 정신적 피로의 영향을 받으리라는 것은 당연히 예상했던 바이다. 만일 이 계획이 성공했다 하더라도 내가 영원히 블라인모어를 떠날 때까지는 고통스러운 시기를 거쳐야만 했으리라. 그런데 그것이 성공하지 못했으니 사태는 천 배나 더 나쁘게 되었다. 지금 나는 어떤 짐작할 수 없는 사건이나 사소한 억측, 부주의하게 입 밖에 내는 말 등이 나의 음모를 드러내보일까봐 끝없는 두려움과 불안에 사로잡혀 있다. 물론 어떤 경우에도 그런 일에 맞설 각오는 되어 있었다. 그러나 그것은 잠깐 동안이면 끝날 테고, 그 일이 끝난 뒤에는 어떤 방해도 받지 않고 장래의 계획을 세울 수 있으리라고 생각하고 있었다.

그런데 지금은 그것도 불가능하다. 나의 계획이 모두 실패했음을 나타내는 증거가 흘러넘칠 정도로 많기 때문이다. 큰어머니는 목숨을 건졌을 뿐만 아니라 큰 상처 하나 입지 않았던 것이다.

나는 신중히 행동해야만 한다. 바로 그 때문에 나는 모든 사실을 남김없이 기록하고 있고, 앞으로도 이것을 계속할 생각이다.

결국 에번스와 나는 헛간에서 판자를 한 장 가져와 큰어머니를 그 위에 눕히고 누군가의 웃옷을 뭉쳐서 만든 베개에 조심스럽게 큰어머니의 머리를 얹어 집으로 운반해 왔다. 큰어머니는 몹시 무거웠으므로 비탈 위에까지 이동하는 데 아주 힘이 들었다. 뺨에서 흐르는 피가 내 윗옷을 엉망으로 만들어버렸지만, 어쨌든 그럭저럭 길 위까지 운반했다. 괘씸한 스펜서 의사는 우리가 도중에서 잠시도 쉬지 못하게 했다. 언젠가 그에게 보복할 기회가 오면, 이 사실도 잊지 말고 갚아주어야겠다.

그가 2층에서 큰어머니를 치료하고 있는 동안 나는 내 방에 들어가 숨을 헐떡이며 앉아 있었다. 이윽고 요리사가 내 방으로 들어왔다. 그녀는 뜻밖에 일어난 중대한 사건 때문에 여느 때의 습관이며 이 집에서의 자기 위치를 잊어버린 모양이었다.

"맛있고 따뜻한 차를 가지고 왔어요, 에드워드님. 이것을 마시면 기운이 나실 거예요."

그녀의 말은 맞다. 그런데 유감스럽게도 차는 거의 접시에 쏟아져 있었다.

"기분이 언짢을 때는 따뜻한 차가 가장 좋아요. 메리와 나도 지금 마셨는데 기분이 훨씬 나아졌어요. 당신도 마셔보세요" 하고 그녀는 별로 내키지 않아하는 나를 보며 덧붙여 말했다.

나는 이 홍차라는 것을 그다지 좋아하지 않는다. 가능하다면 중국차에다 레몬을 한 조각 띄워서 마시고 싶을 뿐이다. 눈앞에 내밀어진 짙은 갈색 액체를 보면 목구멍으로 넘길 용기가 사라지고 만다.

"어서 조금 마셔보세요." 요리사는 다시 한번 재촉했다.

"메리는 가벼운 식사를 갖다 드리면 어떻겠느냐고 말했지만, 나는 당신이 지금 아무것도 드실 수 없다는 것을 알고 있거든요."

하마터면 실수할 뻔했으나 겨우 나는 이때 여느 때와는 조금 다르게 행동해야 한다는 것을 깨달았다. 여느 때처럼 차와 가벼운 식사를 해서 안된다는 이유는 없지 않느냐는 말이 혀 끝까지 나왔으나 실수가 될지도 모른다는 생각이 들어 꾹 참았다. 요리사는 내가 냉혹한 마음의 소유자라고 생각할지도 모른다. 나는 다시 한 번 나의 식욕을 희생시켜야 하는 것이다. 나는 이 기분나쁜 액체를 꿀꺽 삼켰다. 그러자 놀랍게도 그것은 나의 신경을 가라앉히는 데 큰 효과를 가져다 주었다.

요리사는 예절 따위는 도무지 염두에도 없는지, 계속 방에 머물러 지껄여댔다. 그녀 같은 계급의 사람들이 가지는 흥미깊은 특성이지만, 그녀는 사건에 대해 이리저리 추측하고 싶어서 견딜 수 없었던 것이다. 그러나 절대로 그녀와 말상대를 해서는 안된다. 한 사람이라도 더 많은 사람과 이야기하면 할수록 나의 신변에는 위험이 짙어지는 것이다.

"미안하지만 나는 더 이상 그 이야기를 하고 싶지 않소."

나는 요리사에게 희미한 미소를 지어보였다. 그러자 그녀가 말했다.

"정말 안됐어요!"

여자란 꼭 이렇게 보호자 같은 태도를 취한다니까!

"그 장면을 보셨으니 얼마나 놀라셨겠어요."

나로서는 그대로 넘겨버릴 수 없는 말이었다.

"아니, 보지는 못했소. 미안하지만 나 혼자 있게 해주지 않겠소?"

나는 그녀에게 찻잔을 돌려주고 의자에 앉아 두 손으로 얼굴을 가렸다.

요리사는 나갔다. 그녀로서도 나갈 수밖에 없었으리라. 나는 담배에 불을 붙여 물고 이 문제를 생각해 보았다. 생각하면 할수록 나의 자신은 더욱 굳어졌다. 내가 생각하는 한 비록 어떤 일이 일어난다 하더라도 티끌만한 의혹 비슷한 것조차 나에게 쏠릴 리가 없다. 그때에는 물론 큰어머니가 얼마나 가벼운 상처를 입었는지 모르고 있었다.

꽤 긴 시간이 흐른 다음 스펜서 의사가 일단 층계를 내려왔다가 다시 올라가고——아마도 메리에게 무슨 일을 시킨 모양이다——그리고 다시 아래로 내려오는 소리가 났다. 나는 이 기록을 재빨리 서랍에 집어넣었다. 그가 방 안에 들어왔을 때 나는 의자에서 일어나 결과를 듣기 위해 그를 맞이했다.

"아주 상태가 좋네, 에드워드, 기적 같은 일이지만, 믿을 수 없으리만큼 좋아. 이미 의식도 회복했고 상처입은 데는 한 군데도 없어. 앞으로 4, 5일만 안정하면 완전히 그전과 같은 상태로 돌아갈 걸세."

나는 의자에 앉았다. 참으로 쾌씸한 이야기였다. 큰어머니는 '완전히 그전과 같은 상태로' 돌아갈 수 있다는 것이다. 게다가 이 얼빠진 늙은이는 마치 나에게 굉장한 소식이라도 전해주는 듯한 태도가 아닌가! 나는 마음 속으로는 그를 얼빠진 늙은이라고 생각했지만 그것을 겉으로 나타낼 수가 없었다. 완전히 그전과 같아진다고? 아니다, 소소의 죽음이라는 현실이 완전히 그전과 같이 되는 것을 방해하고 있지 않은가! 그러나 나의 기분 따위는 아랑곳없이 스펜서 의사는 말을 이었다.

"그럼, 어디 사고가 일어났을 때의 상황을 설명해 주겠나?"

그는 나와 마주앉아 파이프에 담배를 채우기 시작했다.

"지금 내가 알고 있는 것은 자네가 전화로 말한 것뿐이니까."

여기에 대해서는 나도 각오를 단단히 하고 맞서야 할 것이다. 요리사의 물음은 그럭저럭 피할 수가 있었다. 그러나 언젠가는 누구에게든 설명해야 할 것이다. 큰어머니의 상처가 가볍다는 사실을 알고 안심이 되었다는 태도를 보여야 할 지금, 이 사고에 대한 이야기를 피한다면 오히려 이상하게 여겨질는지도 모른다. 나는 내 눈으로 본 것을 다시 생각해 내려고 애쓰는 척하며 한 마디 한 마디 천천히 이야기했다.

"나는 거의 아무것도 모릅니다."

그러나 그와 동시에 아주 조금밖에 보지 못한 태도를 보여야겠다는 계산도 하고 있었다.

"나는 개를 데리고 집 앞 목초지를 걷고 있었습니다……."

"자네의 개?" 스펜서 의사의 머리로는 개와 나를 연결시키기가 어려운 모양이었다.

"아아, 자네의 그 동양개 말인가?"

그는 동양개를 어떻게 생각하고 있을까? 고양이 정도로 생각하고 있을까? 어쨌든 나는 나 자신을 억제했다.

"그렇습니다. 지금도 말씀드렸듯이 우리는 집 앞의 목초지를 천천히 가로질러가고 있었습니다……."

"거기서 무엇을 하고 있었나?"

"그저 걸어가고 있었지요, 그런데……."

"뭣하러 목초지를 가로질러 가고 있었나? 어디서부터 가고 있었지?"

이런 식으로 질문을 당하면 견디기 어렵다. 그러나 스펜서는 언제나 이처럼 어리석은 질문을 끝없이 퍼붓는 사람이다. 그는 여느 때에도 브리지를 할 때와 마찬가지로 성가시게 구는 사람이다. 차라리 처음부터 설명하는 편이 좋겠다고 나는 생각했다.

"오늘 오후에 나는 야 올트 산위에 앉아서 경치를 바라보며 책을 읽었습니다. 그리고 4시 조금 전에 과수원의 사과가 얼마나 열렸는지 보러 가고 싶은 생각이 들었습니다. 사과 열매가 몇 개 산울타리 너머 들판 쪽으로 고개를 내밀고 있었으므로 야 올트 산을 내려와 그것을 쳐다보며 들판 한가운데까지 갔습니다. 이때 집으로 돌아가기 위해서는 과수원을 지나지 않고 목초지와 잔디밭을 가로질러가는 것이 가장 좋다는 생각이 들었습니다."

이때부터 나는 살얼음을 밟는 듯한 기분이었다. 왜냐하면 과수원을 지나서 가는 편이 거리도 가깝고 산울타리를 넘지 않아도 되기 때문이다. 게다가 나는 목초지 끝의 길 옆까지 간 이유를 어떻게 설명해야 할지 궁리해야만 했다. 그러나 이 점에 대해서는 그전에 이미 멋진 구실을 생각해 두었다.

"목초지를 가로질러 돌아오는 도중에 버섯을 본 것 같았거든요."

"여보게, 에드워드, 나는 자네보다 훨씬 오랫동안 이 고장에 살고 있지만, 내가 아는 한 절대로 그 목초지에 버섯이 돋아난 적이 없었네. 게다가 지금은 버섯이 나오기에는 조금 이르지 않은가?"

"그랬던가요, 스펜서 선생님?"

그가 하는 말이 옳다는 것을 깨달은 순간 그래도 제법 알맞게 놀랄 수가 있었다. 설마 그가 그토록 잘 알고 있으리라고는 생각지 못했던 것이다.

"어쨌든 나는 본 듯한 생각이 들었습니다. 그래서 산울타리 쪽으로 다가갔는데, 버섯은 없었습니다. 그런데 두 가지 일이 일어났습니다.

"무엇을 보고 버섯이라고 잘못 생각했나?"

"돌멩이나 하얀 꽃이었겠지요. 아니면 그저 햇빛이 그렇게 보이도록 비쳤는지도 모릅니다. 어쩌면 바람에 날려온 종이조각이었는지도 모르고요, 그건 그렇고, 산울타리 옆으로 다가갔을 때 나의 가엾은 소소가⋯⋯."

"나는 그 개가 어째서 그런 곳에 있었는지 모르겠네."

"가엾은 소소가," 하고 나는 아랑곳없이 계속했다. "토끼가 산울타리를 빠져나가는 것을 보았다고 생각한 모양입니다. 그와 동시에 길에서 자동차 소리가 들려왔습니다. 그리고 소소의 모습이 보이지 않더니 곧 큰어머니의 비명 소리와 가엾은 소소의 짖는 소리가 들려왔습니다. 내가 산울타리까지 달려갔을 때 자동차는 마침 낭떠러지로 떨어지고 있었습니다. 자동차의 모습은 금방 보이지 않았으나, 나무에서 나무로 부딪치며 낭떠러지로 떨어져 내려가는 소리가 들렸습니다. 내가 낭떠러지 쪽으로 달려갔을 때 자동차는 굉장한 소리를 내며 골짜기 밑바닥에서 부서지고 있었습니다. 처음에 나는 큰어머니가 자동차와 함께 골짜기 밑으로 떨어졌는 줄 알았습니다. 그러나 곧 그 자리에서 큰어머니를 발견했습니다. 그런 뒤 알고 보니 소소가⋯⋯."

나는 한순간 말이 막혔는데, 어쩔 수 없는 일이었다.

"길가에 쓰러져 죽어 있었습니다. 나는 곧 당신에게 전화를 걸고 사람들을 데려와야겠다 생각하고 집으로 달려갔습니다. 내가 아는 것은 이것뿐입니다.

스펜서 의사는 한참 동안 말없이 생각에 잠겨 있었다.

"자네의 개가 죽었다니, 정말 안됐군."

이윽고 그는 조금 멋적은 듯이 말했다.

"자네는 그 개를 무척 귀여워하고 있었지?"

나는 말없이 고개를 끄덕였다. 귀여워하고 있을 정도가 아니라 나는 소소를 깊이 사랑하고 있었던 것이다.

"그런데 자네는 어째서 곧장 아래로 달려내려가 큰어머니를 수풀에서 끌어내지 않았나?"

"어떻게 그렇게 할 수 있었겠습니까, 스펜서 선생님? 나는 의사도 아니며, 더욱이 큰어머니를 덤불에서 끌어내는 것은 도저히 혼자힘으로 할 수 없는 일이지요."

"하긴 그렇지. 하지만 내가 생각하기에는 자신이 무엇을 할 수 있는지 알아보기 위해 본능적으로 아래로 뛰어내려가 볼 것 같은데 말일세. 물론 나를 부르는 것이 가장 잘한 일인지도 모르지."

"나는 단 1분도 헛되이 보내지 않았습니다. 당신에게 전화하는 것이 가장 좋다고 생각했지요."

"때마침 내가 집에 있어서 다행이었네."

그는 조용히 웃었다. 아마 자기가 집에 있음으로 해서 어떤 훌륭한 일을 할 수 있었다고 생각한 모양이다.

"그렇습니다. 당신은 정말 빨리 와주셨더군요. 당신의 낡은 자동차가 그토록 빨리 달려올 줄은 몰랐습니다."

우리의 이야기는 차츰 안전한 화제로 옮겨가고 있었다.

"시속 35마일이나 40마일 정도면 다른 고장에서는 보통으로 치지만, 이 고장에서는 굉장한 속도로 여기고 있으니까. 자네의 전화를 받은 것이 4시 5분, 내가 자동차에서 내렸을 때는 아직 10분이 채 못되어 있었지."

그때 그는 갑자기 어떤 일이 생각났는지 나에게 물었다.

"큰어머니는 병원 모임에 가던 길이 아니었나?"

나는 고개를 끄덕였다.

"그렇다면 큰어머니는 요 10년 동안에 오늘 처음으로 모임에 지각할 뻔했다는 이야기가 되는군."

"큰어머니는 뜰에서 완두콩 덩굴을 뽑고 있었습니다. 나는 언덕 위에서 보고 있었는데 시간이 빠듯할 때까지 그 일을 하고 계셨지요.

모임에 늦을까봐 자동차의 속력을 너무 내지 않았나 싶군요."

"그랬는지도 모르겠군. 어쨌든 나는 이제 그만 가봐야겠네. 오늘 밤에는 요리사와 메리가 돌보아드리게 되어 있는데, 내일은 내가 이 고장의 간호원을 데리고 오겠네. 그녀는 지금 다른 곳으로 갈 준비를 하고 있었지만, 그렇게 오래 머물러 달라고 할 필요는 없겠지. 내일 다시 오겠네, 에드워드. 그럼, 잘 자게. 아니, 이게 뭔가? 아아, 자네의 개로군! 가엾게 됐네. 아무튼 이 개는 이번 사건에서 악역을 맡은 셈이야. 악의로 하는 말이 아니니 노여워 말게. 물론 이 개에게 악의는 없었겠지만 하마터면 자네 큰어머니를 죽일 뻔했으니까. 나 같으면 이런 곳에 시체를 놓아두지 않겠네. '깊이 땅 속에 묻어라. 그는 썩으리. 정성들여 묻어라, 그렇지 않으면 냄새가 날 것이다.' 그럼, 잘 자게."

인정머리없는 짐승 같은 늙은이! 그가 현관으로 나가는 모습이 보였다. 그런데 1분 뒤 그가 다시 돌아왔다.

"사과는 많이 땄나, 에드워드?"

"네, 하지만 자두는 없더군요."

"잘 자게."

"안녕히 주무십시오."

이번에는 틀림없이 돌아갔다. 내가 그 자두나무를 보아둔 것이 정말 다행이었다. 이 의심많고 얼빠진 늙은 의사는 언제까지나 질문을 계속할 작정일까?

솜노큐브

1

겉으로는 여느 때와 같은 생활로 되돌아가고 있었다.

큰어머니는 믿을 수 없으리만큼 빠르게 회복했다. 큰어머니의 생명력은 정말 놀랄 만한 것이었다. 큰어머니의 자동차도 언젠가는 새것으로 바뀌어지겠지. 그러나 소소만은 돌아오지 못한다. 그러므로 겉으로는 모든 것이 본디대로 돌아간 것 같지만, 사실은 결코 그렇지 않다. 나는 또 하나의 옳지 못한 것을 바로잡아야만 한다. 소소의 원수를 갚아야 하는 것이다. 나는 전보다 훨씬 굳게 결심했다. 큰어머니의 억센 운세와 부드러운 산딸기나무 덤불이 나의 첫계획을 실패로 돌아가게 해버렸다. 따라서 나는 두 번째 계획을 짜내야만 하는 것이다.

그러나 어느 한 점에서는 훌륭하게 성공했다고 생각해도 좋으리라 ──즉 어떠한 심문을 받지 않았고 불쾌한 혐의도 입지 않았으니까. 이 점에서 볼 때 나의 계획은 완벽했다. 따라서 먼젓번과 같이 주의깊게 하기만 하면 두 번째 계획도 역시 물샐틈없이 단단하고 그 이상으로 잘 될 것이다. 그러므로 두 번째 계획을 빨리 짜내야만 한다.

사고에 대한 큰어머니의 반응은 어느 모로 보나 그녀다운 것이었다. 큰어머니는 응접실 안락의자에 몸을 뉘고, 융단 빛깔과는 전혀 어울리지 않는 청록색 스카프를 어깨에 걸쳐놓은 채 말없이 나의 이야기에 귀를 기울이며 내가 이야기를 마칠 때까지 한 마디의 비평도 곁들이지 않았다.

"그렇다면 너는 내가 익어터진 검은딸기처럼 늘어져 있는데도 시체 만지는 것이 싫어서 내버려두고는 집으로 돌아와 스펜서 선생님에게 전화를 걸었단 말이지, 에드워드? 사실대로 말했다고 해서 뭐 그리 멋쩍어할 건 없다. 너는 내가 죽은 줄 알고 달아났던 거야. 귀여운 개의 시체는 집으로 안고 돌아와 헝겊에 싸줄 수 있어도 자기 큰어머니에게는 손도 대고 싶지 않았단 말이지? 아암, 알고 있고말고. 소소를 어떻게 처리했는지 나는 들어서 다 알고 있다. 나와는 아주 대조적이었지. 기가 막히는구나. 아마 우선 담배 한 개비 피우고 술을 한 잔 마신 다음에 비로소 의사에게 전화를 걸어야겠다고 생각했을지도 모르겠구나. 정말 훌륭했다. 전화 걸기 전에 끝말이어가기라도 한바탕 풀지는 않았니? 아니면 처음에 받은 감동이 사라지기 전에 사고에 대한 4행시라도 써야겠다고 생각했는지도 모르지."

"밀드레드 큰어머니, 그것은 큰 오해입니다. 나는 지금도 큰어머니를 덤불에서 끌어내기 전에 스펜서 선생님에게 전화 건 것이 옳았다고 생각하고 있습니다. 스펜서 선생님도 나와 똑같은 생각이었지요."

"스펜서 선생님이? 글쎄…… 하지만 그것은 내가 그 덤불에 살짝 떨어졌느냐 아니면 심하게 곤두박혔느냐에 따라서 다르지."

"큰어머니가 어떤 식으로 떨어졌는지 나는 잘 몰랐습니다."

"아니, 너는 조금 혼란을 일으킨 모양인데……너는 스펜서 선생님에게 자동차가 벼랑으로 굴러떨어져 보이지 않았고 네가 벼랑가에 달려갔을 때 차는 이미 밑바닥으로 떨어져 있었다고 이야기했다더라. 지금 네 이야기를 들으니 나도 그런 생각이 든다만, 요리사가 그러던데 내가 자동차 밖으로 내동댕이쳐지는 것을 보았다고 말했다더구나."

"그렇지 않아요, 밀드레드 큰어머니. 나는 요리사에게 큰어머니가 자동차 밖으로 내동댕이쳐진 것 같다고 말했을 뿐입니다. 왜냐하면 큰어머니가 덤불 속에 쓰러져 있는 것을 본 듯했을 뿐, 실제로 떨어지는 것은 보지 못했으니까요. 나중에 요리사가 잘못 들었다는 것을 알고 그 말을 바로잡아야만 했는데……."

큰어머니는 날카로운 시선을 나에게 던졌다.

"그랬을 테지, 에드워드. 그렇다면 의문이 조금 풀리긴 하지만, 네가 얼른 나를 끌어내지 않고 그냥 내버려둔 채 갔다는 점은 역시 용서할 수가 없어."

"큰어머니가 그런 식으로 생각하시니 유감입니다. 만일 내가 큰어머니를 잘못 움직였더라면 어떻게 되었겠습니까? 큰어머니는 더욱 크게 상처를 입었을지도 모르잖습니까? 지금도 그렇게 생각하고 있고, 물론 그때도 같은 생각이었으므로 나는 최선의 행동을 한 셈입니다."

"끝내 내 생각을 받아들일 수 없다면 이 문제에 대한 결론은 나오지 않겠지. 어쨌든 네가 냉혹한 사람이라는 생각은 나의 머리에서 떠나지 않을 거다. 아무튼 이 이야기는 이것으로 그만하자."

'이 이야기는 이것으로 그만하자'라는 말을 들을 때만큼 화가 치미는 적은 없다. 왜냐하면 이 말에는 완고한 상대방이 아닌 다른 누구의 눈에도 말하는 사람이 옳다는 것이 뚜렷이 증명되어 있으며, 말하는 사람은 그리스도교적 사랑의 정신에 넘쳐 있어 그것을 듬뿍 발휘하여 상대방을 철저하게 몰아세우기를 삼가고 있다는 것, 그리고 말하는 사람은 하고 싶은 말을 다 했으니 상대가 의론을 걸어오지 않았으면 좋겠다고 생각하고 있음을 뜻하기 때문이다.

한참 동안 우리의 대화가 끊어졌으므로 나는 읽고 있던 소설로 시선을 돌렸다. 밖에서는 줄기차게 비가 내리고 방 안에는 음침하고 축축한 공기가 가득차 있었다. 불기가 그리워지는 날씨였으나 블라인모어에서는 불은 온도에 의해서가 아니라 달력에 의해서 엄격히 규제되고 있다. 나의 방으로 물러가면 조금은 따뜻할 것이고 여기보다 미적쾌감도 맛볼 수 있겠지만, 큰어머니는 아마 자기의 건강이 완전히 회복될 때까지 자기에게 친절히 대해 주기를 모두에게 요구할 권리가 있다고 생각하는 모양이었다. 그러나 사실상 건강은 회복되고 있었다. 별수없이 나는 큰어머니의 불편하고 보기에도 좋지 않은 의자에 앉아서 귀에 거슬리는 초라한 시계 소리와 빗물이 홈통을 거쳐 양동이로 떨어지는 소리에 귀를 기울이고 있었다.

이윽고 큰어머니의 목소리가 이 침묵을 깨뜨렸다.

"또 한 가지 문제가 있다, 에드워드, 너는 싫겠지만 이 말은 꼭 들어주어야겠어."

이런 식의 머리말이 나왔을 때 기분이 좋았던 적은 한 번도 없다. 그러나 나는 물었다.

"무슨 일인데요?"

"나는 너에게 조금이나마 인정미가 있다는 것을 오히려 기뻐하고 있는 참이다. 너라는 사람은 여러 모로 보아 조금 냉혹한 데가 있거든. 그렇게 화를 내지 말고 차분히 들어라. 이 집에서는 개에게 무덤을 만들어주는 것을 허락할 수 없다. 네가 에번스에게 땅을 파게 하여 소소의 무덤을 만들어준 것은 아주 좋지 못한 일이야. 관을 만들어 장례식 비슷이 해주었다는데, 그것은 더욱 나빠. 그것만으로도 충분히 비난을 받을 만한데 또 감자밭 속에 비석을 세우려 한다니 절대로 허락할 수 없다. 게다가 그 비문이……." 큰어머니는 핸드백에서 종이쪽지를 꺼내며 안경을 고쳐 썼다.

"'주인의 유일한 기쁨이었던 사랑하는 소소에게 바친다. 속력의 희생이 된 너를 여기에 묻노라. 이미 영혼의 높고 거룩한 소망으로 인해 받는 심한 고뇌도 느끼지 못하는 어두운 저승으로 가버린 너를 잊지 않으리'라니, 에드워드, 이것은……."

나는 큰어머니가 이 넉 줄의 비문을 노래하는 듯한 목소리로 억양을 넣어가며, 더구나 낱말 하나하나의 뜻을 모조리 뭉개어버리는 듯한 어조로 소리높이 읽는 것을 듣고 그만 얼굴이 붉어졌다. 사람이란 자기에게 있어 신성한 일을 다른 사람이 가볍게 다루면 좋아하지 않는 법이다.

"어째서 그것이 나쁩니까? 소소의 일생은 높고 거룩한 소망뿐이었습니다. 나는 꼭 맞는 말을 찾기 위해 많은 시간을 소비했습니다."

"알겠니, 에드워드? 그 비문은 정말 우스꽝스러워. 그리고 소소는 '속력의 희생'이 아니었어. 너는 그렇게 생각할는지 모르겠다만, 그 개는 살아 있는 동안 단 한번도 빨리 달려본 적이 없었으니까. 만일 그 개가 내 운전의 희생이 되었다는 뜻이라면 첫째로 잘못된 생각이고, 비록 그렇다 하더라도 둘째로 나는 나의 채소밭——그것도 눈에 잘 띄는 곳에 그런 비석이 세워진다면 참을 수 없다. 내가 말하는 문제란 알겠니, 에드워드? 바로 이것이란 말이야."

"알았습니다. 여기에 내 것이라고 할 만한 장소가 조금도 없다면, 어디 다른 곳을 찾아서 소소를 묻은 다음 누구의 도움도 받지 않고 내 손으로 비석을 세워주겠습니다."

"나라면 그런 짓은 하지 않겠다. 네가 세운 비석은 틀림없이 쓰러질 거야. 쓰러지고 안 쓰러지고는 둘째 문제라도 결국 그렇게 못할 거다. 모건이 그런 비문을 새겨주지 않을 테니까."

그렇다면 큰어머니에게 고자질한 것은 그 괘씸한 석공 녀석이었군!

"그는 해주겠다고 나에게 약속했습니다. 하긴 그가 약속을 어긴다 해도 나는 조금도 놀라지 않습니다. 이 고장에는 약속을 지키지 않는 사람들뿐이거든요."

큰어머니는 무서운 기세로 쿠션을 두드렸다.

"에드워드, 너는 자신이 웨일스 사람이라는 것을, 그리고 늘 웨일스 사람을 헐뜯음으로써 자신을 천하게 만들고 있다는 것을 언제쯤 되어야 깨닫겠니?"

나는 경멸이 담긴 시선을 큰어머니에게 던졌다.

"출발점이 불리하다는 문제에서 벗어나려고 애쓰는 사람도 있지요."

큰어머니는 잠깐 동안 이 말의 뜻을 생각하고 있었다.

"그리고 어린이 방의 분위기에서 평생 벗어나지 못하는 사람도 있지."

나는 구태어 이 말에 대꾸하지는 않았다. 나는 큰어머니가 모건에게 손을 써두었다면 소소의 비문은 절대로 새겨주지 않으리라는 것을 잘 알고 있었다. 나중에 다른 석공에게 부탁하면 되겠지. 이번에 이 감옥에서 빠져나가면 우선 그 일부터 해야겠다. 아니면 나의 두 번째 계획이 성공될 때까지 기다려도 좋다. 그때 그가 목숨을 잃은 자리 근처에다 다시 묻어주는 것이다. 하지만 그런 짓을 하여 사람들로 하여금 이번 사고에 대해 관심을 불러일으킨다면 어리석은 일이 아닐까? 아마 그럴지도 모른다.

2

오늘 밤에는 큰어머니가 매우 중요하게 생각하고 있는 행사가 벌어진다. 즉 스펜서 의사네 사람들——온 가족——이 우리 집 만찬에 참석하는 것이다. 나는 그처럼 지루한 일은 세상에 다시 없다고 생각하는데, 큰어머니는 나에게 인생의 즐거움과 밝음을 안겨준다고 생각하고 있다. 나로서는 참을 수 없도록 성가신 일인데도 말이다.

내가 보건대 스펜서 부인은 세상에서 보기드문 기묘한 손님이다. 자기 집에 있을 때면 그녀는 온순하고 마음약한 여자로서 손님이 정말 즐기고 있는지 어떤지에 대해 보기 딱하리만큼 마음을 쓰고, 손님이 돌아간 뒤에는 자기의 대접이 좋지 않았다는 말을 듣지나 않을까 하는 열등감에 시달리는 것이었다. 그래서 대부분의 경우 많은 결점들이 눈에 드러나게 된다.

손님은 언제나 자신이 그녀에게 폐를 끼치고 있는 듯한 기분에 빠지게 되고, 또 모두들 지루함을 느끼게 된다. 적어도 나는 그렇게 느끼는데 큰어머니는 스펜서와 관계된 일이라면 무엇이든지 나무랄 데가 없어보이는 모양이다. 그 결과 나는 늘 나의 생각을 마음 속에 담아두어야 했고, 거만한 의사와 재미없는 그 아내, 그리고 투박한 아들 때문에 속이 메슥거릴 정도로 고통을 받는 처지에 놓이게 된다.

그러나 아무리 스펜서 부인이라 해도 번잡한 집안일에서 벗어나면 세상을 똑바로 보고 조금은 기분이 상쾌해질 수도 있지 않을까 생각할지 모르지만, 그녀에 한해서 그런 것은 기대할 수 없다. 그녀는 언제나 완전히 방심하고 있는 듯했으며, 가끔 남편과 아들에게 존경어린 눈길을 던질 뿐 눈앞의 일에는 전혀 흥미를 느끼는 듯한 기색이 없다. 남편과 아들만이 이 세상에 존재하는 가장 훌륭한 사람이라고 그녀는 생각하는 것이다. 그녀가 자기 집 밖에 있을 때 대체 무슨 생각을 하고 있는지 나는 오랫동안 이해할 수가 없었다.

그러나 나는 이제 그녀가 늘 욕실의 수도꼭지 잠그는 것을 잊고 오지 않았나, 찬장에 고양이를 가두어 놓고 오지 않았나 하는 걱정에 사로잡혀 있는 부류의 부인이라는 것을 알았다. 오늘밤에도 그녀는 지금까지 싫증이 나도록 여러 번 본 그 엷은 라벤더 빛 옷을 입고 있어 더욱 마음이 이곳에 없는 듯 보였다. 나의 얼굴을 똑바로 보는 일이 거의 없고 내가 뭐라고 말을 걸 때마다 뚜렷이 느낄 수 있을 만큼 깜짝 놀라곤 했다. 아마도 집에서 어떤 굉장한 참사가 일어나고 있지 않을까 겁먹고 있었던 모양이다. 어쩌면 그러한 화제를 꺼내어 그녀에게 말을 시키는 편이 오히려 친절한 처사일지도 모른다.

그녀는 집에서 나오자마자 그런 생각이 들었는지, 그들이 우리 집에 도착하고 나서 몇 분 뒤 내가 2층에서 내려가 인사를 하자 마치 무서운 죄의식에 사로잡힌 사람처럼 움찔 놀라며 벌떡 일어났다. 몹시 따분한 여자이긴 하지만 그녀가 이 세상에 태어나 지금까지 자신이 부끄럽게 여겨질 만한 일을 저질렀으리라고는 생각되지 않는다. 그녀에게는 그럴 만한 용기가 없을 테니까.

내가 나타남으로써 그때까지 네 사람이 주고받던 대화에 분명히 지장이 생긴 모양이었다. 아마도 나에 대해 이러쿵저러쿵 이야기하고 있었으리라. 그것이 큰어머니의 수법이니까. 그러나 나는 곧 다른 화제로 그들을 끌어들였다. 나의 기지는 참으로 대단하다. 실은 내가 꺼내놓고 싶은 화제가 한 가지 있었던 것이다. 바로 그 화제로 그들 아들의 머리를 혼란시키고 싶었던 것이다. 나는 그것을 여러 사람 앞에서 하기로 마음먹었다. 대담하게도! 공공연하게 해치우면 아무도 나의 동기에 대해 의심을 품지 않으리라. 내가 노리던 대로 만찬 파티에서의 대화는 어떤 하나의 사건을 에워싸고 이어져갔다. 그것은 어떤 한무리의 사람들이 보험회사에서 보험금을 타기 위해 폐품창고에 불을 질렀다는 혐의로 고소당한 사건이었다.

"내가 아는 한 대부분의 보험회사는 돈쯤 빼앗겼다고 해서 군소리할 처지가 못되는 것 같습니다" 하고 스펜서의 아들이 말했다.

"그들 자신이 모두 도둑이나 다를 바 없어 조금이라도 구실이 있으면 결코 보험금을 내놓으려 하지 않으니까요."

"그렇게 비꼬는 게 아니에요, 잭. 내가 가입하고 있는 보험회사는 자동차 보험금을 선뜻 내주었는걸요."

"그거야 당연한 일이잖습니까, 큰어머니?"

나는 화제를 다른 방향으로 바꾸고 싶었는데, 바로 이때가 적절하다고 생각하여 말참견을 했다. 의사는 자기 앞에 놓여진 요리를 물끄러미 들여다보고 있었고, 스펜서 부인은 무언가 몹시 걱정스러운 모양이었다.

나는 이어서 말했다.

"그런데 내가 늘 의아하게 생각하는 것은, 대체 어떤 방법으로 불을 지르느냐 하는 문제입니다. 매우 교묘한 방법을 쓰는 모양인데, 그 방법도 알고 보면 어이없이 간단하겠지요."

"아마 그럴 걸세."

의사의 목소리에는 이 화제가 계속되기를 바라지 않는다는 기색이 담겨 있었으나 나는 아랑곳하지 않았다.

"여기에 계신 분들은 아무도 그 방법을 모르시겠지요. 아니, 당신은 알고 있겠지요, 잭?"

"내가, 내가 그것을 어떻게 알겠소?"

"어떻게라니, 국방의용군에서는 창고를 폭파하거나 지뢰를 설치하는 방법을 가르쳐주지 않던가요? 결국 방화(放火)의 원리도 그것과 같지 않을까 생각하는데요."

잭 스펜서의 어리석고 공허해 보이는 둥근 얼굴——이것은 테니슨이 쓴 가장 훌륭한 시구(詩句)이다——에는 바보 같은 놀라움의 표정이 떠올랐다.

"하지만 나의 소속은 보병대이지 공병대가 아니오."

과연 국방의용군다운 대답이다! 그들은 조금도 쓸모가 없다. 나는 스펜서의 아들로부터 다음 계획에 필요한 지식을 끌어내고 싶었던 것이다. 그러나 이때 스펜서 노인이 뜻밖에도 도움을 주었다.

"그러나 잭, 후퇴할 때 남겨두고 가야 할 설비며 자료를 파괴하는 방법은 알아둘 필요가 있을 거다. 언제든지 공병대의 도움을 받을 수 있다는 보장은 없으니까. 그런 것을 가르쳐 주는 곳은 없을까? 예를 들어 야전 공병대 교범은 어떨까? 1917년에 독일군이 힌덴부르크까지 물러갔을 때 그런 방법을 많이 썼었지. 그때는 정말 괴로운 전투였어."

나는 남은 식사시간이 스펜서 노인의 대전 회고록으로 메워지지 않기를 바랐으므로 얼른 말참견을 했다. 그토록 지루한 화제는 또 없기 때문이다.

"하지만 대부분의 교과서가 그렇듯, 그 교범이라는 것도 실제로 쓸모있는 것은 별로 가르쳐 주지 않겠지요?"

"바보 같은 소리 하지 말아라, 에드워드. 틀림없이 훌륭한 책일 거야."

큰어머니가 무엇을 안다고 저러지? 잭 스펜서는 놀라움이 담긴 시선을 크게 뜨며 아버지로부터 큰어머니에게 옮기다가 고깃국물을 와이셔츠 앞자락에 흘리고 말았다. 그러나 그것은 대단한 일이 아니었다. 내가 보기에 이 와이셔츠는 만찬이 끝난 뒤가 아니라 오늘 저녁 이전에 세탁소에 보냈어야 했을 물건이었기 때문이다. 어쨌든 이번만큼은 세탁소에 보내야 될 것이다.

"아무튼 방법이 있겠지요. 그다지 어려운 일은 아닐 테니까요. 아까 화제에 오른 그 사람은 시계를 이용해서 한 모양이더군요." 잭 스펜서가 말했다.

"시계라고요? 시계를 어떻게 했지요?" 나는 물었다.

한순간 나는 스펜서 부인이 대화를 그치게 하려고 남편 쪽으로 시선을 돌렸다가 단념하는 듯한 묘한 느낌을 받았다. 잭은 이야기를 계속했다.

"즉 시계의 글자판 어딘가에 작은 납땜덩어리를 붙여놓아 바늘이 어떤 시간에 이르렀을 때 접속되도록 장치해 놓는 방법이지요."

잭은 이것으로 이야기를 끝내고 싶은 모양이었으나, 다시 스펜서 노인이 아들을 부추겨주었다. 이 노인은 정말 고마울 정도로 도움을 주고 있군! 난생 처음으로 나는 그가 좋아질 듯한 기분이 들었다.

"무엇과 접속시키느냐고요?" 잭은 아버지의 질문에 대답하여 이야기를 계속했다.

"전지나 경우에 따라서는 전기줄도 괜찮지요. 그 다음에는 회로(回路)의 두 선을 벽의 콘센트에 꽂기만 하면 됩니다."

"그럼, 불이 댕겨지는 물질은?" 하고 나는 물었다.

잭은 이제야 비로소 와이셔츠에 고깃국물이 묻은 것을 알고 닦아내려고 애쓰고 있었다. 그는 별로 자신이 없는 듯한 어조로 말을 이었다.

"회로는 저항이 적은 전기줄만으로는 안됩니다. 조금 가느다란 전기줄로 거기서 열이 나오는……어떤 것이 좋은지는 잘 모르지만, 아무튼 빨갛게 열을 내는 전기줄이어야 합니다."

"하지만 빨갛게 달아오른다 해도 그것은 불과 다르겠지요, 잭?"

"그야 그렇지요, 파우엘 부인. 하지만 가느다란 전기줄 위에 뜨거운 것이 닿으면 불이 붙는 물건은 얹어놓는답니다."

"무엇일까? 종이조각 같은 것?" 하고 나는 끼어들었다. 그것이라면 틀림없이 간단할 테니까!

"아니, 종이조각은 신통치 않아요. 그 사람은 셀룰로이드 같은 것을 사용했을지도 모르지만, 확실한 것은 알 수 없지요. 공병대에서는 잘게 썬 솜 화약을 쓰는 모양이더군요."

"훌륭한데, 잭. 너는 아주 잘 알고 있는 것 같구나. 네가 읽은 교범은 에드워드가 생각하고 있는 것보다 훌륭한 모양이지."

의사에 대한 나의 짤막한 감사는 순식간에 사라져버리고 말았다. 아무튼 스펜서 부인으로서는 이 대화가 참기 어려운 모양이었다. 그녀가 말했다.

"그런 끔찍한 이야기는 그만두는 것이 어때요? 당신들의 이야기를 듣고 있으니 우리 모두가 침대에서 그런 식으로 타죽을 것 같은 생각이 들어요. 그런 무서운 폭발장치로 말이에요. 주 주최 공진회(共進會)에는 물론 나가시겠지요, 밀드레드?"

그러나 화제를 바꾸려는 스펜서 부인의 선의에서 나온 노력도 완전히 성공을 거두었다고 할 수는 없었다. 그녀의 남편은 공진회 이야기에서 또 다른 화제로 빗나갔기 때문이다.

"기계장치라니 생각이 납니다, 파우엘 부인. 오늘 당신의 부서진 자동차에 달려 있던 시계를 보았답니다. 허버트슨이 보여주더군요. 그 시계가 4시 7분 전에 멎어 있었으니까 결국 병원 모임에는 지각하지 않았다는 이야기가 됩니다." 그는 나를 보며 말을 계속했다.

"이것으로 큰어머니의 시간엄수에 대한 신용에 흠이 가지 않은 셈일세, 에드워드. 큰어머니가 시간에 대해 얼마나 엄격한지 자네도 잘 알고 있겠지? 특히 아침식사 시간에 대해서 말이야, 에드워드?"

그는 교활한 어조로 말을 마치더니 요란하게 웃었다.

나는 그 풍선처럼 부풀어오른 큰어머니의 시간엄수에 대한 신용에 바늘을 찔러주고 싶었다. 내가 그날 오후 4시 5분 조금 지나서 전화했었다고 한 의사의 말이 떠올라 그 점을 밝혀두어야겠다는 생각이 들었다. 그가 지금 한 말을 듣고 조금 놀라긴 했으나, 냉정하게 마음을 다잡아먹고 대담하게 맞서나갔다.

"그것은 무언가 잘못되지 않았을까요? 만일 그렇다면 나는 좀더 빨리 당신에게 전화를 걸었어야만 했다는 이야기가 됩니다. 큰어머니의 평판이 흠잡히는 것은 안됐습니다만, 나는 그 시계가 5분 이상 느리다는 사실을 그 전날 알았습니다."

큰어머니는 화난 듯한 거의 경멸어린 눈으로 나를 노려보았다.

"하지만 에드워드, 나는 그런 기억이 전혀 없구나."

만일 손님만 없다면 큰어머니는 그 모임에 지각했을지도 모른다는 사실을 인정하지 않으려고 나와 한바탕 다투었을 것이다. 어쩌면 큰어머니는 이다지도 자만심이 강할까!

이야기는 다시 공진회에 대한 것으로 돌아갔고, 지루하기 짝이 없는 몇 시간이 지난 다음 이윽고 스펜서네 사람들은 돌아갔다. 아무튼 나로서는 오늘 밤 크게 성공을 거두었다고 해도 좋으리라.

왜냐하면 첫째로, 나는 큰어머니의 고물차에 달려 있던 시계라는 뜻밖에도 성가신 문제를 아주 자연스럽게 처리하였기 때문이다. 둘째로, 큰어머니의 보험금 청구에 대해서 보험회사가 아무 까다로운 말을 하지 않았음을 알았다. 다시 말하자면 보험회사의 대리인이 허버트슨이나 회사가 핸들 또는 브레이크의 철사에서 미심쩍은 점을 찾아내지 못했다는 이야기가 된다. 자동차가 완전히 부서졌으니 미심쩍게 생각할 여지도 없었겠지만, 어쨌든 우선 마음을 놓아도 될 듯싶다. 그리고 셋째로, 참으로 상상조차 해본 적이 없는 일이지만, 스펜서의 아들이 말한 시계를 이용하여 불을 일으키는 방법 같은 유용한 지식을 얻을 수 있었기 때문이다. 그가 말한 방법대로 한다면 나도 그럭저럭 해치울 수 있을 것 같다.

스펜서 부인이 "침대에서 그런 식으로 타죽을 것 같은 생각이 들어요"라고 한 말이 조금 마음에 걸리긴 해도, 행운이 내 편을 들어주기만 한다면 그런 불길한 말쯤 잊을 수 있겠지. 그러나저러나 그녀는 어째서 그런 생각을 했을까? 불에 대한 생각은 얼마 전부터 나의 머릿속에서 떠나지 않는다. 그 일부는 요즘 화제에 오른 방화사건의 재판에서, 그리고 또 일부는 가솔린 탱크에서 폭발을 일으키게 한다는 지난번 계획——지금 생각해 보니 이것이 보다 뛰어난 방법일 듯하다——에서 떠오른 생각이다.

불! 불! 산짐승처럼 미친듯이 춤을 추며 모든 것을 태우고 모든 것을 말살해 버리는 아름다운 불의 혓바닥! 그전에 꾼 내 꿈이 맞는 모양이다. 지금은 이 불길이 밤에도 낮에도 내 마음 속에서 타오르고 있다.

3

학교에서 무엇 하나 쓸모있는 일을 배우지 못한다는 것은 불행한 일이다. 그렇다고 해서 내가 특별히 오래 학교에 다닌 것도 아니다. 한편 강요라도 받지 않는 한 교과 과목에 들어 있는 어느 과목에 대해 특별히 관심을 품은 적도 없었다. 마음은 좁고 정신은 따분하며 진절머리나는 학교 교사에게서 체계적으로 공부할 가능성이 없다는 것을 나는 일찍부터 깨달았던 것이다.

그러나 사람이란 자기에게 무엇이 쓸모있을지 미리 알지 못한다. 어떤 방법으로 불을 지르냐 하는 문제에 대해 스펜서네 사람들의 이야기를 들어야만 했던 것은 좋지 않은 일이었다. 나로서는 아주 자연스럽게 화제를 이끌어나갔다고 생각되므로 그들은 훗날까지 이 대화를 기억하지 않겠지만, 남의 지혜를 빌리지 않고 자신이 그만한 것을 알고 있었다면 얼마나 좋았을까 하는 생각이 든다. 어쨌든 이 정도의 지식으로는 결코 충분하다고 할 수 없으므로 앞으로 여러 가지 실험을 해볼 필요가 있으리라. 하긴 큰어머니같이 파헤쳐 알아내기를 좋아하는 사람이 옆에 있으면 그것도 쉬운 일이 아니겠지만. 그리고 수면제에 대해서도 알아두고 싶은 점이 많다.

오늘은 그러한 여러 가지 지식을 얻기 위해——이런 일은 사람의 두뇌를 굉장히 날카롭게 만든다——물건을 사러 나갔다. 시골에서는 소문이 무서운 영향력을 가지고 있으므로 나는 신중을 기하기 위해 르울 거리는 물론 애버쿰도 멀리하기로 했다. 그러나 슐즈베리라면 거리가 넓으니 내가 자질구레한 물건을 사도 기억하지 못하리라고 판단했다. 내가 사들인 물건은 싸구려 시계 하나, 어린이용 납땜 세트(이것을 살 때 조카를 사랑하는 삼촌의 연기를 진지하게 해보였다), 불에 약한 전기줄과 아주 가느다란 전기줄 조금(이것은 벽에 그림을 걸고 싶은데, 못은 박고 싶지 않고 그렇다고 투박한 철사가 보이게 하는 것도 원하지 않는다는 이유를 내세웠다)과 소형 축전지(이것은 실험용으로만 쓸 생각이며 정말 실행할 단계에 이르면 전기줄을 이용할 계획이다. 이것을 위한 전력은 블라인모어 강이 충분치는 못해도 공급해 준다)와 소총 약포(藥包) 백 개, 보기흉한 셀룰로이드 장난감 몇 개(이때도 역시 공상을 좋아하는 어린 조카를 사랑하는 삼촌 역을 했다), 스펜서 의사의 동업자들 손에 걸린 환자가 치러야 했을 고통스러운 수술을 암시하는 싫은 이름의 의학신문 한 부 등등이었다. 꽤 비용이 많이 드는 일이었다.

나는 이러한 물건들을 내 자동차 연장함 속에 넣고 자물쇠로 잠가둘 참이다. 그리고 이른바 총연습할 때 한 번만 제외하고 집 안에서는 실험하지 않을 생각이다. 부근에는 자동차를 타고 나가 누구의 방해도 받지 않고, 들키지도 않고 실험에 몰두할 수 있는 샛길이며 오솔길이 얼마든지 있다.

블라인모어로 돌아오는 길에 사실을 파헤쳐 알아내기 좋아하는 사람의 눈을 경계해야 하는 일이 얼마나 중요한지 깨닫게 된 조그만 사건이 일어났다. 나는 윌리엄스가 큰어머니의 자동차가 사고를 일으킨 자리에 서서 찬찬히 살피고 있는 장면을 보았던 것이다. 그의 개가 길을 비켜주지 않아 나는 자동차 속도를 늦추지 않을 수 없었고, 따라서 그와 이야기를 나누어야만 했다. 그리고 나로서는 그가 거기서 무엇을 하고 있는지 알야 할 필요가 있었다.

"안녕하십니까, 에드워드 도련님?" 그가 말을 걸어왔다.

"파우엘 부인께서 목숨을 건지신 일은 우리 모두에게 정말로 다행스러운 일이었습니다. 실은 이 자리에서 두 번 다시 그런 일이 일어나지 않게 하려면 어떻게 해야 할지 알아오라는 파우엘 부인께서 말씀하셨답니다. 밤에도 뚜렷이 보이는 흰 칠을 한 말뚝을 세워두는 것만으로는 마음 놓을 수 없으니, 무엇인가로 자동차가 굴러떨어지지 못하도록 막아놓아야 한다고 하셨지요. 하지만 경치를 망가뜨려서는 안될 테니 철책이나 울짱은 세우고 싶지 않다고 하셨습니다."

"그렇다면 산울타리를 치면 어떻겠소?"

"좋긴 합니다만 산울타리는 3주일 안에는 제 구실을 하지 못하거든요. 파우엘 부인은 지난번의……." 그는 적당한 말을 찾아내지 못하여 잠깐 입을 다물었다.

"희한한 사건 이후 신경이 몹시 날카로워져 있습니다. 내 생각으로는 길가에 둑을 쌓는 게 가장 좋을 것 같습니다만. 그 일이라면 어떻게든 할 수 있지요. 그런데 에드워드 도련님, 개에게 비스킷을 던져주면 안됩니다. 그 녀석이 길을 가로질러간 것은 비스킷을 찾아내기 위해서였을 테니까요. 가엾은 개는 죽었고, 하마터면 파우엘 부인도 돌아가실 뻔했잖습니까! 모두 비스킷 때문이었지요."

이야기가 도중에 초점이 바뀌어 조금 섬뜩했으나, 나는 그 놀라움을 얼굴에 나타내지 않았다.

"그렇지 않소, 윌리엄스 씨. 이 근처에서 소소에게 비스킷을 던져 준 일은 있는 것 같지만 그 녀석이 전에 한 번 여기서 비스킷을 찾아냈다고 해서 또 여기 있으려니 생각하진 않았을 거요. 아마 토끼를 쫓고 있었겠지요."

"그랬을지도 모르지만, 나는 전에 녀석이 여기서 비스킷을 먹는 것을 보고 말을 건 적이 있었거든요."

"그랬소? 하지만 세상에는 우연이라는 것도 얼마든지 있지요."

나는 시계를 보았다.

"아아, 점심시간이로군요. 큰어머니를 기다리게 할 수는 없지. 그럼, 실례하겠소."

나는 윌리엄스와의 대화가 나의 자동차의 움직임만큼 경쾌했기를 바라며 그 자리를 떠났다.

저 바보가 쓸데없는 말을 지껄이지 않으면 좋으련만!

오늘 오후 내내 나는 의학신문을 읽었다. 광고란은 더욱 찬찬히 읽었는데 그것은 아주 기묘했다. 나는 얼마 전부터 스펜서 노인이 별로 인정하려 들지 않는 가벼운 통증을 나의 몸 몇 군데에서 느끼고 있었는데, 뜻밖에도 그 약을 구할 수 있게 된 것이다. 이 신문은 이따금 사서 읽을 필요가 있겠다. 그러나 나는 오래 전부터 가지고 있었던 하나의 의견을 바꿔야 될 모양이다. 언젠가 나는 광고는 '광고장이'라고 불리는 저속한 사람들에 의해 씌어진다는 이야기를 들은 적이 있다. 그러나 그런 사람들이 쓴 것 치고는 좀 지나치게 박식하지 않을까? 그렇다면 대체 어떤 사람이 이것을 쓸까? '극도의 백혈구 감소증 또는 과립세포 감소증에 이어 일어나는 폐혈증에 있어……' 등의 말로 시작되는 문장, 이것은 상당히 학문이 있는 사람이 썼음에 틀림없다.

그건 그렇고, 고맙게도 그 속에서 내가 알고자 하는 것을 찾아냈다. 내가 애타게 알고 싶어했던 것은 여느 사람이 약국에 가서 수면제를 살 수 있느냐 하는 문제였다. 물론 여기에 대한 직접적인 대답은 찾아내지 못했으나 크게 기대하고 있었던 바도 아니다. 말할 나위도 없이 가장 간단한 방법은 가까운 약국에 가서 시험해 보는 것이다. 가보면 결과를 알 수 있고 어쩌면 약을 살 수 있을지도 모르겠지만, 약제사에게 여러 가지로 질문을 받을지 모른다고 생각하니 망설여지지 않을 수 없다. 약제사는 그런 질문을 의무적으로 해야 한다고 법률로 규정되어 있는지도 모른다. 어쨌든 불라인모어에서 백 마일이내의 장소에서 그런 위험을 무릅쓸 생각은 없다. 아마 런던에서라면 거짓 주소를 대도 괜찮으리라.

그러나 "수면제 있습니까?" 하고 막연히 묻는 것보다 특정한 약이름을 대면서 달라고 하면 훨씬 상대방이 믿어주리라. 스펜서 의사의 처방용지를 한 장 구하고 그 약을 복용하라고 권하는 편지를 가명(假名)으로 쓰는 것쯤은 문제없는 일이다. 아니, 어쩌면 그런 재간은 부릴 필요가 없을지도 모른다. 나로서도 거짓 편지를 쓰지 않고 일을 해치울 수 있다면 그보다 더 좋은 일은 없겠지만, 그러기 위한 준비만은 해두는 편이 현명하리라. 이런 일에 대해 나는 별로 아는 바가 없기 때문이다. 앞에서도 말했지만 나의 경우 놀랄 만큼 학교 교육이 변변치 못했던 것이다.

아무튼 이 문제에 관한 한 의학신문은 나를 실망시키지 않았다. 다행히도 거기에는 최근에 만들어진 약, 어떤 액체에나 쉽게 녹으며, 환자가 알지 못하는 사이에 먹일 수 있는 작은 정제에 대한 기사가 실려 있었다. 이런 위대한 착상은 환자의 민감한 감수성을 다치지 않게 하는 매우 적절하고 감탄할 만한 배려라고 할 수 있겠다. 더구나 이 '솜노큐브'라는 새로운 약은 전적으로 건강한 수면을 보증하고 있었다. 큐브(cubes)가 큐브(quubes)라고 표기되어 있는 점만은 마음에 들지 않았으나, 그밖의 점은 완전히 나의 마음에 들었다.

4

내가 지금 마음에 품고 있는 계획의 가장 큰 장점은 나 자신의 소유물이 모두 타버린다는 점이다. 나의 소유물은 액수는 대단치 않지만 보험에 들어 있다. 어째서 그런 조치를 취했느냐 하면 난로란 불꽃이 튀어나오기 매우 쉽다는 것을 뚜렷이 알았고, 사실 한두 번 겨울날 오후에 난로 앞에서 꾸벅꾸벅 졸다가 불꽃이 튀어 바지에 작은 구멍이 뚫린 적이 있었기 때문이다. 비록 시골생활이지만 기운 옷을 입고 다닐 수는 없으므로 덕분에 옷 한 벌을 버리고 말았었다.

그러나 보험금의 액수가 너무 적어 지금 가지고 있는 양복, 다시 말해서 세심한 주의와 취미를 살려 선택한 옷들을 완전히 보상할 수는 없다. 이러한 것들은 다시 사면 그만일 테고, 사실 옷을 사는 일만큼 사람의 흥미를 북돋아주는 것도 없다. 옷을 사기 위해 계획을 세우다 보면 시간을 지루하지 않게 보낼 수 있다. 그러나 자신이 애써 사모은 잘 어울리는 옷을 모조리 잃는다는 것은 생각만 해도 싫다. 그리고 경제적인 문제도 있다. 참으로 부끄러운 일이지만, 이것은 사실이다.

옷가지 이외에도 나에게는 약간의 재산이 있다. 예를 들어 나의 책들이 바로 그것이다. 이 많은 책들은 내가 프랑스에 갔을 때 구입해서 어렵게 세관을 통과시킨 끝에 가져온 것들이다. 아마도 이 책들은 한 번 읽으면 다시 손에 넣을 수 없으리라. 왜냐하면 그 책들은 상당히 걸작이긴 하지만 일반대중에게는 도저히 환영을 받지 못할 어렵고 멋진 작품이므로 많은 사람들에게 읽히지 않을 것이며, 따라서 시간이 흐름에 따라 잊혀져버릴 것이기 때문이다. 나는 이른바 베스트 셀러라는 것을 끝까지 읽어본 적이 없다. 하지만 놀랄 건 없다. 요컨대 나의 감상력이 일반 대중보다 뛰어나기 때문이라 생각하고 싶다.

나는 책들을 다시 찬찬히 살펴보았다. 두세 권은 내가 들고 나갈 수 있을지도 모르고──물론 불이 나면 나 자신도 몸을 피해야 할 테니까──그 전에도 책장이 비어 있다는 것을 눈치채지 못하게 몇 권쯤은 빼낼 수 있으리라. 책장이 비어 있다는 것을 큰어머니가 알면 좋지 않기 때문이다. 그런데 문제는 큰어머니가 그런 일에는 꽤 눈이 날카롭다는 점이다.

앞에서도 말했듯이 큰어머니는 선천적으로 파헤쳐 알아내는 버릇을 타고났을 뿐만 아니라, 바라지도 않는데 남의 일에 끼어들어 참견하는 기술은 거의 완벽할 정도이다. 그리고 나는 큰어머니가 나 몰래 그런 책들을 읽고 있을지도 모른다는 강한 의심을 품고 있다. 왜냐하면 훌륭한 일에 몸을 바치고 고결한 척하는 사람들이 거의 그렇듯 큰어머니도 위선자라는 것을 나는 확신하고 있기 때문이다.

큰어머니는 내가 없을 때 이 음탕한 책의 제목 가운데 마음에 드는 한 권을 골라 읽어보려고 하다가 그것이 없어졌음을 알게 되지나 않을까? 그 가운데 한두 권은 지나치리만큼 뚜렷하게 묘사되어 있음을 나도 인정한다. 그러나 비록 큰어머니가 그것을 읽었다 하더라도 그녀의 프랑스 어 실력으로는 특별히 흥미있는 이중의 뜻을 지닌 미묘한 뉘앙스를 도저히 이해하지 못할 것이므로 별일은 없으리라.

그건 그렇고, 큰어머니의 의심을 불러일으키는 것은 절대로 바람직하지 못하다. 지난번의 자동차 사고 때와는 달리, 나의 침실을 뒤지다가 준비물이 발견되기라도 하면 일이 몹시 성가시게 될 것이기 때문이다. 특히 나는 전지를 쓰지 않으면 안된다. 지난밤에 꼭 한 번 전기로 실험을 해봤는데 운나쁘게도 온 집 안의 퓨즈가 끊어지고 말았다. 어디가 나빴는지 원인을 몰랐으므로 나는 몹시 놀랐다. 다행히 한밤중의 일이어서 아무에게도 들키지 않고 깨끗이 처리할 시간적 여유가 있었다.

그러나 이 때문에 예정했던 날보다 일찍 불이 났으면 어땠을까 생각하니 나는 아찔하지 않을 수 없었다! 이 문제로 한참 동안 걱정을 하며 시간을 보내다가 결국 전혀 잘못된 곳이 없다는 결론을 내렸다. 그 때문에 아주 늦게 잠자리에 들게 되었다.

그 다음날 한 가지 어려운 문제가 생겼다. 블라인모어에서 전기 수리는 에번스에게만 허락되어 있으므로 만일 퓨즈가 끊어진 사실이 밤이 되어 전등을 켤 때까지 발견되지 않는다면 곤란하다. 왜냐하면 에번스는 그때쯤 자기 집에 돌아가 있을 것이기 때문이다. 그의 집은 블라인모어에서 반 마일밖에 떨어져 있지 않으나, 그 반 마일이라는 것이 집 뒤쪽에 있는 골짜기 밑으로 내려갔다가 그 건너편 언덕을 거의 끝까지 올라가야 하는 성가신 코스이다. 물론 에번스는 곧 와주겠지만, 그를 데리러 가는 일을 나에게 맡길 것 같아 걱정이 되었다. 어두운 밤길을 가는 것은 쉬운 일이 아니다.

그리하여 퓨즈에 고장이 났음이 낮 동안에 발견되도록 하는 편이 좋다는 결론을 내렸다. 그럼으로써 일석이조의 효과를 얻을지도 모른다고 생각했던 것이다. 나는 큰어머니가 홀에서 소포를 꾸리고 있는 것을 보고 되도록 상냥하게 말을 걸었다.

"어두워서 잘 안 보이지요? 전등을 켜드릴까요, 큰어머니? 눈을 피곤하게 하면 좋지 않습니다. 나이가 들면 시력이 약해지기 쉬우니까요."

물론 전등은 켜지지 않았다. 당연한 일이다. 나는 큰어머니가 이미 젊지 않다는 말을 입 밖에 내어 그녀로부터 타박을 받아야 했으나, 어쨌든 나의 목적은 쉽사리 이루어졌다.

　"전등이 켜지지 않는데, 어쩐 일일까요?"라고 말하며 나는 부엌으로 가서 스위치를 켜보고 역시 켜지지 않는다는 것을 알린 다음 온 집 안의 전등이 모두 켜지지 않음을 증명하고 나서 메리에게 에번스를 데려오라고 일렀다.

　그러는 동안에도 계속 큰어머니는 소포를 싸고 있었다.

　그녀는 다만 "네가 부르러 가지 그러느냐" 하고 한 마디 비난했을 뿐이었다.

　큰어머니는 입에 실을 물고 그 말을 했으므로 나는 다시 한 번 되풀이시킨 다음에야 겨우 알아들은 척했다. 이런 비난은 두 번째는 그다지 날카롭게 들리지 않는 법이다.

　그건 그렇고, 나는 큰어머니가 꾸리고 있는 소포를 바라보다가 어떤 좋은 생각이 머리에 떠올랐다. 나는 용기를 내어 어려운 상황과 맞서나갔다. 홀의 나무궤짝에 걸터앉아서 반들반들하고 뾰죽한 갈색의 구두코를 흔들거리며 큰어머니의 운명을 암시하는 말——만일 그녀가 그것을 알아듣는다면 어떤 얼굴을 할까——을 자연스럽게 꺼냈다.

　"다음주에는 이네스와 함께 며칠 동안 지내고 싶은데요, 큰어머니."

　"이네스라니? 아아, 운전도 제대로 못하면서 벤트리만 몰고다니는 그 친구 말이냐? 그 사람은 어쩐지 마음에 들지 않더라. 하지만 그가 집에 오는 것이 아니라면 나는 아무래도 괜찮다. 이번에 오면 우리 집 담벽은 모두 페인트 칠을 다시 해야 할 테니까 말이야. 하긴 그 정도가 아니라 어쩌면 집을 온통 쓰러뜨릴지도 모르지."

"그런 말씀 마세요! 큰어머니가 남겨놓은 통로가, 아니 남겨놓았다기보다 큰돈을 들여 만들어 놓은 통로가──집 옆의 쓸모없는 통로를 만들면서 큰어머니는 마치 자기가 정부(政府)라도 된 듯한 기분이었다. 사실 이 공사는 르울 사람들을 위해 큰어머니가 손을 댄 실업대책사업 같은 것이었는데, 이 고장의 노동력을 쓰고 싶었던 까닭에 지출하지 않을 수 없었던 거액의 비용이 큰어머니의 가슴에 맺혀 있었던 것이다──녀석의 자동차가 지나가기에는 너무 좁다는 것쯤 간단한 수학적 계산으로 증명되지요."

"그 녀석이라니? 아아, 이네스 말이로구나. 아무튼 그 젊은이는 우리 집 담벽의 페인트 칠을 벗겨버렸잖니. 네가 지금 앉아 있는 궤짝에는 페인트 칠도 하지 않았고 너도밤나무로 만들어진 것이긴 하지만, 에드워드, 그렇게 자꾸 발로 차면 광택이 없어져 아주 망가질는지도 모르겠구나. 아무래도 서 있기가 싫다면 제발 의자에 앉아다오. 아마 층계의 융단 위에 앉으면 다리를 흔들어대도 흠이 생기지 않을 거다."

그러고 나서 큰어머니는 융단의 폭과 앉았을 때의 내 엉덩이가 차지할 넓이를 품위없는 말투로 비교하기 시작했다. 그러나 거기에 대해서는 쓰고 싶지 않다.

"어쨌든 다음주 화요일 나는 떠나겠습니다. 세탁소에 맡겨야 할 옷을 몇 벌 슐즈베리에 가지고 갈 좋은 기회이기도 합니다. 갈 때 그것을 맡겼다가 돌아올 때 찾아와야겠습니다. 그리고 장정을 다시 해야 할 책이 몇 권 있는데, 그것도 함께 가지고 갈까 합니다."

큰어머니는 나를 뚫어지게 쳐다보았다.

"너는 언제부터 양복을 세탁소에서 다려입는 부자 행세를 하게 되었니?"

"꼭 말해야 한다면 말씀드리지요. 큰어머니도 메리도 양복을 그다지 잘 다리지 못한다는 결론을 내렸을 때부터입니다. 그리고 집에서는 세탁이 안되잖습니까, 적어도 지금으로서는."

"그야 그렇지. 하지만 똑똑히 말해 두겠는데, 네가 지금 한 말을 취소하고 사과하지 않는 한 다시는 집에서 양복을 다려주지 않겠다, 에드워드."

"'기본원칙은 사과하지 않는다'" 하고 나는 장난기어린 말투로 인용했다.

"사과하지 않겠다면 무릎이 튀어나온 바지를 참고 입어야겠구나. 너도 알고 있겠지만 에드워드, 뚱뚱한 사람은 마른 사람보다 옷매무새가 흩어지기 쉽단다. 하지만 나는 모르겠으니 네가 알아서 하렴. 엉망이 된 네 양복을 다리는 나와 메리의 수고가 안스러워 밖으로 들고 나가는 것은 고맙지만, 너의 그 천박한 책은 표지가 조금 더러워져 있는 편이 오히려 그 내용과 잘 어울릴 거다. 아무튼 네 마음대로 해라. 너는 갑자기 큰 부자가 된 모양이니까." 큰어머니는 마지막 소포를 탁자 위에 쾅 소리나게 놓았다.

"오오, 에번스, 어서 와요. 에드워드 도련님께서 온 집 안의 퓨즈를 다 끊어버렸다우."

"사랑하는 큰어머니, 나는 다만 큰어머니의 눈을 보호해 드리기 위해 갸륵한 마음에서 전등을 켜려고 했는데 불이 들어오지 않은 겁니다. 큰어머니는 조금도 고맙게 생각지 않으시는군요. 그리고 그저 상식적으로 다른 전등도 켜보았는데 역시 들어오지 않았어요. 그런데 어째서 내가 '온 집 안 전등의 퓨즈를 끊었다'고 말씀하시는지 모르겠군요. 첫째로, 퓨즈가 끊어졌는지 어떤지 어떻게 아십니까?" 나는 '나'와 '당신'이라는 두 대명사를 아주 교묘하게 썼다.

"원인은 어디 다른 곳에 있을지도 모르는데 어째서 내가 퓨즈를 끊었다고 말씀하시지요? 정말이지 큰어머니다운 말씀입니다만, 너무나도 불공평합니다. ”

큰어머니도 얼굴을 붉힐 만한 양심은 가지고 있었다.

“잘못했다, 에드워드, 내가 조금 지나치게 결론을 서두른 것 같구나. ”

사실 큰어머니는 몹시 혼란을 일으키고 있는 듯싶었다. 이런 식으로 나에게 사과를 해야 했으니 큰어머니로서는 불쾌했으리라. 사과야말로 내가 큰어머니에게 좀처럼 끌어낼 수 없는 기쁨이다.

이번의 경우 큰어머니는 아무것도 모르지만, 퓨즈를 끊어지게 한 사람이 바로 나 자신이니만큼 그 기쁨은 한결 더 컸다. 나도 언제까지나 수모만 받고 있지 않는다는 사실을 큰어머니에게 가르쳐주고 싶을 정도였다.

“그런 것은 대단치 않은 일이야. 우리 서로 잊어버리기로 하자. 이제 곧 에번스가 고쳐주겠지. ”

이날 아침의 일은 참으로 잘 풀려나갔다. 얼마나 많은 책이 장정을 다시 해야 하고 얼마나 많은 양복이 세탁을 해야 하는지 알았다면 사람들은 놀랄 것이다! 그러나 양복을 밖으로 들고 나갈 구실로 세탁소에 맡긴다는 것만 말하고 다림질이 서투르다는 말은 하지 말았어야 옳았다. 사실은 메리도 큰어머니도 뛰어나게 다림질을 잘했으며, 더구나 그들이 해주는 편이 편리하기도 하고 비용도 들지 않기 때문이다. 아니, 그런 것은 생각할 필요가 없지 않은가! 여기서 살 날도 그리 오래지 않을 터이므로 그런 것은 아무래도 좋을 텐데, 나는 언제나 그 점을 잊고 있다.

5

결국 월요일 저녁때쯤 나는 슐즈베리로 미끄러지듯 자동차를 몰고 갔다. 나의 자동차는——유감스럽게도——많은 짐을 실을 능력이 없다. 만일 옷과 책 이외에 내가 빼내고 싶은 짐을 모두 싣고 나왔다면 그것을 둘 장소를 찾기 위해서 몹시 고생했으리라. 그리고 지나치게 짐을 많이 실은 자동차는 남의 눈에 띄기 쉽고, 나로서는 전에도 말했듯이 사람들이 이러쿵저러쿵 이야기할 만한 일은 피하고 싶었다.

그러나 꼭 한 가지 여느 때와 조금 다른 짓을 하지 않을 수 없었는데, 그다지 이렇다 할 말을 들을 것 같지는 않다. 나는 옷장에 자물쇠를 잠그고 열쇠를 들고 나왔다. 화장대 서랍을 이용하는 방법도 생각해 보았으나, 그 안에선 전지를 잘 조립할 수가 없었다. 더구나 메리가 방을 청소하므로 볼 염려가 있다. 그러나 옷장은 메리도 손대지 않을 것이다. 그리고 나는 화장대 서랍을 한 번도 잠가놓은 적이 없다. 실은 오래 전부터 잠가서 엄중히 다루었어야 했겠지만, 은행에 맡겨둘 만큼 대단한 게 아닌 물건을 내가 갖기 시작했을 무렵 큰어머니는 나를 위해 튼튼하게 만든 작은 금고 하나를 사주었던 것이다.

예를 들어 이 비밀스러운 일기 비슷한 것을 숨기는 데는 그 금고가 가장 적절한 장소였다. 물론 나는 집에서 나올 때 이것을 들고 나와 지금 이네스의 집에서 쓰고 있다. 아아, 지금 블라인모어에서 어떤 일이 일어나고 있는지 알고 싶다! 만일 이처럼 멀리 떨어져 있지만 않다면, 나는 지붕 위에 올라가 눈을 크게 뜨고 마음 속으로 그토록 동경하던 빨갛게 타오르는 불길을 보고 있을 텐데.

오늘밤에는 그 광경을 눈앞에 선명히 그려낼 수가 있다. 저녁식사가 끝날 무렵까지 모든 일은 자연스럽게 진행되었을 것이다. 큰어머니는 내가 없어도 저녁식사를 제대로 들었을까? 대부분의 여자들은 혼자 있을 때면 되는 대로 식사를 때우는 법인데……그러나 큰어머니는 저녁식사를 제대로 들었으리라. 큰어머니는 습관을 매우 존중하는 사람이며 덧붙여서 말한다면 식욕도 더할나위없이 왕성하니까. 그리고 나에게는 옛날부터 고통스러웠지만 오늘만큼은 그 고통을 겪지 않아도 되는 일이 있다.

블라인모어에서는 매주 화요일 만찬을 들게 되어 있는데 아마 앞으로도 그 습관은 계속될 것이다. 따라서 큰어머니는 엄숙한 태도로 만찬을 들고 식사가 끝난 뒤에는 커피를 마실 것이다. 모든 일은 여기서부터 시작된다. 보통의 경우 사람들은 커피를 마시면 눈이 말똥말똥해지며 잠을 이루지 못하는 법인데, 큰어머니는 커피를 마시고 약 20분 뒤에는 물리칠 수 없는 졸음에 몰리게 될 것이다. 몸을 가눌 수 없으리만큼 졸려 응접실에서 잠들어버리지 않았으면 좋겠다. 그 점을 생각하면 마음이 놓이지 않지만, 아마도 큰어머니는 그런 곳에서 잠들지 않으리라. 만일 응접실에서 잠들어버렸다 해도 메리가 침실로 데리고 가겠지. 다만 그 어리석은 처녀가 주인이 병에 걸린 줄 착각하고 괘씸한 스펜서 의사에게 전화를 걸지 말아야 할 텐데!

아니, 대체적으로 빈틈없이 해놓았으니 별일없으리라. 나는 그 솜노큐브를 며칠 전에 나의 수프에 넣어 시험해 보았다. 그러나 이것은 운나쁜 실험이었다. 저녁식사가 미처 끝나기도 전에 그 효력이 나타났던 것이다. 실은 식사가 끝날 때까지 어떻게든 잠들지 않고 버티려고 애썼으나, 커피를 다 마실 때까지 식탁 앞에 참고 앉아 있을 수가 없었다. 나는 그 자리에서 잠들어버린 모양이다. 잠들어 있는 동안 뭐라고 지껄였는지 그 점이 몹시 걱정스럽다. 나는 식사가 끝날 때까지 내가 지껄인 말을 어렴풋이 기억하고 있을 뿐이다. 그리고 생각나는 것은, 피로와 두통을 이유로 내세워 침실로 물러가고 싶다고 열심히 탄원하고 있었던 일이다.

다음날 큰어머니는 내가 술을 마신 줄로 생각하고 있음을 알았다. 사실 큰어머니는 나의 방에 몰래 들어와 이리저리 뒤져 내가 애써 입수한 작은 압상트 술병을 찾아냈던 것이다. 그러나 내가 이 술을 늘 마시는 줄로 생각한다면 큰 오해이다. 나는 술의 효능에 대한 유혹적인 이야기를 듣고 억지로 마셔보았으나, 단지 기분을 언짢게 만드는 물건에 지나지 않음을 알았을 뿐이다. 그건 그렇고, 큰어머니가 나의 방을 마구 뒤지는 일이 다시는 없었으면 좋겠다.

솜노큐브의 두 번째 실험 때에는 첫번째보다 적은 양을 커피에 넣어 마셔보았다. 그때의 실험은 성공적이었다. 큰어머니와 함께 보내는 시간을 덮쳐오는 졸음과 싸우며 앉아 있어야 했으므로 그다지 편안한 기분은 아니었으나, 약의 효과가 매우 자연스럽게 나타났고 그러면서도 도저히 저항할 수 없는 힘을 지니고 있음을 알고 마음을 놓았다. 마신 뒤에 건강한 수면이 찾아왔던 것이다.

그러므로 오늘밤 커피를 마시고 나면 큰어머니는 그 아름답지 못한 응접실에서 졸음에 사로잡힌 다리를 이끌며 아무 장식도 없고, 역시 아름답지도 못한 침실로 물러갈 것이다. 그리고 일단 잠들어버린 이상 좀처럼 깨어나지 못할 것이다. 그 점에 대해서는 미리 손을 써놓았다. 블라인모어에는 근대적인 커피 포트가 없다. 큰어머니가 그런 최신 유행의 물건은 경박하다고 절대로 집 안에서 쓰지 못하게 하기 때문이다. 그래서 언제나 원두커피에다 뜨거운 물을 붓는 몹시 고풍스러운 방법으로 끓여———이 원두를 갈았는지 어떤지도 모르지만———그것을 헝겊에 걸러서 마신다. 이런 방법은 매우 시간이 걸리므로, 언제부터 그런 습관이 생겼는지 알 수 없으리만큼 오랜 옛날부터 점심과 저녁식사 사이에 마실 것까지도 아침에 끓여 놓고 있다. 저녁식사 때에는 그것을 다시 한번 데운다. 이 점만으로도 이 방법이 좋지 않음을 증명할 수 있을 것이다. 그리고 식사와 식사 사이에 커피는 특별한 병에 담겨 역시 특별한 선반에 고이 모셔놓는다. 블라인모어에서는 늘 이런 식으로 한다. 따라서 메리가 점심 설거지를 하고 있는 동안에 몰래 식기실로 들어가 이 병에 달콤한 솜노큐브를 한 알

살짝 넣는 것은 매우 쉬운 일이었다.

다만 커피를 다시 데울 때 이 약품의 성질에 변화가 일어나지 않았으면 좋겠는데! 끓이면 어떻게 될까? 변화할 리는 없겠지. 아무튼 약의 효과에는 변함이 없으리라고 생각한다. 이 점에 대해 그 의학신문에 문의해 보고 싶었지만 그럴 수는 없었다.

그러나 결국 솜노큐브의 작용은 이차적인 것이다. 보다 확실한 성과를 거두기 위한 수법에 지나지 않는다. 어쨌든 내 침실에 있는 옷장에서 불이 난다는 사실에는 틀림이 없기 때문이다. 불길은 옷장에서부터 일기 시작하여——여기에 대해서는 빈틈없이 손을 써두었다——순식간에 나의 방은 불길로 가득 찰 것이다. 그리고 불길은 벽의 판자를 불태우고 복도로 번져나갈 것이다. 복도가 불타기 시작하면 옆에 있는 큰어머니의 침실로 통하는 복도는 완전히 차단되고 만다. 블라인모어의 홀은 넓고 지붕까지 툭 트여 있다. 그래서 겨울에는 집 안에 있어도 늘 춥다는 생각을 하지 않을 수 없었다. 이 홀에는 2층으로 올라가는 층계가 있는데 여기에는 큰어머니가 늘 우스꽝스러우리만큼 신경을 쓰고 있는 폭이 별로 넓지 않은 융단이 깔려 있다. 층계를 다 올라간 곳에 난간으로 홀과 칸이 막혀진 복도가 있는데, 이 복도가 나의 침실 앞을 지나 바로 응접실 위에 해당되는 큰어머니의 침실을 이어준다. 층계 끝에서 가까운 몇 개의 방들은 여느 때는 모두 쓰지 않는 빈방이다. 그 앞에 하인들의 방과 다락방으로 통하는 복도가 있다. 여기에도 역시 쓰디쓴 추억이 어리어 있다.

따라서 나의 침실 앞 복도가 한창 타고 있을 때——그때까지 아무도 불이 났다는 것을 알아차릴 염려는 없다——하인들이 큰어머니의 침실로 달려갈 수는 없고, 큰어머니는 정신없이 잠들어 있을 것이다. 큰어머니는 고통을 받지 않고 죽을 것이다. 블라인모어같이 낡아빠진 목조건물은 불길이 빨리 퍼질 것이기 때문이다. 전등을 켜는 것조차 위험한 일이다. 사실 1주일 전에도——이것은 굉장한 착상이었다——
——퓨즈가 끊어지지 않았던가! 그리고 나는 몇 마일이나 떨어진 곳
에 있다. 정말 몇 마일이나 떨어진 곳에서 지금 이 글을 쓰고 있는
것이다. 앞으로 47분만 있으면 블라인모어는 불이 일어나게 되어 있
다. 대체 어떤 뉴스가 나에게 날아올 것인가?

6

　다음날 아침 날씨는 침침하게 흐려 있었다. 나는 이 글을 쓰느라고
늦게까지 깨어 있었으므로 조금 피곤하고 졸렸다. 가능하다면 아침식
사는 침대에서 마치고 오전 내내 자고 싶었다. 수면부족 탓도 있지
만, 그보다도 오늘은 이제부터 몹시 바빠지게 될 것임에 틀림없기 때
문이다.

　그러나 이것은 바랄 수 없는 일이었다. 우선 첫째, 이네스 자신은
나에게 동정적이고 내가 좋아하는 대로 해주고 싶겠지만 그의 가족들
이 나의 이러한 게으름에 대해 호의적이 아니기 때문이다. 나의 큰어
머니만큼 스파르타 식은 아니지만 이네스는 그 나름대로 여러 가지
점에서 가족들과 잘 어울리지 못한다는 것을 나는 알고 있었으며, 그
러한 그들의 사이를 내가 더욱 부채질하고 싶지는 않았다. 그리고 아
침식사를 침대에서 먹는다는 것은 어느 집에서나 별로 좋아하지 않는
다. 더구나 나는 여느 때와 조금도 다름없는 태도를 취해야만 하는
것이다. 그러나 몸과 마음이 모두 지칠 대로 지쳐 있고, 더구나 이제
라도 굉장한 뉴스가 날아오기를 애타게 기다리는 사람으로서는 그것
은 쉬운 일이 아니다. 그래서 나는 결국 집에 있을 때와 비슷할 만큼
조금 늦게 아침식탁에 모습을 나타냈다.

　옷을 갈아입는 동안 나는 내내 전보가 오기를 기다리고 있었다. 식

사를 하면서 이제 곧 오겠지 하고 생각했다. 그러나 아무 일도 일어나지 않았다. 오전 시간을 이네스의 벤트리 자동차에 달려 있는 부속품을 보기도 하고, 변속 기어에 관한 최신 발명에 대해 이야기를 주고받으며 보냈다. 그동안 나는 주의를 집중시키느라고 몹시 애를 먹었다는 사실을 털어놓아야만 하겠다. 나의 한쪽 눈은 언젠가는 전보 배달부가 올 것임에 틀림없는 찻길 쪽으로 내내 쏠려 있었다. 그런데 그는 좀처럼 모습을 나타내지 않는 것이었다.

마침내 어떤 무서운 생각이 머릿속에 곧 떠올랐다. 결국 아무 일도 일어나지 않은 것이 아닐까? 만일 믿을 수 없을 만큼 운이 나빠 내가 해놓은 장치에 어떤 고장이 생겼다면 결국 결과가 어떻게 될까? 그런 경우 우선은 아무 일도 없으리라. 이렇게 생각하고 나는 가슴을 쓸어내렸다. 비록 계획대로 되지 않았다 하더라도 큰일이 벌어질 염려는 없기 때문이다. 누구도 내 옷장을 뒤질 만한 이유는 없을 테고 만일 뒤지려고 했다 하더라도 잠겨 있으므로 걱정할 건 없다. 그 자물쇠는 튼튼한 빅토리아 왕조 가구에 맞추어 만들어진 것이므로 함부로 손댈 수 없는 물건이다.

설마 큰어머니가 그 자물쇠를 부숴서까지 옷장을 열지는 않겠지. 큰어머니는 물건을 파괴하는 일을 몹시 싫어하는데, 그런 성미를 죽여서까지 살펴보고 싶을 만큼 큰어머니의 호기심을 자극하는 일은 이 세상에 없을 것이다. 다시 말해서 큰어머니의 검약한 정신이 이 계획의 폭로를 막아주리라. 그러나 오늘 저녁때까지 아무 소식도 없다면 옷장 열쇠를 가지고 온 이유를 큰어머니에게 짤막하게 적어서 보내는 편이 좋을지도 모른다. 나는 무사히 도착했다는 편지 따위를 큰어머니에게 써보낸 적이 없으므로 그런 짓을 하면 오히려 이상하게 여길지도 모른다. 그렇지만, 그렇게 함으로써 나의 계획이 폭로되지 않고 다시 새로운 계획을 세울 수 있다면 백 번이라도 해야 할 일이다.

그런데 어찌된 일인지 큰어머니가 옷장 자물쇠를 부수어 열고 내가 해놓은 장치를 발견하는 광경이 마음 속에서 떠나지 않았다. 만일 그렇게 되면 뭐라고 변명해야 할까? 아니, 그런 걱정은 이제 할 필요가 없게 되었다. 나는 지금 이네스의 집에서 돌아가기 전에 오전 중에 내가 느낀 그 드릴을 기록해 두고 싶어서 이 글을 쓰고 있는 것이다. 이미 전혀 걱정할 필요가 없게 된 지금에 이르러서는 공포와 안심이 뒤섞인 기분을 그대로 맛볼 수는 없을 것이고, 더구나 시간을 허비하고 싶지 않기 때문이다.

나는 지금——난생 처음 느끼는 기분이지만——한시라도 빨리 블라인모어로 달려가고 싶다. 점심식사가 끝나는 대로 곧 출발해야겠다. 그 점심식사는 이제 곧 차려질 것이다. 이네스의 집에서는 내가 되도록 빨리 출발할 수 있도록 식사 시간을 당겨주었던 것이다.

그건 그렇고, 나는 펜을 빨리 달리게 하다 보니——이것은 우스꽝스러운 표현이다. 펜은 달리는 물건이 아니지 않은가? 그러나 그것은 아무래도 좋다——나에게 배달된 전보의 내용을 적는 것을 잊고 있었다. 전보문은 너무 짧아서 어떤 사정인지 짐작할 수가 없었다. 그것은 '곧 돌아오라, 스펜서'라고만 적혀 있었다.

전보의 발신인이 스펜서라는 점이 나의 마음에 들지 않았다. 그가 이 문제에 간섭하는 것을 원치 않았지만, 아마도 요리사나 메리가 그에게 전화를 걸어 어떻게 손써줄 것을 부탁했는지도 모른다. 미리 말해 두지만 나는 그녀들이 무사하기를 빌고 있다. 요리사에게는 언제고 보복해야 할 일이 있지만, 이번 경우는 해당이 안된다. 그녀에게 그 정도로 악의를 품고 있는 것은 아니니까. 그건 그렇고, 어떻게 해서 스펜서에게 연락을 했을까? 전화는 당연히 불에 타버렸을 텐데. 아마도 전화선이 끊기기 전에 소방대에 알렸을지도 모른다. 그러나 아무 도움도 받지 못했을 것이다. 르울의 소방대를 소집하려면 몇 시간은 걸릴 테니까. 소방대의 말은 낮이면 밭에 나가 농사일을 돕고 있을 테고, 밤에는 남자 한 사람이 자전거를 타고 돌아다니며 이 사람 저 사람 깨워야 하기 때문이다. 아무튼 그러는 사이에 불이 일어났다는 소문이 퍼져 스펜서 노인이 가서 알아봐야겠다고 생각했을지도 모른다.

마침내 점심식사 준비가 다 된 모양이다. 이 글의 계속을 어디서, 어떤 환경에서 다시 쓰게 될까?

나는 내가 몹시 서둘러 블라인모어로 돌아갔을 때의 일을 언제까지나 잊을 수 없으리라. 이네스의 집을 나오자마자 구름 사이에서 햇살이 비치기 시작했다. 이것이 나에게는 좋은 징조인 듯이 여겨졌다. 나는 손뼉을 치고 싶을 만큼 기분이 좋았으나, 다행히 얼굴을 찌푸리고 걱정스러운 표정을 지어야 한다는 사실이 생각났다. 이러한 전보는 대부분의 경우 '나쁜 소식'을 뜻하는 법이다. 동시에 나는 그 '나쁜 소식'이 무엇인지 몰라야 한다는 사실도 생각해 냈다. 어쨌든 이러한 태도를 계속 취하고 있다는 것은 정말 어려운 일이다. 그러므로 이네스의 집을 나오자 나는 후유 하고 크게 숨을 내쉬었다. 한 시간만 더 그 집에 머물러 있었다면 나는 그들에게 모든 사실을 털어놓았을지도 모른다. 여러 가지 사실을 종합해 볼 때, 이네스가 충실한 친구임에는 틀림없으나 사실을 털어놓는다는 것은 결정적인 실수가 되었으리라.

멋진 영국의 도로가 나의 자동차 밑에서 뒤로뒤로 사라지고 있을 때 나는 글자 그대로 노래하고 있었다. 햇살이 쨍쨍 내리쬐고, 내 자동차는 기분좋게 달리고 있었다. 그리고 세계는 나의 뜻대로 움직이는 존재로 바뀌어가고 있었다.

"자유. 오오, 자유여. 드디어 너는 나의 것이 되었도다!" 나는 외쳤다.

이때 나는 좀더 분명히 하나의 조짐을 알아차렸어야 했다. 어떤 일이 일어난 것이다. 이 괴씸한 나라에서는 인간이 언제까지나 자유로워질 수 없는 것이다. 나는 한 경찰에게 정지명령을 받았다. 그는 내가 '위험한 속도로 달리고 있다'고 주장했다.

"대체 무엇이 위험하단 말입니까? 저 양들을 치어죽일 염려라도 있단 말입니까?"

"그럴 수도 있지요, 그리고 양지기도 말입니다."

참으로 일이 성가시게 되었다. 나도 면허증 뒤에 위반사항이 기록되기를 원하지 않았다. 그래서 외교적인 말을 늘어놓아 이 자리를 모면하려고 애썼다. 나는 관리 근성을 대표하는 것 같은 이 조무래기 경관에게 순순히 사과하며 스펜서에게서 받은 전보를 내보였다.

"이 때문에 속도를 조금 지나치게 낸 것 같군요, 몹시 걱정이 되어서 말입니다."

나는 그의 손에 반 크라운짜리 화폐 한 장을 쥐어주었다.

그러나 아마 그것만으로는 모자랐던 모양이다. 이 우스꽝스러운 사나이는 오히려 모욕받은 듯한 표정을 지었다.

"확실히 정상을 참작해야 할 상황인 것 같습니다만 나로선 봐드리기가 어렵습니다!"

그는 내가 쥐어준 화폐가 들려 있는 손을 화난 듯이 보고 나서 5분이나 시간을 끌며 자동차 번호를 기입했다.

만일 경찰이 '정상참작'이라는 장황한 말을 쓰며 시간을 허비하지 않고 조금 더 일을 빨리 처리해 준다면, 운 나쁜 운전자들도 낭비한 시간을 메우려고 마구 달리지 않아도 될 것이다. 바로 그때 양떼를 쫓고 있던 사나이가 다가와 야비한 슈롭셔 사투리로 나에게 욕을 퍼붓기 시작했다. 어째서 법률은 양이 도로를 걷는 것을 인정하고 있을까? 아무튼 나는 애버쿰 법정의 의자에 앉아서 불행한 15분을 참아야 할 것이다. 면허증을 압수당하는 일은 없어야 할 텐데.

내가 마음을 차분히 가라앉힐 때까지는 시간이 한참 걸렸다. 게다가 겨우 마음을 가라앉혔다싶으니 자동차는 애버쿰의 포장이 잘되어 있지 않은 꾸불꾸불한 길로 접어들고 있었다. 블라인모어 강의 다리를 건널 무렵에는 오후도 기울어져 태양이 골짜기에 나무 그늘을 던지고 있었다. 언덕 위에 이르자 햇볕이 정면에서 비쳐 블라인모어는 전혀 보이지도 않았다.

물론 두 번 다시 블라인모어를 보리라고 기대하지도 않았다. 당연히 집은 모조리 타버려 흔적도 없어야만 했다. 혹은 새카맣게 타버린 벽이 몇 군데, 아니면 집의 뼈대 정도는 남아 있을지도 모르나, 눈에 띄는 것이라고는 잿더미뿐일 것으로 나는 예상하고 있었다. 왜 이런 것을 자세히 쓰느냐 하면, 반드시 이렇게 되어 있어야만 하기 때문이다.

나무그늘이 좁은 길을 뒤덮고 있는 곳, 지난번에 큰어머니의 자동차가 충돌하도록 장애물을 놓을까 생각했던 그 자리까지 왔을 때 블라인모어의 건물이 보이기 시작했다. 이어서 나는 큰 충격을 받았다. 건물은 부서진 데 하나 없이 멀쩡하게 서 있지 않은가! 한순간 나는 눈앞이 캄캄해져서 짧은 거리이긴 하지만 완전히 육감으로만 운전을 해야 했다. 문득 나는 길에 서 있는 큰어머니의 모습을 보았다. 나의 자동차 앞에 우뚝 선 큰어머니는 살아 있을 때와 똑같은 모습으로 보였다.

나는 큰어머니가 죽었다고만 생각하고 있었다. 스펜서의 전보는 그렇게밖에 받아들일 수 없지 않았겠는가! 무어라 말할 수 없는 두려움에 휩싸이며 나는 큰어머니의 모습이 몇 주일 전 자동차가 골짜기 밑으로 굴러떨어진 그 지점에 서 있음을 알았다. 나같이 미신적인 사람이 이 경우 끌어낼 수 있는 결론은 한 가지밖에 없다——큰어머니의 유령이 앞으로도 계속 이 지점에 나타날 것이라고. 그녀의 넋은 나를 파멸의 구렁텅이로 끌어내리려 할 것이다. 그것이야말로 과연 큰어머니다운 방법이 아닌가!

그러나 나는 이 유령에게 내가 결코 두려워하고 있지 않다는 것을 똑똑히 보여주어야겠다고 마음먹었다. 만일 나에게 매우 효과적인 '꽃의 정(精)'을 불러들이는 습관이 없었다면 아마 머리카락이 곤두설 만큼 두려움을 느꼈겠지만, 다행히 그런 습관이 있었으므로 머리끝이 오싹해지는 듯한 묘한 느낌을 받으면서도 나는 이를 악물고 액셀을 한 발로 밟아 이 유령을 향해 곧장 자동차를 몰고 갔다.

유령은 째지는 듯한 소리를 지르며 길가로 몸을 피하다가 길가에 있는 하얀 표지가 새겨진 돌에 한쪽 발이 걸려 털썩 고꾸라졌다. 뒤뜰 대문에 이르렀을 때 나는 겨우 유령치고는 묘한 동작을 하는구나 하는 생각이 들었다. 저 세상에서 오는 유령들에 대해 이러쿵저러쿵 말이 많지만, 그들이 돌에 걸려 넘어졌다는 이야기는 들어본 적이 없다. 돌 따위는 문제없이 꿰뚫을 수 있지 않을까? 그리고 자동차가 온다고 해서 일부러 비키거나 하지도 않을 것이다. 나는 내 자동차를 다시 돌려 조용히, 그리고 서둘러 문제의 그곳으로 돌아가보았다. 유령은 때마침 일어나 다시 길 한가운데로 나오고 있는 참이었다. 다시한 번 유령은 그 자리를 얼른 물러났다. 자동차는 하마터면 유령을 칠 뻔했다.

"어쩌면 에드워드, 너의 방법은 차츰 더 거칠어져가는구나. 그리고 다시 되돌아오다니 참으로……."

큰어머니의 목소리가 들려왔다. 틀림없이 살아 있을 때와 같이 자연스러운 목소리였다.

나는 완전히 지쳐버렸다. 지치고 당황하여 온 몸에 소름이 끼치는 두려움에 휩싸이고 말았다. 지금은 다만 입을 크게 벌리고 자동차 안에 앉아 큰어머니의 얼굴을 멍청히 보는 것이 고작이었다. 왜냐하면 그것은 틀림없는 큰어머니였기 때문이다. 절대로 틀림없었다. 이 놀라운 여자는 정말로 살아 있는 인간이었으며, 그것도 싱싱하게 살아 있는 것이었다. 그리고 내가 한 번 자기를 치어죽이려 했다가 실패하자 다시 같은 짓을 되풀이 하려 했다고 믿고 있는 듯했다. 이것은 여러 가지 뜻에서 우스꽝스럽고 또 매우 난처한 일이었다. 왜냐하면 나는 무엇보다도 먼저 큰어머니의 의심을 사는 일을 피해야 한다고 생각했기 때문이다. 그런데 내가 계획하고 있지도 않았던 전적으로 우연한 사건──그것도 큰어머니에게 아무 효과도 미치지 못한 사건 때문에 큰어머니는 의심을 품게 된 것이다. 나로서는 더할나위없이 억울한 일이다!

큰어머니의 목소리가 계속 들려왔다.

"어쩌면 그런 천벌을 받을 짓을 할 수 있니, 에드워드."

나는 여자가 이런 투의 욕설을 하는 것을 좋아하지 않는다.

"너 때문에 다리를 삔 것 같구나."

그녀는 발뒤꿈치가 잘못되었는지 알아보기 위해 절룩거리며 길을 왔다갔다하다가 마침내 나의 자동차 앞에서 멈추어섰다. 나는 이때 그녀가 정말 살아 있는 큰어머니임을 똑똑히 확인하기 위해 이미 자동차에서 내려서 있었다. 그런데 큰어머니는 자동차 안에 무언가 흥미를 끄는 것이 있는 듯 주의깊게 그 안을 들여다보았다.

"슈트케이스가 세 개, 여행가방이 하나, 그래드스턴 가방(여행가방의 일종)이 하나, 아니, 이건 내 것이 아니냐? 네가 이것을 가지고 간 줄은 몰랐구나. 이네스네 집에서 오래 머물 작정이었니?"

"꼭 그렇게 작정했던 건 아닙니다. 그저 그 댁에서는 옷이 여러 벌 필요할 것 같아서요. 왜냐하면 그 댁 사람들은……." 나는 조금 어조를 높였다.

"참으로 여러 직업에 종사하는 사람들을 손님으로 초대하거든요. 그리고 모두 다 훌륭한 옷을 입고 오니까요."

큰어머니는 여전히 자동차 안을 살피고 있었다.

"실크햇까지 가지고 간 것도 그 때문이었니?"

"그것은 내가 그 댁에 있는 동안 시골 혼례식이 있을지도 모른다고 이네스가 말했기 때문입니다" 하고 나는 그 자리에서 생각해 낸 것치고는 그럴 듯하게 꾸며댔다.

"그랬겠지. 그 고장 사람들은 무엇이든 그때그때 일이 되어가는 대로 하니까. 알았다. 무슨 일이든 준비를 철저히 해두는 것은 좋아. 그래서 너는 그 사람들이 너를 갑자기 런던으로 데리고 갈지도 모를 경우를 생각해서 중산모자까지 가지고 갔었구나? 그리고 소프트 모자는 물론에다 빌로도 모자며——런던에서든 시골에서든 나는 어떨 때 그런 모자를 쓰는지 모르지만, 드라이브 용의 화려한 모자며 그 낡아빠진 파나마 모자까지도. 하지만 파나마 모자만을 훌륭한 옷차림의 사람들이 있는 곳에서는 쓰지 않는 편이 좋을 거다, 에드워드."

큰어머니는 '훌륭한 옷차림의 사람들'이라는 말을 할 때 나의 목소리를 흉내냈다. 예절을 모르는 여자이다.

"그 모자는 보기에 좋지 않으니까. 그리고 우산과 스틱——정말 무슨 일이 일어나도 대비할 수 있도록 모든 준비를 갖추었구나." 그녀는 말을 끊고 한두 가지 짐을 움직여 보았다.

"하지만 네가 캉캉 모자까지 가지고 있는 줄은 몰랐다, 에드워드."

나는 아무렇지도 않은 듯이 대답했다.

"그것은 가는 도중에 샀습니다, 슐즈베리에서요. 물론 런던 제지요. 어떤 물건이든 시골 이름이 붙은 것은 가지고 싶지 않거든요. 그 댁 하인들은 모두 허영심이 많으니까요……."

"하인들이 그렇단 말이지?" 큰어머니는 무슨 일에든 한 마디 하지 않고는 견디지 못하는 사람이다.

"네, 하인들이요. 지금 한참 유행하고 있지요. 아니, 맥고모자 말입니다." 큰어머니가 눈가를 찌푸렸으므로 나는 얼른 덧붙였다.

"'캉캉 모자'라고 부르지 마세요, 밀드레드 큰어머니."

"그래, 알았다." 큰어머니는 웬일인지 순순히 받아들였다. 그녀는 자동차에 등을 돌렸다.

"그런데 이렇게 많은 짐을 실었으니 나를 르울까지 데려다 줄 수는 없겠구나. 더구나 너의 그 운전솜씨를 보고 나니 도무지 마음놓고 태워달라고 할 생각이 들지 않는다. 걸어가는 편이 발목을 위해서도 좋을 것 같아." 큰어머니는 길을 걷기 시작했다.

"나중에 다시 보자, 에드워드."

나는 이미 참을 수 없는 지경에 이르러 있었다.

"스펜서 선생님의 전보는 무슨 뜻입니까, 밀드레드 큰어머니?"

"나중에 이야기하마, 에드워드." 큰어머니는 빠른 걸음으로 걸어가고 있었다.

"지금은 시간이 없어. 그 일이라면 맥고모자가 어쩌니 하고 쓸데없는 말로 시간을 보내기 전에 물어봤어야 옳지 않았겠니, 저녁식사 때까지는 돌아오마."

큰어머니는 힘차게 스틱을 저으며 모퉁이를 돌아 모습을 감추었다.

사람을 업신여기는 품위없고 뻔뻔스러우며 괘씸한 할망구 같으니!

나는 급히 자동차를 차고에 넣고 짐을 자동차 안에 둔 채 단숨에 나의 방으로 뛰어올라갔다. 옷장은 모습도 보이지 않았으며, 융단은 타서 커다란 구멍이 뚫려 있었다. 그리고 벽에는 불탄 자국도 뚜렷이 남아 있었다. 나는 그 자리에 무엇이 놓여 있었는지 생각해 내려고 애썼다. 난처하게도 옷장 옆에 책장이 하나 있었음이 생각났다. 거기에는 나의 장서 가운데 가장 귀중한 것은 아니지만 그래도 소중한 책이 몇 권 들어 있었는데, 이것 역시 모습도 보이지 않았다.

그러고 보니 불은 틀림없이 났던 모양이다. 그 결과 옷장이 잿더미로 변하고 말았다. 아무튼 좋다, 옷장 속에 값나갈 물건은 없었으니까. 책이 몇 권 타버렸다. 이것은 슬픈 일이지만 그다지 중대하지는 않다. 방의 융단이 망가졌다. 이것과 똑같은 무늬의 융단을 새로 구할 수 있을지 의문스럽다. 하지만 이것도 대수로운 일은 아니다. 대체 어떻게 불을 껐을까? 큰어머니는 불이 난 원인이 무엇이라고 생각하고 있을까? 이렇게 되면 큰어머니에게 자동차 안의 짐을 조사당한 것은 참으로 운이 나쁜 일이다.

나는 자동차에 실을 수 있는 최대한의 짐을 가지고 나갔었는데, 이것만큼은 거짓말이 아니다. 운나쁘게 도중에서 산 그 맥고모자만 없었더라면 결코 들키지 않았을 텐데……. 그리고 실크햇도 희생시켰어야 옳았다. 아무튼 이네스에게 편지를 내어, 내가 꾸며댄 혼례식 이야기에 대해 물으면 앞뒤가 맞도록 대답해 달라고 부탁해 두는 편이 좋겠다. 자초지종을 그에게 설명할 필요는 없으리라. 그는 모든 사정을 모르더라도 나에게 필요한 일이라면 언제나 도와주는 친구이다.

그러나 큰어머니의 말 가운데 나의 마음에 걸리는 것이 하나 있다. "너의 방법은 차츰 더 거칠어져가는구나"라던 말이 바로 그것이다. '차츰 더 거칠어져가는구나…… 너의 방법'. 큰어머니는 이 말을 어떤 뜻으로 썼을까? 나는 이 말 속에 담겨 있는 온갖 불쾌한 가능성을 인정해야 할 것인가? 아니면 이것은 단순한 우연이었을까? 어쨌든 큰어머니가 르울에서 돌아오면 이 수수께끼는 풀릴 것이다. 큰어머니가 생각하고 있는 일이라면 언제나 쉽사리 알아낼 수 있었으니까.

큰어머니는 점점 더 알 수 없게 되어갔다. 나에게 사정을 설명하려 하지 않는 것이다. 아무것도 설명할 필요가 없다는 듯이 이 문제를 다루고 있다. 큰어머니는 나의 옷장이 타버렸으니까 나를 불러들인 것이 당연하다고 생각하는 모양이다. 스펜서 의사가 전보를 친 것, 그리고 발신인이 스펜서 의사로 되어 있었던 것에 대해서도 아직 그 이유를 설명해 주지 않았다. 생각하기에 따라서는 지금 이 상태로 만족하고, 큰어머니의 마음에서 이 사건이 잊혀지도록 노력하는 편이 옳을지도 모르겠다.

그러나 그러면 안될 이유가 두 가지 있다. 첫째, 이 문제 전체를 당연한 일로 받아들이는 것이 과연 자연스러운 태도일까? 이번 불을 완전히 사고로 생각했다면 나에게 여러 가지로 성가시게 미주알고주알 캐묻는 것이 당연하지 않을까? 나는 그것이 당연하다고 생각하여 그런 경우 취해야 할 방법으로 떠들어대고 싶지만 정작 어떻게 시작해야 할지 가늠할 수가 없었다. 요컨대 지나친 연기를 하게 될까봐 걱정이 되는 것이다.

둘째 이유는——이것이 나로서는 훨씬 더 염려스럽지만——이상하리만큼 이 문제에 대해 이야기하지 않으려는 큰어머니의 태도 때문이다. 큰어머니는 마음 속에 무엇인가 걸리는 일이 있으면 절대로 그것을 담아두지 못하는 성미이다. 큰어머니에게는 노골적으로 드러내지 않고 덮어주는 아량이나 겸손 따위는 약에 쓰려 해도 없다. 속담에도 있듯 '옹기점에 뛰어든 숫소'처럼 하고 싶은 말을 거침없이 해버린다. 악마조차 주춤거릴 만큼 난처한 장면에서도 큰어머니는 마치 증기 롤러처럼 태연하게 겁없이 접근할 수 있다. 한심한 밀드레드 큰어머니, 그녀는 일반적인 처세술이라는 것을 전혀 무시하는 사람이다.

그러나 지금 큰어머니는 외교 수완을 꽤 부리고 있는 것 같다. 그녀가 믿을 수 없을 만큼 어리석은 거짓말을 하고, 이상하리만큼 태연하게 행동하기 때문에 나로서는 최악의 말다툼이 아니라——심한 말다툼은 하지도 않았다——최악의 침묵에 직면해 있는 셈이다. 나는 지금 자칫 어떤 경솔한 말을 내뱉을 것만 같아 견딜 수가 없다. 큰어머니와 내가 이 사건에 대해 주고받은 이야기를 조금 적어보겠다.

첫대화는 내가 집으로 돌아온 날 밤의 저녁식사 때 나누었다. 먼저 내가 입을 열어 르울로 가는 산책은 즐거웠느냐고 말을 걸었다. 큰어머니는 늘 산책을 하지만 나는 절대로 하지 않으니 생각해 보면 이 말에는 별로 의의가 없는 것 같다. 그리고 결국 산책이 즐거웠든 즐겁지 않았든 나에게는 아무래도 좋다는 사실을 큰어머니는 알고 있었음에 틀림없다. 그러므로 내가 큰어머니에게 무안을 당한 것도 사실 당연한 일이었는지 모른다. 어쨌든 첫 한 마디가 너무 뜻이 없는 것이었다.

"아암, 즐거웠지. 비록 발은 삐었을망정 말이야."

나는 이 비꼬는 말을 흘려넘겼다.

"그러면 큰어머니 또는 스펜서 선생님이 나에게 빨리 돌아오라고 전보를 치신 이유를 이쯤에서 설명해 주시겠어요?"

큰어머니는 눈썹을 치켜올렸다.

"아직 2층에 가보지 않았니?"

"가보았습니다, 큰어머니. 옷을 갈아입으려고요. 나의 방에서 불이 난 모양이더군요. 하지만 그런 일 정도로 나를 불러들였습니까?"

완전한 침묵. 큰어머니는 중간 크기의 초상화에 시선을 멈추고 있었다. 그것은 우리 집 조상 가운데 한 부인으로, 잿빛 깃털 장식이 달린 파란 모자를 쓰고 매우 경쾌한 미소를 짓고 있었다. 나의 맞은

편 벽에는 이것보다 약간 품격이 떨어지는 그림이 걸려 있었다. 성서 속의 인물을 그린 것으로, 야곱이 샘가에서 레베카인 듯한 젊은 여자와 만나는 장면이다. 샘을 에워싼 푸른 잎이 우거진 숲이 있는데, 무대가 팔레스티나이므로 너도밤나무는 아니리라. 야곱은 루이 16세 시대의 궁정 사람들처럼 절을 하고 있고, 여자는 별로 아름답지 못한 미소를 짓고 있다. 야곱의 등 뒤에는 그의 충실한 낙타, 굶주린 듯한 얼굴에 교활한 웃음을 띤 동물이 그려져 있다. 머릿속에 무언가 생각을 품고 있는 것은 이 낙타뿐인 듯하다. 그는 아마 야곱이 어깨에 걸치고 있는 꾀죄죄하고 거무칙칙한 갈색 망토를 큰 입을 벌려 먹어치웠으면 하고 생각하는 모양이다. 만일 정말 그런 일이 일어난다면 야곱은 그것 외에 아무것도 입고 있지 않았을 테니 그 다음은 정말 볼 만하리라.

나는 어렸을 때부터 이 그림이 몹시 싫었다. 이것은 내 할아버지가 받을 수 없게 된 빚돈 대신 가져온 것이라고 들었다. 그 빌려준 돈은 틀림없이 악질적인 것이었겠지. 빌려준 돈 대신 이런 그림을 집 안에 들여오면 오히려 손해가 컸으리라고 나는 생각하지만, 어쨌든 이 그림은 거기에 걸려 있는 것이다.

"특별히 아름다운 그림이라고는 생각지 않지만, 그래도 옛날부터 저 자리에 주욱 걸려 있단다, 에드워드." 내가 용기를 내어 이 그림의 존재에 항의할 때마다 큰어머니는 늘 이렇게 대답하곤 했다.

한참 동안 이 걸작을 바라보고 있다가 나는 질문을 되풀이했다. 큰어머니가 거드름을 피우며 나의 질문에 대답할 때까지는 조금 시간이 걸렸다.

"보험 때문에 불렀지. 하지만 네가 모조리 들고 나갔으니 물론 보험료는 청구할 수 없게 됐다."

"그런 일이라면 나중에라도 되었을 텐데……."

다시 침묵이 찾아왔다. 저 낙타는 이제라도 그 누더기 망토를 낚아 챌는지 모르겠다. 나는 오래 전부터 그렇게 해주기를 열심히 기다려 왔었다.

　"그래도 좋았겠니, 에드워드?"

　이때 큰어머니가 '그래도 좋았겠니?'라고 했는지, 아니면 '그래도 좋았을까?'라고 말했는지 분명히 알고 싶다. '그래도 좋았을까?'라고 하는 것이 이치에 맞을 듯 싶다. 그러나 '그래도 좋았겠니?'라고 하는 편이 내가 이네스의 집에서 맛본 드릴을 생각해 볼 때 더욱 진실에 가까운 것 같다. 큰어머니가 그런 것을 눈치챘다고 생각하고 싶지는 않다. 틀림없이 큰어머니는 '그래도 좋았을까?'라고 했겠지만, 그러나 나로서는 아무래도 '너는……?'하고 들은 듯한 기분이 자꾸 들었다.

　다음날 아침 나는 다시 이 문제에 부딪쳐 보았다. 기분이 조금 나아졌다면서 큰어머니가 먼저 이 이야기를 꺼냈기 때문이다.

　"그저께 밤에 말이다, 에드워드, 나는 커피를 마시고 난 다음 몹시 졸려서 견딜 수가 없었단다. 맞아, 며칠 전에는 네가 바로 그랬었지. 그리고 보니 그 커피는 맛이 조금 이상한 것 같더라."

　나는 큰어머니를 흘끗 훔쳐보았다. 그러나 그 표정은 온화했고, 여느 때와 조금도 다르지 않았다.

　"그리고 불이 났기 때문에 잠을 깼지만, 그 다음부터는 졸립지 않아 내내 깨어 있었지."

　"대체 무슨 일이 일어났었습니까, 큰어머니?"

　"별로 이야기할 만한 것도 없어, 에드워드, 옷장에 불이 붙어 그것이 책장까지 번졌는데 내가 소화기로 꺼버렸단다."

　"집에 소화기가 있는 줄은 몰랐군요, 자동차에 달려 있는 것은 알았지만."

"아니, 그전부터 있었던 것은 아니란다. 운좋게도 마침 한 대 구입했었지. 어디선가 읽고 사고 싶은 마음이 생겨서 말이야."

"신문에서 읽으셨습니까, 큰어머니?"

"그랬을지도 모르겠다. 아니면 잡지에서 읽었나? 어쨌든 그것을 사다놓기를 잘했어. 어쩌면 그토록 책장이 빨리 타는지 정말 무서웠단다. 그 뒤처리는 했니, 에드워드?"

큰어머니는 무의미한 일을 시작하려고 일어섰다.

"겨우 끝냈습니다. 오전 중에 보험회사에 청구서를 낼까 합니다."

"그건 그만두는 게 좋겠다, 에드워드. 그 책장 속에는 아무것도 들어 있지 않았으니까. 책은 보험에 들어 있지 않았고, 융단만 해도 너는 네 것이라고 생각할지 모르지만 모두 내 것이 아니냐. 그러니 그만두는 편이 좋을 거야. 그렇지 않니?"

큰어머니는 쟁반을 들고 일어나 발로 문을 닫으며 방에서 나갔다. 이 두 가지는 모두 큰어머니의 습관이다. 큰어머니가 도와주지 않아도 하인들은 할 일이 없을 지경인데, 문을 닫는 방법만 하더라도 너무나 품위가 없어 벌린 입이 다물어지지 않는다.

그건 그렇고, 생각해 보니 나는 신경과민이 되어가고 있는 듯하다. 큰어머니가 한 말에는 과연 어떤 뜻이 숨어 있는 것일까? 물론 나는 보험금을 청구할 생각은 없다. 다만 한 번 그렇게 말하지 않으면 오히려 부자연스럽게 보일지도 모른다는 생각에서 한 말이었다. 사실 보험회사는 여러 가지로 성가신 질문을 할 테고, 나는 그런 질문을 당하고 싶지 않기 때문이다. 그러나 내가 '그만두는 게 좋은' 입장에 있다는 것을 큰어머니가 알고 있다고 생각하고 싶지는 않다. 큰어머니는 정말 무언가 의심을 품고 있는 것일까?

나는 큰어머니든 요리사든 또는 메리에게서든 내가 집을 비운 동안에 일어났던 일에 대해 좀더 자세한 설명을 듣고 싶었다. 그러나 메리도 요리사도 멍하니 아무것도 모르는 듯했다. 그녀들은 잠을 자고 있었기 때문에 무슨 일이 일어났는지 전혀 모른다고 말했으며, 큰어머니는 여전히 확실한 말을 해주지 않았다. 그 알약이 커피의 맛을 이상하게 만들어——내가 시험적으로 커피에 넣어마셨을 때는 그다지 이상한 맛이 나지 않았는데——큰어머니는 조금밖에 마시지 않았을지도 모른다. 따라서 일단 잠들기는 했으나 일정한 시간이 지난 다음부터 오히려 여느 때보다 정신이 맑아졌을지도 모른다. 그 결과 몸을 이리저리 뒤척이다가 불이 난 기색에 벌떡 일어났는지도 모른다. 그것은 때마침 옷장이 완전히 불길에 휩싸였을 무렵이리라. 그리하여 큰어머니는 나로서는 대단히 고맙지 않은 그 소화기로 불을 껐던 것이다.

대체 큰어머니는 어디서 무엇을 읽고 그토록 돈을 아끼는 버릇에 어울리지 않게 소화기를 사들일 마음이 생겼을까? 아마도 큰어머니는 시골의 어느 집에 불이 났다는 기사라도 읽은 모양이다. 큰어머니가 읽은 것이 이 일기가 아니어서 정말 다행이다! 아무튼 큰어머니가 소화기를 구입한 것은 참으로 엉뚱한 일이다. 지금 이렇게 쓰고 있으면서도 웃음이 터져나와 견딜 수 없을 정도이다. 큰어머니가 때를 맞춰 소화기를 구입한 것은 나로서 아주 운이 나쁜 일이지만, 그녀가 잠에서 깨어 있고 집만 타버렸다면 의미가 없으므로 그 점을 생각하면 그다지 운이 나빴다고 할 수도 없다.

나의 계획을 실패로 돌아가게 한 것은 소화기가 아니라 그 괘씸한 솜노큐브인 것이다. 어째서 그것이 효과를 나타내지 않았는지 도무지 납득이 가지 않는다. 그 약이 굉장한 효력을 지니고 있음을 나는 스스로 실험함으로써 증명했고, 커피의 맛을 바꾸어놓지 않았다고 단언할 수도 있다. 아무튼 마음에 걸리는 일이다. 큰어머니는 모든 것을 다 알고 있는 듯한 얼굴을 하고 있지만 실은 알지 못할 것이다. 만일 큰어머니가 알고 있다면 앞으로의 생활은 참을 수 없는 것이 되리라.

나는 사실을 알아내기 위해 한 번 더 어떤 일을 시도해 보았다. 스펜서 의사가 전보의 발신인이 된 이유를 다시 한 번 큰어머니에게 물어보았던 것이다.

"그것은 스펜서 선생님이 마침 르울에 가실 일이 있다기에 부탁드린 거란다."

"그럼, 그분이 큰어머니의 대리로 전보를 치셨군요. 그렇다면 큰어머니의 이름도 적었어야 한다고 생각하는데요."

"전보친 사람은 스펜서 선생님이었으니까 그럴 필요는 없지 않겠니, 에드워드?" 큰어머니의 목소리는 나의 무지(無知)와 예절감각이 모자람을 가엾게 여기는 듯했다.

"스펜서 선생님은 훌륭한 분이야. 남의 이름으로 서명하는 일은 절대로 하지 않으신다."

"물론 스펜서 선생님이 큰어머니의 이름을 사칭했다고 말하지는 않았습니다. 다만 나로서는 그 이유를 모르겠단 말입니다. 그는 몹시 분별없는 짓을 했다고 생각되는군요. 나는 큰어머니에게 무슨 일이 일어났는가 몹시 걱정했거든요."

"무슨 일이 일어나다니? 대체 내가 어떻게 되었을 거라고 생각했지? 정말 '무슨 일이 일어났을' 줄 알았니, 에드워드?"

큰어머니의 시선은 나의 머릿속까지 꿰뚫어볼 만큼 날카로웠다. 한순간 방 전체가 나를 중심으로 빙빙 돌아가는 듯이 느껴졌다. 마침내 큰어머니의 눈에서 묘한 표정——그런 것이 있다면——이 사라졌다. 큰어머니의 불그레한 얼굴은 나의 얼굴을 찬찬히 들여다보기를 그쳤고, 나의 머릿속을 꿰뚫어볼 수 있을 만큼 가까이에 있던 얼굴이 여느 때의 거리 정도로 멀어졌다. 그리고 다시금 무표정하게 되어 있었다.

"다시 말해서 그토록 네가 두려워해야 할 일이 뭐 있었느냐 하는 것이다. 나는 네가 걱정해 주지 않아도 스스로 자신을 잘 보살피고 있다, 에드워드."

나는 한순간도 그 점을 의심한 적은 없었다. 사실 큰어머니의 얼굴을 바라보고 있으면 그런 점이 뚜렷이 나타나 있다. 큰어머니는 내가 이 세상에 태어났을 때부터 오늘까지 나를 잘 보살펴주지는 못했지만, 자신만큼은 잘 보살피고 있음을 특별히 과시하며 살아왔다고 해도 괜찮으리라. 그러나 큰어머니의 두 가지 말 가운데 어느 쪽에 더 진심이 담겨 있는지 나는 똑똑히 알고 싶었다.

"정말 '무슨 일이 일어났을 줄' 알았니, 에드워드? 다시 말해서 그토록 네가 두려워해야 할 일이 뭐 있었느냐 하는 것이다."

큰어머니는 이렇게 말했다고 생각하는데, 본심은 첫번째 말에 나타나 있고 뒤의 절반은 그저 꾸며서 말한 데 지나지 않는지, 아니면 앞의 절반은 엉겁결에 나온 말로 큰어머니가 표현한 것보다 강한 뜻이 담겨 있고 뒤의 말은 그것을 설명하는 데 지나지 않는지, 그 어느 쪽이냐에 따라 매우 큰 차이가 생긴다. 어느 쪽으로 해석하는 것이 맞는지 나로서는 판단하기 어렵다.

그러나 확신을 가질 수 있는 사실이 한 가지 있다. 우리의 대화를 적어넣은 이 글을 다시 읽어보며 한 마디 한 마디 곰곰이 생각해 본 결과, 큰어머니의 태도가 매우 의심스럽다는 것을 뚜렷이 알 수 있었다. 앞으로는 큰어머니의 행동을 신중하게 지켜보아야겠다.

꽃이 가득한 뜰에서

1

지금은 나의 생각이 옳았다는 것을 확신한다. 큰어머니는 극단적으로 잘 기만할 수 있는 사람이다. 아마도 큰어머니는 몇 년 전부터 나에 대한 진짜 감정을 계속 숨겨왔음에 틀림없다. 아무튼 그녀는 지금까지 일어난 사건에 대해 입으로 말하는 것보다 훨씬 더 큰 의혹을 품고 있음에 틀림없다. 대체 어떤 근거에서 그처럼 의심을 품게 되었는지 알 수 없다. 사실 큰어머니가 무슨 생각을 하고 있는지는 알 수 없으나 결론을 찾아냈다는 것, 불행하게도 올바른 결론을 찾아냈다는 것만은 확실하다. 큰어머니는 이론적으로 생각하는 능력은 거의 없다고 해도 좋을 만한 사람이지만 육감만큼은 기분 나쁠 정도로 날카롭다.

옷장에서 불이 났으니 이상하게 생각하는 것은 당연하다. 사실 그 일을 생각하면 생각할수록 새삼스럽게 나는 얼굴을 붉히지 않을 수 없다. 이것은 모두 잭 스펜서 같은 바보가 해낸 생각을 틀림없다고 믿은 대가이다. 잭 스펜서는 보병부대에서 어떤 임무를 하나 맡고 있었다는 이유만으로 공병부대라면 솜씨있게 할 수 있는 일에 대해서까지 잘 알고 있다고 생각했던 것이나. 스펜서네 식구들은 한 사람의 예외도 없이 모두 바보가 아닌가. 어쨌든 그 계획은 성공하지 못했을 경우, 아주 이상하게 보이는 것이 당연하다. 나는 좀더 확실한 방법을 택했어야만 했다. 이것은 전적으로 나의 실수다. 그러나 내 생활에서는 온 방안에 가솔린이라도 뿌리지 않는 한 다른 확실한 방법을 찾아내기 어렵다. 그렇다고 가솔린을 뿌린다면 냄새 때문에 곧 발각되고 말 것이다.

그러나 비록 이 사건이 이상하게 보인다 하더라도, 마음씨가 착한 여자라면 의심스러운 점도 선의로 해석하고 실제 일어난 그대로——즉 사고로——받아들일 수 있지 않겠는가? 그런데 큰어머니는 이 사건뿐만 아니라 자동차사건까지 한데 묶어 '사고'라는 말을 쓰며, 그것도 완전히 비꼬는 말투였다. 큰어머니가 어떤 말투를 쓰든 어떤 뜻에서는 그것은 역시 사고였다. 그런데 어째서 큰어머니는 그렇지 않다고 상상하는지 그 이유를 나는 모르겠다. 여기에서 알 수 있는 것은, 큰어머니가 매우 불쾌한 정신의 소유자라는 사실뿐이다. 그건 그렇다 하고, 이 일기에 어떤 일을 적어두기로 하자.

나는 물론 패배를 인정할 생각은 없다. 이미 나는 확실하게 성공하는 방법을 생각해 냈다. 그래서 오전에는 대영백과사전에서 어떤 지식을 얻으려 하고 있다. 이것은 매우 지루한 일이다. 이 대영백과사전은 여러 가지 지식이 가득차 있는 듯 보이지만, 이쪽에서 알고자 하는 문제에 대한 해답은 좀처럼 찾아내기가 어렵다. 그러나 그보다 더 좋은 것이 가까이에 없으므로 하는 수 없이 백과사전의 책장을 뒤적이고 있는데 바로 등 뒤에서 큰어머니의 불쾌한 쉰 목소리가 들려서 나는 깜짝 놀라 벌떡 일어났다.

"지식의 탐구와 에드워드 파우엘이라, 참으로 묘한 어울림이로구나. 너무나 뜻밖이어서 놀라지 않을 수 없다. 하지만 네가 거기서 배울 지식은 아무것도 없을 거야, 에드워드. 왜냐하면 그것은 대영백과사전이니까. 너는 영국적인 것에는 전혀 흥미가 없지 않았니? 너는 영국적인 것보다 훨씬 뛰어날 텐데?"

그러고 나서 큰어머니는 길버트와 설리번이 지어낸 그 귀에 거슬리는 시시한 멜로디를 휘파람으로 불기 시작했다. 그것은 '자기가 살고 있는 세기 이외의 모든 세기를, 자기 나라 이외의 모든 나라를 감상적으로 칭찬하는 어리석은 사람'인지 뭔지 하는 가사였는데, 나는 그런 하찮은 것을 애써 기억할 생각은 없다. 그런데 큰어머니는 바로 이 노래야말로 나를 괴롭히는 확실한 방법이라고 생각했고, 솔직히 말해서 그다지 빗나간 생각은 아니었다. 그만큼 시시한 노래이다.

나도 모르게 두 손으로 귀를 막지 않을 수 없었다. 그러면서도 이 순간 펼쳐져 있는 사전의 페이지를 재빨리 덮었다.

"제발 부탁이니 그만하세요, 밀드레드 큰어머니. 음정도 틀릴 뿐만 아니라 부인이 휘파람까지 불다니!"

"어머나, 신통하게도 이 멜로디를 알고 있구나, 에드워드. 그리고 이 노래의 뜻도."

"무슨 노래인지 알 수 있을 뿐입니다. 큰어머니의 휘파람은 언제나 그런 정도니까요. 그리고 작곡자가 뜻하는 바를 제대로 해석했는지 모르겠군요."

"작곡자가 뜻하는 바는 아무래도 좋아. 너는 길버트나 설리번을 이해할 수 없을 테니까. 그건 그렇고, 대영백과사전의 무엇에 그토록 열중해 있지?"

내가 무엇을 찾고 있었던가 하는 것은 차마 이야기할 수 없었다. 그렇다고 이런 경우에 할 대답을 미리 생각해 두지도 않았었다. 나는 매우 난처한 입장에 놓였다. 그러나 큰어머니가 〈황제〉의 한 귀절을 인용하여 비꼬았다면 나도 그렇게 해주어서 나쁠 건 없지 않는가? 나는 큰어머니를 틀림없이 초조하게 만들 만한 미소를 지으며 나직이 노래 불렀다.

버려진 버드나무, 버려진 버드나무, 버려진 버드나무.

악마라도 목적을 달성하기 위해서라면 길버트가 작곡한 노래의 한 구절——큰어머니에게 있어 제2의 성서라고 할 수 있는——을 기꺼이 인용하리라! 이 인용은 큰어머니의 마음에 들었던 모양이다.

이 오만한 젊은이는,
이익이 없는 한
참말을 하지 않는다.

큰어머니도 이렇게 맞받았다. 그 틈을 이용하여 나는 사전을 책장에 도로 꽂고 화제를 돌렸다. 그래서 이 이야기는 끝난 것으로 생각했는데, 아마 너무 성급하게 결론을 내린 모양이다. 왜냐하면 아까 큰어머니에게 밤인사를 하자 그녀는 다시 이 문제를 꺼냈던 것이다.

"오늘 아침에 네가 무엇을 찾고 있었는지 억지로 대답하게 하지는 않았다. 네가 대답을 할 수 없으리라고 생각했기 때문이지. 그러나 한 가지만 너에게 말해 두어야겠구나. 나는 더 이상 잠자코 보고 있을 생각은 없다."

큰어머니는 잠깐 말을 끊었다. 그녀는 비꼬는 어조로 덧붙여 말했다.

"이 이상 더 사고가 나지 못하도록 하겠다. 에드워드, 앞으로 다시 한번 그런 일이 일어난다면 그때에는 결말을 지어야겠어. 알겠니, 에드워드? 내가 이렇게 말한 이상 무슨 일이 있어도 반드시 결말을 짓는다. 그것도 예고없이 할 테니 그리 알아라. 그러니 두 번 다시 사고를 일으키지 말아라. 알겠지, 에드워드?"

물론 나는 아무 대꾸도 못 하고 물러나올 수는 없었다.

"그거 참 잘됐군요, 큰어머니. 결국 운전연습을 하시겠단 말씀이지요?"

"바보 같은 소리 하지 말아라, 에드워드!"

큰어머니도 이 말만큼은 당해낼 재간이 없는 모양이었다. 바로 이것이 큰어머니의 약점임을 나는 잘 알고 있었던 것이다. 다시 말해서 큰어머니는 마음속으로 자신의 자동차 운전솜씨가 서투르다는 것을 인정하고 있다고 생각했던 것이다.

"내 말은 네가 어리석은 짓을 하지 말라는 뜻이다, 에드워드."

나는 큰어머니의 얼굴을 뚫어지게 쳐다보았다.

"네 조심하겠습니다. 큰어머니, 안녕히 주무세요."

물론 나도 어리석은 짓을 할 생각은 없다. 이번에야말로 완전히 성공해야 한다. 나는 환상을 품고 있는 것이 아니다. 큰어머니는 결말을 짓겠다고 말한 이상 반드시 그렇게 할 것이다. 그것도 아주 불쾌한 방법으로. 사실 그 일이 일어난 뒤에도 내가 이 집에 머물러 있는 용기야말로 놀랄 만한 것이다. 그러므로 만일 이번에도 나의 계획에 착오가 생긴다면, 이제 남은 길은 도망치는 것밖에 없으리라. 어디로 도망치느냐 하는 것을 지금의 나로서는 알지 못한다. 아아, 그것만 분명하다면!

큰어머니와의 대화를 돌이켜볼 때, 자동차에 대한 말을 꺼낸 것이 과연 현명했는지 자신이 없다. 큰어머니는 나에게 어떤 고통을 주려고——이 고통은 정신적인 것에 지나지 않지만——나의 반응을 보고자 일부러 불쑥 '사고'라는 말을 꺼낸 게 아닐까? 그런데 그 함정에 걸려들어 '자동차'에 대해 말한 것은 잘못이었을지도 모른다. 그러나 큰어머니는 '사고'를 단수가 아니라 복수형으로 말했다. 어찌되었든 내가 이제 취해야 할 행동은 분명했다. 큰어머니가 어리석게도 의심을 품을 생각이라면 그런 의심을 영원히 품지 못하도록 해야 한다. 지금까지는 큰어머니의 의심을 고통없이 없애주려는 어리석고도 감상적인 생각이 계획을 방해하고 있었다. 그러나 큰어머니가 '결말'을 짓겠다며 협박 비슷한 말을 한 이상 어떤 희생을 치르더라도, 고통이 따르는 방법을 취할 수밖에 없다 하더라도 여기에 대한 보복을 해야만 한다. 나는 큰어머니가 좋아하는 작가의 작품 속에 있는 '들끓는 기름과 함께 떠도는'이라는 한 귀절과 비슷한 장면을 상상할 수 있다. 그렇다고 그렇게까지 하겠다는 것은 아니지만. 어쨌든 큰어머니는 장갑을 벗어던진 것이다. 그러니 나는 이제 거침없이 할 수 있다.

2

나는 당분간 블라인모어에서 멀리 떨어져 있기로 했다.

그 참된 목적은 조용한 곳에서 큰어머니의 방해를 받지 않고 갖가지 참고 문헌을 뒤지는 데 있다. 덧붙여 말해 두지만, 큰어머니가 대영백과사전을 뒤지며 열심히 내 목적이 무엇인지 알아내려고 하는 것을 나는 보았다. 겉으로는 내가 무엇을 찾고 있는지 애써 알려고 하지 않는다고 말하면서 말이다. 이것이야말로 허위에 가득찬 태도라고 할 수 있지 않겠는가? 물론 나는 이곳을 떠나는 적당한 이유를 대야만 했다. 그러나 별로 어려운 일은 아니었다.

나는 늘 시골 치과의사에게 치료받기를 싫어했고, 큰어머니로서도 이따금 이를 의사에게 보여야 한다는 것을 부정할 수는 없었다. 오히려 큰어머니 쪽에서 그러기를 바랄 정도였다. 대부분의 사람들이 그러하듯 큰어머니도 자기 이외의 다른 사람은 늘 정기적으로 치과의사의 진찰을 받을 필요가 있다는 엄격하고도 올바른 생각을 가지고 있으나, 그 반면 자기 자신은 결코 그것을 실행하려고 하지 않는다.

또 하나의 이유——이것은 매우 멋진 이유라고 생각된다——로 나는 옷장의 옷이 타버렸으니 새로 장만해야 한다고 말했다. 이 말을 듣자 큰어머니는 몹시 눈살을 찌푸렸는데, 나는 그것을 용납할 수 없다.

그리하여 내가 가입해 있는 약간의 고풍스럽고 별로 유쾌하지 않은 클럽에서 이것을 쓰고 있다. 나 자신도 어째서 내가 이 클럽의 회원이 되었는지 모른다. 나의 성격과는 전혀 맞지 않는 클럽이지만, 아마도 세상을 떠난 어머니의 희망으로 입회하게 된 모양이다. 큰어머니의 말을 들어보니 어머니는 이 클럽에 모이는 완고한 사람들이 나를 자기들과 똑같은 한심스러운 타입의 구식 인간으로 만들어주리라고 생각한 모양이다. 클럽 회원들이 나를 그런 타입의 인간으로 만들어주어야겠다고 희망하는 것도 그렇지만 어떤 방법으로 나를 그처럼 개조하겠다는 것인지 도저히 이해할 수가 없다.

그러나 어쨌든 이 희망은 어머니가 분명히 말한 것이고, 따라서 큰어머니는 엄격히 어머니의 그 희망을 수행하고 있는 것이다. 큰어머니라면 기꺼이 할 만한 일이다. 큰어머니는 해마다 나의 회비를 지불하고는 '크리스마스 선물'이라고 부르고 있으니 기가 막힐 일이다. 그것은 크리스마스 선물을 주지 않으려는 치사한 방법이며, 또한 많이 써온 수법이라고 말하고 싶다. 그러나 덕분에 나는 선물에 대해 여러 가지로 애써 생각하지 않아도 된다. 그 보답으로서 나는 큰어머니에게 프랑스 소설책을 한 권 선물하면서 읽으면 큰어머니의 마음도 달라질 거라고 말했다. 그러나 큰어머니는 좀처럼 그 책을 읽지 않으며, 한편 나도 클럽을 이용하는 일이 거의 없다. 하긴 큰어머니보다 내가 유리한 점이 한 가지 있긴 하다. 즉 나는 읽고 싶으면 얼마든지 소설책을 읽을 수 있지만, 큰어머니는 클럽에 출입할 수 없게 되어 있다는 점이다.

더구나 클럽에 가입해 있다고 하면 남들이 듣기에도 좋을 뿐만 아니라 이곳의 조용함이 필요할 때도 이따금 있다. 예를 들어 지금이 바로 그렇다. 솔직히 말해서 나는 앞으로 살해하려는 방법에 대하여 아직 뚜렷한 결심을 세운 것도 아니고, 막연히 앞으로 생각해 볼까 하는 정도에 지나지 않다. 아무튼 지금으로서는 독살이 가장 좋은 방법이 아닐까 하는 생각을 가지고 있다. 물론 아무 흔적도 남길 우려가 없는 독을 찾아내야 한다는 어려운 점이 있다.

만일 스펜서 노인 이외에 아무도 검시하지 않는다는 보장만 있다면 비교적 쉬울 것이다. 왜냐하면 내가 특별히 눈에 띄는 짓만 하지 않는다면 그는 별로 미심쩍은 점을 발견하지 못하리라고 여겨지기 때문이다. 또 한 가지 내가 알고 싶은 것은, 독약을 어떤 방법으로 입수하느냐 하는 문제이다. 틀림없이 이것은 어려운 일이다. 어쩌면 이것은 실행 불가능한 방법일지도 모른다. 아무튼 나는 이 방법에 대해 여가 가지로 알아볼 작정이다. 나는 클럽의 보잘것없는 도서실——여기에 있는 고전이며 종교서적들은 참으로 어처구니가 없다——을 뒤져보았으나 독에 관한 적당한 의학책은 찾아낼 수가 없었다. 결국 큰어머니가 불쑥 나타났을 때 내가 보고 있던 대영백과사전 속의 설명을 자세히 읽어보는 편이 나을 것 같다.

해당되는 부는 plan에서 Raym까지의 항목이 들어 있는 부였다. 식물, 연관공사, 시, 그리고 독의 항목이 나왔다. 그럼, 여기에 무언가 쓸모있는 말이 씌어 있는지 읽어보기로 하자. 노트에 기록해 두는 것이 좋으리라.

그 항목은 맨 먼저 독에 관한 법률의 해설로부터 시작되어 있었다. 이 부분은 그냥 넘어가고 앞으로 나아가는 것이 좋겠지. '일반인에게 독을 파는 것은 법률로써 신중히 통제되어 있는데, 이 조치에 의해 자격없는 사람이 무제한 독을 팔아 사람의 목숨을 위험에 처하는 일이 없도록 억제하고 있다.' 참으로 한심하기 짝이 없다! 이런 사실을 알았다 해서 무슨 도움이 되겠는가!

그 다음에는 가늘게 부순 유리분말과 줄로 깎은 금속분말에 대한 기록이 조금 적혀 있었다. 이 두 가지는 노트에 적어두었다가 좀더 자세히 살펴볼 필요가 있는 좋은 방법이다. 그러나 이것들은 대체로 너무 잘 알려져 있고 너무 많이 사용된 방법이어서 나의 목적에는 맞지 않으며, 또한 위험하기도 하다. '독에 의한 죽음에서 사고사, 자살, 타살 등이 있는데, 가장 일반적인 것은 우발적인 원인에 의해 일어나는 것이다.' 이 말이 맞는다. 스펜서 노인에게 이것을 외게 하고 싶다. 그러나 이 '사고'라는 말이 여기에서도 얼굴을 내밀고 있다는 것은 참으로 기묘한 일이다. 물론 나는 앞으로 계획하는 일을 사고로 보이게 해야 한다는 점을 잊어서는 안된다.

그러나 그 다음 문장에 유익한 말이 씌어 있다. '주에서 시행하고 있는 독의 판매에 대한 예방조치에도 불구하고 일반인이 가지고 있는 독의 안전 관리가 소홀하여, 가끔 해롭지 않은 물질로 알고 잘못 쓰이기도 하고 때로는 부주의로 치사량 이상의 양이 사용되기도 한다. 예를 들어 옥살산의 결정을 사다가 레테르가 붙어 있지 않은 병이나 단지에 넣었을 경우, 이것과 비슷한 황산마그네슘으로 잘못 알고 먹기도 한다.'

이 수법을 쓸 수 없을까? 내가 베낀 글에서 판단하건대 옥살산이 어떤 것인지는 모르겠으나, 그것을 구입하기는 아마 어려우리라. 그러나 나는 그것을 살 수 있는지, 또는 간단히 그것을 만드는 방법이 없는지 알아보기 위해 일단 노트에 적었다. 이것은 굉장히 어려운 일일 것이다. 그리고 내가 알고 있는 한 큰어머니는 절대로 황산마그네슘이라는 것을 복용하지 않는다는 어려운 문제가 있다. 옥살산을 사용한다면 이런 결점이 있음을 인정하지 않을 수 없으리라.

나는 다시 대영백과사전을 들여다보았다. 블로드 제 환약으로서 복용되는 승홍(염화수은)이 있다. 이것은 '들끓는 기름과 함께 떠도는' 그 어떤 부류에 속할지는 모르나, 그다지 마음이 내키지 않는다. '평소에 복용한 독의 양과 그것이 나타내는 효력 사이에는 밀접한 관계가 있다.' 이 말은 비전문가로서도 수긍이 간다. 너무 많은 양의 독을 마시면 중독을 일으키기 전에 토해버리고 말 것이다. 이 필자는 여러 가지 난관을 이론적으로 생각해 본 모양이다. 이 사람에게도 큰어머니가 있었던 것일까?

습관, 그리고 개인의 체질. 큰어머니는 약을 늘 복용하는 편이 아니다. 고유 체질이라면 큰어머니도 풍부히 가지고 있다고 할 수 있지만 나는 유감스럽게도 아세틸 살리틸 산에 대한 큰어머니 특유의 체질반응을 모른다. 또한 그것을 알아낼 방법도 전혀 없다. 나이, 건강상태, 이러한 것은 모두 관계가 없는 듯하다. 투약의 조건과 방법, 내가 알고자 하는 것은 바로 이것이다. 이 필자에게 하느님의 가호가 있기를! 나는 그의 해설이 쓸모 있기를 간절히 바란다. 그러나 이것은 너무나도 짧아 속상한 일이지만 거의 도움을 주지 못할 것 같다.

그러나 적어두어야 할 유익한 점이 조금은 있다. 독이란 액체의 힘으로 삼켜졌을 때 효과가 가장 크고, 식사 전에 마셨을 때 효과가 가장 빠르며, 그리고 피하 또는 정맥 속에 주사했을 때 가장 강력한 효력을 나타낸다. 매우 좋은 이야기이긴 하지만 큰어머니의 피하 또는 정맥에 구멍을 뚫어 독을 주사하다니 이 해설의 뜻이 그런 것 같은데 나로서는 도저히 불가능한 일이 아닌가. 하긴 독을 묻힌 녹슨 못이라도 준비하면 어떨까? 이 방법은 기억해 두어야겠다. 여러 가지 가능성의 리스트 속에 이 방법도 적어넣기로 했다. 사용할 독의 종류를 알아내기만 하면 한 걸음 더 앞으로 나갔다고 할 수 있을 텐데……. 계속해서 읽어보자.

진단과 조치——이것은 스펜서 의사의 영역이다. 특징——이 대목은 찬찬히 읽어볼 필요가 있다. 부식성의 독, 자극성의 독, 전신성의 독, 가스성의 독, 독성의 식물. 버섯류와 조개류가 포함된 마지막 항목에는 기억해 둘 사항이 몇 가지 있을 것이다. 이 계획에 버섯이 한몫하게 된다면 그야말로 인과응보라 할 수 있으리라. 왜냐하면 가없은 소소가 그처럼 비참하게 죽기 직전에 내가 블라인모어 앞의 목초지에서 버섯을 본 듯하다고 한 말을 스펜서 의사도 큰어머니도 참말로 받아들이지 않았기 때문이다.

부식성의 독. 이것은 몹시 불쾌한 독이어서 생각하기조차 싫을 정도이다. 원인의 규명도 쉽고, 해독도 간단히 할 수 있는 모양이다. 이 방법을 쓰는 것은 좋지 않겠다. 이번만큼은 절대로 실수해서는 안 되기 때문이다. 이 독들에 대한 해독제는 예를 들어 달걀 흰자위같이 간단한 것이어서 블라인모어에서도 얼마든지 손쉽게 손에 넣을 수 있는 물건이다. 좀더 사람에게 알려져 있지 않은 해독제를 필요로 하는 독을 찾아내야 한다.

암모니아 같은 것도 적당할 듯싶다. 그것이라면 손쉽게 구할 수 있다. 그러나 농도가 짙은 용액이어야 할 것이다. 그런데 1드램(약제를 다는 저울의 단위. 3.888그램에 해당)로 사람을 죽일 수 있다니, 2드램만 있으면 절대로 틀림없을 테지만 짙은 용액을 구하기는 그리 쉽지 않으리라. 그런데 1드램이란 대체 어느 정도의 양을 말하는 것일까? 그리고 암모니아 냄새는 곧 알아차릴 수 있다. 따라서 이것을 억지로 큰어머니에게 마시게 할 기회가 있을 것 같지 않다. 아무튼 이것도 가능한 방법의 하나로 적어두기로 하자.

또 한가지는 다른 방법이 있을 듯싶다. '석탄산은 흔히 가정용 소독약으로 사용된다. 크레오소트나 크레졸 같은 종류의 조합제도 독약과 같은 효과를 지니고 있다.' 크레졸이라면 나도 간단히 얻을 수 있다. 그리고 제이즈라는 것이 있는데, 거기에도 석탄산이 함유되어 있지 않을까? '석탄산은 자살할 때 가장 많이 이용되는 독약의 하나이다.'——자신도 모르는 사이에 나의 유익한 공범자가 되어버린 필자는 이렇게 말하고 있다. 큰어머니의 죽음을 자살로 보이게 할 수는 없을까? 대체적으로 어려울 것이다. 그렇게 되면 취조를 받아야 할테니까. 첫째, 큰어머니에게는 자살해야 할 이유가 하나도 없다. 하긴 짓궂게 생각하여 나의 존재가 훌륭한 이유가 되지 않겠느냐고 한다면 별문제지만! '그리고 이것이 흔히 가정용 소독약으로 사용되므로 석탄산에 의한 중독 사고사가 이따금 일어난다.' 이것은 안성맞춤이다! 그러나 이상한 맛이 나는 것을 모르고 치사량의 석탄산을 마셔버리는 사람이 과연 있을까? 칵테일 속에 섞는다 해도 반드시 알아차릴 것이다. 나는 석탄산이 섞여 몹시 이상한 맛이 나는 칵테일을 마셔본 적이 있는데 토할 것 같은 맛이었다.

이 독이 들어가면 열 두 시간 뒤 죽게 된다고 기록되어 있다. 그렇다면 너무 늦다. 그만한 시간적 여유가 있다면 스펜서 노인이라도 해독시킬 수가 있을 것이다. 게다가 이처럼 일반적인 독이라면 그도 해독방법을 알고 있을 것이므로 더욱 좋지 않다. 이 방법은 적어둘 필요도 없겠다.

드디어 자극성 독에 대한 항목이 나왔다. '수산은 일반적으로 맥고모자의 표백, 잉크의 얼룩빼기, 놋그릇을 닦을 때 등에 사용된다. 이것은 이따금 사고 및 자살에 의한 중독사의 원인이 되기도 한다'——다시 말해서 이것은 구입하기 그다지 어렵지 않다는 뜻이리라. 그러고 보니 큰어머니는 나의 맥고모자에 대해 몹시 가시돋친 어조로 말했었다. 그녀는 캉캉 모자라는 괘씸한 표현으로 나의 기분을 상하게 하지 않았던가! 옥살산——이것은 기억해 두어야겠다. '곧 조치하지 않으면 급속도로 쇠약해지며…… 순식간에, 또는 한 시간 이내에 사망할 경우도 있으니, 그 시간이 길어지는 경우도 있다.' 그렇다면 틀림없이 성가실 정도로 취조를 받아야 할 것이다. 해독제에 대한 것은 적어두지 말자. 왜냐하면 분필 1온스를 엷은 크림 상태로 푼 1파인트의 석회수이기 때문이다. 구역질이 올라온다.

비소——비소에 대해서는 너무나 잘 알려져 있다. 이렇게 생각하자 나는 현명하게도 이 대목은 마지막까지 읽어보지 않았다. '청산……은 엷게 만든 상태로만 판매된다.' 그러나 어쨌든 판매되고 있는 것이다. '청산 2퍼센트 용액은 차숟갈 하나 이하의 분량으로도 사람을 죽음에 이르게 한다. 청산 중독의 징후는 매우 빠르게 나타난다. 따라서 그 모든 징후는 분 단위가 아니라 초 단위로 계산된다.' 이것이라면 가능성이 있을 듯하다. 진행이 느린 독의 효과를 지켜본다는 것은 생각만 해도 끔찍하다. 더구나 '가용성 시안화물, 특히 사진을 정착시킬 때 많은 양이 사용되는 청산가리는 청산과 마찬가지로 맹독성을 지니고 있다.'고 적혀 있다. 다시 말해서 이것은 입수할 수 있다는 뜻이다. 이것도 가능성 리스트에 넣어야겠다. 그리고 다시 한번 이 구절을 읽어보아야겠다.

아니, 역시 이것은 빼기로 하자. '그 증상의 눈에 띄는 특징과 복용자의 급속한 죽음 그리고 이 약물 특유의 악취는 이 죽음이 어떠한 성질의 것인지 한눈에 알려주는 경우가 가끔 있다.' 이것은 전적으로 좋지 않다. 너무 빠르다. 신중히 해야 한다. 냉정을 잃지 않고.

아니, 이것은 무엇일까? '아코니트 중독. 일반적으로 아코니트, 즉 바곳, 일명 투구꽃이라는 식물에서 채취되는 아코니틴이라는 알칼로이드는 아마도 세상에 알려져 있는 맹독 가운데 가장 독한 것이리라. 16분의 1그레인 '1그레인은 0.0648그램'의 아코니틴이 어른 남자 한 사람을 사망시킬 수 있음이 입증되고 있다.' 따라서 여자의 경우도 마찬가지라고 생각하는데, 다음 대목이 가장 중요한 점이다. '바곳의 뿌리는 고추냉이와 비슷하여 잘못 알고 먹는 수가 많다.'

이것은 멋지다. 안성맞춤이라고 할 수 있다. 일요일마다 블라인모어에서 열리는 그 끔찍스러운 만찬회의 식탁에는 거의 언제나 로스트비프가 나오는데 큰어머니는 이때 고추냉이를 곁들어 먹는 습관이 있다. 그런데 나는 손도 대지 않는다. 물론 지금까지 한번도 먹어본 적이 없다. 이것이야말로 안성맞춤이다. 아마도 메리가 나의 진술을 지지해 줄 것이다. 고추냉이 뿌리와 바곳 뿌리를 바꿔치기할 수만 있다면 이것으로 목적은 이루어지리라. 지금까지 흔히 잘못 사용되는 수가 있었다고 하니, 요리사도 분간할 수 없을 만큼 비슷한 모양이다. 그런데 메리와 요리사도 고추냉이를 곁들여서 먹을까? 아마도 그녀들이 식사를 시작하기 전에 소동이 벌어지겠지. 요컨대 문제는 이 독이 얼마만큼 빨리 작용하느냐 하는 점이다. 나는 큰 소동이 벌어지기를 바라고 있다. 만일 요리사가 어떻게 된다 하더라도 당연한 대가를 받았다고 생각한다. 부엌에서 일하는 하녀는 처음부터 문제 밖이었다. 거의 사람축에 끼지 못한다 해도 좋기 때문이다. 메리는 어떤가? 그렇다, 그녀도 나를 배반하지 않았던가? 그러나 역시 나는 그녀들이 식사를 시작하기 전에 일이 벌어져 고추냉이를 먹지 않도록 해주기를 바란다. 그 다음으로 중요한 점은 바곳에 관한 모든 지식을 얻는 일이다. 솔직히 말해서 나는 그것이 어떤 모양인지조차 모른다. 그러나 운이 좋으면 이 책에서 조금은 알 수 있게 되는지도 모른다. 오늘은 내 목적이 충분히 달성되었으므로 이만하고 돌아가야겠다. 이 클럽에서 푸짐한 점심식사를 내놓으면 좋겠는데……오전 중에 이만큼 정력적으로 일했으니 그 정도는 바라도 되지 않을까?

3

둘레에 앉아 있는 구식 인간들을 보면 조금 기분이 우울해졌으나, 점심식사는 나무랄 데 없었다. 그들은 한결같이 엄숙했고, 돈은 얼마든지 있다는 듯한 표정으로 두툼한 쇠고기며 양고기 요리를 최고급 포도주를 곁들여 위장으로 흘려넣고 있었다. 사실 내 옆에 앉은 한 사나이는 점심때마다 커다란 고깃덩어리 두 개와 한 바구니의 야채를 먹어치우는 사람의 본보기로 호텔 식당에서 감사장을 주어야 할 인물이었다. 나는 그 사나이가 하는 말의 한 부분에 귀를 기울였다. 그의 머릿속에는 오직 한 가지, 즉 언제 스틸튼 치즈가 먹을 만하게 될까 하는 것밖에 없는 듯했다. 지금은 아직 익지 않아 마치 분필 같다고 불평을 늘어놓고 있었다.

나는 나의 점심식사를 이 사나이보다는 주의깊게, 그리고 좀더 품위 있는 것으로 골랐다고 생각한다. 게 요리는 훌륭했고, 페리골산 자고새 병아리 요리도 나무랄 데 없었다. 그리고 스페인 식 오믈렛에 산뜻한 붉은 포도주를 주문했다. 이것은 여느 때의 점심 식사보다 양이 많았으나, 나는 몹시 배가 고팠다. 아마도 오전 중에 열심히 일했기 때문이리라. 식사가 끝난 뒤 조금 휴식을 취한 다음 나는 가게를 둘러볼 생각으로 리젠트 거리로 갔다. 오랜 동안의 시골 생활이 나의 사고방식을 조금 구식으로 만들지 않았을까 하는 생각이 들었기 때문이다. 마치 야채나 과일처럼 가게에 늘어놓은 옷에다 판에 박힌 상표를 붙이는 유행이 차츰 사라지고 있음은 기쁜 일이었다. 전에는 이런 상표에 '최신 유행'이니 '무난한 형태'니 '계절의 유행'이니, 특히 화려한 옷에는 '매우 세련된'이니 하는 강한 인상을 주는 문구가 씌어 있었던 것이다. 그런데 그런 판에 박힌 문구가 아니라 완전히 파격적인 상표를 붙인 가게가 한 집 눈에 띄었다. '아주아주 멋있는'이니, '미칠 듯이 멋진'이라는 것이 이 집의 선전 문구였다. 과연 장사꾼들이 즐겨 쓸직한 글귀이다. 그러나 내가 보기에 아주 평범하고 단순한 갈색의 소매 없는 원피스를 '말할 수 없이 멋진'이라는 등 떠벌리는 것은 너무도 저속하게 느껴졌다. 그런데 '기절할 듯'이라는 표현은 회색 선을 두르고 진주 단추가 달린 털가죽 깃의 오렌지 빛 트위드코트의 형용사로서는 아주 꼭 들어맞는다고 생각지 않는가? 이 코트를 큰어머니가 입으면 어떻게 보일까 하고 생각하니 저절로 쓴웃음이 나왔다. 아마 그 모습을 보면 누구나 눈이 휘둥그레질 것이다. 그러나 생각해 보면 큰어머니의 옷 때문에 나는 늘 웃어야 했으니 그리 나쁜 일도 아니다. 아마도 나만이 아니라 누구나 그러했으리라. 이 가게에서 남자 옷도 판다면, 틀림없이 나의 마음에 드는 것이 있었으리라는 생각이 들었다.

그건 그렇고, 나는 어떤 간단한 시도를 해볼 필요가 있다. 그래서 어떤 큰 약국으로 들어갔다. 적어도 지난날에는 약국이었음에 틀림이 없으나, 지금은 다른 종류의 가게로도 보인다. 즉 옥살산 결정을 살 수 있는지 어떤지 알아보기 위함이다. 그렇다고 해서 꼭 이것을 쓰겠다고 결정한 것은 아니다. 단지 어느 시인이 말했듯이 지식은 언제나 힘이 된다는 기분에서였다.

그 다음에 참으로 재미없는 일이 일어났다. 나는 이제까지 한 번도 경험해 본 적이 없을 만큼 난처했던 그 순간을 돌이켜보기 위해 이 일을 적어두기로 한다. 나는 그 가게의 칫솔이며 머릿솔이며 스펀지며 빗의 그림이 들어간 괴상한 통로——이것은 꽤 현대적인 장식이지만 아무래도 지나치게 이상한 느낌을 준다——를 따라 가다가 이윽고 손님의 마음을 끌 만한 포장지에 싸서 가지런히 늘어놓은 목욕

비누가 잔뜩 쌓인 비취빛 팔각형 카운터 앞으로 다가갔다. 그 중에는 내 마음에도 드는 종류도 몇 개 있었다. 섬세한 빛깔에다 각각 매력적인 이름이 붙어 있었다. 그러나 큰어머니는 이런 사치스러운 향료가 든 비누를 내가 쓴다면 틀림없이 잔소리를 늘어놓을 것이다. 그래서 나는 본의 아니게 그 자리를 떠났으나 그 다음에 어디로 가야 좋을지 몰랐다. 그때 어느 가게에나 있는 부지런한 판매 감독이 급히 내 앞으로 다가왔다. 그래서 나는 마치 혼자서는 물건을 살 수 없는 어린이라도 된 듯한 기분에 사로잡히고 말았다.

"무엇을 도와드릴까요? 무엇을 찾고 계십니까?"

어째서 이 사나이는 '필요한 물건'이라고 말하지 않을까? 그러나 나로서도 '독약을 파는 곳'을 찾는다고 말할 수는 없었다. 또한 이렇다 할 이유도 없는데 '옥살산 결정을 조금 사고 싶다'는 말이 입에서 순순히 나오지 않았다.

그가 마치 나의 마음 속을 꿰뚫어보고 있는 것 같았으므로——이상한 표현일지도 모르지만——나는 완전히 당황하여 그 순간 머리에 떠오른 말을 해버렸다.

"실은……저어……그……크리스마스 카드를 사고 싶은데요……."

이 얼마나 얼빠진 대답인가!

"그렇습니까? 2층에 있습니다. 2층에서 직원이 안내해 드릴 겁니다. 실례입니다만, 벌써부터 크리스마스 카드에 대해서 생각하시다니, 아직 9월인데 성의가 대단하시군요. 하지만 아직 때가 조금 일러서 우리 가게에 재고품이 별로 없을 것 같군요. 이리로 오십시오, 이 엘리베이터로 올라가시면 됩니다."

그는 이미 양배추 같은 얼굴의 여자 손님들로 가득찬 엘리베이터로 나를 안내한다기보다 밀어넣으며 엘리베이터 소년에게 외쳤다.

"크리스마스 카드를 찾으신단다!"

이때 엘리베이터 소년의 얼굴에 떠오른 놀라움으로 짐작하건대, 소년은 예절바른 감독치고는 너무 크게 소리를 쳤다고 생각했음에 틀림없다. 양배추 같은 얼굴의 여자들은 모두 함께 콧방귀를 끼며 조롱했고, 그 중 한 사람은 자못 들으라는 듯 "벌써부터 무슨 크리스마스 카드람!" 하고 콕 찌르는 말을 내뱉었다.

나는 가시투성이의 호랑가시나무 잎을 쪼려고 하는 울새를 그린 우스꽝스러운 카드를 주머니에 넣고, 들어갔을 때와 마찬가지로 남의 눈에 띄지 않도록 살며시 크리스마스 카드 코너에서 빠져나왔으나 이미 자신감을 잃고 있었다.

도중에 나는 다른 코너보다 조금 빈약하게 보이는 판매장 앞을 지나갔다. 이번에는 부리나케 안으로 들어가 안경 낀 창백한 사나이를 붙잡고 단숨에 말했다.

"옥살산······결정을······조금······살 수······있을까요?"

젊은 사나이는 약봉지를 접다 나무라듯 나를 보았다.

"조금 기다려주십시오. 지금 이 부인을 접대하고 있으니까요."

나는 신경이 곤두서 있어 이 여자도 엘리베이터에서 나온 양배추 같은 얼굴의 한 사람임에 틀림없다고 생각했으나, 다시 돌이켜보니 그럴 리가 없었다. 아무튼 이런 여자들은 모두 비슷하게 보이는 법이다.

이윽고 젊은 사나이가 나를 보며 물었다.

"옥살산 결정이라고요? 독약이라는 것은 아시겠지요?"

이 사나이가 자신이 얼마나 어리석은 질문을 하고 있는지 알기만 한다면! 우리의 지식은 어슷비슷하다고 할 수 있으리라. 그러나 나는 냉정하게 버티고 서서 대답했다.

"물론 알고 있습니다."

젊은 사나이는 심각한 얼굴로 나를 뚫어지게 쳐다보았다.

"실례지만 어디에 쓰시려고 하십니까?"

"맥고모자를 표백하려고요."

그는 조금 기대에 어긋난 내 대답을 듣자 놀란 모양이었다.

"아아, 네. 그러십니까? 대개는 번거로워서 세탁소에 보내는 것 같습니다만, 손수하는 것이 차츰 유행되나 보군요."

그는 밝은 표정을 지었다. 이럴 때 한 걸음 더 밀고 나갈 필요가 있다.

"나는 구석진 시골에 살고 있기 때문에 가까운 곳에 마음에 드는 세탁소가 없답니다. 그렇다고 모자를 표백하고 싶을 때마다 런던까지 나오기도 불편하니, 어떻게든 구할 수 있게 해주시면……."

"알았습니다. 머슈뱅크스 씨를 잠깐 불러오겠습니다. 약간의 수속이 필요해서요. 아시겠지만, 독약이기 때문이지요. 그다지 시간은 걸리지 않습니다. 기록에 서명해 주셔야 할 텐데, 그런 일은 머슈뱅크스 씨가 잘 알고 있습니다. 잠깐만 기다려주십시오."

"그런 성가신 수속이 필요하다면 그만두십시오. 아무래도 모자를 표백하기 위해서는 다른 약을 찾는 것이 좋을 것 같군요. 하긴 옥살산이 가장 좋다는 이야기는 들었습니다만."

"아무래도 좋습니다만, 별로 시간 걸리지 않습니다. 아아, 저기 머슈뱅크스 씨가 오는군요."

떨어진 곳에서 보니 머슈뱅크스라는 사람은 아까 아래층에 있던 판매 감독과 쌍둥이가 아닌가 싶을 만큼 똑같았다. 사실 너무 똑같아서 나는 엉겁결에 '크리스마스 카드'라고 외치고는 얼이 빠진 표정으로 서 있는 머슈뱅크스 씨의 조수를 돌아보며 다급하게 그만두겠다고 거절했다. 그리고 엉겁결에 내뱉은 말은 대수로운 게 아니라고 얼버무렸다. 머슈뱅크스 씨에게 자초지종을 설명하고 있는 젊은 남자에게 내가 강한 의혹의 대상이 되었다는 불안한 기분을 안고 나는 가게에서 나왔다.

그러나 만일 내가 어리석게도 진짜 이름과 주소를 적고 서명을 한 다음 구입한 독약으로 큰어머니를 죽인다면, 이 의혹은 더욱 깊어질 게 틀림없다. 그리고 가명과 엉터리 주소를 대려고 했다 해도 그 자리에서 대뜸 그럴싸한 이름을 생각해 내기는 몹시 어려웠으리라. 게다가 그들은 물건을 우편으로 보내주겠다고 할지도 모르고, 이름과 주소를 확인해 봐야 한다고 말할지도 모른다. 요컨대 무슨 짓을 할지 알 수 없는 것이다. 사실 이런 성가신 수속을 밟아야만 맥고모자를 표백하는 약간의 옥살산 결정을 살 수 있다면, 우리나라의 법률은 참으로 한심하다. 아마도 영국국방조령(英國國防條令)인지 무엇인지 하는 시시한 법령 때문인 모양이다. 나는 어떤 한 가지 법령을 통과시키기 위해 국회로 밀고 들어가고 싶다. 다시 말해서 온갖 시시하고, 낡아빠지고, 성가시기 짝이 없고, 울화통이 터지고, 불필요하고, 전제적이고, 쓸모없는 법령과 다른 모든 법령 속에 있는 어리석고 시대에 뒤진 부분들을 폐지시키는 법령을 통과시키기 위해서. 그렇게 하면 법률책의 페이지도 두드러지게 적어질 것이다.

한편 대영백과사전은 나를 실망시켰다. 옥살산은 설탕을 초산으로 산화시킬 때 얻어지는 모양인데 어떻게 하면 되는지 자세한 설명은 나와 있지 않았다. 또한 짙은 가성가리와 소다 용액의 혼합액을 톱밥에 붓고 얕은 남비에 넣어 200도 내지 250도의 온도로 가열하면 옥살산을 얻을 수 있다고 하는데 예쁜 진흙떡을 만들라고 하면 할 수 있을지 몰라도 이것은 불가능하다. 그리고 또 한 가지, 나트륨을 이산화탄소가 섞인 공기 속에서 섭씨 350도로 가열하는 방법이 있다. 여러 가지 방법을 가르쳐 주는 것은 참으로 고마운 일이다. 게다가 옥살산과 황산마그네슘의 유사성을 설명하여 나로 하여금 용기를 북돋아주려고 한다——참으로 따분하기 짝이 없는 책이다. 이렇게 되면 역시 바곳만이 쓸모가 있는 셈이 된다.

4

그러나 우선 바곳을 찾아내야 하고, 그 다음에 그것을 요리해야 한
다.

'바곳은 짧은 땅속줄기를 가지고 있으며, 거기에서 거무스름하고
뾰족한 뿌리가 뻗어 있다. 그러나 고추냉이의 뿌리는 바곳의 뿌리보
다 훨씬 길고 끝으로 내려가며 뾰족하지 않다. 고추냉이의 빛깔은 노
르스름하고 맨 위에는 잎의 끝부분이 달려 있다.'——이러한 특징이
반대라면 좋겠는데……. 그렇다면 뿌리를 짧게 잘라 끝을 뾰족하게
하고, 검은 페인트를 조금 바른 뒤 잎을 떼어버리면 그만일 텐데. 실
제로 그렇게 하면 독이 없는 고추냉이를 애써 바곳으로 보이게끔 만
드는 결과밖에 안된다. 이것은 말하자면 양에게 울프(늑대)의 털가
죽을 입히는 것이나 마찬가지다. 아니, 울프스베인(바곳)의 옷을 입
힌다는 익살이 생긴다. 요리사는 이런 것을 전혀 모르겠지만, 그러나
그 을씨년스러운 여자는 '어쩐지 이상하다'며 내가 갖은 애를 써서 구
해온 바곳 뿌리를 버릴지도 모른다.

어쨌든 계속 읽어보자. '바곳 뿌리는 비크, 비슈, 또는 너비라고 불
리는 유명한 인도(네팔)의 독약 원료가 된다. 여기에는 더할나위없
이 무서운 독으로 알려진 아코티닌 알칼로이드와 흡사한 성분이 상당
히 많이 들어 있다.' 나는 잠깐 눈을 감고 회심의 미소를 지었다. '바
곳은 정원의 감상용 화초로 좋으며 생명력이 강한 다년생 식물이다.
이것은 여느 땅에서도 왕성한 번식력을 나타내고, 햇볕에 비치지 않
는 그늘에서도 잘 자란다.' 옳지, 그렇다면 블라인모어에서도 간단히
재배할 수 있으리라. 그런데 바곳은 씨를 뿌려서 키우는 것일까, 아

니면 모종을 하는 것일까? 만일 씨를 뿌려 키워야 한다면 내년 봄의 파종 시기까지 기다려야 하므로 이 계획은 꼬박 1년이라는 시간이 필요하다. 운이 좋으면 완전히 자란 것을 살 수 있을지도 모른다. 종묘원이 약초에 관해 약국에서처럼 까다롭게 굴지 않았으면 좋겠는데…….

그러나 나는 아직 바곳이 어떠한 모양의 식물인지 모른다. 대영백과사전에는 베라트릴 의사(擬似) 아코닌이니, 베라트린 산이니, 자파코니틴——이것은 일본산 바곳에서 얻은 것으로 그곳에서는 크자우자라는 이름으로 불린다는데, 물론 나는 그런 것은 모른다——이니 하는 것에 대해 장황하게 설명한 다음 마지막으로 자프벤자코닌에 대해 자세히 설명하고 있다. 그 다음에는 '대부분 바곳의 품종은 정원에서 재배되며, 어떤 것은 파란색 꽃을, 어떤 것은 노란색 꽃을 피운다'고 씌어 있다. 다시 말해서 이것을 찾아내기는 그리 어렵지 않다는 뜻인 것 같다. 팬지도 확실히 그런 빛깔의 꽃이었다. 죽은 뒤에는 질식사의 징후밖에 남지 않는다는 마음 든든한 기록을 제외하고 대영백과사전에서 얻을 수 있는 지식은 대체로 이 정도였다. 그렇다고 해서 나는 사인에 대해 크게 걱정하고 있는 것은 아니다. 사인이 바곳 중독이라고 밝혀졌다 하더라도 에번스가 부주의로 문책받는 정도에 그칠 것이다.

그러나 어쨌든 나는 아직 바곳을 입수하지 못했다.

이 클럽의 도서실은 서글프리만큼 독약에 대한 참고서적이 없다. 앞에서도 말했지만, 종교서적이나 고전은 넌더리가 날 만큼 많다. 그런데 이런 책들을 읽고 싶어하는 사람이 이 세상에 있을까? 있다 해도 고작 토케마터의 뜻도 모르며 끝말이어가기의 대답이나 찾으려는 사람 정도일 것이다. 시, 여행기, 문학, 역사, 사전, 이러한 것들은 각각 항목별로 자리를 차지하고 있으나 식물학은 주요항목 속에 들어 있지도 않다. 그러나 아주 세밀한 카드 색인을 열심히 찾아본 결과, 만족스럽지 못하나마 몇 권을 골라낼 수 있었다. 《도해 원예사전》——원예 백과사전이다. 이것은 1911년에 구입했는데, 빅토리아 여왕의 할머니에 해당되는 부인이 쓴 모양이다.

위덜링이 쓴 《식물학(1812년)》

런던이 쓴 《식물백과(1855년)》

내가 소속해 있는 클럽의 한 회원이 발행한 《일반식물의 학명》

《영국의 화단》 초판 1883년, 1898년 제6판 발행.

내가 알아낸 범위 안에서는 이 다섯 권의 책이 식물 관계의 장서 모두였다. 이 클럽의 장서 구입 책임자는 헤드커슬 씨의 "나는 모든 낡은 것을 사랑한다. 낡은 책, 낡은 술, 그리고 아내 역시 낡은 것이 좋다"라는 말에 동감하는 사람인 모양이다. 나는 오히려 이 말에 대한 헤드커슬 부인의 혐오에 가득한 반대에 찬성하고 싶다. 나는 그 희곡을 일요일의 숙제로서 읽어야만 했기 때문에 얼마나 괴로움을 맛보았었는지 모른다!

내가 골라낸 책 가운데 두 번째와 세 번째 책은 들여다볼 필요도 없으리라. 이것들은 너무 학술적으로 씌어 있기 때문에 나는 전혀 이해할 수가 없었다. 기호며 생략이며, 내가 읽을 수도 없는 라틴 어들이 가득 실려 있었다. 《일반식물의 학명》은 식물 이름의 유래를 학술적으로 펴낸 책으로, 그 나름대로 상당히 재미있기는 했으나 지금의 나에게는 도움이 되지 못했다.

《영국의 화단》은 《원예사전》보다 조금 짧고, 보다 시적인 멋을 부린 책이다. 맨 먼저 이것을 들여다보기로 하자. 바곳 또는 투구꽃은 키가 크고 아름다운 미나리아재비과의 초본식물로, 그 뿌리는 위험한 독을 품고 있다고 적혀 있다. '명칭은 많으나 품종은 그리 많지 않다. 이들 가운데 가장 뛰어난 품종은 우리나라의 정원에서 어느 정도 소중하게 다루어지고 있다.' 그리고 필자는 무의식적이겠지만, 나의 입장에서 볼 때 약간 흥미있는 말을 덧붙였다. '자칫하면 식용의 뿌리로 잘못 알고 캐어갈지도 모르는 장소에 위험스럽게도 이것을 재배하는 사람이 가끔 있는데, 이 맹독의 효과는 무서운 것이다. 그러나 바곳의 품종도 정원에서만 자라는 게 아니라 야생으로 관목숲 속에서도 쉽게 자란다.' 블라인모어에서 자생하고 있는 것이 있다면——이 책에 씌어 있는 말로 미루어보아 아마 야생의 바곳임에 틀림없다——야채나 과일 나무가 자라고 있는 울타리에서 멀찍이 떨어진 곳, 아마도 나무그늘에서 자라고 있을지도 모른다. 이 점은 명심해 두어야겠다. 이어서 '이것은 3피트 내지 5피트 정도의 키가 큰 식물로, 7월에서 9월에 걸쳐 꽃이 핀다'고 했다. 차츰 구체적인 모습이 떠오른다. 예를 들어 팬지는 '3피트 내지 5피트 크기'의 것은 없다.

이 책에도 이른바 삽화라는 것이 있긴 하나, 매우 보잘것없는 그림이기 때문에 바곳은 말라비틀어지고 거무스름한 식물로 보인다. 이런 것이라면 틀림없이 큰어머니로부터 풀베기를 강요당하였을 때 잡초인 줄 알고 뽑아버렸을 것이다. 그러나 어떤 좋은 생각이 떠오를지도 모르므로 삽화가 있는 페이지를 펴서 옆에 놓아두었으나 유감스럽게도 별로 뚜렷하게 그려 있지 않고 너무 작아 전혀 도움이 될 것 같지 않았다.

다음은 《도해 원예사전》이다. 바곳이라는 명칭은 비시니어의 헤라클레아에 있는 항구 이름에서 비롯되었다고 한다. 이 항구 근처에 바곳이 많이 자라고 있다 한다. 그러나 비록 헤라클레아가 어디 있는지 알고 있다 하더라도, 그리고 저자가 그 점에 자신이 있다 하더라도——실은 그다지 자신있어 보이지도 않는다——나로서는 그곳에까지 채취하러 갈 수가 없다. 아코니트, 투구꽃, 또는 바곳이라고 부르며, 감상용으로 알맞은 강한 다년생 식물이다. 설마 이 삽화에 나와 있는 것 같은 그런 한심한 식물은 아니겠지. '꽃은 줄기의 맨 꼭대기에 술처럼 피고, 꽃송이는 다섯 개, 맨 윗부분의 하나는 투구 모양을 하고 있으며 옆의 두 송이는 뒤쪽의 두 송이보다 크다. 꽃잎은 다섯 장으로 작으며, 위의 두 장에는 끝에 두건을 쓴 길다란 손톱 같은 것이 달려 있고 나머지 석 장은 그보다 작거나 발달하지 못했다. 잎은 손바닥처럼 갈라져 있다. 이 꽃들은 아름다운 원추형으로 핀다. 이것은 고추냉이와는 전혀 다르나, 가끔 잘못 사용되어 치명적인 결과를 가져다준다. 따라서 어느 종류의 바곳도 부엌이나 뜰 부근에 재배해서는 안된다.' 이제 그만, 이제 그만, 이제 그런 것은 잘 알고 있다.

그런데 이 저자는 지나치게 전문적이기는 해도 상당한 노력가라는 점을 인정해 주어야겠다. 그리고 그의 문장을 멋대로 생략하여 문장을 망쳐버린 점에 대하여 용서를 빌어야겠다. '술 모양의 꽃'이니 '꽃송이'이니 '손바닥 모양'이니 '원추형'이니 하는 말의 뜻을 알기만 하면 나도 그럭저럭 이해할 수 있을 텐데, 이런 말들은 사전을 뒤져 찾아야만 했다.

이 책에는 세 개의 삽화가 실려 있다. 이 저자는 바곳의 명칭은 많으나 종류는 그다지 많지 않다고 말한 사람과는 의견이 다른 모양이다. 그는 헤아릴 수 없을 만큼 많은 종류를 열거했으나, 유감스럽게도 나의 목적에 꼭 맞는 사랑스러운 '페록스'의 삽화는 실려 있지 않았다.

그런데 놀랍게도 이 세 번째 삽화는 어디서인지 많이 본 듯한 느낌이 든다. 어디서였을까? 이것과 같은 식물로, 높이는 3피트에서 5피트 정도이며 파란색 또는 노란색 꽃이 피고——연한 노란색이라는 편이 맞을 것 같다——나무그늘에서 자라는 식물. 맞아, 그것이다! 만세! 응접실 창에서 밖을 내다보면 잔디밭 오른쪽에 보이는 너도밤나무 밑에 돋아 있는 그것임에 틀림없다. 맞아, 틀림없다! 바로 지금 꽃이 한창 피어 있다. 블라인모어에서는 모든 게 계절보다 조금 늦기 때문이다. 그리고 사이에 담이 있긴 해도 그리 멀지 않은 곳에 있다. 그것은 큰어머니가 손수 심어 열심히 가꾸고 있는 바곳이다. 결국 그 늙은 늑대는 자기 무덤을 자신이 파는 격으로, 자기가 가꾼 독을 마시는 처지에 놓이게 된 셈이다.

이것이라면 문제없다.

5

결심이 섰으니 언제까지나 런던에 머물러 있을 필요는 없었다. 머물러 있는 진짜 목적은 치과의사에게 치료를 받는 것이었는데, 이 의사는 고맙게도 예상했던 것만큼 치료를 길게 끌지 않았다. 그리고 지금은 런던이 죽은 듯이 황폐한 계절이라——모두 외국여행을 떠나는 계절이어서——이런 때 런던에 와 있는 것을 아는 사람이 보기라도 하면 시골뜨기여서 그런다고 생각하리라는 것을 나는 알았다.

블라인모어를 향해서 자동차를 타고 돌아가는 여행은 더할나위 없이 유쾌했다. 이런 경험은 처음이었고, 시내에서도 멋지게 자동차를 달릴 수 있었다. 신기하게도 자동차 앞으로 보행자가 불쑥 튀어나오는 일이 단 한 번도 없었다. 블라인모어 문 앞에서 스펜서 노인이 멈춰세우지 않았다면 클럽에서 차고까지의 기록을 적어도 5분은 단축시킬 수 있었으리라고 생각한다. 나는 자동차 안에서 손을 흔들어 인사만 하고 그대로 속력을 늦추지 않고 지나치려고 했는데, 운전솜씨가 서툴러서인지 아니면 일부러인지는 모르지만 스펜서 노인이 자기의 흙투성이 자동차로 길을 막아버렸다. 나는 별 수 없이 자동차를 멈춰세워야 했다. 어째서 내가 차를 멈추지 않고 곧장 차고까지 가고 싶었는지 설명해 봐야 전혀 무의미한 일이었으리라. 그는 가끔 위험하리만큼 속력을 내어 달리면서도 다른 사람이 운전을 빨리 하면 매우 싫어하는 것이다. 큰어머니가 벼랑에서 검은딸기덤불 속에 처박혔을 때 그가 얼마나 급히 자동차를 몰고왔는지 보면 알 수 있잖은가? 그리고 그는 기술을 향상시키려고 하는 운전자의 애타는 소망도 이해하지 못한다. 그가 늘 자랑스럽게 여기고 있는 것은 다른 사람을 이겨보이겠다는 스포츠적인 성질을 가지고 있다는 점이다. 뻔뻔스럽고 사람을 깔보는 듯한 태도로 더러운 파이프를 소리내어 피우는 것은 여느 때와 다름이 없었으나, 지금 눈앞에 있는 그는 왠지 얼굴을 찌푸리고 있었다.

"잘 만났네, 에드워드, 자네의 자동차가 다가오는 것이 보이더군. 실은 큰어머니를 만나기 전에 잠깐 자네와 하고 싶은 이야기가 있는데…….."

"네, 그렇습니까?"

그가 자동차 안을 들여다보았으므로 나는 낮은 운전석에서 그를 쳐다보며 자욱한 담배 연기를 손으로 헤쳤다.

"자네의 큰어머니가 묘한 신경증상을 나타내고 있네. 솔직히 말하면, 뭔가 까닭을 알 수 없는 일로 고민하고 계시는 것 같아. 지난번 자동차 사고의 충격이 신경을 몹시 다치게 한 모양일세. 처음에는 대수롭지 않게 여겼는데, 차츰 심해지는 것 같네. 그 사건과 그때의 자네 태도가 아무래도 큰어머니의 마음을 무겁게 짓누르고 있는 모양일세. 지금은 마치 몸 전체가 예민한 신경덩어리처럼 되어 있다네."

"하지만 스펜서 선생님."

나는 그의 말을 가로막았다.

"모든 점으로 미루어 그렇게 보시는 것은 전적으로 잘못이라고 생각합니다. 큰어머니만큼 냉정하고 의젓한 분을 나는 본적이 없습니다. 절대로 신경병에 걸릴 분이 아닙니다."

"여느 때 같으면 사실 그렇게 말할 수 있을 걸세. 그러나 자네가 조금이라도 의학적 지식을 가지고 있거나 또는 날카로운 관찰력만이라도 가지고 있다면, 파우엘 부인이 여느 때의 그녀와 굉장히 다른 상태에 있다는 것을 알 수 있을 걸세. 나는 결코 근거없는 말을 하지 않는 사람일세, 에드워드. 아무리 자네에게 노인을 공경하는 정신이 결여되어 있다 해도 그 정도는 잘 알고 있을 게 아닌가?"

나는 어깨를 치켜올렸을 뿐 아무 대꾸도 하지 않았다.

"그렇다면 어쨌든 주의해서 살펴보겠습니다. 그런데 어째서 그런 것을 내 탓으로 돌리는지 까닭을 모르겠군요. 마침 그렇게 말씀하시니까 말입니다만, 큰어머니는 요즈음 몹시 까다로와지셨습니다. 특히 나에게는. 당신이 신경증상이라고 말씀하시는 것은 모든 일이 자기 마음대로 되지 않기 때문에 일어나는 단순한 심술 비슷한 게 아닐까요? 노인들은 흔히 그렇지 않습니까?"

이것은 스펜서 노인의 거드름 피우는 말투에 대한 일종의 반격이었다. 대체 어떻게 노인이라는 이유만으로 사람들에게 존경을 강요할 수 있는지 그 이유를 나는 이해할 수가 없다. 물론 존중할 만한 사람에 대해서라면 경의를 표하는 것이 당연하다. 아무튼 스펜서 노인의 목소리가 다시 내 귀를 울렸다.

"자네가 큰어머니에 대해 그런 식으로 말해도 좋을지 모르겠네만, 어쨌든 나는 자네에게도 조금쯤 선량한 마음이 있으리라고 믿고 있네, 에드워드."

"칭찬해 주셔서 고맙습니다" 하고 나는 그의 말을 일부러 가로막았다.

"자네에게 두 가지만 부탁하고 싶네. 큰어머니가 자네를 위해 해주신 모든 일을 생각해 보게. 그리고 자네가 어떻게든 독립하여 자네를 부양하는 데 드는 경제적인 부담과 자네를 감독하기 위한 정신적 노고에서 큰어머니를 해방시켜 드리는 것이 자네의 책임이 아닌가. 한 번 잘 생각해보게. 자네가 어떻게 하면 독립할 수 있는지 그 점은 잘 모르겠지만, 어쨌든 나는 자네가 이곳에서 날마다 하릴없이 세월을 보내는 대신 스스로 무엇인가 할 수 있는 두뇌를 가지고 있다고 믿네. 아니, 자네를 비난할 생각은 없네, 에드워드. 이것은 자네의 책임이 아니니까. 큰어머니는 이미 오래 전에 자네가 그렇게 하도록 해주었어야 옳았네. 그런데 그 분은 좀처럼 그렇게 하려 하지 않았거든. 사람들이 이따금 큰어머니에게 그런 말을 하는 것을 들었지. '큰어머니에게 그 충고를 한 사람이 누군지 짐작할 수 있다. 이 늙은 너구리 같으니!' 그런데 이번에야말로 그 문제를 결정지어야 할 때라는 생각이 드는군. 어떤가, 진지하게 생각해 보지 않겠나?"

물론 그런 것을 진지하게 생각해 볼 마음은 없다. 나를 감독하기 위한 정신적인 노고라니, 기가 막히는군! 스펜서 노인이 신파 연극조의 말을 줄줄 늘어놓고 있는 동안 나는 얼른 생각했다. 큰어머니에 대한 나의 감정이 다른 사람, 특히 그녀의 주치의에게 의혹을 불러일으켜서는 안된다. 따라서 지금은 순순히 대답해 두는 편이 내 속마음을 감추는 가장 좋은 방법이다. 나는 잠시 신중히 생각하는 척 잠자코 있다가 이윽고 한 마디 한 마디 음미하듯, 이 말이 그의 마음에 깊이 새겨지기를 기대하며 천천히 대답했다.

"네, 깊이 생각해 보겠습니다. 실은 지금까지 나도 그 점에 대해 생각하고 있었습니다. 당신 말씀대로 여기서 매일 하릴없이 보낸다는 것도 이따금 지루하게 느껴질 때가 있거든요. 어디 다른 곳에서 살고 싶은 생각도 가끔 들었습니다만, 밀드레드 큰어머니는 이 고장을 몹시 좋아하시기 때문에 누군가가 이사하기를 권한다 해도 들어주실 리가 없지요." 이 말은 좋지 않다. 이 고장에서 옮겨간다는 것은 스펜서에게 있어 거의 신성모독에 가까운 생각이기 때문이다. "그러나 당신도 아시겠지만 여러 가지로 어려운 문제가 있습니다. 아무 훈련을 받지 않은 사람은 온전한 직업을 얻기 힘든 법인데, 나야말로 이렇다 할 훈련을 받은 일이 없으니까요. 글을 써서 독립할 수 있다면 모르지만요. 그리고 또 어떤 훈련을 받는다면 그것이 쓸모있게 될 때까지 매달 쓰는 용돈이 지금보다 훨씬 많아야 할 테고……하긴 내가 흥미를 가질 만한 일이 있을 것 같지도 않습니다만."

"용돈이 더 필요하다는 문제는, 무슨 일이든 자네가 진심으로 할 생각이 있다는 것을 큰어머니에게 납득시켜 드리면 잘되지 않을까?"

두말할 나위도 없이 이 스펜서 노인의 말 이면에 무슨 뜻이 담겨 있는지 나는 잘 알 수 있었다. 스펜서 노인은 큰어머니가 파견한 대사(大使)격으로, 그 속셈은 대수롭지 않은 용돈을 주어 나를 쫓아내 어떤 침울한 사무실에서 일생 동안 파묻혀 살게 하려는 것이다. 무슨 일이 있어도 그런 수법에는 넘어가지 않으리라! 그러나 큰어머니와 스펜서 노인의 그런 음모를 꿰뚫어 보았다고 해서 지금 당장 나의 속마음을 보일 필요는 없다. 나에게 필요한 며칠이라는 시간을 참는 것쯤은 아무것도 아니다!

"알았습니다. 그런데 당신은 어떤 직업이 좋으리라고 생각하십니까?"

"아니, 뭐 깊이 생각해 보지도 않았고 구체적인 계획을 세워본 적도 없네, 에드워드."

구체적인 계획이든 아니든 그런 것은 아무래도 좋지만, 그 '에드워드' '에드워드'하며 제법 다정한 부르는 것만큼은 그만두면 좋겠다.

"자네 큰어머니는 자네의 성격에 맞는 직업을 택하기를 바라고 계시겠지."

나는 이 노인의 말을 듣고 쓴웃음을 짓지 않을 수 없었다. 말하자면 내가 지옥의 어느 부분을 좋아하느냐 하는 뜻이리라. 내가 만일 성직자가 되고 싶다고 하면 그는 대체 뭐라고 대답할까? 아마 그는 깜짝 놀라겠지만 나로서는 자신이 변호사나 계리사나 은행가에 적합하다고 생각하는 동시에, 목사로서도 충분히 어울린다고 생각하고 있다.

"아무튼 차분히 생각해 보겠습니다."

내 자동차 엔진이 조용히 소리내기 시작했다. 스펜서 노인도 알아차린 모양이다.

"자네는 훌륭한 젊은이야, 에드워드, 이런 문제가 나왔을 때 자네가 진지하게 받아들여주리라고 나는 믿고 있었네. 이것은 지금 언뜻 떠오른 생각인데, 자네는 자동차 엔진에 대해 뛰어난 지식을 가지고 있지 않나. 그것은 자네에게 기계공학적인 뛰어난 두뇌가 있음을 증명하는 걸세. 그러나 아무튼 자네 좋을 대로 해야지. 직업 선택에 있어 자네가 아닌 다른 사람의 의견이 작용하는 것은 좋지 않으니까. 그리고 이 문제를 생각하는 동안 큰어머니에게 부드럽게 대할 수 있겠나? 또 하나의 부탁이란 바로 이걸세. 사실 큰어머니는 신경이 몹시 날카로워져 있거든. 그럼, 잘 해보게."

노인은 회심의 미소라고 할 수 있는 웃음을 띠며 사라져 갔다.

그가 큰어머니와 함께 꾸민 음모가 성공했다고 생각한다면 그런 미소를 짓는 것도 당연하리라. 그런 음모에 대항할 수단을 내가 미리 준비해 두었다는 것은 참으로 다행스러운 일이다. 그렇지 않았다면 한번 하기로 마음먹은 일은 끝까지 밀고 나가는 큰어머니인만큼 내가 어디까지 내몰릴지 알 수 없다. 아마도 나는 어느 희미한 회사에 들어가 거칠고 더러운 푸른 작업복을 입고 온 몸이 기름투성이가 되어 기사들에게서 기술을 배우며, 선천적으로 타고난 나의 시적인 정신과는 전혀 어울리지 않는 시시한 트럭 따위나 만들고 있겠지. 아마도 버밍엄쯤으로 보내질 것이다. 그 거리는 부르버햄프튼 못지않게 더럽고 돈벌이에만 급급한, 세계에서도 가장 마음에 들지 않는 고장이 아닌가 싶다. 아무리 그렇기로서니 큰어머니나 스펜서 노인은 내가 푸른 작업복을 걸친 공원으로 일하는 모습을 어떻게 상상해 낼 수 있었을까? 살풍경한 공장에서 아침 5시인지 몇시인지는 몰라도, 어쨌든 작업 시작 시간까지 출근하여 저녁에 마칠 때까지 꼬박 일을 하고, 거드름 피우는 바보 같은 반장에게 존대말로 대답하는 내 모습을 그들이 상상했다는 것만으로도 용서할 수 없다! 큰어머니가 비상식적이고 꿈 같은 일도 반드시 실현시키고 마는 수법이 뛰어난 사람이라는 사실만 아니라면 이런 일도 그저 웃어넘길 수 있을 것이다. 그런데 큰어머니가 생각하는 것은, 아무리 상식에 벗어난 일일지라도 어찌된 까닭인지 그대로 되어가는 것이다.

6

스펜서 노인이 한 말 가운데 싫지만 한 가지만은 옳다는 것을 인정하지 않을 수 없다. 즉 큰어머니가 분명히 심한 신경과민상태에 빠져 있다는 점이다. 큰어머니는 나에게 무슨 말을 하려고 한참 쳐다보다가도 문득 그만둔다. 내가 모르는 줄 알고 몰래 나를 관찰할 때도 여러 번 있었다. 식사하면서도 보는 사람이 화가 치밀어오르는 방법으로 냅킨이나 포크를 만지작거린다. 만일 내가 어릴 때 그런 짓을 했다면 심한 꾸중을 들었을 것이다.

물론 큰어머니로서는 중대한 일임에 틀림없는 어떤 결심을 했으니, 내가 그 작은 덫에 걸릴지 어떨지 알고 싶어하는 기분을 모르는 바는 아니다. 사실 큰어머니의 그러한 태도로 어느 정도까지는 마음을 짐작할 수는 있으나, 완전히 알았다고 할 수는 없었다. 나는 큰어머니가 하라는 대로 하지 않으면 가만두지 않겠다고 나에게 협박 비슷한 말투를 썼을 때의 일을 잊을 수 없으나, '가만두지 않겠다'는 것이 어떤 뜻인지는 모른다. 사실 큰어머니는 무슨 짓을 할지 알 수 없는 사람인 것이다. 그것은 아마도 나를 쫓아내겠다는 뜻일지도 모르나, 꼭 그렇다고 단정할 수는 없다. 요즈음 큰어머니는 어떤 다른 음모를 꾸미고 있는 듯하다.

지금까지는 그것을 실행에 옮기기를 두려워하여 썩 내켜하지 않았으나, 앞으로는 필요하다면 꼭 실행해야겠다는 결론에 조금씩 다가가고 있는 듯한 느낌이 든다. 큰어머니는 자질구레한 일에 구애받지 않는 대담한 여자이므로 생각하고 있는 일이 무엇이든 그것이 아주 철저한 계획이라는 점만은 충분히 예상할 수 있다. 솔직히 말해서 나는 조금 걱정스럽다. 아니, 조금이 아니다. 공교롭게도 나 역시 계획을 세우고 있긴 하지만, 이 계획이 없었다면 과연 이 집에 머물러 있을 용기가 나에게 있었을지 의문스럽다. 아무튼 사태를 파헤쳐 큰어머니의 계획이 무엇인지 찾아내야겠다. 그리고 만일 내 계획이 실패로 돌아가 큰어머니에게 발각된다면, 나는 자동차를 한껏 몰아 집에서 도망쳐 나가야 할 것이다. 그 날이 오면──이번 일요일, 아니면 다음 주 일요일이 되겠지. 토요일 저녁에 에번스가 고추냉이를 가지고 오는 것을 보면 결판을 내야 하므로 그를 지켜보고 있어야 한다──나는 언제라도 도망칠 수 있도록 모든 준비를 갖추어 두어야 한다. 물론 가만 있는 것 말고 무슨 할 일이 있을 것 같지도 않으나, 그래도 언제든지 출발할 수 있도록 자동차를 정비해 놓고 옷을 몇 벌 챙겨두는 편이 좋으리라. 그 다음은 어떻게 될지 나로서도 알 수 없다. 대체 그런 일은 생각하고 싶지도 않지만, 최악의 경우 얼마 동안 버밍엄으로 추방당하게 될지도 모른다. 왜냐하면 큰어머니는 하찮은 우리의 가문이라는 것에 온 정성을 쏟아 블라인모어 파우엘 집안의 한 사람이라는 사실에 말할 수 없는 긍지를 느끼고 있으므로——파우엘 집안이 어째서 그토록 자랑스러운 존재인지 나로서는 전혀 이해할 수 없으나——그 명예에 흠이 될 일을 가만히 보고 있지는 않을 것이기 때문이다. 그러나 만일 큰어머니가 나를 버밍엄의 누구네 집에 맡긴다 해도 그 집에서는 잠깐 동안만 나를 맡을 뿐, 곧 떠나주기를 몹시 바라게 될 것이다. 그렇게 되면 아무리 큰어머니라도 결국은 그 집의 의견에 동의하지 않을 수 없으리라. 그러나 그렇다고 해서 큰어머니가 살고 있는 집에서 계속 함께 살 생각은 없다.

요즈음 나는 어떤 문제 때문에 조금 골치를 썩이고 있다. 내가 바곳이라고 믿고 있던 식물이 정말 바곳인지 아닌지 자신이 없기 때문이다. 클럽에 있던 그 시대에 뒤떨어진 원예책에서 삽화를 오려내어 가져오지 않은 것이 나의 실수였다. 그 때문에 나의 기억만을 더듬어 알아보는 수밖에 없었는데, 그것은 책에 실려 있던 것과는 잎이 아무래도 다른 것 같다. 그리고 나는 지금 꽃이 한창 피어 있는 줄 알았는데, 와보니 꽃은 하나도 없다. 책에는 7월에서 9월에 걸쳐 꽃이 핀다고 씌어 있었는데, 지금은 9월도 기울어지고 있으니 그 점은 맞는다고 할 수 있으리라. 어쨌든 확인해 두어야 할 필요가 있다. 최악의 경우 큰어머니가 해롭지 않는 식물의 독이 없는 뿌리를 조금 먹었다고 해서 무슨 일이 일어날 리는 없으니 다음 기회가 올 때까지 기다리면 된다. 그러나 그렇게 시간을 오래 끄는 것을 나는 바라지 않는다. 더구나 언제 스펜서 노인과 큰어머니가 나를 속여 버밍엄으로 보낼 엄청난 계획에 착수할지 알 수 없다. 그래서 나는 뿌리 끝이 뾰죽한지 어떤지 알아보기 위해 그 식물을 뽑아보려고 했다. 그러나 뿌리 전체를 뽑을 수는 없었다. 그리고 계획이 탄로날지도 모른다고 생각하니 더 이상 파볼 용기가 나지 않았다. 위험을 무릅쓰면서까지 또 다른 한 그루를 뽑아볼 마음은 생기지 않았다.

여기까지 쓰고 나서 나는 몇 년 전 큰어머니가 사다준 소형금고 속에 이 글을 집어 넣었다——단 1분이라도 이것을 그냥 버려둔 적이 없다. 그런 뒤 뜰에 있는 큰어머니 곁으로 갔다. 어쩌면 큰어머니가 도움이 될 만한 지식을 줄지도 모르고, 다행히 그것을 뽑아볼 수 있을지도 모른다고 생각했기 때문이다.

"내가 도와드릴까요, 밀드레드 큰어머니?" 하고 나는 말을 걸었다.

"너무 무리하시면 좋지 않습니다. 요전에 집에 돌아오다가 스펜서 선생님과 잠깐 이야기를 나누었는데, 큰어머니의 건강을 몹시 걱정하고 계시더군요."

큰어머니는 뜻밖이라는 표정을 지었다. 사실 뜻밖이라고 생각하는 것도 무리는 아니다. 큰어머니는 갈퀴 끝에 반쯤 잘리어 달라붙어 있는 지렁이를 떼어냈다. 나는 몸이 동강난 지렁이가 꿈틀거리는 것을 보자 자신도 모르게 몸이 떨리는 것을 간신히 참았다. 큰어머니는 쟁기를 들었다.

"신기한 말을 다 하는구나, 에드워드. 네가 뜰 손질을 돕겠다는 말은 여태까지 한 번도 들어본 적이 없는데, 일이 많은 것은 오늘뿐이 아니거든. 하지만 내 걱정은 하지 않아도 된다. 내 일은 내가 알아서 할 테니까."

큰어머니는 한 줌의 들국화를 손수레 속에 던져넣으며 작은 목소리로 덧붙여 말했다.

"다행히도 말이야."

큰어머니는 나를 놀라게 해줄 생각이었을까? 아마 그랬는지도 모른다. 왜냐하면 큰어머니가 나를 곁눈질해 보고 있음을 나중에 알았기 때문이다. 그러나 나는 그 말을 못 들은 척하며 냉정하게 말을 이었다.

"큰어머니가 잡초를 어떻게 가려내는지, 또 무엇을 솎아내야 하는지 그 방법을 전혀 모르겠습니다. 예를 들어 이것은 무슨 풀입니까?"

"그것은 질경이란다, 에드워드. 잡초와 꽃을 분간하는 데 대단한 지식이 필요한 것은 아니야."

나는 다시 한 번 큰어머니를 문제의 핵심으로 끌어들였다.

"그야 그럴지도 모르지요. 하지만 꽃이 진 다음에 모든 식물의 이름을 대기는 어렵지 않습니까? 이 뜰의 풀도 대부분 꽃이 져버렸군요."

"흥미만 있다면 이름을 기억하는 것쯤 아무것도 아니지. 묘목을 심을 때 한껏 정성을 들이면 어떤 식물의 잎이 어떤 모양이었는지 곧 알게 된단다. 저 들국화는 너도 알고 있겠지? 그것이 이 뜰에 잔뜩 돋아 있으니, 정말 도와줄 생각이 있다면 그것부터 뽑아주려무나."

그것은 힘든 일이었다. 그러나 큰어머니의 의심을 불러일으키지 않고 내가 알고자 하는 것을 끌어내기 위해서는 그 일을 하는 수밖에 없었다. 게다가 내 편에서 먼저 말을 꺼냈으니 발뺌할 수도 없었다. 나는 내가 한 말이 말 그대로 받아들여지는 것을 몹시 싫어한다. 거의 한 시간 가까이 나는 뜰을 이리저리 헤매며 녹초가 될 때까지 일했다. 그동안 큰어머니는 이따금 얼굴을 들어 만족스러운 표정으로 심술궂게 나를 쳐다보는 것이었다. 이 일로 거칠어진 손톱을 본래대로 하려면 1주일 동안 주의깊게 손질해야 할 것이다. 사실 이번에는 손톱손질을 해도 본래대로 돌아가기는 힘들 것 같다.

약 한 시간 뒤 큰어머니와 내가 똑같이 허리를 펴고 한숨 돌렸을 때 그녀는 나를 보고 빙긋이 웃었다.

"벌써 싫증 났니, 에드워드?"

"네, 밀드레드 큰어머니. 뜰에 있는 잎은 한 장도 남김없이 들여다본 것 같지만, 모두 이름을 모르는 것뿐이어서 식물학에 대한 지식은 조금도 늘지 않았어요. 식물학 강의를 하셔서 이름을 하나하나 가르쳐주지 않으시겠어요?" 나는 쾌활하게 웃었다.

한순간 큰어머니가 이 부탁을 물리치지 않을까 생각했으나, 큰어머니는 잠깐 머뭇거린 다음 들어주기로 결심한 모양이었다.

우리는 함께 뜰을 천천히 걸어다녔다. 큰어머니의 색이 바래고 얼룩진 스커트와 뜰일 할 때 신는 끝이 네모진 거친 가죽구두가, 나의 연한 잿빛 플란넬 양복이며 끝이 뾰죽하고 반들반들한 갈색 구두와 묘한 대조를 이루었다. 큰어머니는 이 꽃은 무엇이고 저 꽃은 무엇이니 하며 강의를 계속했다. 그 꽃들은 강한 생명력을 지닌 것으로 손이 많이 가고 봄이 되면 가장 아름다운 꽃을 피우는 것들이었다. 그리고 경쟁상대의 원예가를 물리친 이야기며 뜻하지 않은 굴욕적인 실패담(원예가들에게 그토록 왕성한 경쟁의식이 있는 줄은 미처 몰랐다)도 들려주었다. 그동안 나는 큰어머니가 말하는 꽃의 이름을 풀이해서 발음해 보며, 예의 나무그늘에 있는 식물 옆으로 그녀를 이끌어가려는 노력도 게을리하지 않았다. 하긴 내가 진심으로 이름을 알고자 하는 식물은 그때까지 내가 생각하던 만큼 나무 바로 밑에 있지는 않았다.

클라이맥스는 뜻하지 않은 때에 찾아왔다. 마침 내가 어떤 식물에 대해 큰어머니에게 질문하려고 했을 때——내 기억이 틀림이 없다면 그것은 파란 꽃이었다——큰어머니가 느닷없이 말했던 것이다.

"그리고 저것은 바곳이란다, 에드워드."

너무나도 뜻밖의 말이어서 나는 하마터면 들킬 뻔했다.

"저것 말입니까? 나는 또⋯⋯." 나는 믿을 수 없다는 듯이 말했다.

"무엇인 줄 알았니, 에드워드?"

"미나리아재비인 줄 알았습니다. 이러니 내가 얼마나 식물에 대해 어두운지 아셨겠지요? 하지만 저것이 독이 있는 바곳은 아니겠지요?"

나중에 생각해 보니 이 질문이 위험하지 않았다고 단언할 수는 없으나, 나로서는 순진하게 질문하는 척하여 얼버무릴 생각이었던 것이다. 그런데 큰어머니의 대답은 매우 흥미있는 것이었다.

"독은 뿌리 근처에만 있단다. 설마 뿌리를 파내어 먹는 바보는 없을 테지. 하긴 나는 그 점을 염려하여 부엌에서 멀리 떨어진 곳에 심었지만 말이야. 그리고 에번스도 바보는 아니니까 물론 그 점은 잘 알고 있지. 그래서 나는 조금도 걱정할 필요가 없단다, 에드워드, 잘못 알고 저것을 먹는 사람은 없을 거야."

글쎄, 어떨지! 그리고 사고가 일어났을 때 바곳이 원인이었다는 것을 뚜렷이 알아낼 수 있을까? 어쨌든 그건 그렇고⋯⋯.

"이미 때가 지났으니 곧 뽑아버리겠지요? 저런 것은 다시 돋아나지 않았으면 좋겠군요."

"하지만 예쁜 꽃이 핀단다. 어느 집에나 심어놓고 있지. 너도 여러 번 보았을 텐데."

"네, 본 것 같습니다." 나는 문제의 식물에는 별로 관심이 없는 척하며 이 화제를 슬쩍 넘겨버렸다. 그리고 아직도 내가 반쯤 바곳이라고 믿고 있는 식물을 가리키며 물었다.

"저것은 무엇입니까?"

"저것 말이냐? 매발톱꽃이란다. 영어 이름은 콜롬바인이라고 하지."

나는 꽃이름의 영어 이름과 라틴어 이름의 대조에 대한 이야기를 시작했다. 이것은 어떤 원예가와도 무난히 주고받을 수 있는 화제인 듯했다. 그리고 조금 뒤 식물학 강의는 끝났다.

그러나 나는 아직 확신을 가질 수가 없었다. 큰어머니가 바곳이라고 말한 식물은 오늘날까지 많이 보아온 것인데, 그런 위험한 식물을 저처럼 아무렇게나 심어놓았다는 것은 거의 범죄에 가깝다고 해도 좋을 만큼 부주의한 일이다. 만일 큰어머니가 내가 계획하고 있는 그 사용 목적을 알아차렸다면, 큰어머니는 나에게 거짓으로 가르쳐 주었다고 생각해야 옳을 것이다. 그러나 절대로 큰어머니가 그럴 리는 없다. 거짓말을 할 리 없다는 것이 아니라 의심을 가졌을 리가 없다는 말이다. 큰어머니는 거짓말이라면 얼마든지 할 수 있는 사람인 것이다! 그리고 큰어머니가 잘못 알고 있을지 모른다고 의심할 수도 없다. 큰어머니는 원예에 관한 한 전문가를 능가할 만하기 때문이다. 그러나 이런 가능성은 있다. 즉 바곳이 위험한 것은 물론이지만, 다만 큰어머니는 나에게뿐만 아니라 속일 수 있는 사람이라면 누구든 일부러 속이려 드는 타입의 여인이므로 계획적으로 다른 식물을 바곳으로 가르쳐 주었을지도 모른다는 점이다.

그러나 만일 뜰에 바곳 따위는 처음부터 없었다면 아마도 그런 이름은 나오지 않았을 것이다. 따라서 큰어머니가 어떤 다른 식물을 바곳이라고 거짓말했다면, 어딘가에——아마도 큰어머니가 바곳이라고 가르쳐준 바로 가까이에 진짜 바곳이 틀림없이 있다는 증거일지도 모른다. 그러므로 그 날이 오면 나는 큰어머니가 말하는 바곳과——결국 그것이 정말일지도 모르니까——내가 진짜라고 생각한 그 부근의 모든 식물을 뽑아보고 뿌리가 뾰죽한 것을 찾아내어야겠다. 그리고 필요하다면 고추냉이 곁들임을 다른 여러 가지 꽃뿌리를 섞은 샐러드로 만들어내도록 해야 한다. 또는 일요일마다 한 가지씩 실험하여 진짜 바곳을 만날 때까지 시험해 보는 방법도 있다. 그러기 위해서 나는 여러 주일 동안 토요일마다 에벤스나 또는 식료품실에 로스트 비프 재료가 나타나기를 지켜보아야 할 것이며, 일요일 아침 일찍 뿌리캐는 작업을 하기 위해 이른 시간에 눈을 뜨도록 괘종시계를 맞춰두어야 할 것이다. 이것은 꽤 힘든 일이지만, 어쨌든 달걀을 깨지 않으면 오믈렛을 만들 수 없지 않은가! 이런 시시한 비유를 써야만 하는 것이 겸연쩍다.

7

시간은 느릿느릿 지루하게 지나갔다. 우리는 어린 양의 고기를 먹는다.

"더울 때는 이것이 굉장히 맛있지, 그렇게 생각하지 않니, 에드워드?"

"정말 그래요, 밀드레드 큰어머니. 하지만 나는 계절과 관계 없이 어린 양 요리는 별로 좋아하지 않습니다."

참으로 맥빠진 대화이다. 그리고 스펜서 노인이 보낸 비둘기 요리가 나온다. 하긴 이 요리는 먹는 사람이 없어 큰어머니로 하여금 어째서 내가 사냥을 하지 않느냐는 질문——그 대답은 오래 전에 큰어머니에게 들려주었다——을 할 계기를 만들어 주었을 뿐이다. 그리고 비프스테이크와 포크 챕, 로스트 포크가 나온다. 이윽고 큰어머니가 말한다.

그리하여 송아지고기, 햄, 아일랜드 스튜, 간, 베이컨, 오리, 닭, 훈제 햄, 그리고 내장이며 양파——이것은 사람이 먹는 음식으로는 적합하지 않다——찐 고기, 삶은 쇠고기, 잘게 썬 반숙달걀을 곁들인 쇠고기, 맛있는 고기완자로 탈바꿈한 쇠고기 등이 식탁을 메웠으나 로스트 비프와 고추냉이 곁들임은 나오지 않았다.

그리고 우리들은 이야기를 주고받는다. 이 고장의 병원이며 윌리엄스가 기르는 소들의 불법침입이며 하우엘 집안의 오찬회에 참석해야 하느냐 말아야 하느냐 하는 것, 내가 정말 원예책을 읽을 생각이 있는지 어떤지, 작년 여름보다 올 여름이 비가 많이 왔는지 어떤지 하는 해마다 되풀이되는 논쟁 등 따분한 대화가 그칠 줄 모르고 계속된다. 그러나 정치 이야기에 이르면 큰어머니와 나의 의견이 정면으로 대립되기 때문에 도저히 대화를 계속할 수가 없게 된다. 큰어머니는 그 쓸모없는 볼드윈의 찬미자인데, 나는 사나이다운 모즐리에게 호감을 가지고 있기 때문이다. 그리고 책에 대한 것이 화제에 오르면 나와 큰어머니는 치고 받고할 지경에 이를 만큼 크게 대립되므로, 큰어머니가 메리를 해고할 것이냐 어떠냐 하는 문제도 입 밖에 낼 수가 없다. 왜냐하면 메리가 아직도 나에게 묘한 생각을 품고 있기 때문이다. 그리고 언제나 서로 상대방의 동태를 살피고 마음 속에 있는 문제를 조심스럽게 피하며 지나치려고 한다. 그 결과 두 사람 모두 신경을 곤두세우고 초조해 하며 거친 말을 주고받게 되는 것이다. 이런 식으로 가다가는 마침내 참을 수 없게 되어 나도 모르게 '언제 점심식사에 고추냉이가 나옵니까?'하고 내뱉을지도 모르겠다. 솔직히 말해서 나의 머릿속에서는 어느덧 고추냉이가 주된 음식이고, 로스트 비프는 그 곁들임에 지나지 않는다고 생각하게 되어버렸다. 나의 머릿속에서 한 메뉴가 미친 듯 마구 달리는 모습이 보인다. 그것은 '솝 노큐브 포타쥬'로 시작하여 마지막에는 드디어 '바곳을 곁들인 로스트 비프'에 이르는 메뉴이다. 그러나 메뉴에 로스트 비프는 언제나 로스트 비프로 적혀 있으니 어쨌든 이것은 시시하기 짝이 없다.

그리고 만일 내가 엷은 노란 빛이 도는 거무스름하고 끝이 뾰죽한 뿌리의 환상에 사로잡혀 있다면, 큰어머니도 역시 내가 푸른 작업복을 입고 아침 5시에 일어나 용광로에 불을 지피는 환상에 사로잡혀 있을 것임에 틀림없다. 어쩌면 지독히 낙천적인 면이 있는 큰어머니이니만큼 턱이 툭 튀어나온 공업계의 인물이 된 내가 내 손으로 발명한 기계, 많은 사람을 실업으로 몰아넣는 서글픈 기계 옆에 서 있는 그림을 상상할지도 모른다. 적어도 나는 큰어머니가 무엇을 생각하고 있는지 알기에 버밍엄을 화제에 올리지 못하도록 할 유리한 입장에 서 있다. 그러나 큰어머니는 내 마음 속을 읽을 수 없고, 공교롭게도 메뉴에서 로스트 비프를 없앰으로써 계획의 마지막 면밀한 끝맺음을 할 시간적 여유를 나에게 주고 있는 셈이다. 큰어머니는 더 이상 우연한 사고가 일어나는 것을 잠자코 보고 있을 수는 없다고 말했다. 좋다, 그렇다면 우연을 기다리는 것을 그만두면 되지 않겠는가. 우연이 아니라 좀더 확실한 계획을 짜고 있으니까. 사실 이번 계획은 조금 무서울 정도로 확실한 방법인 것 같다. 왜냐하면 운이 좋으면 몰라도, 그렇지 않으면 그 복수심이 강한 요리사와 성의없는 메리, 그리고 숨어서 나를 비웃는 부엌하녀 바이올렛까지 내가 바라지도 않았는데 위험 속으로 뛰어들 가능성이 크기 때문이다.

기다린 보람이 있었다. 나는 성공의 영광으로 보답을 받고 있는 것이다.

어쨌든 내일 아침이야말로 애타게 기다리던 기회이다. 그와 동시에 큰어머니는 내가 지금까지 마음 한구석에 느끼고 있었던 양심의 가책을 모두 거두어 주었다. 솔직히 말해서 나는 계획을 중지시키고 싶은 기분, 우리 집안과 관계가 없는 사람들을 끌어들이는 것을 유감스럽게 생각하는 기분에 빠져가고 있었고, 이 나이든 친척에 대해서마저 어느새 동정심을 품기 시작하고 있었던 것이다. 그러나 이 나이든 친척은 나의 이러한 기분에 결정적인 타격을 주었다. 맨 먼저 큰어머니는 점심식사가 끝난 뒤 하필이면 나의 방을 찾아와 시간도 장소도 안성맞춤이라는 듯한 어조로 자기 마음대로 단정해 버린 나의 갖가지 결점에 대해 장황하게 혼잣말을 늘어놓기 시작했던 것이다. 그것은 거의 설교조라고 할 수 있는 말투였다. 나는 그것을 여기에 장황하게 쓰고 싶은 생각은 없다. 오히려 깨끗이 잊어버리고 싶을 정도이다. 그러나 큰어머니의 디룩디룩 살이 쪄 보기 흉한 몸이 난로 앞 융단에 두 다리로 떡 버티고 서서 신랄하고 잔혹하게, 그리고 영원히 나의 기억에서 잊혀지지 않을 말을 늘어놓으며, 그칠 줄 모르고 이야기하는 모습이 과연 내 눈앞에 떠오르지 않게 될 날이 있을까?

그러다가 이윽고 큰어머니는 버밍엄 문제를 꺼냈던 것이다. 큰어머니는 '친애하는 스펜서 선생님'과 내가 주고받은 이야기를 전해듣고, 내가 이 문제를 진지하게 생각해 보겠다고 말한 데 대해 무척 기뻐하고 있다는 것이었다.

"기쁘게 생각하신다고요, 밀드레드 큰어머니! 그렇다면 큰어머니는 내가 이 집에서 나가면 좋겠다고 생각하십니까?"

큰어머니는 적어도 정직한 데가 있는 여자이다.

"그런 거친 말투가 어디 있니, 에드워드! 하지만 우리가 언제까지나 서로 마음이 맞는 척하고 있을 수도 없지 않겠니?"

그러고 나서 큰어머니는 나의 침묵이 마음에 걸렸는지, 아니면 내 눈초리가 마음에 들지 않았는지, 스펜서 노인이 취한 조치를 자기도 알고 있었고, 이미 내가 모든 사실을 알고 있다는 점도 알고 있었다고 털어놓았다.

큰어머니의 말이 끝나자 침묵이 찾아왔다. 그동안 나는 이로써 오후의 휴식은 잡치고 말았다고 씁쓰레하게 느끼며, 대체 이 말에 뭐라고 대답하면 좋을까 망설이고 있었다. 그러나 그런 예절을 갖춘 대답이 나올 리가 없다.

"어서 말해 보아라, 에드워드, 너의 대답을 기다리고 있지 않니" 하고 우물 속에 조약돌이 떨어지듯 큰어머니의 목소리가 사정없이 나의 침묵을 깨뜨렸다.

나는 결국 사실 그대로를 큰어머니에게 내뱉었다. 나는 '당신과 그 바보 같은 스펜서 노인이 짜고 꾸민 흉측한 음모'니, '나를 보잘것없는 급료의 노예로 만들려고 한다'느니, '내가 귀찮아서 나에게 전혀 맞지도 않는 직업에 종사시키려고 한다'느니, '큰어머니는 나의 개를 없애는 것만으로는 만족하지 못하고 이번에는 나까지 내쫓으려 한다'는 등의 말을 내뱉은 것으로 기억하고 있다. 결국 나에게 버밍엄으로 갈 마음이 없다는 것을 큰어머니는 분명히 알았을 것이다. 확실히 이것은 지나치게 노골적이었다. 그러나 큰어머니의 완고함에 대항하려면 이만큼 노골적이고 강한 반발을 드러내지 않을 수 없었다. 잠시라도 마음을 약하게 먹으면——큰어머니가 좋아하는 시인의 한 구절을 빌려 말한다면——'해적의 부하가 되어버린' 자신을 발견하게 될 것이다.

언제나 모든 일을 자기 마음대로 하는 습관이 있는 사람들이 다 그렇지만, 자기가 하는 일에 방해가 생기면 큰어머니는 무섭게 날뛰는 것이다. 묘하게도 큰어머니는 나의 마지막 말을 꼬투리로 잡고 늘어졌다. 내가 소소를 끌어낸 것이 큰어머니의 마음을 건드린 것이다——이것은 큰어머니의 양심이 찔렸기 때문이 아닌가 한다. 큰어머니는 그 말을 듣자 무섭게 소리지르기 시작했다. 뻔뻔스럽게도 그 개새끼의 죽음을 나에게 다시 생각나게 하다니, 기가 막히는구나(개새끼라니, 너무하다! 가엾은 소소여!). 네가 개에 대한 것을 잊으려고 애쓰는 줄 알았는데. 하지만 생각해 보면 너 자신도 개와 똑같은 존재가 아니겠니? '틈만 있으면 주인을 물려고 하는 무기력하고 덮어놓고 시끄럽게 짖어대는 개새끼', '태어나면서부터 자기의 안락과 어떻게 하면 많은 음식을 먹을 수 있을까 하는 생각밖에 없는 천하고 게걸스러우며 디룩디룩 살찐 게으름쟁이'가 아니냐?

"하지만 나를 그렇게 만든 것은 다름 아닌 당신 아닙니까?" 하고 나는 멋들어지게 비꼬아주었다.

"그야 그렇겠지만, 너는 내가 널 키워줬다는 사실을 늘 잊어버리는 모양이구나."

천만에! 잊으라고 해도 잊을 수 없다! 나는 나의 어린 시절이 어떠했는지 생각하고 있는 대로 큰어머니에게 말해 주고 싶었다. 그러나 큰어머니는 계속 으르렁거렸다. 언제나 불그레하니 못생긴 코가 흥분으로 화톳불처럼 번들거리고, 안색은 억누를 길 없는 노여움으로 숫칠면조보다 더 심하게 차갑고 창백하게 빛났다. 큰어머니는 억제하려 해도 할 수 없는 상태에 빠져버렸다. 이야기는 나의 학교시절로 거슬러올라가, 내가 그 침침한 학교를 도중에 그만둔 사실을 비난했다. 그때 큰어머니는 몹시 기뻐하며, 아무 의문도 품지 않고 최악의 사태를 믿으려 했던 것이다. 그 다음 큰어머니의 비난은 나의 친구와 장서와 취미와 옷가지와 도덕관념 등에 이르렀다. 다시 여기서 메리의 문제가 튀어나왔고, 그리고 지난 며칠 동안에 일어난 큰어머니가 사건이라고 주장하는 일들도 덧붙여졌다. 심지어 나를 지독한 게으름쟁이인데다 쓸모없고 변변치 못하며, '나의 은혜로 살아가면서도 자기가 기생충이라는 사실을 순순히 인정하려 하지 않는 식객(食客)'이라고까지 비난했다. 게다가 비열하게도 인신공격마저 해치웠던 것이다. 나는 디룩디룩 살이 찌고 여드름투성이며, 머리털은 지나치게 길고, 얼굴은 통통 부운 데다 입고 있는 옷은 '건들거리는 남색(男色) 소년' 같다는 것이었다. 이 정도 험담만 들었다 해도 나는 틀림없이 복수를 했을 것이다.

그런데 큰어머니는 더욱 험담을 늘어놓았다. 내가 큰어머니의 친절한 제안을 무시하고 있다는 것이다(친절이라니, 기가 막히는군！).
그리고 스펜서 선생을 존경하지 않고 감사하는 마음을 가지고 있지
않으며, 몸을 움직여 정직하게 돈을 벌 생각은 전혀 하시 않는다는
등등…… 나는 더 이상 참을 수가 없었다. 여태까지 어떻게 참아왔는
지 나 자신으로서도 알 수 없다. 나는 일어나 방에서 나가려고 했다.

"당신이 마음을 가라앉히면 그때 다시 이야기하기로 합시다. 하긴
이런 화제는 두 번 다시 입에 올리고 싶지 않습니다만. 어쨌든 지
금으로서는 이 이상 더 듣고 싶지 않습니다."

나는 문을 향해 걸어갔다. 그런데 큰어머니가 나보다 빨랐다. 큰어
머니는 단숨에 문으로 뛰어가 거기에 등을 대고 서서 내가 방에서 나
가는 것을 막으며 계속 나에게 면박을 주었다. 그러나 이번에는 아까
와 말투가 달라졌다. 큰어머니는 자제력을 되찾고 있었다.

"아마 그럴 거다. 나도 이 이상 이야기해 봐야 소용없다는 것을 알
고 있다. 너는 내가 어떤 기분인지 알겠지？ 그래서 똑똑히 말해
두어야겠다. 알겠니, 이제부터 너는 얌전히 굴어야 해. 그리고 어
디든 너를 써주겠다는 곳이 있으면 한 달 안에 일하러 나가거라.
하긴 그건 어려운 일인지도 모르겠지만. 만일 일자리가 나타나지
않으면 이렇게 해야겠다. 다시 말하자면 언제든지 어디든지 내가
가라는 곳으로 가겠다고 약속해 주어야겠어. 그렇지 않으면 나는
조치를 취하겠다. 나는 한번 하겠다고 마음먹으면 틀림없이 해내는
사람이야. 네가 생각하는 것보다 그런 면에서 훨씬 더 철저한 사람
이라는 것을 명심해라. 다시 한 번 말해 두지만, 이제부터는 아주
얌전히 굴어야 해. 그렇지 않으면 알았지？ 그럼, 이제 문을 열어
주어도 괜찮다."

나는 조용히 문을 열어주었다. 큰어머니는 엘리자베드 여왕처럼 위
풍당당하게 나갔다고 생각하겠지만, 물론 큰어머니의 모습은 더할나

위없이 보기 싫은 것이었다.

나는 머리를 식히기 위해 뜰로 나갔다. 그런데 거기에서 어떤 잎을 나르고 있는 에번스를 만났다. 그가 나르고 있는 식물에는 길고 노르스름한 뿌리가 달려 있었으나 그 뿌리 끝은 뾰죽하지 않았다. 식료품실의 창문으로 안을 들여다보니 방충망 너머로 커다란 쇠고기 덩어리가 늘어져 있는 것이 보였다. 나는 괘종시계가 새벽녘에 울리도록 손을 써두었다. 짐도 꾸려놓았고, 나의 자동차에 가솔린도 듬뿍 넣어 모든 준비를 갖추었다. 혹시 요리사가 로스트 비프의 곁들임을 전날 밤에 만들어 놓지는 않을까? 그러나 그렇다 하더라도 별문제는 없다. 나는 그것을 강판에 갈아 섞어넣을 수 있을 테니까. 아무튼 무슨 방법으로든 내일 아침에는 이 위대한 바꿔치기가 이루어질 것이다. 그러면 점심식사 때까지 모든 일은 끝날 것이다. 차마시는 시간이 되기 전에 모든 일은 완전히 끝날 것이다. 아마도 나는 손수 차를 끓여 마셔야 할지도 모른다.

큰어머니의 수기

1

버찌를 정말 좋아하는 사람은 집 안에서 자기 혼자뿐인데 그 버찌 나무에 쇠그물치는 일을 도와주지 않겠다니, 참으로 한심한 아이였습니다. 그리고 그 초여름 오후에 르울까지 걸어갔다는 사실을 감추기 위해 여러 가지로 애를 쓴 짓도 그애가 아니면 할 수 없을 겁니다. 그리고 솔직히 말해서 그애가 걸어가는 것을 지켜보기 위해 몹시 고생한 것도 과연 나다운 짓이었다고는 할 수 없겠지요.

실은 몇 가지 이유가 있었습니다. 첫째, 시골에서 사는 사람은 두뇌에 곰팡이가 끼지 않도록 마음을 써야 합니다. 그런데 두뇌의 움직임을 좋게 하기 위해서는 이러한 종류의 기지(機智)를 겨루는 것만큼 적당한 일은 없습니다. 그리고 이 시합이 매우 즐거웠다는 사실도 나는 인정하지 않을 수 없군요. 안전고투 끝에 겨우 프론의 숲에서 빠져나왔을 때 땀투성이가 되어 숨을 헐떡거리던 에드워드의 모습을 보기만 해도 애쓴 보람이 있었다고 할 수 있겠지요. 그때 자기의 야

한 자동차 밖으로는 1야드도 몸을 움직이지 않은 척하려고 애쓰던 그 애의 노력은 참으로 우스꽝스럽게 여겨졌습니다. 나 자신도 어쩌면 그토록 시치미를 떼고 있었는지 신기할 정도입니다. 물론 나로서는 그렇게 할 수밖에 없었지요. 왜냐하면 내가 그애의 오후 행동을 모두 알고 있다는 것, 그애가 찾아가기 전에, 그리고 그 다음에 허버트슨 씨와 휴스 노인——이 두 사람은 훌륭하고 믿을 만합니다——에게 전화로 연락했다는 것, 그리고 교환수에게까지 미리 손써 두었다는 것, 또 그애가 르울에서 돌아오는 것을 직접 내 눈으로 보고 있었다는 것을 알리지 않고, 얼마 남지 않은 기운을 버찌에 쇳그물을 씌우는 일로 모조리 써버리게 했다는 사실을 모르게 해두는 것이, 나의 즐거움에 없어선 안될 조건이었기 때문입니다. 사실 내가 이 인형극을 모두 연출했고, 그애는 단순한 인형에 지나지 않았던 것입니다. 하기야 이 인형의 역할이 매우 중요하긴 했지요. 실은 우연히 일어난 작은 사건이 꼭 한 가지 있었습니다. 즉 그애가 가솔린을 약간 입수할 수 있었다는 사실입니다. 그러나 이 점에 있어서도 행운이 나에게 미소를 던졌다는 것을 인정해야 하겠지요.

그러나 이 일은 내가 조카를 비웃으며 지루한 오후 한나절을 보내기 위해 연출한 1막의 희극이라고만 할 수는 없습니다. 그 이면에는 어떤 목적이 숨겨져 있었습니다. 에드워드는 어릴 때부터 아주 다루기 힘든 아이였습니다. 아직 요람 속에 있을 때부터 내가 한 번도 본 적이 없는 고집센 아이였지요. 소년시절에는 어떻게 손을 댈 수도 없을 만큼 굉장했습니다. 예를 들어 단 1분 동안이라도 자기의 억지가 받아들여지지 않으면 울며 화를 내고, 심하게 몸을 뒤틀기도 하고, 끈질기게 고집을 부리기도 하며 끝내 자기 생각대로 하려는 것이었습니다. 언젠가 그애가 장난감인지 뭔지를 잠깐 빼앗겼을 때의 일을 나는 기억하고 있습니다——그 무렵 그애에게는 장난감이 얼마든지 있었으며 빼앗은 것은 그애가 거들떠보지도 않던 것이었습니다. 그애는 당장 그것을 달라고 울고 소리지르며 아주 야단이었지요. 그러나 효과가 없음을 알자 겉으로는 그럭저럭 진정이 된 듯했습니다. 그런데 그날 밤 에드워드는 한밤중에 일어나서 어린이방에 있던 장난감 가운데 자기 힘으로 부술 수 있는 것, 아이보는 소녀가 좋아하는 것은 모조리 부숴버렸답니다.

그애의 양육방법에 대해 내가 비난을 받아야 할는지도 모르겠습니다. 아무튼 아이를 기르는 노고, 자기 아이도 아니고 그런 부모를 가진 아이를 기른다는 것은 이만저만 어려운 일이 아닙니다. 가엾은 그애 부모에 대해 이러쿵저러쿵 말하고 싶은 생각은 없습니다만, 그들은 별로 균형이 잡힌 정신의 소유자가 아니었습니다. 더구나 그들의 죽음이라는 비극에는 일종의 수수께끼 같은 것이 감돌고 있었습니다. 물론 부모들의 죽음에 대한 이야기는 에드워드의 귀에 들어가지 않도록 애썼습니다만, 분명히 그애는 어렴풋이 눈치채고 있는 것 같습니다. 그 충격에 영향을 받기에는 아직 너무 어렸겠지만, 그런 부모의 아이니만큼 다루기 힘든 사람이 된 것도 어쩔 수 없는 일이겠지요.

만일 그애가 어릴 때 어린이 방에서 보였던 그런 기질을 언제까지나 계속 지니고 있었다면 틀림없이 괴로운 일을 많이 당해야 했을 겁니다. 언제까지나 자기가 옳다고 고집을 부리고 무슨 일이든 자기 마음대로 하지 않으면 만족하지 못하며, 자기 뜻에 맞지 않는 일이 있으면 원한과 악의를 품는 사람을 세상은 잠자코 너그러이 봐주지 않을 테니까요. 그래서 나는 마음이 내키지는 않았으나, 그애에게 상냥하게 대하는 대신 철저하게 엄격한 태도를 취하도록 애쓰지 않으면 안되었습니다. 에드워드가 제멋대로 하는 일이 있으면 비록 그것이 아무리 사소한 일이라도 나는 반드시 그를 꼼짝 못하게 하기로 결심했습니다. 이것은 때때로 매우 힘든 일이었으나, 그래도 대부분의 경우 효과를 거둘 수 있었습니다. 어떤 경우에는 단순히 위험한 것만으로도 충분히 효과를 거둘 수 있었습니다. '하라는 대로 하지 않으면 가만두지 않겠다'라는 말의 효과는 이렇게 하여 생겨난 것입니다. 이 말은 그애에게 최면술적인 효과를 지니고 있는 듯, 이 말을 하게 되면 그 이상의 조치가 필요치 않을 경우도 많았습니다.

그러나 다른 방법이 또 있는지 모르겠으나, 대체적으로 보아 이 방법이 백 퍼센트 효과를 거두었다고 할 수는 없습니다. 에드워드는 여전히 고집이 세고 이기적이며 다루기 힘든 아이였습니다. 그 점을 나는 잘 알고 있었습니다만, 설마 그애가 그토록 뿌리깊은 악의를 키우고 있었으리라고는 꿈에도 생각지 못했습니다. 지금 그것을 돌이켜볼 때 본의는 아니지만 그애에게 일종의 찬사를 보내고 싶은 기분이 듭니다. 그런 교육을 받았는데도 여전히 선천적으로 이어받은 성질을 바꾸지 않을 수 있다는 것은 아마 아무나 할 수 있는 아닐 겁니다. 더구나 에드워드처럼 본질적으로 그다지 쓸모가 없고 외모며 취미가 보잘것없는 젊은이의 경우에는 더욱 그러합니다. 그렇습니다, 에드워드는 비록 그것이 불쾌한 개성이긴 해도 틀림없이 개성적인 성격을 가진 아이입니다. 하지만 그 성격 때문에 그애는 불행한 생애를 보내야만 했던 것입니다.

그애의 유년시절은 싸움의 연속이었고, 그애의 학교시절은 크나큰 실패 이외의 아무것도 아니었으며, 더구나 그 실패가 끊임없이 연달아 이어졌던 것입니다. 이 학교 저 학교로 옮겨보았지만, 어느 학교에서나 울화를 터뜨리며 창백한 얼굴로 도망쳐 나왔지요. 다시 비참한 꼴을 당할 것을 각오하고 다른 학교로 옮겨보았습니다. 사실 일시적으로 울컥하여 자기 입장을 불리하게 만드는 일에 있어 에드워드와 견줄 만한 사람은 없을 겁니다. 그리고 여러 학교에 대해 에드워드가 마음에 들지 않는다고 말할 때마다, 그 학교에서도 불평을 말해 왔던 것입니다. 어떤 학교에서는 당장 그애를 데려가라고 나에게 통지했습니다. 드디어 에드워드가 퇴학하는 단계에 이르자 어느 학교에서나 마음놓았다는 듯한 표정을 보였으므로 결국 그애는 심한 심술을 부리고 말았습니다. 그애는 심한 노여움을 터뜨리며 그 학교로서는 크게 감상적인 가치가 있는 어떤 기념물을 부수어 하마터면 린치를 당할 뻔했던 것입니다. 그애의 학교시절은 확실히 불행했습니다. 대개 공립·사립을 막론하고 어느 학교에서든 나날의 생활이 비참하고 재미없다고 불평을 늘어놓는 소년들은 거의 자기 자신에게 그 책임이 있다고 나는 생각합니다.

아무튼 그 다음부터 나는 그애를 학교에 넣으려는 노력을 포기했습니다. 사실 어느 학교에서도 그애를 받아들이려고 하지 않았으니까요. 그리하여 그애의 앞날이 어떻게 되느냐 하는 문제가 남았습니다. 교육이 실패로 끝났으므로 조금 마음이 약해진 나는 언젠가는 그애가 자기 스스로 길을 발견하겠지 생각하며 일이 되어가는 대로 두고 보기로 했습니다. 지금에는 그것도 헛된 소망이었음을 알았습니다만, 그때는 그것이 내가 바랄 수 있는 유일한 소망이었습니다. 그동안 나는 그애를 위해 살 집과 적절한 액수의 용돈을 주고 있었습니다. 용돈은 그애가 나와 함께 살고 있는 한 충분히 쓸 만한 액수였습니다만──이 점만은 그애도 인정한 것 같습니다──땀흘려 일하지 않는 한 자기 취미에 맞는 독립생활을 하기에는 부족한 액수였습니다. 그 이상의 액수는 나로서도 지급할 수가 없었지요.

물론 그애에게 경제적인 압박을 주어서 억지로 어떤 직업에 종사시킬 수도 있었겠지요. 마지막에는 나도 그런 수단을 취하고 있었습니다만. 그러나 압력을 가해 억지로 시키면 에드워드는 어떤 일이든 일부러 실패로 돌아가게 할 것이 뻔합니다. 더구나 나는 그애의 부모와 약속했으므로, 그 약속만은 무슨 일이 있어도 지킬 생각이었습니다.

그리고 그애는 블라인모어 파우엘 집안의 마지막 사람이므로, 나로서는 그애가 훌륭하고 오래된 저택과 그 주위의 아름다운 전원을 사랑하게 되기를 애타게 바랐습니다. 하지만 그것은 헛된 소망에 지나지 않은 것 같습니다.

에드워드의 사람됨에 대해 이 정도로 알고 있었으니, 나는 그애를 르울까지 걸어가게 한 그 사건이 언제까지나 그애의 가슴에 응어리져 있다는 사실을 알았어야만 했겠지요. 그런데 아시다시피 에드워드가 너무나 무의미하고 보잘것없으며 무능력하게 보였기 때문에, 몇 년 동안이나 그애를 이겨오는 동안 나는 어느덧 그애를 과소평가하는 습관이 몸에 배어버렸습니다. 그리고 이 사소한 사건에서 나는 한 가지 잊어버린 것이 있었습니다. 나는 그애 앞에서 드러나게 비웃었던 사실을 잊고 있었던 것입니다. 그런 일은 누구에게나 즐겁지 않겠지만, 특히 에드워드로서는 절대로 참을 수 없는 일이었음에 틀림없습니다. 나도 여느 때에는 되도록 그런 일을 하지 않도록 마음쓰고 있었습니다만, 그만 그 심술궂은 어린 어릿광대의 장난이 엄청난 사건을 불러 일으켰던 것입니다. 아마 그 일의 발단은 나에게 책임이 있으니——'아마'라고 할 수 없을 만큼 나에게 책임이 있을지도 모릅니다——어떤 뜻에서는 결말의 책임도 나에게 있을지 모르겠습니다. 그래서 나는 에드워드의 일기에 이름이나 날짜가 희미해지도록 내 나름대로 손을 썼습니다. 왜냐하면 결국에는 뚜렷이 알 수 있겠지만 나는 나 자신과 블라인모어에 대해 너무 자세히 써놓으면 곤란한 이유가 있기 때문입니다. 그리고 공정한 관점에서의 설명이 필요한 것 같아 이 수기를 쓰기로 했습니다.

내가 아직도 살아 있을 수 있는 것은 거의 스펜서 선생님 넉분입니다. '전적으로'라고 하지 않고 '거의'라는 말을 쓴 것은, 에드워드가 나의 자동차 브레이크를 망가뜨려놓았을 때 내가 죽지 않은 것은 참으로 행운이었기 때문입니다. 그것은 매우 교묘하게 꾸며진 사고였습니다. 사실 에드워드는 본디 기계에 대해 뛰어난 지식을 갖추고 있어 나는 언제나 그 지식을 어떤 유익한 목적을 위해 써주기를 바라고 있었습니다만, 다른 견지에서 볼 때 그 생각은 별로 현명하지 못했다고 할 수 있겠지요. 아시다시피 에드워드는 경솔하게도 전혀 흔적을 남기지 않았다고 생각한 모양입니다만, 사실은 얼마든지 남아 있었습니다.

첫째, 그애도 알고 있었듯이 의심을 품지 않게 하는 것이 절대로 필요한 조건이었습니다. 왜냐하면 자기가 혐의를 받지 않을 수 없는 입장에 놓여 있기 때문입니다. 그러나 실제로는 사건 당시 그애의 묘한 행동이 어쩔 수 없이 남의 눈길을 끌었습니다. 그애의 태도 전체가 매우 기묘했으니까요. 그리하여 겉으로 보기에는 온화하지만 꽤 날카로운 관찰력을 가진 스펜서 선생님이 나를 열심히 치료해 주시면서 어딘지 수상하다고 생각하신 것입니다. 에드워드는 말로는 열심히 나의 상태를 걱정하고 있는 듯했지만 무엇 하나 도와주려고 하지 않았으며, 몹시 긴장되어 핏기없는 얼굴을 하고 동작도 어색했습니다. 그리고 틀림없이 내가 죽었다고 생각하는 듯한 표정은 곁에서 보는 사람들의 눈에 묘하게 비치지 않을 수 없었지요.

그래서 되도록 나를 편안하게 해주신 다음 스펜서 선생님은 질문을 시작하였습니다. 우선 그는 무슨 일이 어떻게 일어났으며, 목격자가 있었느냐 하는 점을 알고 싶어했습니다. 2층의 내 침실에서 아래로 내려오다가 스펜서 선생님은 나의 충실한 요리사——이 세상에서 가장 충실한 여자——가 몹시 슬퍼하는 것을 보고 요리사의 흥분된 신경을 가라앉혀 주려고 했습니다.

"자, 우리는 파우엘 부인의 목숨을 건지기 위해 최선을 다해야 하오. 그러니 모두들 침착하게 도와주시오. 어떻게 해서든 위기는 넘길 수 있을 것 같소."

하고 스펜서 선생님은 말했습니다. 이 말을 듣고 요리사는 틀림없이 감격의 눈물을 흘렸을 겁니다.

"그러니 당신도 기운을 내어 여느 때와 다름없이 일을 하시오. 그리고 나의 질문에 대답해 줘야겠소. 당신들 가운데 이 사고를 본 사람이 있소?"

"아니오, 아무도 없습니다. 나는 부엌에 있었는데, 처음에 들린 것은 무언가 크게 부딪치는 소리였어요. 아무튼 그런 소리를 들은 것 같아서 현관으로 가보았습니다만, 아무것도 보이지 않았습니다. 그래서 다시 부엌으로 돌아왔는데, 침착하게 일할 수가 없었어요. 무언가 나쁜 일이 생기면 누구나 그런 기분이 들잖아요? 그리고 몇 분 뒤에 에드워드 도련님이 집으로 들어와 전화를 거는 소리가 들렸습니다. 나는 귀를 기울이고 있었지요."

이 말을 듣고 스펜서 선생님은 조용히 미소를 띠었습니다. 실은 요리사가 늘 엿듣는 버릇이 있음은 누구나 알고 있는 사실이었으니까요.

"그런 것은 아무래도 좋소. 그런데 당신은 에드워드가 무엇을 보았는지 알고 있소?"

"글쎄요, 분명하게 말씀드릴 수는 없습니다만, 어쩌면 보셨을지도 몰라요. 왜냐하면 도련님의 개가 그 사고의 원인이었던 것 같으니까요(개는 죽었습니다). 그리고 도련님은 파우엘 부인의 자동차가 벼랑 밑으로 굴러떨어졌는데, 부인은 밖으로 내동댕이쳐진 듯하다고 말했거든요. 그런데 정말로 파우엘 부인은 가엾게도 밖으로 내동댕이쳐져 있었잖아요!"

"그것이 오히려 다행이었소. 차 안에 있었다면 거의 가망이 없었을 테니까. 그런데 당신이 충돌하는 소리를 들은 것은 에드워드가 집으로 돌아오기 직전이었소?"

"아니에요, 적어도 5분 전쯤이었을 거예요. 아마 10분 전쯤이었는지도 모르겠어요."

"그렇다면 에드워드는 나에게 전화를 걸기 전에 얼마 동안 상황을 살피고 있었을지도 모르겠군. 그는 1초라도 빨리 전화를 걸었어야만 했는데……."

이 말을 듣자 요리사는 스펜서 선생님을 쳐다보았습니다.

"틀림없이 도련님은 그 일보다 개에게 마음이 쏠린 듯했었어요" 하고 그녀는 목소리를 높였습니다.

"개의 시체를 정성껏 헝겊에 싸서 탁자 위에 놓아 두었거든요. 그 개는 정말 비참한 꼴이었을 거예요."

스펜서 선생님은 갑자기 대화를 끊고, 뒤처리가 큰일이라고 동정어린 말을 하셨습니다. 그는 내가 죽지 않았다고 말했을 때 에드워드가 겉으로 드러나게 마음의 동요를 나타냈던 사실이 문득 생각났습니다! '네, 정말입니까?' 하던 그애의 필사적인 외침이 그때는 진심으로 들렸다고 합니다. 마침 선생님이 층계 끝까지 내려갔을 때 요리사가 뒤에서 불러세웠습니다.

"나는 지금 선생님이 물으신 말씀에 아직 대답을 마치지 않았어요. 에드워드 도련님이 사고를 보셨느냐고 물으셨는데, 나는 도련님이 몹시 당황하고 계셨으므로 맛있는 차를 한 잔 갖다드렸지요. 그때 나는 "정말 안됐어요, 그 장면을 보셨으니 얼마나 놀라셨겠어요?" 하고 말씀드렸지요. 그러자 도련님은 "아니, 보지는 못했소" 하고 대답했습니다만, 나는 그 말씀이 어떤 뜻인지 전혀 몰랐습니다."

이 말을 마음에 새기고 스펜서 선생님은 에드워드와 이야기하러 가셨습니다. 이때의 대화는 에드워드가 일기에 충실히 기록했더군요. 그런데 이 대화에서 에드워드가 알아차리지 못한 몇 가지 문제——하긴 공정하게 말하자면 그애도 알아차린 것 같습니다만——가 생겼습니다. 스펜서 선생님은 조직적으로 사물을 생각하는 분이어서, 나중에 검토하기 위해 그때 적어 두었던 메모를 나에게 보여주셨습니다.

첫째, 에드워드는 요리사에게 사고가 일어났을 때 똑똑히 보지는 못했다고 말했다. 그런데 나에게는 자동차가 벼랑 끝으로 굴러떨어지는 것은 보였으나 그 다음은 아무것도 보이지 않았다고 말했다. ——현장으로 가서 목초지에서 자동차가 벼랑 끝으로 떨어지는 것이 보이는지 어쩐지, 그리고 금방 아무것도 보이지 않게 되는지 어떤지 살펴볼 것.

둘째, 에드워드는 자동차가 벼랑 밑바닥에 부딪치는 것을 보았다고 말했다. ——과연 그 밑바닥을 볼 수 있는지, 그리고 얼마만큼 빨리 산울타리를 넘을 수 있는지, 산울타리를 부수고 지나간 흔적이 있는지 살펴볼 것.

셋째, 에드워드는 큰어머니가 덤불에 걸려 있는 것을 본 듯하다고 말했다. 대체 그는 무엇을 보았을까?

넷째, 에드워드는 목초지에서 무엇을 하고 있었을까? 집으로 돌아가려면 그 길이 가장 지름길은 아니다. 그리고 그곳에는 버섯이 돋아난 적이 없다.

다섯째, 사과와 자두가 얼마나 열렸는지 보아야겠다.

여섯째, 어째서 전화를 걸 때까지 그토록 시간이 걸렸을까?

이리하여 한두 시간 뒤에 스펜서 선생님은 에드워드의 이야기에서 몇 가지 의심스러운 점을 찾아냈습니다. 이러한 분을 에드워드는 건방지게도 바보라고 생각하고 있으니!

당연히 스펜서 선생님은 이 문제를 그대로 내버려두지 않았습니다. 그는 현장을 샅샅이 조사해 보았다고 나에게 말했습니다. 사과와 자두에 관한 것만은 에드워드의 말이 맞았답니다. 그러므로 그애가 최근에 과수원 옆을 지나간 것만은 틀림이 없습니다. 그것도 과수원 안을 지나간 것이 아니라 옆을 지나갔던 것입니다. 왜냐하면 목초지에서 보이는 나무에는 자두열매가 하나도 달려 있지 않았으나, 바깥에서는 보이지 않는 과수원 안쪽의 나무에는 몇 개의 열매가 달려 있었기 때문입니다. 그리고 에드워드가 버섯인 줄 알았다는 것을 스펜서 선생님은 하나도 찾아내지 못했답니다. 종이조각이었다면 바람에 날아갔을지도 모르고 에드워드가 지나갈 때 햇빛이 풀잎에 반사하여 그렇게 보였는지도 모르지요. 스펜서 선생님이 조사를 끝마쳤을 때는야 올트 산의 그림자가 목초지를 뒤덮기 시작하고 있었다고 하니까요.

그런데 에드워드가 과연 무엇을 보았느냐 하는 점을 생각해 볼 때, 그애는 매우 주의깊게 신경을 쓴 듯합니다. 산울타리 옆에 서 있었다면 자동차가 벼랑 끝으로 가서 마침내 시야에서 사라지는 것이 보였겠지요. 하지만 그렇다면 내가 어째서 그애의 모습을 보지 못했을까요? 나중에 스펜서 선생님이 물으셨을 때도 나는 에드워드의 모습을 본 기억이 전혀 없었습니다. 혼자 있을 때 다시 그 일을 곰곰히 생각해 보았으나, 역시 그애의 모습은 보지 못한 것 같습니다. 물론 충격을 받았으니 본 것을 잊어버렸을지도 모른다고 생각할 수 있겠지요. 사실 그때는 스펜서 선생님도 나도 기억이 나지 않는 것은 그 때문이라고 일단 수긍했습니다. 하지만 그 점에 대해 우리는 개운치 않게 느끼고 있었습니다. 하지만 지금은 우리의 생각이 잘못이 아니었다는 것을 뚜렷이 알고 있습니다. 만일 에드워드가 엎드려 있지 않았다면 나는 틀림없이 그애의 모습을 보았을 겁니다.

다음 문제는 에드워드가 어떻게 그처럼 빨리 산울타리를 넘어 자동차가 벼랑 밑바닥에서 충돌하는 순간을 볼 수 있었느냐 하는 점입니다. 이 점은 간단히 설명할 수 있었습니다. 스펜서 선생님이 발견했지요. 그 산울타리에는 윌리엄스의 소가 빠져나가지 못하도록 적당한 말뚝이 한 개 세워져 있었는데, 얼마 뒤 그것이 옆으로 쓰러져 발판처럼 되어 있더랍니다. 딛고 넘어가기 아주 편리하게 되어 있지 않습니까?

또 한 가지, 에드워드가 어째서 곧 전화를 걸지 않았느냐 하는 문제가 있습니다. 요리사가 들은 소리는 자동차가 나무에 부딪칠 때, 아니면 벼랑 밑바닥에 충돌할 때 난 소리——아마도 후자였겠지요——였음에 틀림없는데, 에드워드의 설명에 의하면 몇 초 동안 길에 서 있었다는 이야기가 됩니다. 그렇다면 전화기까지 가는 데 2분 이상 걸리지 않았을 겁니다. 사랑하는 개를 살펴본 뒤 안아올린 시간까지 계산에 넣어도 4분이면 충분할 겁니다. 아니, 아무리 개가 사랑스럽다 해도 큰어머니가 사고를 만나 1분이라도 지체해서는 안된다는 것을 알면서도 개 따위에 시간을 잡아먹어서는 안되지요. 그런데 요리사 말에 의하면 전화를 걸 때까지 5분 내지 10분은 걸렸다고 합니다. 이 점이 스펜서 선생님에게는 이상하게 여겨졌던 것입니다. 에드워드가 볼 때에는 '파헤쳐 알아내기 좋아하는 늙은이'로 생각되었겠지만, 선생님의 질문은 아주 적절한 것이었습니다.

스펜서 선생님이 그 다음에 하신 것은 시간을 알아보는 일이었습니다. '적어도 5분, 아니면 10분'이라고 요리사가 말한 것은 맞을지도 모르겠으나, 어쩌면 그녀가 잘못 생각했는지도 모릅니다. 하지만 스펜서 선생님은 그보다 정확하게 알아낼 수가 있었던 것입니다.

첫째, 나의 오랜 친구이신 스펜서 선생님이 사고 현장으로 달려왔을 때의 자동차 속도에 대해 에드워드가 비평했으므로 그 말로 인해 에드워드가 4시 5분 조금 지나 전화를 걸었다는 사실이 선생님의 머릿속에 새겨지게 되었습니다. 적어도 그것은 스펜서 선생님이 수화기를 놓았을 때의 시간이었습니다. 그러므로 전화 벨이 울렸던 것은 4시 3분이나 4분이었을지도 모릅니다. 나중에 에드워드와 이야기를 나누면서, 사고가 일어난 것은 전화를 걸기 3, 4분 전인 듯하다고 선생님은 추측했습니다. 에드워드의 말투로서 그렇게 생각하셨지요. 내가 4시에 시작되는 병원 모임에 늦을 뻔했다고 선생님이 말씀하신 것은 그 때문이었습니다. 늦었다 하더라도 겨우 1, 2분 정도였을 테니 내가 시간관념이 정확한 사람으로서 이름이 나 있지 않았다면 별로 말할 건더기도 없을 것이요. 사실 나는 그 점에 있어 조금 지나치게 엄격했는지도 모릅니다.

물론 에드워드는 여기에 대해 합리적인 설명을 했습니다. 나는 완두콩의 받침대를 치우다가 늦어서 서두르긴 했습니다만——게다가 에드워드의 모습이 보이지 않아 도와달라고 할 수도 없었지요. 그애는 할 일이 있을 때면 대개 이처럼 숨어버렸답니다——스펜서 선생님이 지각할 뻔했다고 말씀하실 때 너무 지나치게 화를 내어 선생님은 나의 병세가 더욱 나빠질지도 모른다고 생각하셨겠지요.

그래서 스펜서 선생님은 허버트슨 씨를 만나기 위해 르울에 가셨습니다. 이 허버트슨 씨라는 사람은 전형적인 웨일스 인입니다. 외모나 태도뿐만 아니라——사실 그는 살빛이 검고 겸손하며 키가 작은데다, 젊었을 때 온갖 산을 걸어서 오르내려 허리가 조금 굽어 있습니다——성격도 전형적인 웨일스 기질입니다. 예를 들어 당신이 그에게 호의를 가지고 있으며 솔직하게 행동하려 한다는 것을 그로 하여금 믿게 해보세요. 그는 당신을 위해서라면 어떤 성가신 일도 마다하지 않을 겁니다. 그러나 일단 그를 적으로 돌리면 그는 당신의 영원한 적이 되고 맙니다. 에드워드는 언제나 결정적으로——이것은 당연한 일입니다만——그를 적대시하고 있었습니다. 그러므로 그 가솔린과 연관된 촌극에 가장 박수를 보낸 것은 다름 아닌 이 허버트슨 씨였을 겁니다.

그러나 스펜서 선생님이 나의 부서진 자동차를 보여달라고 말했을 때 허버트슨 씨의 얼굴에는 깊은 안도의 표정이 떠올랐습니다. 그는 자동차를 갖은 고생 끝에 벼랑 밑바닥에서 끌어올려 자기 가게까지 옮겨놓았던 것입니다.

"네, 알았습니다, 파우엘 부인의 부서진 자동차라면 기꺼이 보여드리고말고요. 내가 뭐라고 말씀드리기 전에 먼저 직접 살펴보시기 바랍니다, 스펜서 선생님."

"그럽시다. 하지만 왜 그러시오? 설마 당신이 모르는 자동차에 대한 지식을 내가 가르쳐줄 수 있으리라고 생각하는 건 아니겠지요? 실은 내가 조사하고 싶은 것은 시계요."

"시계라고요?" 허버트슨 씨는 짓눌리고 비틀어진 쇠붙이조각을 들여다보았다.

"시계는 벌써 엉망으로 부서지지 않았습니까? 그런데 선생님은 아직도 쓸 수 있다고 생각하십니까? 이것 보십시오, 4시 7분 전에 멎어 있군요. 이렇게 되었으니 4시까지는 영원히 갈 수 없겠지요. 하지만 가지고 가서 파우엘 부인에게 보여주십시오."

"실은 허버트슨 씨, 당신은 내가 알고자 했던 것을 모두 다 가르쳐

주었소. 그런데 나더러 무엇을 보란 말이오?"

허버트슨 씨는 머리를 긁적거렸습니다.

"당신이 무엇을 알고자 하는지도 모르고 그 대답을 가르쳐드린 셈이군요. 어떻습니까, 그런 식으로 내가 알고자 하는 것도 가르쳐주지 않겠습니까?" 하고 그는 말했습니다.

스펜서 선생님은 명랑하게 웃었습니다.

"그도 그렇군요, 허버트슨 씨. 하지만 나는 다만 '시계를 조사해 보고 싶다'고 말했을 뿐이오. 대체 이 부서진 쇠붙이의 어디를 보면 되겠소?"

허버트슨 씨는 갑자기 진지한 표정을 지었습니다.

"브레이크 있는 곳을 보십시오."

그리고 몇 분 뒤 스펜서 선생님도 허버트슨 씨와 마찬가지로 심상치 않은 표정으로 그를 쳐다보았습니다.

"당신 말대로군요, 허버트슨 씨, 돌 같은 것에 부딪치긴 했지만 이토록 가지런히 날카롭게 끊길 수는 없을 텐데요."

"그렇고말고요. 이것으로 대강 짐작이 갑니다. 나는 한낱 와인랜드 수리소의 주인에 지나지 않으며 보기 싫은 녀석에게도 가솔린을 팔만큼 착한 사람은 아니지만, 그런 나에게도 눈은 틀림없이 두 개 있고 머릿속도 아주 텅텅 비지는 않았습니다."

"알았소, 허버트슨 씨. 제발 얌전히 입 좀 다물고 있어주시오. 여기에는 어떤 증거가 있는 것도 아니고, 비록 당신의 상상이 들어맞았다 하더라도 어디까지나 확증이 없는 상상에 지나지 않으니까요, 알겠소? 여기에 대한 조치를 결정내릴 사람은 파우엘 부인이지요."

그리하여 이때 허버트슨 씨가 자기가 얼마나 정직한 사람인가를 증명했던 것입니다. 이것은 나중에 알게 되었습니다만, 그는 자기가 이 사건의 공범자로 지목되고 그 때문에 형무소에 가야 할지도 모른다고 생각했던 것입니다. 하지만 그는 우리를 절대적으로 믿고 있었기 때문에 스펜서 선생님과 나에게 모든 것을 맡기기로 결심했지요.

3

이런 일이 있은 다음 나의 오랜 친구는 나에게 모든 사실을 털어놓아야겠다고 생각했습니다. 내가 사고로 받은 충격에서 회복되어 새로운 긴장도 충분히 견뎌낼 만큼 건강을 되찾은 다음이었습니다.

물론 나는 처음에 그것을 믿지 않았습니다. 하긴 에드워드가 나에게 애정을 가지고 있다고 생각할 만큼 달콤한 환상을 품은 적은 아직 한 번도 없었습니다만, 아무리 감사하는 마음이 없고 냉담한 아이라 해도 설마 나를 죽이려는 생각을 하고 있다고는 도저히 믿을 수가 없었습니다. 지금 반성해 보니, 확실히 어느 의미에서 그애를 너무 속박했는지도 모릅니다. 하지만 다른 면에서 생각해 볼 때, 그 속박은 오히려 충분하지 못했는지도 모릅니다. 그애가 이처럼 엄청난 일을 생각했으니만큼, 결국 그 정도로는 아무 효과도 거두지 못했다는 이야기가 되니까요.

아무튼 스펜서 선생님의 설득에 못 이겨 나도 차츰 증거를 검토해 보아야겠다고 생각했습니다. 처음에는 그 증거들이 근거가 희박한 것 같이 느껴졌습니다. 사실 중요한 점은 오직 두 가지, 즉 나의 지각과 브레이크 고장이라는 것뿐이었습니다. 그런데 나의 지각에 대해서는 뭔가 단순하고 아주 자연스러운 설명을 찾아낼 수 있을지도 모른다고 생각하고 있었습니다. 그리고 사실 지금 나는 그 설명을 얻었다고 생각합니다. 에드워드가 가지고 있던 단 하나의 고상하고 자연스러운 감정, 즉 그애를 육체적으로 시달리게 한 급격한 반동이 우리가 그애를 의심하게 된 첫번째 원인이었다는 사실은 그애로서 정말 운이 나쁜 일이었습니다만, 현실은 바로 그러했습니다. 반드시 모든 일이 언제나 공정하다고 할 수 없지 않겠습니까?

그리고 브레이크의 문제입니다만, 스펜서 선생님과 허버트슨 씨가 그렇게 확신하는 것은 아무래도 좋았지만, 나로서는 의혹에 지나지 않는 것을 간단히 사실이라고 단정내리기는 듯한 느낌이 들어 견딜 수 없었습니다. 혹시 브레이크의 철사에 금이 가 있었는데 그 사고 때 끊기어 마치 누가 일부러 싹뚝 끊어버린 듯이 된 것은 아닐까? 애버쿰 거리를 가로질러 시내가 흐르고 있는데, 이 내가 남쪽으로 가는 간선도로 밑을 지나고 있지요. 그 위에 경사가 가파른 활 모양의 다리가 걸려 있는 곳이 많은데, 이것은 이 거리의 명물로 널리 알려져 있답니다. 이 다리들을 자동차로 건너갈 때, 경사가 가파르기 때문에 앞이 잘 보이지 않아 아주 주의해서 운전해야 한다는 것을 이 고장 사람들은 누구나 알고 있습니다. 나는 차체가 낮은 자동차가 활 모양의 다리에서 가장 높은 곳을 지나갈 때 땅에 착 달라붙은 듯이 달려가는 모습을 자주 보았습니다. 나의 자동차도 그런 식으로 가다가 브레이크가 닳아버린 게 아닐까? 나는 마음 속의 생각을 이런 의문형식으로 떠올려보았습니다. 나는 에드워드처럼 기계에 대해 별로 아는 바가 없고, 브레이크가 어디에 있는지조차 잘 모르는 형편이니 여기에 대해 단정을 내리는 것은 피하고 싶습니다. 하지만 이 수기를 계속 읽어보면 아시겠지만, 자동차 구조에 대해 전혀 모르지는 않습니다.

그럼, 여기서 본문제로 돌아가기로 하지요. 나는 이 문제에 대해 완전히 확신을 가질 수도 없고 스펜서 선생님이 이 사건의 자잘한 점에 대해 하신 말씀도 나로서는 충분히 납득이 가지 않았습니다. 그러나 마음 속으로는 차츰 스펜서 선생님의 생각이 옳다고 생각하기 시작했으니, 믿고 싶지 않은 사실을 믿지 않았다고 하는 말이 옳겠지요. 그런데 다시 증거 비슷한 것이 드러났습니다.

나는 내 자동차가 굴러떨어진 그 지점이 본디부터 아주 위험한 곳이었다고 스스로에게 타일렀고, 두 번 다시 그런 사고가 일어나지 않도록 사람을 시켜 낮은 둑을 쌓게 했습니다. 어느 날 아침 나는 공사의 진행상태를 지켜보고 있었습니다. 나는 르울 사람들을 무척 사랑하고 있긴 합니다만——덧붙여 말하겠는데 이 '르울'이라는 이름은 에드워드가 흠잡듯이 결코 발음하기 어려운 것이 아니라 오히려 아름다운 이름이라고 생각합니다——노동자이고 보니 잠시도 눈을 떼지 않고 감독할 필요가 있었습니다. 내가 그곳에 서서 지켜보고 있는데, 윌리엄스 씨가 다가와서 나에게 할 이야기가 있다는 것이었습니다.

나는 그다지 내키지 않는 기분으로 그와 함께 몇 야드쯤 걸어갔습니다. 그가 하겠다는 이야기가 어떤 것인지 나는 대충 짐작하고 있었습니다. 사실 나는 '이제 그만해 둬요'라고 말하고 싶을 만큼 자주 그를 궁지에서 구해주었던 것입니다. 그러나 이때만큼은 아이가 태어났다는 이야기도, 장날에 술에 취해 벌금을 물었다는 이야기도, 또 쓰러져가는 자기 집 지붕에 대한 이야기도, 2, 3일만 돈을 빌려달라는 이야기도 아니었습니다. 그것은 다름 아닌 에드워드에 대한 이야기였습니다.

말할 것도 없이 에드워드가 또 그의 산울타리를 망가뜨렸다는 것입니다. 그는 에드워드가 내 자동차가 굴러떨어지는 것을 보기 위해 급히 산울타리를 뛰어넘을 때 적당한 발판이 되었을 거라고, 스펜서 선생님이 지적한 말뚝이 있는 곳으로 나를 데리고 갔습니다.

"하지만 윌리엄스 씨, 아무래도 납득이 가지 않는군요. 물론 이것을 밟고 넘으면 간단히 산울타리를 뛰어넘을 수가 있겠지요. 사실 누가 밟고 넘어간 흔적이 있긴 하지만 산울타리는 아무 데도 부서진 곳이 없잖아요."

"당신 말씀이 맞습니다. 하지만 문제는 그것이 아닙니다. 틀림없이 이 산울타리는 아무 데도 부서지지 않았습니다. 그런데 이 말뚝이 뽑힌 쪽 산울타리는 온전치가 못합니다. 당신에게 이러쿵저러쿵 트집을 잡고 싶지는 않습니다. 하지만 목초지 저쪽의 산울타리는 말뚝을 뽑았기 때문에 또 구멍이 뚫렸습니다."

"어째서 이 말뚝이 거기서 뽑아온 거라고 생각하지요, 윌리엄스 씨?"

"저쪽 산울타리에 구멍이 뚫려 있었는데, 내가 그것을 막았지요. 그런데 다시 그곳에 구멍이 뚫리고 내가 세워놓은 말뚝이 없어졌기 때문입니다. 그 말뚝이 여기 이것이라는 말이 나쁘다면, 그와 아주 비슷한 말뚝이 여기 있다고 고치겠습니다. 그런데 대체 무엇 때문에 여기에 말뚝이 있어야 합니까? 산울타리가 망가진 것도 아니니 이런 것은 필요가 없을 텐데요."

그가 화를 내며 말뚝을 뽑자 거기에 조금도 망가지지 않은 산울타리가 나타났습니다.

"산울타리가 또 뚫렸다니 미안하군요, 윌리엄스 씨. 그것이 에드워드가 한 짓이라고 여겨질 만한 이유가 있다면 그 구멍을 막아드려야지요."

나로서는 이것도 역시 지금까지 늘 그러했던 것처럼 자신이 해야 할 일을 나에게 떠맡기려는 잔꾀려니 생각지 않을 수 없었습니다. 산울타리에서 뽑은 이런 조그만 말뚝으로 막을 수 없는 커다란 구멍이 뚫려 그러는가 보다고 생각했던 거지요. 그런데 윌리엄스 씨의 다음 말을 듣고 내가 잘못 생각하고 있음을 알았습니다.

"산울타리에 난 구멍은 염려 마십시오, 파우엘 부인. 그런 것쯤은 간단히 고칠 수 있으니까요. 그런 것이 문제가 아니라, 내가 엉터리로 이야기하고 있지 않다는 것을 당신에게 확인시켜 드리고 싶은 겁니다. 아무래도 이것은 에드워드 도련님의 짓이라고 생각해야 할 것 같습니다.”

“어째서지요?”

나의 질문에 대해 윌리엄스 씨는 에드워드의 개가 모습은 보이지 않았으나 틀림없이 방금 그 지점에 있었을 주인의 발 밑에서 나와 찻길을 가로질러 뛰어갔으리라는 것, 그리고 놀랍게도 개가 길 반대쪽에서 비스킷을 찾아냈다는 것, 이것을 본 그가 소소의 환심을 삼으로써 간접적으로 에드워드와 화해하려고 했으나 개와도 에드워드와도 화해하지 못했다는 것 등을 이야기해 주었습니다. 이 이야기뿐이라면 윌리엄스 씨의 말을 믿고 싶지 않았겠지만, 그는 이어서 에드워드와 소소가 그 자리에 있는 것을 또 한 번 똑똑히 보았고 자신은 없지만 그 뒤로도 두 번쯤 더 본 듯하다고 말했습니다. 그 말을 듣자 소소가 그 자리에서 훈련을 받고 있었다는 사실이 뚜렷해졌습니다. 그러했기 때문에 소소는 나의 자동차 앞으로 겁없이 달려들었을 겁니다. 이로써 우리 집의 특제 물결 모양의 비스킷에 대해 에드워드가 관심을 보였던 일도 납득이 갔습니다. 가엾은 에드워드! 나는 그때 에드워드가 먹보이기 때문이라고만 생각했는데!

그런데 무엇보다도 중요한 것은 윌리엄스 씨의 입을 막는 일이었습니다. 이것은 조금 성가신 문제였습니다. 윌리엄스 씨는 결코 입이 무거운 신사라고 할 수 없는 사람으로, 더구나 장날에는……하지만 어떻게 입을 막아야 할지 도무지 좋은 방법이 떠오르지 않았습니다. 윌리엄스 씨는 분명 에드워드를 의심하고 있는 듯했으므로 나로서는 그의 생각에 찬성한다는 말은 하고 싶지 않았습니다. 그렇다고 해서 내가 전혀 아무것도 모르는 척하면, 자기 혼자 여러 번 생각해 본 다음 누구에게든 그 생각을 떠벌릴지도 모릅니다. 그렇게 되면 불에 기름을 붓는 격이 되겠지요. 다행히도 그는 자기 생각을 여러 번 되풀이 해서 설명했으므로 그 동안에 나는 어떤 계획을 짜낼 수 있었습니다.

"윌리엄스 씨, 나는 당신이 생각하고 있는 것을 이해할 수 있을 것 같아요. 그리고 당신의 설명으로 사태를 완전히 파악했습니다. 가엾게도 에드워드는 소소에게 가르치고 있던 새로운 재주가 이번 자동차 사고의 원인이었다는 것을 넌지시 나에게 고백하려고 했었지요. 하지만 그것은 사실이 아니에요. 사고의 원인은 브레이크 고장이었거든요. 이것은 소소와 아무 관계도 없어요. 하지만 에드워드는 그 점이 몹시 마음에 걸리는 모양이에요. 지금도 막 그애에게 그런 걱정은 하지 않아도 된다고 타이르고 나오는 길이랍니다. 그러니 이 일은 깨끗이 잊어버리세요. 그리고 스펜서 선생님도 이 일에 대해 앞으로 이러쿵저러쿵하지 않는 편이 나의 건강을 위해서 좋다고 말씀하셨어요. 그러니 친절하게 가르쳐주신 것은 고맙습니다만, 이 일은 오늘부터 깨끗이 잊어버리고 다른 사람에게도 이야기하지 말았으면 좋겠어요."

그런데 윌리엄스는 나의 이러한 부탁을 순순히 받아들이려 하지 않았으므로 마침내 나는 꼭 이야기하고 싶다면 스펜서 선생님에게만은 해도 좋다고 말하지 않을 수 없었습니다. 윌리엄스 씨는 내가 좀더 경계해야 한다고, 이번 '사고'를 있는 그대로 받아들여서는 안된다고 생각하는 듯했습니다. 하지만 결국 내가 가장 사정을 잘 알고 있고, 스펜서 선생님과 내가 가장 잘 알고 있다고 말함으로써 그럭저럭 윌리엄스 씨를 납득시킬 수 있었습니다. 그는 어쩔 줄 몰라하는 표정으로 그 자리를 떠났습니다. 그가 나와의 약속을 지켰는지 어떤지는 모르겠습니다만, 그럭저럭 납득한 듯했습니다. 나는 이렇다 할 일이 없는 한 그가 입 밖에 내지 않으리라 믿어도 좋다고 생각했습니다.

그런데 나는 에드워드가 소소의 비석을 세우는 것만은 절대로 못하게 막아야 했습니다. 만일 윌리엄스 씨가 이 말을 듣는다면 아마도 감정을 폭발시키고 말겠지요. 그리고 소소 정도로 상당한 취미와 유머 감각을 가지고 있는 개라면——적어도 소소가 사람에게 우롱당하고 가만 있을 리가 없습니다——틀림없이 무덤 속에서 기어나와 비석이 거두어질 때까지 그 자리에 유령으로 나타나겠지요.

아무튼 이런 일이 있은 다음부터 나로서도 에드워드가 전적으로 결백하다고 믿을 수는 없게 되었습니다.

말할 나위도 없이 나는 이 사실을 모조리 스펜서 선생님에게 말했습니다. 그런데 운나쁘게도 마침 몇 마디 말이 스펜서 부인과 아들 잭의 귀에 들어가고 말았습니다. 예부터 교제해 온 이들에게 모조리 털어놓자 마음이 편했다는 것만은 부정할 수 없습니다. 걱정거리를 남에게 털어놓는다고 해서 해결되는 것은 아닙니다만, 사실 그만큼의 효과는 있습니다. 이리하여 스펜서 선생님 댁 가족들을 집으로 초대했던 어느 날 밤 언제나처럼 에드워드가 늦게 모습을 나타냈으므로, 그전에 우리는 이 문제를 놓고 이야기하고 있었습니다. 에드워드가 나타났을 때 일종의 긴장이 우리 사이에 흐르고 있었던 것은 분명합니다. 더구나 스펜서 부인은 그럴싸하게 꾸며댈 수 있는 사람이 아닙니다. 그러므로 만찬에서 에드워드가 불지르는 방법을 물었을 때 그녀가 보인 미칠 듯한 공포의 표정을 그애가 알아차린 것도 무리는 아니었습니다.

솔직히 말씀드리자면, 나는 에드워드의 질문 속에 숨어 있는 목적을 다른 사람들보다 조금 늦게 알아차렸습니다. 에드워드는 자기가 매우 교묘하게 행동하고 있다고 생각했겠지만, 사실은 엄청나게 속셈을 드러내고 있었던 것입니다. 맨 처음 그 점을 알아차린 것은 스펜서 부인인 것 같았습니다만, 다른 세 사람도 곧 그 뜻을 알아차리고 각각 재빨리 머리를 써서 거기에 대한 반응을 실수 없이 해야 했습니다. 지금도 말씀드렸듯이 스펜서 부인은 자신이 연극을 하지 못한다는 것을 알고 있었으므로 말도 못하고 겁먹은 표정을 짓고 있었지요. 그래서 하마터면 에드워드가 알아차릴 뻔했습니다. 에드워드에게 질문을 당한 잭은 처음에는 가볍게 흘려넘겨버렸습니다. 사실 다른 누군가가 그에게 대답하라고 독촉하지 않았더라면, 에드워드는 자기의 작은 화톳불에 불을 붙이는 방법에 대한 지식을 결코 얻을 수 없었을 겁니다.

그런데 스펜서 부인과 잭과 나 세 사람이 깜짝 놀란 것은, 느닷없이 스펜서 선생님이 그애에게 협조했다는 점입니다. 스펜서 선생님이 곧 이야기에 끼어들어서 꼬리잘린 잠자리 같이 되어버린 대화에 활기를 불어넣어 누가 보나 곧 알 수 있을 만큼 잭의 뒤를 밀어 에드워드가 알고 싶어하는 것을 말하게 했을 때, 나는 자신의 귀를 의심하지 않을 수 없었습니다.

"선생님은 그때 왜 그런 짓을 하셨지요?" 하고 나는 나중에 그에게 물어보았습니다.

"에드워드가 불을 지를 계획을 가지고 있을지도 모른다고 생각하셨다면 어째서 잭에게 그 방법을 설명하도록 시켰지요?"

"사전의 경계는 사전의 대비니까요, 파우엘 부인. 만일 에드워드가 무엇을 계획하고 있는지 우리가 알면——만약 그가 무엇을 꾸미고 있다면 말입니다. 그런 일이 없기를 바랍니다만——그 계획을 부수어버릴 수도 있으니까요. 만일 당신이 다시 한 번 나의 말을 받아들여 에드워드와 직접 맞부딪쳐보시든지 아니면 내가 대신 맞부딪치는데 동의해 주신다면 문제가 없습니다만, 그렇지 않으면 우리는 머리를 써서 쳐들어 올 길을 그의 눈앞에 열어놓아야만 합니다. 콘트랙트 브리지식으로 말하자면, '완전한 승리에의 초대'라고 할까요? 내가 잭의 뒤를 밀어준 것은 그런 이유에서였습니다. 에드워드가 그 유혹에 감쪽같이 넘어갔다고 생각되지 않으십니까?"

"틀림없이 그런 것 같아요. 에드워드가 언제 어디서 무언가를 태운 생각이라는 것은 알았습니다만, 대체 언제 무엇을 태울 작정일까요?"

"시기는 알 수 있습니다. 만일 그가 시계에 장치를 하여 불을 지를 작정이라면, 그것은 이 집에서 달아날 시간을 벌기 위해서일 것입니다. 따라서 '예정시기'는 이번 아니면 그 다음 언제든 그가 밖에서 주말을, 또는 하룻밤을 보낼 때인 것입니다. 에드워드는 별로 신경이 약한 사람이 아니니까 조심해서 지켜보면 준비하고 있는 과정을 볼 수 있으리라 확신합니다. 그리고 그가 어디에 불을 지를 작정인지도 알 수 있을 것 같습니다. 아니, 그렇게 정색하며 부정하지 마십시오."

"하지만 어떻게 잠자코 있을 수 있겠어요? 정말 그애가 그런 일을 꾸미고 있다고는 생각할 수 없군요."

"참으로 딱한 분이시군요, 파우엘 부인. 다시 한 번 물어보겠습니다만, 내가 그와 부딪쳐보도록 해주지 않으시겠습니까? 이런 일에 신경을 쓰며 긴장하고 있으면 건강에 해롭습니다. 위험한 것은 물론, 아무리 우리가 열심히 주의를 기울이고 있어도 역시 위험함에는 틀림이 없으니까요. 어서 내 말을 받아들여주십시오."

"아닙니다, 그렇게 할 수는 없어요. 그애와 맞부딪쳐야 한다면, 내가 직접 하겠어요. 그러나 그렇게 하지 않고도 그애를 누를 수 있는 방법이 없을지 생각해 보겠어요. 만일 맞부딪치게 되면 그애가 사실을 인정하든 인정하지 않든 우리의 생활은 몹시 어색하게 되어 버릴 테니까요. 그렇게 생각되지 않으세요? 아마도 우리가 어디까지 알고 있는지 알아차리기 전에 에드워드는 어제 저녁처럼 속셈을 드러낼 거예요. 우리가 의심하고 있다는 것을 알게 되면 그애는 더욱 신중히 행동하겠지요. 그러니 조금만 더 나에게 그대로 맡겨주세요."

"당신은 훌륭한 부인입니다. 하지만 동시에 어리석기도 하다고 나는 생각합니다."

스펜서 선생님은 슬픈 듯이 미소를 지었습니다.

사실 그분의 말씀이 옳았습니다. 그러나 나는 에드워드를 주의깊게 관찰하여 우리의 의심이 옳은지 그른지 확인해 보기로 마음먹었습니다. 만일 이것이 잘못된 오해라면 얼마나 기쁘겠습니까? 만일 잘못이 아니라면 그애의 두 번째 계획을 산산조각으로 부수어 버리고, 언제까지 그 '가만두지 않겠다'는 위협적인 말을 들이댈 생각이었습니다. 그러나 어떤 조치를 취해야 할지 그때로서는 아직 뚜렷한 생각을 가지고 있지 않았습니다. 아무튼 그애가 이 말에 겁을 먹고 계획을 단념해 주기를 바랄 뿐이었습니다. 두 번이나 실패하게 되면 그 충격으로 그애도 정신을 차리겠지요. 이것이야말로 내가 진심으로 바라는 바였습니다. 나는 블라인모어의 파우엘 집안에 대해 추문이 떠도는 것을 바라지 않았으며——그애의 아버지가 이미 지나치리만큼 많은 추문을 뿌렸으니까요——에드워드가 이곳에서 차분히 마음을 잡고 집 안의 전통을 이어주길 바라고 있었던 것입니다. 에드워드식으로 표현하면 창틀을 안초비 소스 같은 핑크 빛으로 칠하는 일도 이어받아주기를 바랐던 것입니다. 그것은 정말 멋있는 빛깔이니까요.

그 다음에 일어난 일은 참으로 우스꽝스럽다고밖에 할 수 없습니다.

그때 내가 아는 한 에드워드는 딱딱하게 굳어진 표정으로 2층에서 내려와——그애는 언제나 자기 마음 속을 얼굴에 나타내 버리기 때문에 무언가 숨기고 있으면 금방 알 수 있습니다——저녁식사를 하며 술을 많이 마신 것도 아닌데 식사가 끝날 무렵에는 몹시 취한 듯했습니다. 한 번은 의자에서 떨어질 뻔했습니다. 연방 하품을 하며 의자에서 꾸벅꾸벅 졸더니 커피를 마시기 시작하자 자러 가야겠다고 말했습니다. 그렇게 졸면서도 반시간 동안 나눈 대화가 우스꽝스러우리만큼 종잡을 수 없었음을 알 만큼의 양식은 그에도 가지고 있어 잠자리에 듦으로써 그런 상태에서 벗어나려고 했던 것이지요.

하지만 어째서 그애가 그토록 취했는지 나로서는 도무지 알 수가 없었습니다. 식사 때에는 분명히 술을 마신 것 같지 않았습니다. 그래서 나는 저녁식사 전에 몰래 마셨으리라고 생각했습니다. 한참 동안 생각한 끝에 나는 전날 어느 술병에서 술이 얼마만큼 없어졌는지 조사해 보았습니다. 결국 어느 술병도 별로 줄어들지 않았다는 결론을 얻었습니다. 그리하여 에드워드가 자기 방에 몰래 술을 감추어두었을지도 모른다는 생각이 자연히 머리에 떠올랐습니다. 이것만큼은 도저히 용납할 수 없는 일입니다.

그래서 나는 샅샅이 뒤져보았습니다. 처음에 찾아낸 것은 압상트 술병이었는데, 나는 이것으로 그 원인을 찾아냈다고 생각했습니다. 물론 그 병은 빼앗았습니다만, 솔직히 말해서 놀란 것은 에드워드가 이 일에 대해 조금도 반항하지 않았다는 사실입니다. 오늘까지도 나는 그 이유를 모르겠습니다. 아마도 그애는 부끄럽게 생각된데다 술을 별로 좋아하지 않았기 때문에 잠자코 있었던 것으로 생각합니다. 하지만 그때는 또 다른 술병을 숨겨두고 있기 때문이라고 생각되어 더욱 샅샅이 뒤져보았습니다.

숨겨둔 술병을 찾아내기 위해 남의 소지품을 구석구석 뒤진다는 것은 별로 숙녀다운 행동이 아님을 잘 알고 있으므로 지금 이 글을 쓰면서도 얼굴이 붉어집니다. 하지만 그것은 용서받을 만한 일이라고 나는 생각합니다. 에드워드를 그대로 내버려두어서는 안된다는 것이 나의 고정관념이 되어 있었으며, 그애의 할아버지가 어땠는지 알고 있으니만큼 무슨 일이 있어도 술만은 못 마시게 해야 했습니다. 그리하여 나는 더욱 숙녀답지 못한 행동을 했습니다. 실은 에드워드의 금고 열쇠를 나도 하나 가지고 있었습니다. 그 열쇠로 금고를 열자 거기에 에드워드의 일기가 있었습니다. 그 자리에서 그것을 읽었을 뿐만 아니라, 그 다음에도 정기적으로 훔쳐서 읽었습니다. 맨 처음 알아낸 것은 에드워드가 좋았던 원인이 압상트 술 때문이 아니라 '솜노큐브'라는 사실이었습니다. 솜노큐브라니, 참으로 끔찍한 이름입니다. 이윽고 일기를 계속 읽어나감으로써 에드워드가 나의 여러 가지 행동의 동기에 대해 얼마나 심술궂게 해석하고 있는지 알았습니다. 방화계획이 진행되고 있는 동안 나는 주로 강한 자신감과 안전감을 스스로에게 주기 위해 이 일기를 읽었던 것입니다.

다시 말해서 그것을 읽고 있는 이상 에드워드가 하고 싶은 일을 해도 안심할 수 있다는 것입니다. 나는 그애로 하여금 뜰의 오솔길을 곧장 걷게 하여 반대쪽 끝에 가서 힘껏 부딪치게 할 수도 있는 것입니다.

에드워드가 스펜서 선생님의 질문을 용케 피하며 시간에 대한 것과 자동차 시계에 대한 것을 그럴싸하게 납득시켰다고 생각하는 대목을 읽자 나는 그만 웃음이 터져나왔습니다. 사실은 그애의 지나치게 빈틈없는 설명이 오히려 스펜서 선생님으로 하여금 의심을 품게 했던 것입니다. 일기 속에서 나에 대해 써놓은 대목이 이따금 나를 질리게 했습니다만, 그애의 준비공작을 관찰하는 즐거움으로 인해 그런 것은 깨끗이 잊고 있었습니다. 조금 이른 감이 있습니다만, 이것 한 가지만은 똑똑히 밝혀두어야겠습니다. 즉 나는 에드워드의 추잡한 프랑스어 책 따위는 단 한 번도 읽은 적이 없습니다. 내가 그런 것을 읽을 리가 있겠습니까? 내가 지금까지 읽어본 문장 가운데 아마 에드워드의 일기야말로 최악의 것이라고 해도 좋을 겁니다. 나는 에드워드가 그처럼 헐뜯는 말을 쓴 데 대해 보상을 시켜야겠다고 마음먹었습니다. 그것은 자기가 지른 불로 그런 책들을 모조리 태워버리도록 만드는 것이 가장 적절한 방법이겠지요.

알밉게도 에드워드 역시 이런 점을 생각하고 있었던 모양입니다. 물론 그애의 자질구레한 계획에는 나를 태워죽이기 위해서는 그런 책을 한 권도 남김 없이 태워버린다는 불행한 일도 포함되어 있었으니, 나의 계획이 훨씬 소극적이었다고 할 수 있겠지요. 그런데 그 아이는 나를 앞질러 장정을 다시 해야겠다며 몇 권의 책을 집에서 들고 나갔습니다. 틀림없이 가장 추잡한 책이었겠지요. 덧붙여 말하지만, 그애는 들고 나간 책을 다시는 집에 가지고 돌아오지 않았습니다. 대체 어디에 두었는지 묻고 싶습니다. 비록 어떤 곳이든 그런 책이 남아 있어서는 안된다고 생각하기 때문입니다.

물론 에드워드가 그처럼 어마어마하게 준비를 갖추어 나가는 것을 보면 아무리 둔한 사람이라도 이상하게 생각될 겁니다. 세탁소에 갖다주어 다림질시켜야겠다면서 양복을 들고 나갔고, 더구나 그 때문에 메리와 나를 모욕했습니다. 훌륭한 옷을 입고 온다는 이네스의 친구들을 놀라게 해주기 위해 온갖 옷가지를 싸가지고 나갔으므로, 그의 방에는 거의 아무것도 남아 있지 않았습니다. 메리는 이 사실을 알고 무슨 일이 일어났다 하고 고개를 갸우뚱거렸던 모양입니다.

사실 에드워드는 이 가엾은 처녀에 대해 일기에 씌어 있는 것 이상으로 좋지 않은 행동을 하고 있었습니다. 그래서 에드워드가 짐을 챙기는 것을 보았을 때 그녀는 몹시 당황했으며, 함께 영원히 이 집에서 도망치자는 말을 하리라고 생각했었답니다. 그러나 그녀는 무슨 일이 있어도 그 말을 받아들일 생각은 없었습니다. 메리가 나에게 와서 에드워드의 행동에 대해 불평을 늘어놓은 게 언제였는지 잊어버렸습니다만, 그녀의 이야기가 너무나 진지하여 나는 그 말을 믿지 않을 수 없었습니다. 나는 이 일에 대해 에드워드에게 충고했습니다. 그런데 그애의 일기를 보니 그 점이 상당히 생략되어 있습니다.

한 번은 에드워드에게 꼬리를 잡힐 뻔한 일이 있습니다. 말할 것도 없이 에드워드의 실험은 우스꽝스럽기 짝이 없는 것이었지요. 슐즈베리에서 사온 잡다한 물건들을 보고 나는 혼자 웃음을 터뜨리지 않을 수 없었습니다. 그애가 집에서 멀리 떨어진 곳인 자갈 채취장인지 어딘지로 가서 실험하는 것은 좋았지만, 이윽고 불라인모어에서 일을 시작했을 때에는 나로서도 웃고 있을 수만은 없었습니다. 그렇지만 그애가 온 집안 전등의 퓨즈를 끊어버렸을 때 그토록 노골적으로 비난하지 말았어야 했는지도 모릅니다——그애가 전등이 켜지지 않는 사실을 방금 발견한 듯이 어설픈 연기를 해보일 때, 나는 감쪽같이 속아넘어간 척하고 있으면 되었을 겁니다. 그런데 그애가 자못 나의 나이든 눈을 걱정해 주는 척하며 속들여다뵈는 위선적인 말을 하자 나도 그만 불끈 화가 치밀었습니다. 나를 늙은이 취급하다니! 나의 눈은 아직 젊은이와 똑같이 잘 보이고, 또 나는 아직 그토록 늙었다고 생각하지 않습니다.

4

아무튼 일은 순조롭게 진행되어 에드워드는 그 징그러운 이네스네 집을 방문하기 위해 떠났습니다——내가 이러쿵저러쿵 말할 것도 없이 이네스가 얼마나 징그러운가는 에드워드의 글에서도 충분히 느낄 수 있을 겁니다——그리고 나는 산 채로 불에 타 죽게 되어 있었던 것입니다. 그렇다고 해서 실제로 그렇게 생각하고 있었던 것은 아닙니다. 오히려 이 희극의 진행을 즐기며 지켜보고 있었으므로 걱정 따위는 조금도 하지 않았습니다.

에드워드가 자동차를 타고 멀어져가는 것을 지켜보며 나는 그애의 어이없는 입장을 생각하고 한껏 웃어주었습니다. 이윽고 밤이 되면 재미있는 촌극을 볼 수 있으리라 생각하며. 그리고 에드워드는 아무것도 모르고 있었습니다만, 그애 때문에 굉장한 성능을 지닌 최신식 대형 소화기를 구입해 두었으므로 아무 걱정도 없었습니다.

우선 맨 처음 해야 할 일은 그애가 시한 장치를 해놓은 장소를 찾아내는 것이었습니다. 하지만 에드워드의 방은 가구를 제외하면 거의 텅 빈 거나 다름없었으므로 그것은 그다지 어려운 일이 아니었습니다. 자동차에는 그애의 모습이 보이지 않을 정도로 짐이 가득 실려 있었으니, 방이 텅 빈 거나 다름없었다고 해도 그다지 놀랄 일은 아니지요. 덕분에 나의 수색은 별로 어렵지 않았습니다. 잠깐 동안 반쯤 비어 있는 서랍을 뒤진 다음 옷장을 조사해야 할 차례가 되었습니다. 여기서 나는 조금 생각하지 않을 수 없었습니다. 여벌 열쇠는 찾을 수 있겠지만, 애써 찾을 필요가 있을까요? 여벌 열쇠를 찾아내서 옷장을 열었다 하더라도 에드워드가 해놓은 장치에 손을 대야 할지 그대로 내버려두어야 할지 망설여질 것입니다. 아무튼 불은 일어나게 내버려두는 편이 낫다고 나는 생각했습니다. 아직 남아 있는 그애의 책을 태우기 위해서도, 그리고 불이 일어났다는 것을 실증하기 위해서도 그편이 낫다고 생각했던 것입니다. 하지만 시한장치를 조절하지 않는 한 나는 한밤중까지 자지 않고 깨어 있어야 하는 겁니다. 왜냐하면 몇 시에 불이 일어나도록 장치해 놓았는지 몰라도 내가——그리고 다른 사람들도——깊이 잠들어 있을 때 불이 나도록 아주 늦은 시간에 맞추어놓았을 게 틀림없기 때문입니다.

본디 나는 밤을 새우는 것을 좋아하지 않습니다만 이따금 그러는 것도 나쁘지 않을 테고, 마침 읽고 싶은 책도 있었으며 부인협회에 제출할 보고서도 써야 했으므로 그날 밤은 늦게까지 깨어 있기로 마음먹었습니다. 그리고 만일 여벌 열쇠를 찾아냈다 하더라도 나는 시한장치가 실제로 작용하기를 바랐습니다. 나는 성냥으로 불을 붙일 생각은 없었습니다. 그렇게 하면 불이 잘 붙지 않을지도 모르지요. 더구나 시계를 어떻게 바꾸어 놓아야 불이 일찍 일어나는지도 몰랐으니까요. 그래서 나는 소화기의 사용법을 다시 한 번 잘 읽어본 다음 이 문제를 깨끗이 머릿속에서 쫓아내버렸습니다. 나의 생활을 에드워드 때문에 어지럽히고 싶지 않았습니다. 그것 말고도 해야 할 일이 산더미처럼 있으니까요.

사실 나는 하마터면 이 어리석은 젊은이에 대한 생각을 깡그리 잊어버릴 뻔했습니다. 그런데 다행히도 커피를 한 모금 마셨을 때 어쩐지 이상한 맛이 난다는 것을 깨닫고, 그 괘씸한 알약이 생각났습니다. 아주 조금밖에 마시지 않았는데도 졸음을 쫓아내기 위해 무진 애를 써야만 했습니다. 그 다음 두 시간 동안 무슨 일을 했는지 나 자신도 잘 기억하지 못합니다. 방 안에 있는 물건들이 터무니없이 부풀어오른 채 밀려오기도 하고 밀려가기도 하는 느낌에 시달렸습니다. 하지만 완전히 의식이 몽롱해지지는 않았으므로 나머지 커피를 창 밖에 버리고 이런 상태가 지나가기를 기다렸습니다. 단순한 우연이었는지는 모르지만, 재미없는 일은 커피를 버린 자리에 자라고 있던 나팔꽃이 몇 그루 말라죽었다는 사실을 나중에 알았습니다. 이윽고 하녀들도 잠자리로 물러갔으므로 나는 방에서 나와 새로 진하게 커피를 타서 마신 뒤 2층 에드워드의 방으로 올라갔습니다.

충분히 시간을 들여 신중히 태울 것을 가려낼 작정이었는데 유감스럽게도 그럴 수가 없었습니다. 내가 손을 댔다는 사실을 에드워드가 모르도록 태우고 싶은 물건을 태울 수는 없었고 그렇다고 해서 에드워드에게 정면으로 최후의 수단을 보일 수도 없었기 때문입니다. 더구나 그애는 보험회사에 지불 요청을 할 것이고 그렇게 되면 여러 가지 조사를 받아야 할 터이므로, 일반적인 정당성을 제쳐두고라도 상당히 성가신 일이 될지 모릅니다. 지난번의 자동차 일만 해도 나는 몹시 난처한 경험을 했으므로, 아무튼 에드워드에게 보험금을 청구하도록 내버려두어서는 안됩니다. 나는 옷장과 책장과 벽지──그 방의 벽지는 곧 다시 발라야 할 필요가 있었습니다──가 타는 것으로 참으며 보험금을 청구하지 못하도록 해야 했지요. 그래서 나는 늘 싫다고 생각한 그애의 새빨간 셔츠 몇 장과 두 개의 베이지 색 파자마를 옷장 서랍에 넣고 시간이 오기를 기다렸습니다.

나는 놀랄 만큼 오랜 시간을 기다려야만 했습니다. 이미 보고서 쓰기도 끝냈고, 책읽는 것도 싫증이 났는데 좀처럼 폭발하지 않는 것이었습니다. 에드워드가 만들어 놓은 장치가 어설퍼서 끝내 폭발하지 않으면 어떻게 할까? 만일 그렇다면 나는 에드워드가 집에 돌아올 때까지 한 잠도 잘 수 없다는 이야기가 됩니다. 그것은 1주일 뒤가 될지도 모릅니다. 나는 마음을 바꿔 반시간 안에 아무 일도 일어나지 않으면 어떻게 해서든 옷장문을 열어야겠다고 결심했습니다. 기다리는 동안 나의 마음은 괘씸한 생각으로 가득차 어떻게 하면 다음날 에드워드에게 큰 고통이 따르는 보복을 해줄까 생각하고 있었습니다. 그애의 일기를 읽어보니 그 수단은 대체적으로 효과가 있었던 것 같습니다. 덧붙여 말한다면, 내가 마지막 계획을 세운 것은 다름 아닌 바로 이때였습니다.

이런 생각에 몰두해 있었으므로 옷장 속에서 탁탁 튀는 소리가 들리고 희미한 연기가 새어나오는 것을 알아차리고 놀라서 벌떡 일어났을 때에는 예정이었던 반시간이 이미 오래 전에 지났고, 나의 마음은 먼 앞날을 헤매고 있었습니다. 불길이 퍼지는 것을 손 하나 까딱하지 않고 지켜보려니 꽤 두둑한 담력이 필요했습니다. 이윽고 옆에서 불길이 돋구어 미리 갖다놓은 장작을 이용하여 책장 앞까지 불길을 댕겨감으로써 벽과 책장에 불이 일어났던 흔적을 남길 수 있었습니다. 그때까지 이미 상당한 위험을 무릅쓰고 있었으므로, 솔직히 말해서 약간 무섭기도 하여 소화기로 불길을 깨끗이 꺼버렸습니다. 사실 조금만 더 내버려두었더라면 진짜 불이 일어났을지도 모를 정도였습니다만, 억울하게도 에드워드의 추잡한 책을 모조리 태우지는 못했습니다. 하지만 그것들은 부엌의 난로불로 태워 없앴습니다. 덕분에 잠자리에 들었을 때는 솜처럼 지쳐 있었으나 대단히 만족스러웠습니다.

다음날 아침 나는 침대에서 아침식사를 들었습니다――이런 일은 좀처럼 없었고 나 자신 이런 게으름을 아주 싫어합니다. 메리에게는 어젯밤에 불 때문에 밤새도록 자지 못했다는 구실을 말해 두었습니다. 그리고 그녀는 조금 둔하므로 걱정하지 말라는 말도 덧붙여두었습니다. 그런데 메리와 요리사는 그 말을 듣고 몹시 흥분했으므로 그들의 마음을 가라앉히기 위하여 무척 애를 먹었습니다. 그럭저럭 그녀들도 마음을 가라앉혔으므로 나는 오전 내내 조용히 몸을 쉴 수 있었습니다. 수면제 때문에 몸이 나른하기도 했고 에드워드가 걱정하도록 만드는 것이 보복의 일부로서 계산에 들어 있기도 했으므로 나는 스펜서 선생님에게 전화하여 일부러 이해하기 힘든 전보를 치도록 부탁했습니다. 하긴 그런 전보문을 생각해 내는 데 조금 애를 먹었었지요.

에드워드가 헐레벌떡 달려와 하녀들이 그의 계략을 알아차리면 곤란하므로 나는 대문 앞에서 그 애를 만날 수 있도록 기다리고 있었습니다. 하지만 설마 그애가 한 번은 앞에서 또 한 번은 뒤에서 연거푸 두 번이나 나를 치어죽이려 할 줄은 꿈에도 생각지 못했으므로 이때만은 정말 울화통을 터뜨릴 뻔했습니다. 그 뒤――최근의 일입니다――그애의 일기를 읽고 내가 지난번 범죄현장에 나타난 유령인 줄 생각했다는 것을 알고 그 점을 믿어주기로 했습니다만, 정말 웃지 않을 수 없었습니다. 그때는, 그리고 이 수기를 쓰기 시작하기 전까지는 이것도 나를 죽이려는 가장 야만스러운 방법의 하나라고 생각했었습니다. 사실 에드워드가 온갖 기회를 노려 목적을 이룩하려고 했으므로 나로서는 마지막 조치를 취하지 않을 수 없었습니다. 물론 동기로서는 그다지 정당한 것이 아닙니다만 인생이란 그런 것이 아닐까요?

아무튼 그때는 노여움에 불타올라 자동차에 실은 짐을 보고 그애를 놀렸으며 신바람이 난 나머지 그만 속마음을 드러내보였던 모양입니다. 사실 그날 오후 르울에 가야 할 이유는 아무것도 없었습니다.

그 다음부터 어떤 기묘한 오해가 생기고 말았습니다. 나는 그애가 여전히 계획을 버리지 않으면 어떤 조치를 취해야겠다고 마음먹고 있었습니다만, 공정하게 해야 한다는 생각에서 더 이상 어리석은 짓을 하면 그냥 두지 않겠다는 뜻의 경고를 여러 번 되풀이했습니다. 지금 생각해 보아도 헤아릴 수 없을 만큼 그런 경고를 했다고 기억됩니다. 물론 어떤 조치를 취하느냐 하는 것은 말하지 않았습니다만. 사실 그애의 일기를 읽어보아도 그런 경고를 뚜렷이 밝혔음을 알 수 있습니다만, 나로서는 에드워드가 생각했던 것보다 훨씬 더 분명하게 말했다고 덧붙여 두겠습니다. 그런데 어떻게 보면 이상하게 여겨질지도 모르겠지만, 모든 일이 끝나버린 지금 생각하니 대체 그애가 경고당한 것을 정말 알고 있었는지 어떤지 이해할 수가 없습니다.

이리하여 내 쪽에서는 내가 모든 사실을 알고 있다는 것을 그애도 알고 있으며 나의 암시도 이해하고 있다고 생각했고, 한편 그애 쪽에서는 내가 아무것도 모른다고 생각하여 그 암시를 무시하거나 무시하는 척하는 가운데 사태는 진전되어 나갔습니다. 하지만 그애는 정말 그렇게 생각하고 있었을까요? 그애는 정말 그토록 어리석었을까요? 일어난 일에 대한 설명을 자신이 기록할 때 그애는 마음 속으로 자기가 인정하고 있는 것보다 더욱 많은 사실을 알고 있지 않았을까요? 나는 그렇게 생각하고 싶습니다. 그애는 틀림없이 알고 있었을 겁니다.

어쨌든 그애는 대영백과사전 건을 나에게 들켰다고 생각했을 것이며, 지금도 나는 그렇게 생각하고 싶습니다. 물론 백과사전을 책장에 다시 꽂을 때 보고 있던 페이지 귀퉁이를 접어놓았는데, 나중에 내가 그것을 읽었다는 사실은 그애도 모르겠지요. 하지만 그것은 누구의 눈에나 뚜렷한 사실이 아닐까요? 나는 그애가 읽고 있던 페이지의 제목이 '독'이라는 것을 보고 기겁을 했습니다. 독이라면 문제가 매우 성가시게 됩니다. 막을 방법을 찾아내기가 어렵고, 일단 마시면 심한 고통이 뒤따르니까요. 하지만 위협을 했으므로 그애도 독을 쓰는 것은 단념하리라 생각하고 나는 마음을 놓았습니다. 그애가 런던으로 떠났을 때 그것으로 일은 깨끗이 처리되었다 생각하고, 일년 내내 에드워드의 계략을 감시할 필요가 없어졌으니 조용히 마음을 가라앉히고 자신의 생활에 힘을 기울여야겠다고 진심으로 바랐습니다.

5

그런데 그애가 블라인모어를 떠나 있는 동안 나는 다시 안절부절 못하기 시작했습니다.

일기 속에서 앞으로의 계획에 대해 언급하는 기록이 차츰 간략하게 되어가고 있음을 알아차렸기 때문입니다. 그리고 이 경향은 차츰 더 심해가는 듯했습니다. 내가 일기를 훔쳐보고 있다는 사실을 그애는 눈치채지 못했고, 또 눈치챈 것 같은 기색도 없었습니다만, 거기에 쓴 계획이 모두 실패로 돌아가면 그애도 불길한 생각이 들어서 쓰지 않게 되는지 모르지요. 아니면 단순히 게을러서 쓰지 않게 될지도 모르고요. 그렇게 된다면 그때야말로 나는 정말 위험 속에 놓이게 될 것입니다.

그애가 집을 떠나 있는 동안 나는 이 점을 여러 번 생각해 보며 마음을 죄었습니다. 만일 그애가 끝내 계획을 단념하지 않는다면 어떤 조치를 취해야 할까 고민하다가——나는 그애가 최후로 실행한 그런 사태로까지 몰고 갈 생각은 없었습니다——마침내 병에 걸린 것도 생각해 보면 무리가 아닐 겁니다. 만일 이런 것을 스펜서 선생님에게 털어놓았다면 사정은 완전히 달라졌겠지만, 나의 계획에 그분을 끌어들이고 싶지 않았으므로 혼자 고민을 계속해야 했지요. 앞으로 조금만 더 읽으면 아실 테지만, 그 결과 거의 신경쇠약에 걸릴 지경에 이르고 말았습니다.

그러는 동안 나는 이 사태를 헤쳐나가기 위한 최후의 시도로서, 어리석게도 모든 사람들이 가장 좋다고 여길 만한 방법을 실행하려고 마음먹었습니다. 스펜서 선생님이 에드워드에게 혼잣힘으로 생활을 꾸려나가도록 하라고 충고하신 것은 말할 나위도 없이 내 부탁을 받았기 때문이었습니다. 그런데 내가 제시한 그런 제안을 기꺼이 받아들이지 않을 젊은이가 그리 흔할까요? 직종은 본인의 선택에 맡기겠다, 기술을 배우는 동안 비용과 용돈은 내가 지불하겠다, 그리고 기술을 배우는 동안 적당한 수당을 지급하겠다——이토록 진심으로 생각해 주었는데 에드워드가 그렇게 매정하게 거들떠보지도 않았던 것이 옳은 처사였을까요? 버밍엄이 어떠니 작업복이 어떠니 하며 쓸데없는 말을 지껄이는 것을 용납할 수 있을까요? 어떤 회사에 근무하든 엄격한 훈련을 받아야 하고 아침 일찍 규칙적으로 일어나야 하며, 근무 시간이 끝날 때까지 열심히 일해야 하고 받은 명령을 틀림없이 이행해야 하겠지요. 그애가 그런 일을 몹시 싫어하리라는 것은 나도 알고 있었습니다만, 결국 대부분의 젊은이들은 그런 괴로움을 직접 체험해야 하지 않을까요? 더구나 그애는 충분한 시간적 여유를 가지고 자기가 좋아하는 직업을 선택하여 좋아하는 곳에서 일할 수 있는 자유를 받고 있었던 것입니다. 하지만 어느 의미에서는 그애의 생각이 옳았을지도 모르겠군요——에드워드 같은 젊은이라면 어떤 회사든 몇 주일 이상 고용하지 않았을 테니까요. 그 때문에 내가 부담해야 하는 지출에 대해 조금도 감사하는 마음이 없음은 그만두고라도, 이런 제안을 기꺼이 받아들이지 않은 에드워드는 말할 수 없이 어리석었다고 생각합니다. 에드워드는 가엾은 인간일 뿐만 아니라 언제나 어리석은 아이였습니다.

그러므로 일기를 읽고 그애가 이 제안을 어떻게 받아들였는지 알았을 때는 노여움으로 피가 거꾸로 흐르는 듯했습니다. 이렇게 되면 이미 화해할 여지가 없습니다. 나도 그애가 뭔가 이의를 주장하리라는 것은 예상하고 있었습니다. 그러나 에드워드는 이의를 주장하는 정도가 아니라 아예 받아들일 생각이 없었던 것입니다. 더구나 그애가 특별히 고통이 심한 방법으로 차근차근 나를 죽일 계획을 세우고 있음을 알았을 때는 노여움이 더욱 불타올랐습니다. 그애가 의자에 앉아 하나의 독과 다른 독을 비교하여 그 잇점을 검토하고 있는 모습은 상상만 해도 정말 괘씸하기 짝이 없었습니다. 그애가 청산가리며 크레오소트며 옥살산이며 그밖의 온갖 독에 대한 것을 이것저것 열심히 읽어가는 동안 나의 노여움도 쌓여가고 있었습니다. 그러면서도 그애의 터무니없는 계획을 웃어주지 않을 수 없었습니다. 에드워드는 옥살산을 사러 나갔다가 창피하게도 크리스마스 카드를 사들고 돌아왔습니다——지금까지 그는 돈이 아까와 크리스마스 카드를 한 장도 산 적이 없었고, 그런 것을 보낼 만한 사람도 없음을 나는 잘 알고 있습니다——그렇습니다, 그애는 오직 한 장만 사가지고 돌아왔던 것입니다. 그리고 독약을 판 장부에 이름이 적힐까봐 겁을 내었고 이 것저것 화학약품 만드는 법을 몰라 고개를 갸우뚱했으며, 아주 간단한 전문용어의 뜻도 몰라 욕설을 퍼붓는 데다가 점심때 지나치게 먹어 괴로워하는 꼴이란 참으로 우습기 짝이 없었습니다. 하지만 에드워드가 나에게 하찮은 보복을 하려다 이 문제와는 아무 관계가 없는 다른 사람에게까지 영향을 미칠지도 모른다고 생각하자 웃고 있을 수만은 없었습니다. 그애는 자기 행동을 방해한다는 이유로 스펜서 선생님 댁 가족들까지도 끌어들이려 생각하게 되었습니다. 그리고 요리사는 '제멋대로 하게 해주지 않아서', 메리는 자기의 정부(情婦)가 되어주지 않았다는 이유로 두 사람 모두 나의 길동무가 될 뻔하였습니다. 결국 그애는 르울 주민의 절반을 죽여도 아무렇지 않게 생각할 정신상태에 빠졌습니다. 그러나 내가 그런 일을 잠자코 내버려둘 리가 없습니다.

그래도 나는 다시 여러 번 경고했고, 그 계획을 포기할 기회도 주었습니다. 그리고 그 애가 마음만 먹으면 진지한 생활로 나아갈 수 있도록 그 문도 여전히 열어주었습니다. 하지만 그애에게는 그런 마음이 전혀 없었던 것입니다.

그러는 동안 나는 그애가 양심의 가책——그러나 그애로부터 그런 것을 기대할 수 없다면 단순한 경계심에서——으로 계획을 포기해 주었으면 하고 바라면서도 한편 그애를 놀리는 은밀한 즐거움을 누릴 수가 없었습니다. 그런 즐거움 가운데 가장 끝내준 예로, 우리 집 뜰에는 바곳 같은 독초는 없다는 사실입니다. 비록 내가 좋아한다 해도 그런 것을 뜰에는 심지 않았을 겁니다. 사실 그다지 좋아하는 꽃도 아니었습니다. 만일 그것이 뜰에서 자라고 있다 하더라도 관상용 바곳은 '페록스'라는 종류가 아니므로, 거기에도 물론 독이 들어 있긴 하지만 에드워드가 생각하는 것만큼 위험하지 않다는 것을 나는 알고 있었습니다.

따라서 나는 안심하고 그애가 초등식물학 공부를 하는 것을 지켜보며 '뜰의 오솔길을 걷게 할' 수가 있었던 것입니다. 그리고 그애가 웅크리고 앉아 몸에 배지 않은 일을 많이 하여 허리를 펴지 못할 만큼 지치고, 쟁기를 써서 두 손에 못이 박힐 지경이 되자 참으로 속이 후련했습니다——에드워드는 그날 저녁 일기에 써놓은 것보다 훨씬 일을 많이 했던 것입니다——게다가 일을 시작할 때부터 끝마칠 때까지 가엾은 에드워드는 내게 속고 있었던 것입니다. 그애는 아무리 일을 해도 바라고 있는 보수는 얻을 수 없게끔 되어 있었으니까요.

처음에 나는 바곳을 전혀 화제에 올리지 않으려고 생각했습니다. 본디 뜰에는 바곳이 있지도 않았으므로 그런 이름을 대지 않아도 되고, 그애가 바곳이라고 생각하는 식물 앞에 다다르기 전에 이야기를 마칠 수도 있었겠지요. 사실 보통 뜰에 심는 바곳은 매발톱꽃, 다시 말해서 영어로 콜롬바인이라고도 불리는 것보다 위험하지 않습니다. 에드워드의 설명은 과학적으로 틀렸을 뿐만 아니라 여느 사람의 눈으로 보아도 그다지 잘 관찰했다고 할 수 없는 것이었습니다. 아무튼 나는 그애가 그 앞에 이르기 전에 불러세우고 그때까지 가르쳐준 꽃 이름을 반복시켜 만일 제대로 대지 못하면——아마 제대로 대지 못했겠지요——다시 한 번 되풀이해서 가르쳐준 다음 오늘은 이만하자고 말하며 화제를 돌릴 수도 있었겠지요. 사실 그런 생각을 하며 식물에 대한 지식을 주는 대신 에드워드에게 좀더 뜰일을 시켜야겠다고 마음먹고 있었습니다. 그러나 그애는 지나치게 일을 하여 두 번 다시 그런 일을 시킬 수 없지 않을까 생각될 정도로 지쳐 있으므로 그렇게 할 수가 없었습니다.

그래서 나는 곧 다른 멋진 생각을 해냈습니다. 우선 그애가 어느 정도 식물에 대한 지식을 가지고 있는지 시험해 보았습니다. 예상했던 대로 아무것도 몰랐습니다. 터무니없이 틀린 사실도 그대로 믿어버리는 것이었습니다. 장미를 디기탈리스라고 가르쳐주어도, 아주 흔해빠진 종류의 달리아를 석남화라고 말해도 전혀 비슷하지도 않은 꽃인데도 그냥 믿어버리는 것이었습니다. 에스콜레리아니 색시플라나 탐이니 하며 그저 입에서 나오는 대로 귀여운 이름을 만들어 붙여도 에드워드는 그저 탄복할 뿐이었습니다. 마지막에는 그애의 반응을 보며 즐기기 위해 여느 가정에서나 흔히 기르는 미나리아재비를 바곳이라고 말해 보았습니다.

이것은 매우 재치있는 농담이었습니다. 첫째, 그 때문에 한층 더 안전을 보증받는 결과가 되었기 때문입니다. 만일 뜰에 바곳이 없다는 사실을 알았다면 에드워드는 다른 곳에 가서 그것을 구해오거나 아니면 더욱 굉장한 계획, '들끓는 기름과 함께 떠돌게' 만들 계획을 세웠겠지요. 둘째, 이것을 바곳이라고 말했을 때의 에드워드의 표정은 정말 볼 만했습니다. 우스꽝스럽기 짝이 없는 질문을 계속하여 자기가 생각하고 있는 것보다 훨씬 더 본심을 드러내보이고 말았습니다. 그리고 내가 잘못 가르쳐주었는지, 속이기 위해 거짓말을 했는지, 정말을 가르쳐주었는지 몰래 알아보고 있는 그애를 나는 멀찍이 떨어진 곳에서 계속 관찰했는데, 이것은 우스꽝스러웠다는 한 마디로밖에 표현할 수 없었습니다. 이토록 아무것도 모르는 사람은 본 적이 없습니다. 나는 그애가 이 거짓말을 그대로 받아들였다고 생각했었는데, 나중에 알고 보니 그애도 자기 나름대로 의심을 품고 있었더군요. 바곳이 '미나리아재비과'의 식물이라는 점을 기억해 내기만 했다면 술 모양의 꽃이 어떻고 꽃송이가 어떻고 하며 알지도 못하는 것을 이것저것 뒤적이는 것보다 훨신 유익했을 것입니다. 그애는 매우 기묘한 방법으로 실험을 했습니다. 어떤 식물을 뿌리째 뽑아서 그것을 조사한 다음 다시 본디대로 꽂아놓으면 아무탈없이 계속 자란다고 생각한 모양입니다. 믿을 수 없는 일입니다만, 어쨌든 그애는 뜰에 있던 미나리아재비와 콜롬바인을 그 자리에서 말라죽게 했던 것입니다.

그러나 이 '씩씩한 모즐리'의 제자가——사실 나는 그의 정치적 견해에 찬성할 수 없지만, 이래가지고는 오스월드 경이 가엾다는 생각이 듭니다!——식물학상의 어리석은 행위를 거듭하고 있는 걸 관찰하며 즐기고 있는 동안에도 에드워드가 우리를 독살할 계획을 아직 버리지 않았다는 무서운 사실이 여전히 남아 있었고 마침내 미나리아재비나 콜롬바인, 그밖의 온갖 식물의 뿌리가 나의 몸에 해를 끼치지 않을까 하는 매우 불쾌한 의혹에 시달리게 되었습니다. 그리고 비록이번 계획이 다시 비참한 실패로 돌아간다 해도 에드워드가 과연 이 무시무시한 발버둥을 그칠 것인가 하는 데 대한 의심이 무섭게 내 마음을 짓눌렀습니다. 이리하여 나의 건강은 이러한 고민에 오래 견뎌낼 수 있을 것 같지 않았습니다.

그래서 마침내 나는 어떻게든 사태를 수습해야겠다고 마음먹었습니다. 에드워드에게 다시 한 번 독립하여 직업을 가질 기회를 주는 것입니다. 만일 그애가 그 제안을 받아들인다면 나는 그애를 도와주기 위해 온 힘을 기울일 생각이었습니다. 그러나 만일 거부한다면 강제로라도 내 말을 듣게 만들 참이었습니다. 그런데 어느 한 가지 점에서 그애의 생각이 옳았던 것 같습니다. 나는 반드시 버밍엄이 아니라도 그애를 억지로 어떤 일에 종사시켰어야만 했던 것입니다. 만일 그애가 난생 처음 나의 명령에 따르지 않고 그대로 블라인모어에 머물러 있는다 하더라도, 나를 죽일 계획만 버리고 우리 두 사람의 생활이 그 무덥던 여름날에 내가 그애를 르울까지 걸어갔다 오도록 했을 때의 상태로 돌아갈 수만 있다면 나는 그런 생활일지라도 참아가며 어떻게든 함께 살 작정이었습니다. 하지만 만일 그애가 여전히 나의 권고를 거부하고, 이 최후의 경고를 받은 다음에도 나를 죽일 계획을 계속 진행시킨다면 그때야말로 사정없이 조치를 취하는 수 밖에 없습니다.

6

이리하여 우리는 마지막 담판의 단계에 이르렀습니다.

에드워드의 설명에는 전혀 공정성이 없었습니다. 그애가 잠을 자려고 할 때 하필이면 중대한 문제를 꺼냈던 것이 어쩌면 좋지 않은 방법이었는지도 모릅니다. 그렇다고 해서 이야기하는 도중에 잠들어버린다는 것은 결코 용납할 수 없는 일입니다. 나는 그애에게 그런 습관이 있는 줄은 몰랐습니다. 그런데 그뿐이라면 좋았겠지만 그애는 조는 일은 좀처럼 없다면서 누구나 그렇듯이 가끔 잠깐 쉬고 싶은 생각이 들 때가 있었는데, 그것도 별로 할 일이 없을 때뿐이라는 것이었습니다. 하지만 내가 '거의 설교조에 가까운' 잔소리를 늘어놓았다고 쓴 것은 과장된 표현입니다. 나는 그애가 인생에서 어떤 진지한 임무를 해내야 하는 이유를 설명해 주었을 뿐입니다. 그애의 설명으로 미루어보아도 알 수 있듯이, 나는 매우 온화하게 말을 했던 것입니다. 아마도 나는 '디룩디룩 살찐 보기흉한 몸'으로 '두 다리로 떡 버티고' 서 있었는지는 모르겠지만, 정확하게 말하면 내가 서 있던 곳은 에드워드의 융단 위가 아니라 내 융단 위였습니다. 아마도 그애는 이런 자질구레한 점까지 기억하고 있지는 않을 테지만.

아무튼 그건 그렇고, 내가 그때부터 지금까지 결정적으로 중대한 제안이라고 생각하고 있는 사항에 대해 에드워드는 거의 아무 반응도 나타내지 않았습니다. 그때까지는 솔직히 말해서 그럭저럭 울화를 참고 있었습니다만, 대답을 기다리고 있지 않느냐고 독촉했을 때는 내 목소리도 틀림없이 조금 날카롭게 울렸을 겁니다. 나는 진심으로 애타게 그애의 대답을 기다리고 있었던 것입니다. 하지만 그때까지는 한 번도 심한 말을 입에 담지 않았습니다. 물론 하고 싶은 말은 솔직히 했습니다만, 그애가 설명했듯이 독기어린 냉혹한 투로 밀한 기억은 없습니다.

그런데 뜻밖에도 그 때문에 에드워드는 몹시 화를 냈습니다. 그애가 어느 정도 악의를 품고 있었는지는 모르지만, 맨 처음 그애가 내뱉은 말을 듣고 나는 그만 기가 질려버렸습니다. 그런데 이야기를 듣다가 이번에는 내가 화를 내게 되었습니다. '급료의 노예'라는 속이 텅 빈 헛말이나 내가 그애에게 비용을 지출할 의무에서 해방되느니 하는 시시한 표현은 덮어두더라도——에드워드도 아마 내가 그때까지 지출하던 액수보다 더 큰 지출도 마다하지 않으리라는 사실을 알아차린 모양입니다——친애하는 스펜서 선생님에 대해 실례되는 말을 하는 것을 듣고는 더 이상 참을 수가 없었습니다. 그분의 은혜가 아니었으면 온전한 사람으로 자랄 수 있었을지 의문스러운 에드워드였기 때문입니다. 그리고 그 개에 대해 언급하며, 사람을 죽이려던 자기 계략은 덮어두고 나에게 비난의 화살을 던질 때는 그애가 자멸의 길로 치달려가는 것을 막기 위해 마지막으로 한 번만 더 경고해야겠다는 결론에 이르렀습니다. 그래서 그애도 일기에 썼듯이 나는 소년시절의 갖가지 실패며 생활 전체를 그애에게 상기시켰습니다. 그야말로 에드워드는 일기에서 놀랄 만큼 자기의 못된 행동을 약화해서 썼고, 학교에서 퇴학당한 때의 묘사는 더욱 교묘하게 그려져 있습니다. 아무튼 나는 학교에서 퇴학당한 일이며 그밖의 온갖 사건에 대해 똑똑히 말해 주었습니다. 확실히 나는 몹시 흥분하여 말했습니다. 한두 가지 자극적인 말을 뱉었는지도 모르나 '생선파는 여자처럼 욕설을 퍼부었다'고 한 것은 터무니없는 거짓말입니다.

그리고 마지막으로 나는 분명히 그애에게 경고한 다음 끝맺음을 하지 않았던가요? 그애는 순순히 받아들였어야만 했습니다. 그리고 이번에야말로 내가 무엇을 생각하고 있는지 깨달았어야 했습니다. 이번에야말로 말을 듣지 않으면 단호한 조치를 취하겠다는 뜻을 분명히 말했다고 생각합니다.

그래도 그애가 나의 경고를 전적으로 무시하고, 나의 말을 순순히 받아들일 눈치가 보이지 않으므로 나는 거기에 맞는 조치를 취했던 것입니다. 달리 또 어떻게 할 수 있었겠습니까? 사태를 그대로 내버려둘 수는 없습니다. 단순히 나 개인의 위험문제가 아니라 에드워드가 잇달아 새로운 계획을 세워나가는 한 블라인모어에 사는 사람들, 아니, 르울에 사는 모든 주민의 목숨이 위험에 처하게 되어 있었던 것입니다. 왜냐하면 에드워드의 계획이 아무리 엉터리라 하더라도 언젠가는 그 가운데 한 가지 방법은 반드시 성공할 테니까요. 그렇다고 해서 이 사실을 누구에게 털어놓을 수도 없고, 또 블라인모어의 파우엘 집안 이름이 추문으로 더럽혀지는 것을 용납할 수도 없습니다. 우리 집안은 여러 세기에 걸쳐 이 고장에서 살아왔습니다. 비록 에드워드와 나를 마지막으로 가문이 끊긴다 해도, 에드워드가 큰어머니를 죽인 죄로 교수형을 당했다는 불명예스러운 종말을 맞게 할 수는 없습니다. 그리고 나의 감시 없이 에드워드가 가문을 이어나갈 수 있다고 생각할 수도 없습니다.

어쨌든 에드워드의 일기에 대한 비평은 그만두고, 그애가 부득이 쓰다가 남긴 마지막 부분을 내 손으로 매듭지어야 할 때가 온 것 같습니다. 앞에서도 에드워드의 글을 편집하면서 '파헤쳐 알아내기를 좋아하는 사람들'이 자기와 관계없는 일에 지나치게 큰 흥미를 갖지 않도록 자질구레한 점과 사람의 이름이며 지명 등을 얼버무려놓았다고 말했는데 역시 같은 이유로 여기서도 나는 한두 가지 자잘한 점을 생략하고 일부러 애매하게 얼버무려서 알려드려야겠습니다.

그날 밤은 어딘지 불길한 느낌이 드는 밤이었습니다. 에드워드는 아무 말도 하려 하지 않았고, 나도 아무리 충고해도 소용없음을 알고 체념했습니다. 게다가 나는 가벼운 충격을 받았던 것입니다. 나는 지난 몇 주일 동안 내내 로스트 비프를 식탁에 올리지 못하게 하고 있었지요. 그런데 저녁식사 직전에 메리가 와서 내가 주문했던 양고기가 품절이 되어 대신 정육점에서 등심을 보내왔다고 말했습니다.

"얼마 동안 쇠고기를 드시지 않기 때문에 그것을 가져왔다고 정육점 사람이 말했어요. 그리고 에번스가 오늘 오후 고추냉이를 가지고 왔거든요" 하고 메리가 말하는 것이었습니다.

나는 에드워드가 이 사실을 알지 못하기를 바랐습니다. 메리에게는 다만 상냥하게 쇠고기라도 좋다고 대답했습니다. 드디어 위험이 닥쳐오고 있었으므로 나는 나의 신경이 앞으로 일어날 사태를 이겨낼 수 있을지 걱정스러웠습니다.

그날 밤은 깊이 잠을 이룰 수가 없었습니다. 에드워드의 괘종시계 소리에 곧 눈을 뜬 것은 아마 그 때문이었으리라고 생각합니다. 갑자기 잠에서 깨어났을 때 누구나 그렇듯 나는 의아한 기분으로 한참 동안 침대에 누워 있었습니다. 그러나 곧 그것이 무슨 소리였는지 어렴풋이 깨달았습니다. 그래서 나는 벌떡 일어나 재빨리 옷을 입었습니다.

나는 커튼을 살짝 열고 웨일스 국경의 아름다운 전원 풍경을 내다보았습니다. 앞쪽에는 블로드 산이 나무숲에 뒤덮인 산허리를 아침 안개 속에 드러내고 있었습니다. 그 산 마루로 눈길을 돌리자 마침 아침해가 솟아오르는 참이었고, 긴 언덕 기슭은 밤마다 강가에 피어오르는 하얀 안개로 자욱했습니다. 오른쪽에는 양떼가 야 올트 언덕으로 올라가며 아침 이슬에 반짝이는 풀을 뜯고 있었습니다. 왼쪽에 보이는 프론의 숲은 여기저기 물들기 시작한 가을빛으로 반짝였습니다. 상쾌한 아침——이럴 때 인생은 즐겁고 세상 사람들은 모두 정답게 지내야 한다는 마음이 일어나지요. 그런데 나의 눈앞에 펼쳐진 초록빛 잔디 위에 나의 하얀 비둘기들을 쫓고 짓궂은 할미새들을 놀라게 하며 손질이 잘된 꽃밭 쪽으로 걸어가고 있는 것은 다름 아닌 에드워드였습니다! 그애는 꽃이 아니라 뿌리를 캐러 가는 것입니다 ──참으로 아름다운 아침의 꽃다발이겠지요!

에드워드는 가다가 나의 방 창문을 흘끗 쳐다보았습니다. 순간 내가 취하려 하고 있는 조치가 잘못되어 있지 않음을 확신했습니다. 그것은 미친 사람의 눈초리였습니다. 그 옛날 우연한 사건으로 볼 수 없는 한 사건을 저질렀을 때의 그애 아버지 눈초리가 바로 그런 것이었습니다. 몸의 움직임을 그애가 알아차리지 못하도록 조심하면서 나는 가만히 창가를 떠나 에드워드의 방으로 갔습니다. 일기는 힘들지 않게 찾아낼 수 있었습니다. 나의 몸을 지키기 위해 그것이 필요할 경우를 생각하여 나는 오래 전부터 이 일기를 손에 넣을 결심을 하고 있었던 것입니다. 에드워드가 언제라도 달아날 수 있도록 모든 준비를 갖춰놓은 것을 보고 나는 차가운 만족감을 느꼈습니다. 그 다음 차고로 발길을 옮겼습니다. 나는 결코 에드워드가 생각하는 만큼 자동차에 대해 무지하지는 않습니다. 그러므로 미리 계획했던 대로 재빨리, 그리고 효과적으로 자동차에 조금 손을 보았습니다. 이것으로 '라 조아이유즈'──에드워드처럼 야하게 부르자면──는 이미 내가 원하는 대로만 달릴 수 있게 되었습니다.

그리고 나는 부엌으로 가서 사태가 돌아가는 것을 지켜보았습니다. 그리고 에드워드가 방금 주의깊게 파낸 뿌리를 아직도 고추냉이와 섞지 않았음을 확인했습니다. 나도 재빨리 행동했지만, 그리 시간을 끄는 일이 아니니 에드워드가 이미 섞어놓았다 해도 별로 놀랄 건 없지요. 잠시 뒤 나는 에드워드가 어째서 그토록 꾸물거렸는지 알았습니다. 그애는 어느 꽃이 바곳인지 몰라 자신이 없어 이 꽃 저 꽃 온 뜰을 찾아 헤매다녔던 것입니다. 그래서 내가 먼저 부엌으로 들어가게 되었던 것입니다. 하지만 내가 부엌에 들어가자마자 홀을 걸어오는 조심스러운 발소리가 들려오고, 이어서 한 손에 구두를 들고 또 한 손에 무슨 뿌리인지도 모르는 뿌리를 든 에드워드가 모습을 나타냈습니다.

나는 절대로 발뺌할 수 없는 현장을 덮쳐 그애를 깜짝 놀라게 해줄 작정이었습니다. 그러므로 그애가 두 종류의 뿌리를 막 섞으려 하는 순간까지 기다렸다가 부엌문 뒤에서 불쑥 나타났습니다.

에드워드는 기겁을 했습니다. 허공으로 펄쩍 뛰어오르며 목이 잠긴 듯한 소리를 질렀지요——다행히 이 소리에 잠을 깬 사람은 없었습니다——그리고 쏜살같이 달아났습니다. 겨우 몇 초 사이에 그애는 다시 층계를 내려왔습니다. 그 동안의 동작이 너무나 민첩하여, 나는 그를 놀라게 해주기 전에 자동차에 손을 써두기를 잘했다고 생각했습니다. 나는 문제의 뿌리를 주의깊게 골라내어 난로 속에 던져넣었습니다. 이윽고 그애의 자동차문이 닫히고 조심스럽게 찻길을 미끄러져 나가는 소리가 들려왔습니다. 나는 급히, 그리고 얼마쯤 슬픈 기분을 안고 2층으로 올라가 집 앞의 찻길과 그전에 자동차가 굴러떨어졌던 지점을 내려다볼 수 있는 창가로 가서 섰습니다.

에드워드의 자동차가 그 지점에 이르러 그애의 손이 브레이크, 또는 기어를 만진 순간 어떤 일이 일어났습니다. 에드워드와 그의 자동차는 빙글빙글 돌며 가파른 비탈길을 굴러 그 밑으로 떨어져 새빨간 불길 속에 휩싸여 버렸습니다. 슈트케이스가 한 개 자동차 밖으로 내동댕이쳐졌을 뿐, 에드워드도 자동차도 거의 원형을 알아볼 수 없었습니다.

남은 일은 이 수기에 제목을 붙이는 일뿐입니다만, 내가 선택한 제

목에 설명이 필요할 것 같군요──《Murder of My Aunt(백모(伯母)
살인)》 소유격으로도 생각할 수 있지 않을까요? 즉 '큰어머니가 저
지른 살인, 또는 큰어머니의 살인'이라는 뜻으로 받아들여질 수도 있
지 않을까요?

THE SILVER MASK
은가면
휴 월폴 지음

은가면

미스 소냐 헬리즈가 웨스턴 가의 만찬회에서 돌아오는데, 바로 옆에서 사람의 목소리가 들렸다.

"괜찮으시다면 잠깐만——"

웨스턴 가는 그녀의 집에서 세 구역밖에 떨어져 있지 않아, 그녀는 걸어서 돌아왔다. 두세 발짝만 가면 자기 집 현관인 곳에까지 이르렀다. 밤이 깊었고 주위에는 인적도 없었으며 킹 거리의 술렁거리는 소리도 장막을 통해 듣는 것처럼 희미했다.

"하지만 전……."

그녀는 말했다. 추운 밤이어서 바람이 뺨을 찌르는 것 같았다.

돌아다보니 거기에는 정말 아름다운 청년이 서 있었다. 마치 소설 속 주인공 같은 아름다운 청년이었다. 키가 크고, 브루넷이고, 얼굴이 희고, 날씬하고, 고상하고——모든 것이 갖추어져 있었다! 그런데 입은 옷은 꾀죄죄했고, 무리도 아닌 일이지만 추위에 떨고 있었다.

"하지만 전……."

다시 이렇게 말하고 그녀는 걸어가려고 했다.

"예, 알고 있습니다" 하고 그 청년은 서둘러 말을 막았다. "누구나가 그렇게 말합니다. 당연합니다. 저라도 반대 입장에 있다면 그렇게 말할 겁니다. 그러나 말씀드리지 않을 수가 없습니다. 빈손으로 아내와 자식한테 돌아갈 수가 없습니다. 있는 것이라곤 밤이슬을 피할 천장뿐. 제가 나쁩니다, 모두. 동정에 매달리고 싶지는 않습니다만, 도와 주셨으면 합니다."

그는 떨고 있었다. 금방 쓰러질 듯이 떨고 있었다. 그녀는 자기도 모르게 손을 내밀어 받쳐 주었다.

"괜찮습니다." 그는 작은 소리로 말했다. "배가 고파서…… 그만 지금과 같은──"

만찬은 호화판이었다. 술도 무모한 짓을 할 수 있을 정도로 마셨다. 어쨌든 그렇게 깨달았을 때에는 벌써 짙은 녹색 문을 열고 집 안으로 청년을 안내하고 있었다. 얼마나 바보 같은 짓을 했는가! 그러나저러나 정말 나이값도 못할 짓을 했다. 벌써 쉰이 되었고, 몸은 건강하고 말처럼 튼튼하기는 하지만(심장이 조금 나쁜 것을 제외하고는), 몰상식한 짓을 하지 않을 정도로는 총명했으니까. 그런 바보 같은 여자는 아니었는데.

총명하기는 했어도 그녀에게는 충동적으로 친절을 베푸는 나쁜 버릇이 있었다. 젊었을 때부터 그랬다. 지금까지 저지른 실패라고 하면──그것도 한두 번이 아니었다──모두 지성이 정에 진 데서 일어난 것이었다. 자신도 그것을 알고 있었다. 마음에 깊이 사무쳤다. 친구들도 입이 닳도록 타일렀다. 50회째 생일을 맞았을 때, '이런 나이가 됐으니 이젠 바보 같은 짓은 하지 말아야지' 하고 그녀는 자신에게 타일렀었다. 그런데 또 이렇다. 이런 한밤중에 전혀 낯선 젊은 남자를 집 안으로 들여놓다니. 그것도 어떤 사람인지도 모르고.

조금 뒤에 그 남자는 장밋빛 긴 의자에 앉아서 샌드위치를 먹고 위스키 소다를 마시고 있었다. 그는 그녀의 아름다운 세간에 압도된 것 같았다.

'지금 연극을 하고 있는 거라면 꽤 잘 하는 거다'라고 그녀는 마음속으로 생각했다. 그러나 그 남자는 미술에 대한 눈과 지식을 가지고 있었다. 그 방에 있는 위트릴로의 그림이 초기의 작품이고, 이 화가의 중요한 작품은 초기의 그림뿐이라는 것이며, 창 아래에서 두 노인이 이야기하고 있는 것은 시카트의 '중부 이탈리아인' 중의 작품이라는 것도 알고 있었고, 머리 부분의 소상(塑像)이 드부손 작이라는 것과 훌륭한 녹색이 어린 청동 고라니(사슴과 동물)가 칼 미레스의 작품이라는 것도 알고 있었다.

"당신은 예술가로군요, 그림을 그리나요?"

그녀는 물었다.

"화가가 아닙니다. 뚜쟁이, 도둑놈, 그 밖에 뭐든지——쓸모 없는 일만 합니다" 하고 그는 격한 어조로 말했다. 그리고 "이만 가야겠습니다" 하고 덧붙이더니 소파에서 일어섰다.

그는 완전히 기운을 되찾은 것 같았다. 그녀는 이 사람이 불과 30분 전만 해도 자기 팔이 받쳐 주지 않으면 안 되었던 그 젊은 남자라고는 도저히 믿을 수 없을 정도였다. 그리고 이 남자는 신사였다. 그 점은 의심할 여지가 없었다. 더구나 젊은 라몬 나바로나 로널드 콜맨에게서는 볼 수 없는 1세기 전의 아름다움, 젊은 바이런이나 셸리의 눈이 휘둥그레지리만큼의 아름다움을 지니고 있었다.

그렇다, 그는 가는 편이 좋다. 그녀는(자기를 위해서라기보다 그 자신을 위해서) 그가 돈을 요구하거나, 협박 비슷한 짓을 하지 않으면 했다. 어쨌든 새하얀 머리칼, 튼튼하고 굳센 턱과 굳센 몸매를 한 그녀는 아무리 보아도 협박에 넘어갈 것 같은 사람으로 보이지는

않았다. 그도 위협하려는 생각은 털끝만큼도 없는 듯했다. 그는 문
쪽으로 걸어갔다.

'오!' 하고 그는 경탄하는 낮은 소리를 냈다. 그는 그녀의 수집품
중에서도 제일 아름다운 깃 중의 하나인 은으로 만든 익살꾼 가면 앞
에서 발을 멈추었다——익살꾼 모두가 전통적으로 그렇다고 생각되
는, 영원한 슬픔을 느끼게 하는 것이 아니라, 싱글벙글거리는 밝고
쾌활한 얼굴이었다. 그리고 그것은 현존하는 위대한 가면 만들기의
대가 소라트의 걸작 가운데 하나였다.

"아, 그것 좋죠?" 하고 그녀는 말했다. "소라트의 초기 작품으로,
그런대로 걸작 중의 하나라고 생각해요."

"은으로 만든 것이 그 익살꾼 가면에 딱 어울리는군요."

그는 말했다.

"예, 나도 그렇게 생각해요."

그녀는 말했다. 그녀는 그의 곤란한 사정이나 가엾은 그의 처자와
과거의 신상 등에 관해서 아직 아무것도 듣지 않았다는 것을 깨달았
으나 그러는 편이 좋으리라고 생각했다.

"덕분에 살았습니다."

그는 현관에서 말했다. 그녀는 손에 1파운드짜리 지폐를 쥐고 있었
다.

"네, 네." 그녀는 싱글벙글거리며 그 말에 답했다. "이런 깊은 밤
에 알지도 보지도 못한 사람을 집에 들여놓다니, 난 바보죠. 적어도
친구들은 그렇게 말할 게 뻔해요. 그러나 나 같은 할머니가 무서운
것이 어디 있겠어요?"

"당신 목을 자르지 않는다고 장담은 못합니다."

그는 진지한 태도로 말했다.

"그야 못할 것은 없겠죠."

그녀는 말했다.

"하지만 그런 짓을 하면 당신 역시 무사하진 않을 거예요."

"아니, 요즈음은 그렇지도 않습니다. 경찰에게는 범인을 잡을 힘이 없으니까요."

"그럼 잘 자요. 이걸 가지고 가요. 이 정도면 몸을 따뜻하게 하는 데 보탬이 될 거예요."

그는 돈을 받더니 "고맙습니다" 하고 무심하게 말했다. 그리고 문 앞에서 걸음을 멈추고 "그 가면 말인데, 그렇게 좋은 것을 지금까지 본 적이 없습니다."

문을 닫고 거실로 돌아온 그녀는 한숨을 지었다.

"얼마나 귀여운 젊은이인가!"

그녀는 이렇게 말하고 나서 문득 아름다운 백비취 담배 케이스가 없어진 것을 알았다. 소파 옆의 작은 테이블 위에 놓아 두었는데. 샌드위치를 만들려고 식료품실에 가기 전까지도 그곳에 있었던 것을 알고 있다. 지금 그 남자가 훔쳐간 것이 틀림없었다.

'얼마나 귀여운 젊은이인가!' 그녀는 2층 침실을 올라가며 생각했다.

소냐 헬리즈는 겉보기에는 비꼬기 좋아하고 다기찬 여자였으나 내심으로는 애정과 이해를 구하고 있는 여자였다. 그것은 머리가 희고, 나이가 쉰이나 되었으면서도 보기에는 활동적이고, 아주 젊어 보였으며, 수면이나 식사를 그다지 많이 취하지 않아도 되고, 춤을 출 수 있고, 칵테일을 마시며 브리지도 끝까지 상대할 수 있지만, 내심은 칵테일이나 브리지를 좋아하지 않았기 때문이다. 무엇보다도 그녀는 모성애가 강하고 심장이 약했다. 정신적으로 약할 뿐 아니라, 생리적으로도 약했다. 심장병이 일어나면 알약을 먹고 누워서 안정을 취하고 문병객도 옆에 오지 못하게 했다. 그녀와 같은 시대의 같은 생활

태도를 가진 모든 여성과 마찬가지로 그녀는 더 훌륭한 삶을 영위하기에 알맞을 만큼의 용기를 가지고 있었다. 그녀는 똑똑한 여자였으나 그럴 만한 특별한 이유는 없었다.

그러나 다른 무엇보다도 그녀는 모성애가 강했다. 적어도 지금까지 두 번, 그녀가 조금만 애정을 쏟았더라면 결혼할 수 있는 기회가 있었는데, 정말 그녀가 좋아한 상대 남자는 그녀를 사랑해 주지 않았다 (그것은 25년 전 일이지만).

그래서 그녀는 그 뒤로 결혼 생활을 경멸해 왔다. 만약에 아이가 있었다면 그 성격이 달라졌을 것이다. 그런데 그 행운을 잡지 못했기 때문에, 그녀는 자기를 이용하고, 때로는 조소하고, 그녀를 별로 거들떠보지 않은 사람들에게까지 모성애를 발휘해 왔다(표면으론 얄궂은 무관심을 가장하고). 그녀에게는 '모자라는 호인'이라는 별명이 붙어 있어, 친구들 사이에서는 언제나 '따돌림'을 당했다. 헬리즈 집안의 먼 인척이 되는 로케이지 집안, 카드 집안, 뉴마크 집안 사람들은, 식탁 짝이 모자라는 빈 자리가 생겼을 때라든가, 파티에서 사람 수가 모자라 빈 자리를 메울 때라든가, 자기들을 위해 런던으로 물건을 사러 보낼 때라든가, 무슨 재미없는 일이 있거나 남에게 욕을 먹었을 때 이야기할 상대가 필요할 때만 그녀를 써먹었다. 그녀는 고독한 여자였다.

그로부터 2주일 뒤, 그녀는 또 그 젊은이를 만났다. 만났다기보다는 어느 날 저녁때 그녀가 만찬을 위해 옷을 갈아 입고 있는데 그 젊은이가 찾아온 것이다.

"젊은 남자분이 찾아오셨습니다."

하녀 로즈가 전했다.

'젊은 남자? 누구일까?' 하고 반문했지만, 그녀는 알고 있었다.

"모르겠습니다, 소냐 님. 성함을 말씀해 주시지 않아서."

아래층으로 내려가 보니, 그는 홀에서 그 담배 케이스를 가지고 기다리고 있었다. 복장은 단정하게 하고 있지만 역시 야위었고, 배가 고프고 절박한 듯한 태도를 하고 있었는데 믿을 수 없을 만큼 아름다웠다. 그녀는 요전의 방으로 그를 데리고 갔다. 그는 담배 케이스를 그녀에게 넘겨 주었다.

"제가 훔쳤습니다" 하고 말했는데, 눈은 은가면을 보고 있었다.

"무슨 망신스런 짓예요!" 하고 그녀는 말했다. "그래 이번에는 무얼 훔칠 셈이죠?"

"아내가 지난 주에 돈을 조금 벌어서요" 하고 그는 말했다. "그래서 당분간은 숨을 쉴 수 있습니다."

"당신은 아무 일도 안 하시나요?"

그녀는 물었다.

"저는 그림쟁이입니다" 하고 그는 대답했다. "그러나 저의 그림 같은 건 아무도 거들떠보지 않습니다. 현대적이 아니어서요."

"그리신 것을 꼭 보고 싶군요."

그녀는 자기 마음이 약함을 깨달았다. 그녀에게 지배적인 힘을 주고 있는 것은 그의 미모가 아니라, 개구쟁이가 모친이 싫으면서도 무슨 일이 있을 때마다 도움을 청하는, 그런 믿음직스럽지 못하면서도 반항적인 데가 있어서였다.

"몇 점 가져왔습니다" 하고 그는 홀로 가더니 몇 장의 캔버스를 가지고 왔다. 그는 그것을 쭉 늘어놓았다. 형편 없었다. 평범한 풍경화와 감상적인 인물화였다.

"별로 좋지 않군요."

그녀는 말했다.

"알고 있어요. 그러나 저의 심미안이 더할 수 없이 세련되었다는 것만은 인정해 주셨으면 합니다. 저는 최고의 예술품밖에는 인정하

지 않습니다. 당신의 담배 케이스라든가, 위트릴로의 작품이라든
가. 그래서 화가 난답니다."

그는 그녀의 얼굴을 보고 웃음지었다. "어느 것이나 사 주시지 않
겠습니까?"

"어머, 난 필요없어요" 하고 그녀는 대답했다. "좌우간 어디에다
치워 두어야지."

10분쯤 지나면 손님이 오기로 되어 있었다.

"사 주십시오."

"아녜요, 물론, 이런 거, 설마……."

"좋지 않습니까, 사 주십시오." 그는 다가와 어린아이가 조르듯,
실망한 그녀의 호인다운 얼굴을 들여다보았다.

"글쎄……얼마죠?"

"이것은 20파운드고, 이것은 25……."

"어머, 시시해! 한 푼의 가치도 없는데."

"언젠가는 값이 나갑니다. 당신은 현대 회화를 이해하지 못하고 계
시는 겁니다."

"이 그림이라면 확실히 알 수 있어요."

"부탁입니다. 한 장 사 주십시오. 소를 그린 그림은 그다지 나쁘지
않지 않습니까?"

그녀는 앉아 수표를 썼다. "난 정말 바보예요. 이걸 가지고 가요.
그리고 두 번 다시 당신을 만나고 싶지 않다는 것을 알아 주세요. 절
대로 말예요! 와도 절대로 안에 들여놓지 못하게 할 테니까요. 거리
에서 말을 걸어도 소용없어요. 귀찮게 굴면 경찰에 신고하겠어요."

그는 만족한 태도로 말없이 수표를 집어 넣고 손을 내밀어 그녀의
손을 조금 잡았다.

"광선이 미치는 곳에 적당히 걸면 이 그림도 그다지 나쁘지는 않습

니다.”

“당신은 신발을 사야겠어요. 신발이 형편 없잖아요.”

“덕분에 구두도 살 수 있습니다” 하고 그는 말하고 나갔다.

그날 밤, 친구의 심한 야유를 들으며 그녀는 그 젊은 남자를 생각하고 있었다. 그녀는 그 남자의 이름도 몰랐다. 다만 그의 고백으로, 그가 변변치 못한 사람이고, 가엾은 젊은 아내와 배를 주린 아이를 거느리고 있다는 사실을 알고 있을 뿐이었다. 이 세 사람을 나란히 놓고 상상한 광경이 그녀의 마음에 들러붙어 떨어지지 않았다. 그 담배 케이스를 돌려 주는 것을 보면 어떤 점에서는 그도 정직한 사람이다. 아니, 돌려 주지 않으면, 두 번 다시 낯을 대할 수 없다는 것을 잘 알고 있었기 때문이다. 그는 그녀가 굉장한 금광이라는 것을 알아차린 것이다. 더구나 그런 형편없는 그림을 사 준 이상——그런데 그가 전혀 변변치 못한 사람 같지는 않았다.

아름다운 것을 그토록 정열을 다해 사랑하는 사람이 멍청이일 리가 없다. 방에 들어서자마자, 곧바로 은가면 앞으로 가서, 마치 넋을 빼앗긴 듯이 찬찬히 바라보던 그 모습! 그녀는 만찬 테이블에 앉아서 얄궂은 말을 주고 받으면서도, 은가면이 걸려 있는 푸른 벽을 바라볼 때에는 다정한 마음이 되어 있었다. 그리고 그 쾌활해 보이는 가면에 어딘지 그 청년의 모습이 있는 것 같은 생각이 들었다. 그런데 어디일까? 익살꾼의 뺨은 살이 쪘고, 입은 크고, 입술은 두껍고——그러나, 그러나, 그러면서도……

그 뒤 며칠 동안, 그녀는 시내에 나갈 때마다 그 청년이 없을까 하고, 자기도 모르게 길 가는 사람들을 보았다. 그리고 한 가지 사실을 발견했다. 그 사실은 그 청년이 그녀가 만난 누구보다도 미모의 소유자라는 것이었다. 그런데 그가 그녀의 마음에 들러붙어 떨어지지 않는 것은 그 미모 때문이 아니었다. 그것은 그가 그녀로부터 친절한 대우를 받고 싶어하고, 그녀 쪽에서도 누군가에게——아주 친절히 해 주고 싶어했기 때문이다.

그녀는, 은가면의 둥근 뺨이 야위고 그 퀭한 눈에 뭔가 새로운 빛이 비쳐, 차차 표정이 달라져 가는 것 같은 환상에 사로잡혔다. 은가면은 확실히 아름다웠다.

얼마 뒤에 전과 마찬가지로 전혀 뜻밖에 그 청년이 다시 나타났다.

어느 날 밤, 그녀가 극장에서 돌아와, 자기 전에 담배를 한 대 피우고, 침실로 가려고 계단을 올라가려는데 문 두드리는 소리가 났다. 손님은 누구든지 벨을 울리게 되어 있었다. 그녀가 어느 날 할 일 없이 골동품점에 들어갔다가 사온 부엉이 모양의 구식 노커를 흔드는 사람은 하나도 없었다. 그녀는 그 소리를 듣자 그가 틀림없다고 생각했다. 로즈가 벌써 침실로 물러갔기 때문에 그녀는 직접 문을 열러 갔다. 역시 그였다. 그는 젊은 여자와 갓난아이를 데리고 있었다.

그들은 말없이 거실로 들어와 난로 옆에 어색하게 서 있었다. 그녀가 맨 처음에 섬뜩 공포를 느낀 것은, 세 사람이 한 무리가 되어 난로 옆에 서 있는 것을 본 그 순간이었다. 그 순간, 그녀는 자기가 얼마나 마음 약한 여자인가를 깨달았다. 그들을 한 번 보고 자기가 물이 된 것 같았다. 쉰 살이나 먹고, 멋대로 살아온, 심장의 동계가 좀 심한 것을 빼고는 더할 수 없이 건강한 이 소냐 헬리즈가——그렇다, 물처럼 되어 버린 것이다. 그녀는 마치 누가 귓가에 대고 조심하라고 속삭이는 것 같은 생각이 들었다.

젊은 여자는 특히 눈에 띄었다. 머리칼은 붉고, 얼굴은 희고, 날씬하며 품위가 있었다. 갓난아이는 숄에 싸여 자고 있었다. 소냐는 마실 것과 먹다 남겨 둔 샌드위치를 내놓았다. 청년은 사람을 매혹시키는 듯한 빙그레 웃음을 띠고 그녀를 바라보았다.

"저희들은 오늘 밤엔 뭘 얻으러 온 것이 아닙니다."

그는 말했다.

"당신께 아내를 보여 드리고, 아내에겐 당신의 미술품을 보여 주려고 왔습니다."

"그래요?" 하고 그녀는 엄한 어조로 말했다. "잠깐뿐이에요. 너무 늦었고, 난 자려던 참이니까요. 그리고 오지 말라고 했잖아요."

"에이더가 억지로 졸라서요."

그는 젊은 여자 쪽으로 턱을 저어 보이며 말했다.

"에이더가 당신을 여간 만나고 싶어하지 않아서요."

젊은 여자는 말 한 마디 않고 불쾌한 듯이 앞을 응시하고 있었다.

"그렇다면 좋아요. 그러나 곧 돌아가 주어요. 그런데 아직 당신 이름을 여쭈어 보지 않았군요?"

"헨리 아봇이라고 합니다. 그리고 저 사람이 에이더고, 갓난아이도 헨리라고 합니다."

"알았어요. 그런데 먼젓번에 다녀간 뒤 어떻게 지냈죠?"

"예, 덕분에 배불리 먹고 지냈습니다."

그는 이렇게 말한 뒤 묵묵했고, 여자도 말을 하지 않았다. 어색한 침묵이 조금 계속된 뒤, 소냐 헬리즈는 돌아가는 게 어떠냐고 말했다. 그들은 꼼짝하려 들지도 않았다. 30분 뒤에, 그녀는 돌아가 달라고 강력하게 말했다. 그들은 일어섰다. 그런데 문 옆까지 가더니 헨리 아봇은 얼굴로 책상 쪽을 가리켰다.

"당신 편지는 누가 써 줍니까?"

"아무도 안 써 줘요. 내가 직접 써요."

"사람을 고용해야 되겠군요. 수고를 덜 수 있습니다. 제가 해 드리지요."

"괜찮아요. 그런 거 필요 없으니까요. 그럼 잘 자요, 안녕……."

"제가 해 드리겠습니다. 그리고 보수 같은 것은 필요 없습니다. 어차피 놀고 있으니까요."

"천만에…… 잘 자요, 안녕."

그녀는 그들을 몰아냈다. 그녀는 잠을 잘 수 없었다. 침대에 누워 그에 대해서 생각했다. 마음이 흩어져 있었다. 그 이유는 그 세 사람에 대한 따뜻한 모성으로 인한 인정 때문이고(그 젊은 여자와 갓난아이는 의지할 곳 하나 없어 보이지 않았는가), 또 다른 이유는 피가 얼어붙을 것 같은 불안 때문이었다. 그녀는 이젠 그들을 만나고 싶지 않았다. 그러나 과연 그럴까? 내일 슬론 거리를 거닐면서, 혹 '그가 아닐까' 하고 한 사람 한 사람의 얼굴을 들여다보는 것이나 아닐까?

그로부터 사흘 뒤의 아침, 그가 찾아왔다. 비가 내렸기 때문에, 그녀는 그날 아침 지불에 관한 계산을 마칠 셈이었다. 책상을 향해 앉아 있는데 로즈가 그를 안내해 왔다.

"편지를 써 드리려고 왔습니다."

그는 말했다.

"싫어요" 하고 그녀는 딱 잘라 말했다. "헨리 아봇, 돌아가 주세요, 이젠 제발예요……."

"제발이라니, 그럴 수가 있습니까?" 하고 그는 책상 앞에 앉았다.

그녀는 평생토록 이 일을 창피하게 생각하겠지만, 30분 뒤에는 소파 구석에 앉아서, 그에게 편지 내용을 구술하고 있었다. 그가 그렇게 앉아 있는 것을 보고 있으면 기분이 좋았다. 그녀에게 있어 그는 동료였다. 어디까지 타락했거나 확실히 신사였다. 그날 아침 그의 태도는 훌륭했다. 글씨도 잘 썼다. 그리고 편지 말씨도 다 알고 있는 것 같았다.

그로부터 1주일 뒤, 그녀는 웃으면서 에이미 웨스턴에게 말했다.

"이봐요, 당신이 정말이라고 생각할까요? 난 비서를 고용하기로 했어요, 아주 예쁘고 젊은 사람——뭐, 그렇게 경멸하는 것 같은 얼굴을 하지 않아도 되잖아요. 아름답고 젊은 사람도 나에게는 아무런 의미가 없다는 걸 알고 있잖아요——덕분에 여러 가지 귀찮은 일을 하지 않아도 돼요."

3주일 동안, 그의 태도는 훌륭했다. 정확히 정해진 시간에 나오고, 무례한 짓은 하지 않았으며, 지시대로 모든 것을 처리했다. 4주째의 어느 날 1시 15분 전쯤에 그의 아내가 찾아왔다. 이때의 그녀는 깜짝 놀랄 만큼 젊어 16살쯤으로 보였다. 수수한 회색 무명옷을 입고 있었다. 짧게 자른 빨간 머리칼이 흰 얼굴 주위에서 산뜻하게 흔들렸다.

그는 미스 헬리즈가 혼자 점심을 먹기로 되어 있는 것을 이미 알고 있을 것이다. 검소한 식기류를 늘어놓고, 한 사람 몫의 식사를 마련해 둔 것을 보았을 것이다. 두 사람에게 식사를 하고 가도록 권하지 않는다면 꺼림칙할 것 같았다. 그래서 마음이 내키지 않았지만 그녀는 권했다. 식사는 따분했다. 두 사람이 함께 있으면 지루했다. 남자는 아내가 있으면 통 이야기를 하지 않았고, 여자는 한 마디도 말을 하지 않았기 때문이다. 그리고 이 부부는 어쩐지 불길한 느낌이 들었다.

그녀는 식사가 끝난 뒤 두 사람을 돌려보냈다. 두 사람은 거역하지 않고 나갔다. 그리고 그날 오후 물건을 사러 다닐 때, 그녀는 이젠 그들과 기필코 떨어져야겠다고 결심했다. 그를 옆에 가까이 두는 일이 즐거웠던 것은 사실이다. 그 얼굴에 띤 웃음, 장난스럽고 유머러스한 말, 자기는 변변치 못한 부랑자로 세상을 이용물로 삼고는 있으나, 그녀가 좋기 때문에 그녀에게만은 손을 대지 않는다는 태도——이런 모든 점이 그녀에겐 매력이 있었다——그러나 그녀가 실제로 불안을 느낀 것은 요 몇 주일 동안, 그가 한 번도 돈을 요구하지 않았다는 것, 돈뿐 아니라 아무것도 요구하지 않았다는 사실이었다. 뭔가 생각이 있는 게 틀림없었다. 뭔가 계획하는 일이 있어, 어느 날 아침, 그 무서운 흉계로 자기를 깜짝 놀라게 할 것이 틀림없었다. 밝은 햇빛, 희미한 마차 소리, 나무들이 살랑거리는 속에서, 그녀는 잠시 변해 버린 자신을 보고 놀랐다. 얼마나 연약한 행동을 하고 있는 것일까? 튼튼하고 굳센, 다기차 보이는 몸집, 밝은 장밋빛 뺨, 단단하고 흰 머리칼——이런 것들은 다 없어지고, 그 대신 거기에는 공원 난간에 매달릴 것처럼 몸을 지탱하고, 눈에 공포의 빛을 띠고, 무릎을 떨고 있는 겁보 노인이 있었다. 무엇 두려워할 게 있다는 말인가? 아무것도 나쁜 짓을 한 기억은 없다. 경찰도 바로 가까이 있다. 지금까지 겁쟁이였던 일은 없다. 그러나 그녀는 집으로 돌아오면서 윌폴 거리에 있는 그 살기 좋은 집에서 나와, 어딘가 아무도 보지 않는 곳에 숨고 싶은 묘한 충동을 느꼈다.

그날 밤, 다시 그 세 사람, 즉 젊은 남자와 아내, 그리고 갓난아이가 나타났다. 그녀는 책이나 읽으며 한가로이 초저녁을 보내다가 일찍 자려던 참이었다. 그런데 문을 두드리는 소리가 들렸다.

오늘 밤엔 그녀도 그들에게 단호한 태도를 취했다. 그녀는 그들이 한곳에 모여 서자 일어서서 말했다.

"여기 5파운드 있어요. 그리고 이것이 마지막이에요. 만약 이 다음에 당신들 중의 어느 한 사람이라도 이 집에 오면 경찰을 부르겠어요. 자, 나가 줘요."

젊은 여자가 조금 헐떡이는가 싶더니 정신을 잃고 쓰러졌다. 거짓이 없는 실신이었다. 로즈가 불려 왔다. 할 수 있는 모든 일을 했다.

"제대로 먹지 못한 탓입니다" 하고 헨리 아봇은 말했다. 결국(이 실신이 결정적이었기 때문에) 에이더 아봇은 손님용 침대에 눕혀지고 의사가 불려 왔다.

진찰을 끝낸 의사는 안정과 영양이 필요하다고 했다. 이것이 이 사건의 갈림길이었다. 소냐 헬리즈가 이 위기에서 주저없이, 실신 같은 것에 상관없이, 아봇네를 차갑고 무정하게 거리로 쫓아냈다면, 지금쯤은 건강하게 친구들과 브리지를 즐기고 있었을 것이다. 그런데 여기서 그녀의 모성적인 성격이 강하게 나타나 그런 조처를 취하지 못하게 한 것이다. 젊은 여자는 눈을 감고 베개 색과 다름없으리만큼 창백한 빰을 하고 초췌해서 누워 있었다. 갓난아이는(이토록 조용한 아기는 처음 보았다), 어머니의 침대 옆에 있는 아기용 침대에 누워 있었다. 헨리 아봇은 아래층에서 구술한 편지를 쓰고 있었다. 소냐 헬리즈는 은가면을 한 번 올려다보고, 익살꾼 얼굴에 띤 웃음에 섬뜩해서 숨을 죽였다. 지금 그녀에게는 그것이 통렬한 엷은 웃음——거의 조소로 생각되었다.

에이더 아봇이 졸도한 지 3일 뒤, 그녀의 백부와 백모라는 에드워즈 부부가 왔다. 에드워즈 씨라는 사람은 건강해 보이고 화려한 조끼를 입은 얼굴이 붉고 몸집이 큰 남자로, 얼른 보아 선술집 주인 같은 느낌이 들었다. 부인은 코가 날카로웠고, 목소리는 베이스였다. 몹시 말라 납작하지만, 감정적인 가슴엔 커다란 구식 브로치를 달고 있었다. 두 사람은 소파에 나란히 앉아 귀여운 조카 에이더를 문병왔다고 설명했다. 에드워즈 부인은 큰소리로 이야기를 하고, 에드워즈 씨는 몹시 흥허물없이 대했다.

공교롭게도 마침 그때 웨스턴 부인과 또 한 사람의 친구가 찾아왔다. 두 사람은 총총히 돌아가 버렸다. 두 사람은 에드워즈 부부를 보고 노골적으로 놀라는 기색을 보였으며, 헨리 아봇의 흥허물없는 태도에 어처구니가 없어진 모양이었다. 두 사람이 엉뚱한 상상을 한다는 것을 소냐 헬리즈는 알 수 있었다.

1주일이 지났는데도 에이더 아봇은 2층에 누워 있었다. 움직인다는 것은 생각할 수도 없는 상태였다. 에드워즈 부부는 자주 찾아왔다. 어느 때는 하퍼 부부와 딸인 아그네스를 데리고 온 일도 있었다.

그들은 여러 가지로 변명을 늘어 놓았는데, 자기들이 이렇게 에이더를 걱정하고 있는 마음을 미스 헬리즈도 이해해 주었으면 좋겠다고 했다. 모두 손님용 침실에 모여 눈을 감은 에이더의 창백한 얼굴을 염려스러운 눈으로 지켜보았다.

그런데 두 가지 사건이 한꺼번에 일어났다. 로즈가 그만두고 나간 일과, 웨스턴 부인이 와서 솔직이 이야기하고 간 일이었다. 부인의 이야기는 "세상 사람들이 뭐라고 하는지 당신은 알고 있겠지요?"라는 아주 불길한 말로 시작되었다. 세상에서는 소냐 헬리즈가 거리의 건달, 그것도 아들과 같은 젊은 남자와 동거하고 있다고 수군거린다는 이야기였다.

"그 사람들 모두 곧 쫓아내 버려야지" 하고 웨스턴 부인은 말했다.

"그렇잖으면 당신은 런던에 친구가 하나도 없게 돼요."

소냐 헬리즈는 혼자가 되었을 때 와락 울고 말았다. (울다니), 요 몇 년 동안에는 없는 일이었다. 어떻게 된 것일까? 의지나 결단력이 없어졌을 뿐 아니라, 몸의 상태가 좋지 않았다. 심장이 다시 나빠졌다. 잠을 잘 수 없었다. 집까지 엉망이 되었다. 모든 것이 먼지투성이였다. 로즈가 다시 와 일해 줄 수 없을까?

미스 헬리즈는 무서운 악몽 속에서 살고 있었다. 이 무서운 미모의 청년은 그녀에 대해서 뭔가 권위를 가지고 있는 것 같았다. 그렇다고 무슨 협박을 하는 것도 아니었다. 싱글벙글 웃고 있을 뿐이다. 그렇지만 그녀가 그를 사랑하고 있다고 절대로 생각할 수도 없었다. 어떻게든지 이런 상태가 끝나 버려야지 큰일이었다.

이틀 뒤, 차를 마실 때 기회가 왔다. 에드워즈 부부가 에이더의 문병을 와 있었다. 에이더는 아직도 기운이 없고 안색이 나빴으나, 겨우 아래층에 내려올 수 있게 되었다. 헨리 아봇과 갓난아이도 함께 있었다. 소냐 헬리즈는 몸의 상태가 몹시 좋지 않았지만, 힘을 내어 모두에게 이야기했다. 특히 코가 뾰족한 에드워즈 부인을 상대로 했다.

"알아 주셨으면 하는데요" 하고 그녀는 말했다. "저 역시 남에게 불친절하게 하고 싶지는 않습니다. 하지만 자기 생활이라는 게 있으니까요. 매우 바쁜 몸인데, 이런 일까지 걸머지다니 견딜 수가 없어요. 인정머리없는 소릴 듣고 싶진 않아요. 작은 일이라면 기꺼이 도움을 드리겠어요. 그리고 아봇 부인도 이제 집에 돌아가도 좋을 만큼 회복됐고요. 전 여러분과 헤어졌으면 하는데요."

"그거야 잘 알고 있어요" 하고 에드워즈 부인은 소파에 앉은 채, 헬리즈를 올려다보며 말했다. "당신은 정말 친절히 해 주였어요. 에이더도 그걸 알고 있을 거예요. 하지만 지금 그애가 움직인다는 것은 죽으려는 것과 마찬가지예요. 조금이라도 움직이면 그 자리에서 쓰러져 버려요."

"저희는 갈 곳이 없습니다."

헨리 아봇이 말했다.

"하지만 에드워즈 부인이……."

미스 헬리즈는 말하다가 화가 치밀어 올랐다.

"우리 집에는 방이 둘밖에 없어서요" 하고 에드워즈 부인이 조용히 말했다. "죄송합니다만 현재는 주인이 밤새도록 기침을 하고요……."

"어머, 하지만 너무하지 않아요" 하고 미스 헬리즈는 소리쳤다.

"이런 일은 이젠 질색에요. 지금까지 해온 것만 해도 성의는 다한 것으로 생각돼요……."

"저의 급료는" 하고 헨리가 말했다. "처음부터 쭉……."

"급료라구요! 주겠어요." 미스 헬리즈는 말하다가 입을 다물었다. 그녀는 몇 가지 사실을 깨달았다. 쿡이 그날 오후에 그만두고 갔기 때문에 이 집엔 자기 혼자뿐이라는 것을 알았다. 그리고 앞에 있는 사람들이 한 사람도 동요하지 않는다는 것을 깨달았다. 그녀의 소유물——시카트나 위트릴로나 소파가 불안으로 가득 차 있는 것을 깨달았다. 그녀는 그들의 침묵, 꼼짝도 하지 않는 그들의 태도를 보고 기분이 나빠졌다. 그녀는 책상 쪽으로 걸어갔는데, 가슴이 고동이 심해지고 심장이 조이는 것 같았고, 숱한 괴로움이 온몸을 덮쳤다.

"어서" 하고 그녀는 숨이 차서 말했다. "서랍 속에——작은 녹색 병이——빨리, 어서 제발!"

그녀가 최후로 의식하고 있는 것은, 헨리 아봇의 차분하고 아름다운 얼굴이 자기를 들여다본 일이었다.

1주일 뒤, 웨스턴 부인이 헬리즈의 집을 찾아갔더니 에이더 아봇이 현관 문을 열었다.

"미스 헬리즈의 상태를 보러 왔어요" 하고 그녀는 말했다. "요즈음 쭉 만나지 못했고, 전화를 몇 번 걸었지만, 도무지 통하지가 않아서."

"미스 헬리즈는 몸이 몹시 안 좋으십니다."

"어머, 가엾게도, 만나 뵐 수 없을까요?"

에이더 아봇은 안심시키듯 조용하고 부드럽게 말했다.

"의사 선생님께서 당분간 누구와도 면회를 사절하라고 하셔서요. 성함을 말씀해 주시고 가실 수 없을까요? 나으시면 바로 알려 드릴게요."

웨스턴 부인은 돌아갔다. 그리고 그 이야기를 친구들에게 했다.

"소냐는 가엾게도 병이 심하대요. 그 사람들이 간호하고 있는 모양예요. 나으면 바로 위문을 가요."

런던 생활은 분주하다. 소냐 헬리즈는 지금까지도 그렇게 중대한 관심을 받는 여자가 아니었다. 헬리즈 집안의 친척이 상태를 물어 왔다. 그런데——병이 낫는 대로 이쪽에서——하는 아주 정중한 대답을 받았다.

소녀 헬리즈는 자리에 누워 있었는데, 그것은 자기 방이 아니었다. 최근까지 하녀 로즈가 사용하던 좁은 지붕밑 방이었다. 처음에 그녀는 묘하게 허탈 상태로 누워 있었다. 병이 난 것이다. 자다가는 깨고, 그리고 또 잤다. 에이더 아봇이, 때로는 에드워즈 부인이, 때로는 낯선 여자가 시중을 들었다. 모두 매우 친절했다. 헬리즈가 '의사를 부르지 않아도 되겠느냐?'고 물었더니 그들은 '의사 같은 것은 부를 필요가 없다. 필요한 일이 있으면 자기들이 뭐든지 시중을 들어주겠다'고 했다.

그러는 사이에 그녀도 기운이 났다. 어째서 내가 이런 방에 있을까? 저 사람들이 갖다 주는 이 형편없는 음식물은 어찌 된 것일까? 저 여자들은 이 집에서 무엇을 하고 있는 것일까?

그녀는 에이더 아봇과 한바탕 소동을 벌였다. 침대에서 일어나려니까 에이더가 눌러 버린 것이다. 그것도 아주 쉽사리. 몸에서 힘이 완전히 빠져 버린 것 같았다. 그녀는 저항을 했다. 약해진 몸으로 힘껏 심하게 저항하고, 그리고 울었다. 체면이고 뭐고 생각지 않고 울었다. 이튿날 혼자 있는 기회를 틈타 침대에서 빠져 나왔다. 문에는 쇠가 잠겨 있었다. 그녀는 문을 두드렸다. 그러나 그녀가 두드리는 소리 말고는 아무 소리도 들리지 않았다. 심장이 다시 무서운, 짓눌리는 듯한 고동을 치기 시작했다. 그녀는 기어서 다시 침대로 돌아왔다. 그리고 그냥 울었다. 에이더가 빵과 수프와 물을 가지고 왔을 때, 문에 쇠를 잠그지 않도록 말했다. 자기는 일어나 목욕을 하고 아래층 자기 방으로 가겠다고 말했다.

"아직 그렇게 좋아지지 않으셨어요" 하고 에이더는 조용히 말했다.

"아냐, 좋아졌어. 일어나면 당신들을 감옥에 처넣어 줄 테니까. 이런 짓을 하다니⋯⋯."

"그렇게 흥분하지 마세요. 심장에 해로우니까요."

에드워즈 부인과 에이더가 함께 몸을 씻겨 주었다. 먹을 것을 충분히 주지 않았기 때문에 그녀는 언제나 배가 고팠다.

여름이 되었다. 웨스턴 부인은 에트리타트로 가 버렸다. 모두 런던을 떠났다.

'소냐 헬리즈는 어떻게 됐을까?' 하고 뉴마크는 애가더 벤슨에게 편지로 물었다. '벌써 꽤 오랫동안 만나지 못했는데⋯⋯.'

그러나 다른 사람들은 문의해 볼 틈도 없었다. 모두 뭔지 일이 많이 있었기 때문이다. 소냐는 좋은 사람임에는 틀림없었지만, 아무도 걱정해 주는 사람은 없었다⋯⋯.

한 번, 헨리 아봇이 만나러 왔다.

"몸이 편찮으셔서 안됐군요" 하고 그는 웃음지으며 말했다. "저희가 할 수 있는 일은 다하고 있습니다. 이렇게 병이 심할 때 저희가 있어서 다행이었습니다. 이 서류에 서명해 주시지 않겠습니까? 완쾌하실 때까지는 누군가가 가사를 돌보지 않으면 안 되니까 말입니다. 앞으로 한두 주일 동안만 있으면 아래 내려가실 수 있게 됩니다."

겁에 질린 눈을 크게 떠 상대를 보면서, 소냐 헬리즈는 서류에 서명했다.

가을에 들어 첫비가 거리 거리에 내렸다. 거실에서는 축음기가 울리고 있었다. 에이더와 젊은 잭슨 마기와 힘이 세어 보이는 할리 베네트가 춤을 추고 있었다. 가구는 모두 벽가로 치워져 있었다. 에드워즈 씨는 맥주를 마시고 있고, 에드워즈 부인은 난로 앞에서 발끝을 불에 쬐고 있었다.

헨리 아봇이 들어왔다. 위트릴로의 그림을 팔고 오는 길이었다. 그는 박수로 맞아들여졌다.

헨리 아봇은 은가면을 벽에서 벗겨 들고 2층으로 올라갔다. 그는 맨 꼭대기까지 올라가 지붕밑 방에 들어가서, 전등 스위치를 넣었다.

"오오, 누구——뭣하러——."

침대에서 공포에 질린 목소리가 났다.

"아무것도 아닙니다" 하고 그는 달래듯 말했다. "이제 곧 에이더가 차를 가지고 올 겁니다."

그는 망치와 못을 꺼내어 얼룩투성이인 벽지에, 미스 헬리즈가 잘 보이는 곳에 은가면을 걸었다.

"이것을 좋아하신다는 걸 알기 때문에" 하고 그는 말했다. "보고 싶어하실 것 같아서요."

그녀는 대답하지 않았다. 다만 눈을 부릅뜨고 있을 뿐이었다.

"당신은 뭔가 바라볼 게 필요해요. 병이 아주 중하니까, 두 번 다시 이 방에서 나갈 수 없을 것 같습니다. 그러니까, 이렇게 걸어 두면 좋을 겁니다. 바라볼 것이 있어서."

그는 나갔다, 조용히 문을 닫고.

THE BITER BIT
사람이 오만하면
윌키 콜린스 지음

사람이 오만하면

형사과 식스턴 주임 경감으로부터 밸머 부장 형사에게

런던 18××년 7월 4일

　밸머 부장 형사에게——중대한 사건 하나가 발생하여 자네의 도움을 받게 되었네. 이 일은 우리 과에서도 경험이 풍부한 사람의 갖은 노력을 필요로 하는 사건이네. 현재 자네가 맡고 있는 도난 사건을, 이 편지를 가지고 간 청년에게 넘겨주기 바라네. 사건의 현재 정황을 이야기하고, 돈을 훔친 범인을 밝혀 내기 위해 자네가 얻어낸 자료를 (자료가 있다면 말일세) 주어서, 그 사건을 어떻게 다루는가는 그에게 맡겨 주게. 이후 사건의 책임은 이 청년이 져야 하며, 만일 사건이 제대로 올바르게 해결이 되면 그 공로 또한 그가 받는 것으로 생각해 주기 바라네.

　자네에게 전하고 싶은 명령은 이뿐이네.

　다음으로 자네와 대거리하는 이 새내기 인물에 대해 한마디 해 두겠네. 이름은 매시 셔핀. 일약 우리 과의 일원이 되는 기회를 얻게 되었네. 다만 당사자에게 그만한 능력이 있어야겠지만…… 어떤 사정으로 그가 그런 특권을 얻었는지, 자네는 마땅히 궁금해하겠지. 그일에 대해 내가 할 수 있는 말은, 우리가 너무 큰소리로 말하지 않는 편이 좋을 듯한, 어느 높고 귀하신 인물로부터 아주 대단한 후원을 받고 있다는 것뿐이네. 그는 지금까지 어느 변호사 사무실에서 서기로 일하고 있었는데, 보기에 음험하고 비열할 뿐만 아니라 자신에 대해 아주 자랑스럽게 생각하고 있네. 그의 말에 따르면, 그는 자신의 자유 의사와 선택에 의해 서기를 그만두고 우리 과에 들어온다고 했네.

그러나 자네도 나와 다름없이 이 말을 믿지 않을 것으로 생각하네. 내 생각으로는, 그는 주인 변호사한테 들어온 한 사건에 관한 개인적인 정보를 몰래 탐지하여 그 급소를 쥐고 있기 때문에, 사무실에 그대로 두자니 언젠가는 골칫거리가 될 테고, 그렇다고 해고하여 궁지에 몰아 넣으면 주인을 해치겠다 싶었겠지. 따라서 우리 과에 들어오는 이런 기회를 주는 것은, 알기 쉽게 말하면 침묵을 지키라고 입막음으로 주는 돈과 비슷한 것이라고 생각하네. 그것이 무엇이든 매시 셔핀 씨는 지금 자네가 맡고 있는 사건을 이어 받게 될 것이네. 만일 그가 도난 사건을 성공적으로 해결한다면 틀림없이 그 추악한 코끝을 우리 과에 처넣어 올 것이네. 자네에게 이런 편지를 보내는 까닭은, 본국(本局)에서 자네에 관한 불만을 내세울 불씨를 이 새내기에게 내주어, 자네 스스로 승진의 길을 막는 일이 없도록 하기 위한 나의 노파심 때문이네.

프란시스 식스턴

매시 셔핀으로부터 식스턴 주임 경감에게

런던 18××년 7월 5일

삼가 아룁니다——이미 밸머 부장 형사로부터 필요한 지시를 받았으므로, 본국의 심사를 받기 위해 이제부터 앞으로 제가 어떻게 해야할 것인지에 대해 보고서를 써서 내라는 명령에 따릅니다.

제가 이 보고서를 올리는 목적, 그 보고서가 상사에게 보내어지기 전에 귀하가 내용을 검열하시는 목적은, 제가 수사하는 도중에 도움이 필요한 경우(그런 도움은 필요없다고 생각하는데), 경험이 없는 저에게 도움말을 주시기 위한 것이라고 살피어 알고 있습니다. 제가 현재 다루고 있는 사건은 사정이 너무 특이해서, 범인을 어느 정도 점찍을 수 있을 때까지 도난 현장을 떠날 수 없으며, 귀하께 직접 의논드리는 것조차 어려운 형편에 있습니다.

그래서 구두로 전해 드리는 편이 좋을 줄 알고는 있지만, 어쩔 수 없이 이렇게 편지로 보고드리는 바입니다. 저에게 잘못이 없다면, 현재 저의 처지는 이와 같습니다. 이상 이 문제에 관한 제 의견을 진술했는데, 이것은 처음부터 우리가 서로 분명하게 이해하고 싶기 때문입니다.

귀하의 유순한 부하
매시 셔핀

식스턴 주임 경감으로부터 매시 셔핀에게

런던 18××년 7월 5일

삼가 회답함——자네는 벌써 시간과 잉크, 종이를 낭비하고 있다. 내가 편지를 첨부해서 그대를 밸머 부장 형사에게 보낼 때, 우리 두 사람은 서로의 처지를 완전히 이해한 줄 안다. 그것을 이제 와서 서면으로 되풀이할 필요는 전혀 없다. 앞으로는 펜을 지금 다루는 사건에만 쓰기 바란다.

그리고 나에게 보고할 사항은 다음 세 가지다.

첫째, 밸머 부장 형사로부터 받은 지시를 문서로 작성해서 보내야한다. 그 문서에는 자네가 기억하는 바의 내용을 하나도 빠뜨리지 말아야 하며, 또한 넘겨 받은 사건의 정황에 대해서 빠짐없이 알고 있음을 우리에게 보이기 위해서이다.

둘째, 앞으로 어떤 방법을 취할 것인지를 알려야 한다.

셋째, 하루도 빠지지 않고, 만일 필요하다면 매시간 사건의 진척사항을 크건 작건 간에 빼놓지 않고 모조리 보고해야 한다. 이것이자네의 의무이다. 내 의무에 대해서는 필요한 시기에 내 편에서 알리기로 한다.

그럼 이만 줄이겠네.

프란시스 식스턴

매시 셔핀으로부터 식스턴 주임 경감에게

런던 18××년 7월 6일

삼가 아룁니다——귀하께선 이미 상당한 연배이십니다. 따라서 저처럼 젊고 능력이 한창 때인 사람에 대해, 당연한 일이기는 하지만적잖게 질투를 느끼고 계신 것 같습니다. 그러한 귀하께 동정을 느끼며, 귀하의 자잘한 결점에 대해 너무 가혹하게 하지 않는 것이 저의의무라고 생각합니다. 따라서 귀하께서 보내신 편지의 어조에 분개하지 않겠습니다. 그리고 저의 타고난 관용을 보여, 귀하의 퉁명스러운말씀도 저의 기억에서 지워버리고——요컨대 식스턴 주임 경감님,저는 귀하를 용서해 드리고 직무에 착수합니다.

저의 첫째 의무는, 밸머 형사 부장님이 주신 지시대로 완전한 보고서를 작성하는 것입니다. 다음은 저의 의견을 더한 보고입니다.

소호 구(區) (런던의 한 지구. 프랑스·이탈리아 출신의 외국인이 경영하는 싼 음식점이 많음) 레저포드 거리에 한 문방구점이 있습니다. 야트먼 씨라는 사람이 경영하고 있습니다. 그는 결혼했으나 아직 아이가 없습니다. 야트먼 부부 외에 이 집에 사는 사람들로서는 2층 바깥쪽 방을 빌려서 쓰는 '제이'라고 하는 독신자, 다락방에서 자는 점원, 집 안쪽 부엌에서 먹고 살며 허드렛일을 하는 가정부가 있습니다. 그 밖엔 일주일에 한 번, 오전 중에만 이 가정부를 돕기 위해서 오는 날품팔이 여자가 있습니다. 야트먼 부부를 제외하고는 이들 네 사람만이 집 안을 마음대로 드나들 수 있습니다.

야트먼 씨는 여러 해 그 장사를 하고 있어, 문방구점은 그가 훌륭히 혼자 힘으로 해 나갈 수 있을 만큼 번창했습니다. 그런데 그는 불운하게도 투기를 해서 재산을 늘리려고 했습니다. 흥하든 망하든 투자를 해 보았습니다만, 운이 없어 2년이 채 못 되어 다시 원래의 가난뱅이가 되어 버렸습니다. 투기 사업을 정리하고 겨우 구해낸 돈은 2백 파운드뿐이었습니다.

야트먼 씨는, 지금까지 버릇이 되어 온 많은 사치와 안락을 버리고 뒤바뀌어버린 처지에 직면했지만 가게 수입에서 얼마간이나마 저축할 수 있을 정도로 절약한다는 것이 불가능함을 알았습니다. 최근에 장사가 제대로 되지 않았기 때문입니다——싸구려 선전을 하는 동업자가 신용을 떨어뜨린 것입니다. 그래서 지난 주까지 야트먼 씨가 소요하고 있었던 돈이라면 정리하고 남은 그 2백 파운드뿐이었습니다. 그 돈은 가장 신용 있는 주식 조직의 은행에 예금되어 있습니다.

여드레 전, 야트먼 씨는 하숙인 제이 씨와의 사이에서, 현재 모든 사업이 제대로 잘 되지 않는 까닭으로 되어 있는 상업상의 장애가 화제에 오른 적이 있었습니다. 제이 씨는(그는 사고나 범죄에 관한 짧은 기사, 그 밖의 일반 뉴스 기사를 신문사에 공급해서 생활하는, 말하자면 '글을 팔아서 생활하는 사람'입니다) 야트먼 씨에게, 자기는 오늘 금융가에 가서 주식 조직의 은행에 관한 재미스럽지 못한 소문을 들었다고 말했습니다. 이미 다른 방면으로부터 야트먼 씨도 그 소문을 들었습니다. 하숙인의 입에서 그 말이 뒷받침되자 야트먼 씨는 앞서 투기에 덴 적이 있어 곧 은행에 가서 예금을 찾기로 마음먹었습니다.

해가 저물려는 참이어서, 야트먼 씨가 은행에 급히 달려가 돈을 찾은 것은 은행 마감에 빠듯한 시각이었습니다.

그는 예금을 다음과 같은 자기앞 수표로 찾았습니다. 50파운드짜리 1매, 20파운드짜리 3매, 10파운드짜리 6매, 5파운드짜리 6매. 그가 이렇게 돈을 찾은 까닭은 같은 지역에 있는 밑천이 적은 장사꾼에게 단단한 담보물을 잡고, 당장에라도 소액을 빌려 줄 수 있도록 하기 위해서였습니다. 그러한 장사꾼 가운데에는 그날 벌어 그날 먹기에도 어려운 사람이 있으니까요, 야트먼 씨는 그런 종류의 투자가 현재 가장 안전하고 유리하다고 생각한 것입니다.

그는 그 자기앞 수표를 봉투에 넣어 가슴 안주머니에 넣고 돌아왔습니다. 그리고 돌아오자 점원더러 오랫동안 쓰지 않고 둔, 작고 납작한 철제 돈 상자를 찾게 했습니다. 그것이 자기앞 수표를 넣기에 알맞은 크기였다는 기억이 마침 났기 때문입니다. 한동안 그 상자를 찾았는데 보이지 않았습니다. 야트먼 씨는 아내를 향해 짐작가는 곳이 없느냐고 큰소리로 물었습니다. 그 말은 그 때 차를 나르고 있던 가정부와 극장에 가려고 아래층으로 내려가던 제이 씨의 귀에도 들렸습니다. 결국 점원이 돈 상자를 찾아냈습니다. 야트먼 씨는 자기앞 수표를 그 안에 넣고 작은 자물쇠를 채워 윗옷 주머니에 넣었습니다. 상자는 아주 조금이기는 하지만 남의 눈에 충분히 뜨일 정도로 호주머니 밖으로 나와 있었습니다. 야트먼 씨는 그날 밤 계속해서 2층에 있었습니다. 찾아온 손님은 없었습니다. 11시가 되자 잠자리에 들어가면서 돈 상자를 옷과 함께 침대 옆 의자 위에 두었습니다.

이튿날 아침, 야트먼 씨 부부가 눈을 떠 보니 그 상자는 이미 사라지고 없었습니다. 곧 그 자기앞 수표를 발행한 잉글랜드 은행에 지급정지를 요청했습니다. 그런데 이 돈의 행방은 아직도 모릅니다. 여기까지는 사건의 정황이 대단히 명료합니다. 그 집에 사는 누군가가 훔쳤다는 결론은 우선 확실합니다. 따라서 가정부, 점원, 제이 세 사람이 혐의를 받게 되었습니다. 앞의 두 사람은 주인이 돈 상자를 찾았다는 것은 알고 있었지만, 무엇을 넣으려고 했는지는 몰랐습니다. 물론 그것이 돈일 것이라고 상상할 수는 있었겠지요. 두 사람 다 야트먼 씨가 호주머니에 돈 상자를 넣는 것을 보고(가정부는 빈 찻그릇)를 가지러 갔을 때, 점원은 가게문을 닫고 계산대에 있는 현금 상자의 열쇠를 주인에게 건네주러 갔을 때), 밤에는 침실로 가지고 갈 것이라고 당연히 추론할 기회가 있었구요.

한편, 제이 씨는 그 날 오후 주식 조직의 은행이 화제에 올랐을 때, 야트먼 씨가 은행에 2백 파운드의 예금을 가지고 있다는 이야기를 들었습니다. 그리고 야트먼 씨가 그 돈을 꺼낼 예정이라는 것도 알고 있었고, 그 뒤 아래층으로 내려가려고 할 때 돈 상자를 찾는 소리도 들었습니다. 따라서 그도 그 돈이 집 안에 있고, 찾는 돈 상자가 그것을 넣기 위한 것이라고 추정할 수 있었습니다. 그러나 제이 씨는 야트먼 씨가 밤 사이에 그것을 어디에 둘 작정인지 짐작할 수 없었을 것입니다. 왜냐하면 상자가 발견되기 전에 그는 밖으로 나갔으며, 돌아온 때는 야트먼 씨가 잠든 뒤였기 때문입니다. 그래서 그가 절도를 했다면 완전히 상상으로 침실에 들어갔다고 봐야 합니다.

그 침실이라면 집 안에서의 위치 및 밤에 쉽게 들어갈 수 있다는 점에 주의해야 합니다.

문제의 방은 2층 끝머리에 있습니다. 야트먼 부인이 선천적으로 화재에 대해서는 신경이 과민하기 때문에(이 때문에 만일의 경우 문에 자물쇠를 채워 두면 방 안에서 산 채로 불태워진다고 걱정할 정도입니다) 야트먼 씨는 버릇처럼 침실 문을 잠그지 않습니다. 그리고 그 부부는 잠이 들면 누가 업어가도 모를 정도로 깊이 잠드는 체질임은 다같이 인정했습니다. 따라서 나쁜 뜻을 가진 사람이 침실에 침입할 때 당할 위험이 거의 없다고 해도 좋을 정도입니다. 문의 손잡이를 돌리는 것만으로 방에 들어갈 수 있으며, 조금만 주의해서 움직이면 잠들어 있는 부부의 눈을 뜨게 할 두려움은 전혀 없으니까, 이 사실은 중대한 뜻을 지니고 있습니다. 이것은 그 집에서 함께 살고 있는 어느 누군가가 돈을 훔쳤다는 우리의 확신을 더더욱 강하게 해 줍니다. 왜냐하면 이 정도는 상습범과 같이 뛰어난 경계심과 기술을 가지고 있지 않은 사람이라도 할 수 있음을 보여주기 때문입니다.

이상이 처음 밸머 부장 형사님으로부터 범인을 잡아서 될 수 있으면 도둑맞은 돈을 되찾도록 부탁받았을 때 들은 정황입니다. 밸머 부장님은 처음부터 이 사건을 남모르게 조사하고 비밀리에 관찰해야만 해결할 수 있다고 생각했답니다. 그래서 부장 형사님은 야트먼 부부를 설득하여, 함께 사는 사람들에게는 아무런 잘못이 없음을 완전히 믿는 듯한 태도를 꾸미게 했습니다. 그리고 가정부를 미행하여 친구, 버릇, 비밀 따위를 자세히 들추어 조사함으로써 수사를 시작했습니다. 부장님과 그분을 돕는 능력 있는 사람들이 사흘 낮 사흘 밤 걸쳐 수사한 결과로, 가정부에겐 혐의가 없음을 알아냈습니다.

다음에 부장 형사님은 점원에 대해서도 같은 수사를 했습니다. 이 점원을 본인이 알지 못하도록 내밀히 조사하는 일은, 가정부의 경우보다 곤란하고 또한 불확실한 점도 있었지만 그런대로 성과를 올렸습니다. 가정부만큼은 확실성은 없다고 해도 이 점원과 돈 상자 도난 사건과는 아무런 관계도 없다고 해야 할 상당한 이유를 발견했습니다.

이 수사의 필연적인 결과로서, 이제는 제이 씨 한 사람만 혐의 선상에 놓여 있습니다. 제가 귀하의 소개장을 밸머 부장 형사님에게 드렸을 때, 그는 이미 제이 씨에 관해 어느 정도 조사하고 있었습니다. 그 결과 제이 씨의 형편은 좋다고 할 수 없을 것 같습니다. 그는 일상 생활에서 아무런 거리낌이 없고 제멋대로 행동합니다. 주로 목로 주점에 출입하며 많은 무뢰한들과 가까이 지내고 있습니다. 그는 자신과 거래하는, 밑천이 얼마 되지 않는 장사꾼에게 대개 빚이 있습니다. 지난 달의 방값은 아직 야트먼 씨에게 치르지 않았습니다. 어젯밤엔 술에 취해 돌아왔으며 지난 주일에는 풋내기 권투 선수와 이야기하는 것을 본 사람이 있습니다.

제이 씨는 싼 원고료를 받고 신문사에 기고하면서 스스로를 저널리스트로 부르고 있습니다만, 취미가 저급한데다 형편없으며 속되고 고약한 버릇이 몸에 밴 청년입니다. 그에게선 조금이나마 믿음이 갈 만한 사실이 아직 발견되지 않았습니다.

밸머 부장 형사님으로부터 넘겨 받은 수사 결과는 크고 작은 것을 빼놓지 않고 모조리 여기에 보고했습니다. 귀하께서도 빠진 부분은 전혀 발견하지 못하시리라고 확신합니다. 그리고 저에게 편견을 가지고 계신다 하더라도 지금까지 어느 누구도 제가 여기에 작성한 것만큼 명쾌한 보고서를 일찍이 귀하께 내어 놓은 적이 없었음을 인정해 주시리라고 생각합니다. 저의 다음 의무는 이 사건이 제 손에 맡겨진 이상, 앞으로의 수사 방향을 말씀드리는 것입니다.

밸머 부장 형사님이 손을 뗀 데서부터 이 사건은 분명히 제가 맡게 되었습니다. 부장 형사님의 권위에 믿음을 가지고, 가정부 및 점원에 대해서는 제가 새삼스럽게 손을 대지 않아도 지장이 없다고 믿습니다. 두 사람의 혐의는 이미 명백해졌다고 보아야 할 것입니다. 앞으로 조사해야 할 것은 제이 씨가 범인인지 아닌지의 문제입니다. 할 수 있다면 제이 씨가 자기앞 수표에 대해 뭔가 아는 것이 있는지 없는지를 반드시 확인해야 합니다.

다음은 야트먼 부부의 충분한 양해를 얻어 제이 씨가 범인인지 아닌지를 판단하기 위해 제가 선택한 계획입니다.

오늘 저는 셋방을 구하는 청년인 양 거짓으로 꾸미고 야트먼 씨 댁을 찾아갈 것을 제안했습니다. 야트먼 씨가 3층 끝머리에 있는 방으로 안내해 주기로 되어 있습니다. 그리고 저는 적당한 가게나 사무실에 직장을 구하기 위해 오늘 밤 런던에 온 시골뜨기로 그 방에 들게 되어 있습니다.

이렇게 해서 저는 제이 씨 방의 옆방에 살게 됩니다. 방 사이의 벽은 회칠을 한 판자뿐이어서 이 벽에 작은 구멍을 뚫어 놓으면 방에 있는 제이 씨의 행동을 볼 수 있고, 친구라도 찾아오면 어떤 이야기를 주고받는지 자세히 들을 수 있습니다. 제이 씨가 방에 있을 때는, 저도 반드시 관찰할 수 있는 구멍에 붙어 있습니다. 밖으로 나갈 적에는 반드시 그 뒤를 몰래 따라갑니다. 이렇게 지켜보고 있으면, 그의 비밀——만일 그가 잃어버린 수표에 관해 뭔가 알고 있다면——을 알아낼 수 있으리라고 확신합니다. 이 감시 계획을 귀하께서는 어떻게 생각하실지 저로서는 알 수 없습니다만, 저는 이 계획이 대담함과 직절(直截)이라는 커다란 장점을 함께 갖추고 있다고 생각합니다. 이 신념을 고집하며 앞으로의 수사에 관해서는 매우 낙관적인 마음을 가지고 이 보고를 끝마치려 합니다.

귀하의 유순한 부하

매시 셔핀

매시 셔핀으로부터 식스턴 주임 경감에게

삼가 아룁니다——제가 앞서 드린 편지에 대한 아무런 회답도 주지 않으시기에, 저에 대한 편견에도 불구하고 지난번 편지는 제가 예측한 대로 귀하께 좋은 인상을 드렸으리라 상상하고 있습니다. 저는 귀하의 웅변인 침묵을 시인하는 뜻으로 알고 크게 만족하며, 이 24시간 동안의 수사의 진척을 보고드립니다.

이미 저는 제이 씨의 방 옆방에 기분좋게 자리잡고 있습니다. 그리고 벽에 구멍을 하나만이 아니고 두 개나 뚫을 수 있었던 것을 아주 기뻐하고 있습니다. 저는 선천적으로 유머 감각을 지니고 있어서 그 두 개의 구멍에 각각 어울리는 이름을 붙였습니다. 엿보는 구멍과 파이프 구멍이라고. 첫째 구멍은 그 이름이 가리키는 대로입니다. 둘째 구멍의 이름은 그 구멍에 찔러 넣은 가느다란 양철 파이프 때문에 붙여진 것으로서, 감시 부서(세든 방)에 붙어 있는 동안 그 끝이 귓전에 오도록 구부려 놓았습니다. 이렇게 해서 엿보는 구멍으로 제이 씨를 지켜보는 사이에도, 이 파이프 구멍 덕분에 그의 방에서 오고가는 말을 한마디도 놓치지 않고 들을 수 있습니다. 완전한 솔직함, 이 점은 제가 어릴 적부터 지니고 있는 미덕입니다. 때문에 이 이야기를 진행하기에 앞서 제가 선택한 계획——엿보는 구멍에 파이프 구멍을 덧붙인다는 독창적인 계획——은 야트먼 부인이 생각해 낸 것임을 미리 말씀드리고자 합니다. 이 부인은 아주 총명하고 교양이 풍부하며 말과 행동거지가 솔직한, 뛰어난 분입니다. 저로서는 이루 다 말로 칭찬할 수 없을 정도의 정열과 지성으로서 저의 보잘것없는 계획에 함께 동참해 주었습니다. 야트먼 씨는 돈을 도둑맞고 완전히 낙담해서 저에게 아무런 도움도 줄 수 없는 상태입니다. 분명히 남편을 지극히 사랑하는 부인은 돈을 잃었다는 사실보다 남편의 슬픔 쪽을 안타깝게 느끼고 있습니다. 그녀는 남편이 현재 빠져 있는 애처로운 의기 소침한 상태에서 분발시키려고 노력하고 있습니다.

그녀는 눈에 눈물이 괴어서 저에게 말했습니다. '셔핀 씨, 돈 따위는 마음을 다잡아 열심히 장사하고 절약하면 다시 벌 수 있어요. 제가 도둑을 꼭 잡고 싶다고 이렇게 바라는 까닭은 남편이 저렇게 낙담하고 있기 때문이에요. 제가 잘못 알고 있는지는 모르지만 당신이 우리 집에 온 순간, 이 사람이라면 돈을 찾아낼 수 있겠구나 하는 생각이 들었어요. 그리고 당신이 돈을 훔친 악당을 알아낼 것이라고 믿고 있어요.'

저는 이 즐겁고 기쁜 칭찬의 말을, 머지않아 반드시 이 말에 값할 만한 인간임을 보일 것이라고 확신하면서 그것이 주어진 진의를 짐작해서 받아들였습니다.

그럼 이야기를 일에 돌리겠습니다. 엿보는 구멍과 파이프 구멍에 대해서 말입니다.

저는 아무런 방해도 받지 않고 몇 시간 동안 제이 씨를 관찰했습니다. 야트면 부인의 말에 따르면 제이 씨는 평소에 좀처럼 방에 있지 않는다는데, 오늘은 하루 내내 집에 틀어박혀 있었습니다. 먼저 이것부터가 수상쩍습니다. 반드시 보고해야 할 일로서 그는 오늘 아침 늦게 일어났으며(이것은 젊은 남자인 경우 언제나 재미스럽지 못한 징후입니다), 일어난 뒤에도 하품을 하거나 머리가 아프다고 혼자서 푸념하거나 하며 상당히 긴 시간을 낭비했다는 사실입니다. 일상 생활에서 아무런 거리낌이 없고 제멋대로 행동하는 사람이 그러하듯, 그 또한 아침 식사를 거의 하지 않았습니다.

식사 뒤에 그는 파이프 담배를 피웠습니다. 더러운 도자기 제품 파이프인데, 신사라면 입에 대는 것조차 부끄러워할 듯한 물건입니다. 그는 담배를 한 대 피우고 나서 펜, 잉크, 종이를 꺼내더니 의자에 앉아 끙끙거리면서 뭔가를 쓰기 시작했습니다. 그 끙끙거리는 신음 소리가 수표를 훔친 회한의 소리인지 모르겠습니다. 그는 조금 쓰다가(엿보는 구멍에서는 너무 멀어서 내용을 판독할 수는 없었습니다) 의자등에 기대더니 콧소리로 유행가를 불렀습니다. 그것이 공범자와 통신하는 비밀 신호인지 아닌지는 아직 모릅니다. 한동안 노래를 부르다가 그는 일어서서 방 안을 걸어다녔는데, 이따금 발을 멈추고 책상 위의 종이에 한 구절씩 써 보태곤 했습니다. 그러다가 자물쇠를 채운 찬장 앞으로 가서 그것을 열었습니다. '이크'하고 저는 눈을 크게 떴습니다. 찬장에서 뭔가를 조심스럽게 꺼냈고, 저는 그 쪽을 보았습니다. 그런데 그것은 0.5리터들이 브랜디 병이었습니다. 그 술을 조금 마시고, 이 감당할 수 없는 게으름뱅이 무뢰한은 다시 침대에 기어들어가 5분 뒤에는 푹 잠들어 버렸습니다.

적어도 두 시간 가량 그의 코고는 소리를 들은 뒤, 저는 그 방의 방문을 두드리는 소리가 들려 엿보는 구멍으로 달려갔습니다. 제이 씨는 벌떡 일어나자마자 수상하게 여겨질 정도로 재빨리 방문을 열었습니다.

아주 꾀죄죄한 얼굴을 한 작은 사내아이가 들어오더니 '원고를 가지러 왔어요'라고 말했습니다. 그리고 의자에 앉자마자 마룻바닥에도 닿지 않는 발을 축 늘어뜨리고 곧 잠들어 버렸습니다. 제이 씨는 혀를 차고 젖은 수건으로 머리를 동여매고 원고지 앞으로 되돌아가 손가락과 펜이 움직이는 한 빨리 쓰기 시작했습니다. 그는 이따금 일어나 수건을 다시 물에 적셔 머리를 동여매 가며 이 작업을 세 시간 가까이 이어갔습니다. 그는 이윽고 다 쓴 원고지를 접어 개더니 사내아이를 일으켜 그 원고지를 건네주며 다음과 같은 주목할 만한 말을 했습니다. '이봐, 잠꾸러기 꼬마, 일어나……이제 가야지. 사장을 만나거든, 내가 가지러 가면 곧 내줄 수 있도록 돈을 준비해 두라고 말해야 해.' 사내아이는 히죽 웃고 나갔습니다. 저는 이 '잠꾸러기' 뒤를 몰래 따라가고 싶은 유혹에 사로잡혔지만 제이 씨의 행동을 감시하는 편이 더 안전하다고 마음을 고쳐먹었습니다.

30분쯤 되자, 그는 모자를 쓰고 밖으로 나갔습니다. 물론 저도 모자를 집어 들고 밖으로 나갔습니다. 제가 계단을 내려가던 길에 3층으로 올라오는 야트먼 부인을 만났습니다. 부인은 제이 씨가 나가고 제가 그 뒤를 몰래 따라가는 동안, 제이 씨의 방을 수사해 주기로 저와 미리 약속을 했기 때문입니다. 제이 씨는 곧바로 가까운 곳에 있는 목로 주점으로 가서, 점심 식사로 양고기 요리를 두 접시 주문했습니다.

그가 가게에 들어가 1분도 채 되지 않은 사이에, 건너편 식탁에 앉아 있던 아주 수상한 청년 하나가 흑맥주 컵을 손에 들고 제이 씨 자리로 왔습니다. 저는 신문을 읽는 체하며, 모든 신경을 귀에 집중해서 그들의 대화를 엿들었습니다.

"조금 전에 잭이 와서 자네 일을 물었어." 그 청년이 말을 꺼냈습니다.

"뭔가 전할 말을 남기고 갔나?" 제이 씨가 물었습니다.

그 청년은 고개를 끄덕이고는 다음과 같이 말했습니다. "만일 자네를 만나면 오늘 밤 꼭 만나고 싶은 일이 있다면서, 7시에 레저포드의 자네 집으로 간다고 전해 달라고 했어."

"알았어. 그 때까지는 돌아가 있겠어."

이 말을 듣자, 그 청년은 흑맥주를 다 마셔 버리고, 급한 일이 있다면서 작별 인사를 하고(이 청년을 공범자라고 보아도 틀림없습니다) 가게에서 나갔습니다.

6시 25분 30초에——이런 중대한 사건에서는 시각에 대해서 주의하는 것이 특히 중요합니다—— 제이 씨는 식사를 마치고 셈을 치렀습니다. 그리고 10분 뒤에 저는 레저포드의 집에 돌아와 복도에서 야트먼 부인을 만났습니다. 부인은 실망한 듯 얼굴 표정이 좋지 않고, 그 얼굴을 바라보던 저 또한 마음이 무거웠습니다.

"제이 씨의 방에서 범행을 뒷받침할 만한 것을 전혀 알아내거나 찾아내지 못하신 모양이지요?"

부인은 고개를 끄덕이더니 한숨을 쉬었습니다. 울적한 것 같은, 불안에 떠는 한숨이었는데, 정직하게 말씀드리자면 그 한숨 소리를 듣고 저는 부인의 아름다움에 정신이 다 어지러워졌습니다. 그 순간 저의 마음은 제가 해야 할 일을 잊어버린 채 야트먼 씨가 정말 부럽다는 생각으로 가득 찼습니다.

"절망해서는 안 됩니다, 부인."

저는 온화하게 말했는데, 그것이 부인의 마음을 움직인 것 같았습니다.

"수수께끼 같은 대화를 들었습니다. 제이 씨에게 떳떳히 못한 데가 있는 듯한 약속이 있음을 알았습니다. 그래서 오늘 밤, 엿보는 구멍과 파이프 구멍에 비상한 기대를 걸고 있습니다. 놀라시면 안됩니다. 오늘 밤에야말로 우리는 드디어 알아내느냐 못하느냐의 갈림길에 서 있다고 생각됩니다."

이렇게 해서 저의 직무에 대한 정열적인 헌신이 애정을 이겨 냈습니다. 저는 부인을 얼른 보고——눈웃음을 치고——고개를 끄덕이고는 얼른 옆을 떠났습니다.

감시하는 장소에 앉아서 제이 씨를 보니, 그는 파이프를 입에 물고 팔걸이 의자에 앉아, 아까 먹은 양고기 요리를 천천히 소화시키고 있었습니다. 테이블에 컵이 둘, 물병이 하나, 그리고 앞서 말한 0.5리터들이 브랜디 병이 놓여 있었습니다. 시각은 7시 가까이였습니다. 7시가 되자 '잭'이라고 불린 사람이 들어왔습니다.

잭은 흥분하고 있는 것 같았습니다. 아주 흥분하고 있는 모습이었다고 자신 있게 말씀드리겠습니다. 저는 이제 곧 일이 풀릴 것으로 생각하자, 기쁨이 머리에서 발끝까지 온몸에 스며들었습니다(강한 표현을 쓴다면). 숨을 죽이고 엿보는 구멍으로 보니 방문객은 이 유쾌한 사건의 '잭'[惡黨]인 것입니다.

그는 테이블에 제이 씨와 마주 보고, 제가 있는 쪽으로 얼굴을 돌리고 의자에 앉아 있었습니다. 두 사람의 얼굴에 드러난 표정을 계산에 넣지 않는다면, 그들은 서로 아주 닮아서, 한 번 보고 형제라는 것을 알 수 있었습니다. 잭은 몸차림도 단정하고 양복도 훌륭했습니다. 그 점은 처음부터 제가 인정합니다. 이것은 아마 제가 지닌 결점 가운데 하나일 테지만, 저는 정의와 공평을 최대한의 한계점까지 범위를 넓혀 생각합니다. 저는 바리새인(Pharisee ; 유대교의 한 종파. 모세의 율법을 엄격히 지켰으나 그 교도들은 형식과 위선에 빠져 예수를 비방하였으며, 마침내는 예수를 잡아다가 십자가에 못 박히게 하였음) 같은 위선의 무리가 아닙니다. 악덕이더라도 그것을 벌충할 만한 점이 있으면 공평하게 다룹니다. 그렇습니다, 저는 어떠한 일이 있어도 악덕을 공평하게 다루는 사람입니다.

"어떻게 됐어, 잭?" 제이 씨가 먼저 말을 꺼냈습니다.

"내 얼굴을 봐도 모르겠나? 이렇게 우물쭈물하고 있으면 위험해. 이것도 저것도 아닌 어정쩡한 태도를 버리고 흥하든 망하든 모레는 해 보자구." 잭이 말했습니다.

"그렇게 빨리 말인가?" 제이 씨가 아주 놀란 표정으로 말했습니다. "좋겠지. 자네만 좋다면 나는 괜찮아. 하지만 잭, '또 한 사람'도 준비가 돼 있나, 확인해 봤어?"

이렇게 말할 때 제이 씨는 미소짓고 있었습니다. 어쩐지 기분 나쁜 미소였습니다. 그리고 '또 한 사람'이라는 말에 특별히 힘을 주었습니다. 분명히 이 사건에는 제3의 악당, 이름을 알 수 없는 무법자가 있는 것입니다.

"내일 우리를 만나서 자신이 판단하는 게 좋아. 내일 아침 11시에 리전트 공원에 와서, 애브뉴 로드로 구부러지는 모퉁이에서 기다려."

"그래, 기다리겠어." 제이 씨가 말했습니다. "브랜디 한 잔 하겠나? 왜 일어서지? 설마 돌아가려는 건 아니겠지?"

"돌아가겠어." 잭이 말했습니다.

"사실을 말하자면, 나는 흥분해서 침착할 수가 없어. 어디에 있어도 5분을 계속해서 가만히 앉아 있을 수가 없는 거야. 자네에게는 우습게 보일지 모르지만, 난 요즘 신경이 온통 자릿자릿하단 말이야. 솔직히 말하면 누군가가 알아내지나 않을까 해서 흠칫흠칫한다구. 거리에서 날 두 번 쳐다보는 녀석이 있으면, 이 녀석이 스파이가 아닌가 싶어……."

이 말을 듣고 저는 다리가 노그라지는 것 같았습니다. 엿보는 구멍에서 떨어지지 않은 것은 정신력 덕분이었습니다. 정신력 이외에 아무것도 아님을 명예를 걸고 말씀드려 둡니다.

"바보 같은 소리." 제이 씨는 상습범의 넉살좋은 대담한 태도로 외쳤습니다. "오늘까지 비밀을 잘 지켜 왔어. 끝까지 잘 되지 않을 턱이 있나. 자, 브랜디를 한 잔 해 봐. 나처럼 기분이 안정될 테니까."

그래도 잭은 브랜디를 거절하고 여전히 돌아가겠다고 했습니다.

"어슬렁어슬렁 걷고 있으면 기분이 가라앉을지도 모르니까 말야." 잭이 덧붙였습니다.

"잊지 마! 내일 아침 11시에 리전트 공원의 애브뉴 로드 쪽이야."

이런 말을 남기고 잭은 나갔습니다. 비정한 제이 씨는 크게 웃더니, 다시 더러운 도자기 제품 파이프를 꺼내어 담배를 피우기 시작했습니다.

저는 침대 끝에 걸터앉았는데 공연한 꾸밈이 아니라 흥분으로 몸이 떨렸습니다.

훔친 자기앞 수표를 아직 현금으로 바꾸지 않았음을 명백히 알았습니다. 밸머 부장 형사님이 사건을 저에게 맡기신 때도 같은 의견이었음을 이에 덧붙여도 문제는 없겠지요. 앞에 나온 대화에서, 당연한 추세로 어떤 결론이 나오겠습니까? 분명히 이 일당은 내일 만나서 훔친 자기앞 수표를 저마다 배당받아, 다음날 현금으로 바꾸는 데 가장 안전한 방법을 의논할 것입니다.

제이 씨는 의심할 여지도 없이 이 사건의 주범이며, 아마 가장 중요한 위험——요컨대 50파운드짜리 자기앞 수표를 현금으로 바꾸는 것——을 범할 것으로 볼 수 있습니다. 따라서 저는 계속 그 뒤를 몰래 따라가 내일 리전트 공원에 가서, 그곳에서 주고받는 말을 엿듣는 일에 모든 노력을 다하겠습니다. 그 다음날 다시 만날 약속을 하게 되면 물론 저도 거기로 가겠습니다. 그것은 뒷날 애기하기로 하고 내일은 능력있는 형사 두 명의 도움이 필요합니다(악당들이 모임 뒤에 따로 행동을 취한다고 가정하고). 즉 두 놈의 악당 뒤를 몰래 따라가기 위해서입니다. 당연히 저는 공명심에 불타고 있어서, 될 수 있으면 범인을 알아내는 공훈이 저만의 것이 되도록 늘 생각하고 간절히 바라고 있습니다.

두 명의 부하가 즉시 도착한 것에 감사드리며 보고를 올립니다——그다지 능력 있는 형사들이라 여겨지지는 않습니다만, 다행히 그들은 제가 계속 지시할 수 있는 곳에 있게 되리라 생각합니다.

오늘 아침에 처음 한 일은, 당연히 두 낯선 사람의 등장을 야트먼 부인에게 설명해서 실수하지 않도록 하는 것이었습니다. 야트먼 씨는 (여기서만의 이야기입니다만, 기력이 없는 가련한 남자입니다) 머리를 흔들고 투덜거리기만 했습니다. 야트먼 부인은(얼마나 훌륭한 여성인지!) 모두 이해했다는 것처럼, 매력이 넘치는 표정을 지어보였습니다.

"어머, 셔핀 씨." 부인은 말했습니다. "저런 패거리를 불러 도움을 부탁하다니, 당신이 스스로 성공을 의심하기 시작한 사람처럼 보여요."

저는 남몰래 부인에게 눈웃음을 치고는(부인은 아무런 불평도 없이 제가 눈웃음치는 것을 용서해줍니다), 언제나처럼 익살스런 투로 그것은 오해라고 말해 주었습니다.

"저 패거리를 불러 온 이유는 말이에요, 부인. 제가 성공을 확신하기 때문입니다. 돈은 반드시 되찾아드리겠습니다. 그것은 저 자신을 위해서만이 아니라 남편을 위해, 그리고 당신을 위해서입니다."

저는 마지막 말에 힘을 주었습니다. 부인은 "어머, 셔핀 씨" 하고 말하고——동시에 아름답게 볼을 붉히고——바느질감에 눈길을 떨구었습니다. 야트먼 씨만 죽어 준다면, 저는 이 여성과 함께 세계 끝까지라도 갈 마음이 들었습니다.

저는 두 명의 부하에게 먼저 나가 제가 명령을 내릴 때까지, 리전트 공원의 애브뉴 로드에서 기다리라고 했습니다. 그러나 30분 뒤에 저는 제이 씨에게서 멀리 떨어지지 않도록 하며 그 뒤를 몰래 따라갔습니다.

두 놈의 공범은 제이 씨가 약속한 시간을 어기지 않고 왔습니다. 이런 얘기는 쓰기도 싫지만, 말씀드려야겠습니다. 실은 제3의 악당——앞서 보낸 보고서에 쓴 이름을 알 수 없는 무법자, 또는 형제 사이에서 주고받은 말 가운데 나왔던 수수께끼의 '또 한 사람'이라고 불러도 상관없는데——그 '또 한 사람'은 뜻밖에도 여자였습니다. 그리고 더욱 나쁜 사실은 젊은 여자라는 것입니다. 그리고 더한층 슬퍼해야 할 일은 아름다운 여자라는 점입니다! 이 세상의 범죄가 있는 곳에 반드시 여자가 끼어 있다는 말을 저는 오랫동안 거부해 왔습니다. 그러나 오늘 아침 이 경험을 하고부터 이 슬픈 결론에 반대할 수가 없습니다. 저는 여자를 믿지 않겠습니다. 야트먼 부인은 별도입니다만 여자를 믿지 않겠습니다.

제이라는 사나이가 그 여자에게 팔을 내밀었습니다. 제이 씨는 그녀의 맞은쪽에 나란히 섰습니다. 그리고 세 사람은 나무숲 사이로 천천히 걸어갔습니다. 저는 적당한 거리를 두고서 세 명의 뒤를 몰래 따라갔습니다. 제 부하 두 명도 적당한 거리를 두고서 제 뒤에서 따라왔습니다.

매우 유감이지만 우리가 몰래 뒤따르고 있음을 그들이 눈치챌 수도 있기에 그들의 이야기가 들릴 정도로 가까이 다가갈 수는 없었습니다. 저는 그들의 몸짓이나 움직임에서, 그들이 모두 비상한 관심을 가지고 있는 문제에 대해, 이만저만이 아니게 열심히 이야기하고 있다는 것만 짐작할 수 있을 뿐이었습니다. 그렇게 그들은 15분 가량 서로 이야기를 한 뒤, 갑자기 말을 돌려 방금 간 길로 돌아왔습니다. 저는 이런 절박한 경우에도 평정을 잃지 않았습니다. 뒤따르는 부하들에게 그대로 아무렇지도 않게 그들 옆을 지나쳐 가라고 신호하고, 저는 재빨리 한 그루의 나무 뒤에 숨었습니다. 그들이 옆을 지나갈 때, 잭이 제이 씨에게 다음과 같은 말을 했습니다.

"그럼, 내일 아침 10시 반으로 해. 그리고 마차를 타고 오는 것을 잊지 마. 이 근방에서는 마차를 잡을 것 같지 않기 때문이야."

제이 씨가 뭔가 짤막한 말로 대답했는데, 저는 알아들을 수 없었습니다. 그들은 서로 만난 곳까지 되돌아가, 그곳에서 뻔뻔스럽게도 정중하게 악수를 나누었습니다. 그것을 보고 있는 저는 정말 속이 뒤집힐 정도였습니다. 그리고 그들은 헤어졌습니다. 저는 제이 씨 뒤를 몰래 따라갔습니다. 부하 두 명도 아주 조심스럽게 그 두 놈의 공범 뒤를 몰래 따라갔습니다.

제이 씨는 레저포드 거리로 돌아가지 않고 스틀랜드 거리로 갔습니다. 그리고 수상쩍게 보이는 꾀죄죄한 집 앞에서 걸음을 멈추었습니다. 문에 씌어 있는 글자로 보면 신문사였습니다만, 제가 판단하기엔 장물을 다루고 처리하는 집 같았습니다.

제이 씨는 아주 잠깐 그 집 안에 있다가 손가락을 조끼 주머니에 넣고 휘파람을 불면서 나왔습니다. 저만큼 신중하지 못한 사람이라면 그 자리에서 체포했으리라고 생각합니다. 저는 두 놈의 공범을 체포할 필요가 있다는 사실과, 조금 전에 그들이 내일 아침에 만나기로 한 약속이 중요하다는 사실을 떠올렸습니다. 어쩔 수 없는 상황 아래에서 이같은 냉정함을 잃지 않는다는 것은 아직 형사로서의 명성도 없는 젊은 새내기로서는 좀처럼 하기 어려운 일이라고 생각합니다.

제이 씨는 그 집에서 나와 담배가게로 가더니 여송연을 사 피우면서 잡지를 읽었습니다. 이윽고 담배가게에서 나온 그는 어슬렁어슬렁 목로 주점으로 가 그곳에서 양고기 요리를 먹었습니다. 그는 양고기 요리를 다 먹고 나서 하숙집으로 돌아갔습니다. 저도 다 먹고 나서 하숙집으로 돌아왔습니다. 그리고 그의 코고는 소리를 듣자마자 저도 몹시 졸려 잠자리에 들어갔습니다.

이튿날 아침 두 명의 부하가 저에게 보고하러 왔습니다. 두 공범의 뒤를 밟아 보니 잭이라고 불리는 사나이는 리전트 공원에서 그다지 멀지 않은, 꽤 큰 별장식 주택의 문 가까이에서 그 여자와 헤어졌다고 합니다. 그는 혼자가 되자, 오른쪽으로 돌아 주로 가게 주인들이 살고 있는 교외 주택지로 가더랍니다. 이윽고 그러한 집의 한 통용문 앞에서 멈추어 서더니 자기의 열쇠로 문을 열고 들어갔답니다. 문을 열 때 주변을 둘러보고, 길 맞은쪽에서 어슬렁거리던 제 부하를 의심스럽다는 듯이 쏘아보더랍니다.

부하들이 보고한 내용은 이것뿐입니다. 저는 부하들을 일손이 필요할 때까지 방에 묵게 해 놓고 엿보는 구멍에 가서 제이 씨의 행동을 살폈습니다.

그는 옷을 갈아입고 있었습니다. 원래 깔끔치 못한 풍채여서 그 흠을 없애려고 정신없었습니다. 그것은 제가 예상한 대로였습니다. 제이 씨와 같은 떠돌이일지라도 도둑질한 자기앞 수표를 현금으로 바꾸는 위험한 일을 하러 갈 적에는 단정한 옷차림을 갖추는 것이 중요함을 알고 있었습니다. 10시 5분이 지날 무렵에는 초라한 모자에 마지막 손질을 하고, 더러워진 장갑을 빵부스러기로 문질렀습니다. 10시 10분에는 거리에 나가 가까운 곳에 있는 주차장으로 갔습니다. 저와 부하들은 몰래 그 뒤를 밟았습니다.

그가 마차를 탔으므로 우리도 마차를 탔습니다. 어제 공원에서 그들의 뒤를 몰래 따라갔을 때, 만날 장소를 들을 수는 없었지만, 얼마 가지 않아 애브뉴 로드 쪽으로 가고 있다는 것을 알았습니다.

제이 씨가 타고 있는 마차는 천천히 공원으로 들어갔습니다. 우리는 의심을 받지 않도록 공원 밖에서 마차를 멈추었습니다. 그리고 저는 그가 탄 마차를 걸어서 몰래 그 뒤를 따라가려고 마차에서 내렸습니다. 그 순간 그가 탄 마차도 멈추고, 두 놈의 공범이 나무숲 사이에서 다가오는 모습이 보였습니다. 그리고 그들이 그 마차에 오르자 마차는 곧 되돌아왔습니다. 저는 타고 온 마차로 달려가, 마부에게 저 마차가 우리를 앞지르게 하고, 아까처럼 몰래 그 뒤를 따라가라고 명령했습니다.

마부는 제 명령에 따랐는데, 바보짓을 했기 때문에 저쪽에서 알아차리고 말았습니다. 3분 가량 몰래 그 뒤를 따라갔을 때(방금 간 길을 되돌아오는 것입니다), 저는 앞 마차와 어느 정도 떨어져 있는가 싶어 창문에서 얼굴을 내밀고 보았습니다. 그러자 앞 마차 창문에서도 모자 두 개가 튀어나오고, 이어 이 쪽을 보는 두 얼굴이 눈에 띄었습니다. 저는 식은땀이 나서 좌석에 주저앉았습니다. 이 표현은 그다지 고상하지는 않지만, 다른 말로는 그 괴로운 순간에 처했던 제 처지를 어떻게 말로 나타낼 수가 없습니다.

"들켰어." 저는 부하들에게 가만히 말했습니다. 두 사람은 놀라 저를 뚫어지게 보았습니다. 제 감정은 갑자기 절망의 구렁텅이에서 분노의 감정으로 바뀌었습니다.

"마부가 바보짓을 했기 때문이야. 자네들, 한 사람 내려" 하고 저는 위엄있게 말했습니다. "내려서 녀석의 대갈통을 후려갈겨."

그들은 제 명령에 따르지 않고(이 명령 위반 행위를 본국에 보고하지 않으시기를 바랍니다) 창문으로 얼굴을 내밀었습니다. 그리고 제가 자리에 앉으라고 하자 겨우 앉았습니다. 그런데 제가 분한 마음을 털어놓으려고 하니 두 사람은 싱글싱글 웃으며,

"밖을 내다보십시오"라고 말했습니다.

저는 밖을 내다보았습니다. 그들의 마차는 멈춰 있었습니다.

어디라고 생각하십니까? 그곳은 교회 문 앞이었습니다.

저는 이 발견이 세상의 평범한 사람에게 어떤 효과를 줄지 알 수 없습니다. 저는 원래 믿음이 두터운 사람이어서 그것을 보자 공포에 사로잡혔습니다. 저는 범죄자의 무법하기 짝이 없는 술책을 책에서 종종 읽은 적이 있습니다. 그러나 교회에 들어가서 뒤를 몰래 따르는 사람들을 따돌리려고 하는 도둑의 이야기는 제가 과문한 탓인지는 몰라도 아직까지 들어본 적이 없습니다.

이처럼 낯가죽이 두껍고 뻔뻔한 신을 모독하는 짓거리는 일찍이 그 예를 찾아볼 수 없다고 생각합니다.

제가 아주 불쾌하다는 듯이 얼굴을 찌푸리자 부하들은 싱글싱글 웃는 것을 멈추었습니다. 저는 그들의 천박한 마음 속에 어떤 생각이 떠오르고 있는지를 쉽게 미루어 헤아릴 수 있었습니다. 제가 만일 겉으로 드러한 현상밖에 볼 수 없었다면, 복장을 갖춘 두 사람의 사나이와 한 사람의 여성이 주일의 오전 11시 전에 교회에 들어가는 모습을 보았을 때, 부하들이 내린 경솔한 결론에 따르지 않는다고 장담할 수는 없습니다. 그러나 단순한 현상은 저를 속이는 힘은 가지고 있지 않습니다. 저는 마차에서 내려 부하 한 사람을 데리고 교회로 들어갔습니다. 그리고 한 사람의 다른 부하는 법의실(法衣室)의 출입구 쪽의 동정을 살펴보라고 보냈습니다. 눈 감으면 코 베어 먹을 수는 있겠지요. 그러나 매시 셔핀을 속일 수는 없습니다.

저는 발소리를 죽여 회랑의 계단을 오른 다음, 오르간이 있는 층계를 돌아가 정면에 있는 휘장 사이로 안을 들여다보았습니다. 세 사람 모두 회중석(會衆席)에 앉아 있었습니다. 그렇습니다, 아무리 믿기 어렵더라도 분명히 회중석에 앉아 있었습니다!

제가 어떻게 할까 하고 갈피를 잡지 못하는 사이에 법의실에서 정식 법의를 입은 목사가 교회에서 사무를 처리하는 사람을 데리고 모습을 나타냈습니다. 저의 머릿속에는 회오리바람이 일고 눈앞이 흐릿해졌습니다. 저는 법의실에서 있었던 어두운 도난 사건이 생각났습니다. 저는 눈부시게 화려한 법의를 걸친 목사가 가엾게 여겨졌습니다. 사무를 처리하는 사람도 가엾게 여겨졌습니다.

목사는 제단 안쪽에 서 있었습니다. 세 무뢰한들이 다가갔습니다. 목사는 성서를 펴고 읽기 시작했습니다. 귀하께서 '어디를 읽었느냐?'라고 물으시겠지요?

저는 조금도 망설이지 않고 '결혼식을 위한 구절이었습니다' 라고 대답한 것입니다.

부하는 뻔뻔스럽게도 제 얼굴을 쳐다본 다음, 자기 입에 손수건을 밀어 넣었습니다. 저는 그 따위에는 전혀 주의를 기울이지 않았습니다. 잭이라는 사나이는 신랑이고, 제이가 아버지 노릇을 하며 신부를 신랑에게 넘겨 주는 절차를 끝까지 지켜 본 저는, 부하를 데리고 그곳을 떠나 법의실 출입구 쪽의 동정을 살피고 있던 부하와 합류했습니다. 저 같은 처지가 되면 조금은 의기소침해져서 아주 바보 같은 잘못을 저질렀다고 후회하는 사람도 있을 것입니다. 그러나 저는 제 판단이 조금도 잘못되지 않았다고 생각했기 때문에 전혀 불안을 느끼지 않았습니다. 그리고 세 시간이 지난 지금도 제 마음은 전과 다름없이 침착하고, 희망에 차 있습니다.

부하와 교회 밖에서 합류한 저는, 그와 같은 일이 다시 일어난다 해도 계속 상대방의 마차를 몰래 뒤따라 갈 작정이라고 말해 주었습니다. 이러한 결심을 한 까닭은 곧 아시게 되리라고 생각합니다. 두 부하는 제 말을 듣고 놀라더군요. 그리고 한 명이 건방지게 이런 말을 했습니다.

"실례지만 우리는 어떤 사람의 뒤를 몰래 따라가야 합니까? 돈을 훔친 사나이입니까, 마누라를 훔친 사나이입니까?"

비열하기 짝이 없는 다른 한 부하는 소리내어 웃고 상대방을 부추겼습니다. 두 사람 모두 정식으로 징계할 만합니다. 저는 두 사람이 반드시 징계받게 되리라도 믿겠습니다.

결혼식이 끝나자 그 세 사람은 마차에 오르고, 다시 우리 마차는 (가까이에 세워 두면 저들이 눈치 챌 우려가 있어서 교회 모퉁이에 숨겨 두었지요) 그들이 탄 마차 뒤를 몰래 따라가기 시작했습니다.

우리는 그들의 뒤를 밟아서 사우스웨스트 철도 종착역까지 갔습니다. 신혼 부부는 리치먼드로 가는 표를 샀습니다. 요금은 반 파운드 짜리 금화로 치렀기 때문에, 저는 놈들을 체포하는 기쁨을 맛볼 수 없었습니다. 만일 자기앞 수표를 냈다면 저는 틀림없이 그들을 체포했을 것입니다. 두 사람은 제이 씨와 헤어실 때 "주소를 잊어선 안 돼. 바비롱 테라스 14번지야. 돌아오는 주일에 함께 식사를 하자구" 하고 말했습니다.

제이 씨는 이 초대를 받아들이고는 희롱거리는 말투로 "지금 곧 하숙집으로 돌아가 이런 말쑥한 옷차림은 벗어 버리고, 다시 마음 편한 꾀죄죄한 모습으로 되돌아가겠어" 하고 말했습니다.

그리고 저는 제이 씨가 하숙집으로 돌아올 때까지 지켜보았으며, 그는 현재 마음 편한 꾀죄죄한 모습(그의 말을 그대로 옮겨본다면)으로 되돌아갔다고 보고를 드립니다.

일단은 이 정도에서 마무리 짓고, 지금까지 제가 제1단계라고 부르는 것은 끝났습니다. 저는 경솔한 판단을 내리는 사람들이 지금까지 제가 취해 온 행동을 두고서 뭐라고 말을 할지 잘 알고 있습니다. 그들은 제가 철두철미하게 바보스러운 착각을 하고 있다고 주장하겠지요. 그리고 제가 보고드린 수상쩍은 대화는 연인들의 도피 결혼을 추진시키는 데 따르는 곤란과 위험을 이야기한 것에 지나지 않는다고 말하겠지요.

그런가 하면 그들의 주장이 올바르다는 것을 부정할 수 없는 증거로서 교회 장면을 들고 나오겠지요. 그렇다면 그것으로 좋습니다. 그 점까지는 저도 반대하지 않습니다. 그런데 여기 세상 물정에 밝은 저의 총명한 마음에서 나오는 하나의 질문을 드립니다. 이 질문에 대해서는 설사 저와 같은 하늘 아래에서는 살 수 없는 원수라고 하더라도 그렇게 쉽게 대답할 수는 없을 것입니다.

결혼한 사실은 인정하더라도, 그 사실이 비밀 흥정과 관계 있는 세 사람에게 혐의가 없다는 증명이 될 수 있겠습니까?

저는 그렇게 생각하지 않습니다. 그렇기는커녕 제이 씨와 그 일당에 대한 저의 의심만 더 깊어지게 만들 뿐입니다. 그 까닭은 그들이 돈을 훔친 분명한 동기가 보이기 때문입니다.

리치먼드에서 신혼 여행을 보내려는 신사에게는 돈이 필요합니다. 그리고 빚투성이 신사에게도 돈이 필요합니다. 이것이 범죄의 동기라고 하면 억지로 짜맞추었다고 하겠습니까?

저는 유린당한 도덕의 이름으로 그것을 부정합니다. 그 두 놈은 공모해서 이미 한 여자를 훔쳤습니다. 그렇다면 그 두 놈이 공모해서 돈 상자를 훔치지 않았다고 어떻게 장담할 수 있겠습니까? 저는 오랜 세월을 두고 바뀌지 않는 미덕의 논리라는 입장을 취하고 있는 것입니다. 그리고 그 입장에서 저를 한 치라도 움직이려는 악덕의 궤변에 과감히 도전하겠습니다.

미덕이라면, 저는 이 사건에서 취한 이 견해를, 야트먼 부부에게도 취했음을 덧붙여 말씀드려 둡니다. 교양과 매력을 함께 지닌 야트먼 부인도, 처음에는 이 정밀한 논리의 연결을 이해하지 못하는 모양이었습니다. 부인은 머리를 흔들고 눈물을 흘리며 남편과 함께 2백 파운드를 잃은 일에 대해 슬퍼하며 탄식하고 있었습니다.

그런데 제가 조금 자세히 설명하고, 부인 쪽에서도 조금 주의해서 듣더니, 마침내 부인의 생각이 바뀌었습니다. 지금 부인은 제 의견에 동의하고, 제이 씨, 잭 씨, 그리고 사랑의 도피를 한 여자의 혐의가 완전히 풀릴 것처럼 여겨지는 비밀 결혼이라는 뜻밖의 사태까지도 아무런 의미가 없다고 생각하고 있습니다.

'뻔뻔스러운 여자'라는 것이 부인이 그 여자를 가리켜 사용한 말인데, 그 말은 못 들은 체합시다. 더 중요한 점은 야트먼 부인이 저에 대한 믿음을 아직 버리지 않고 있다는 점, 그리고 야트먼 씨가 부인을 따라 앞으로의 성과에 희망을 가지도록 노력하겠다고 약속해 준 점입니다. 저는 다음과 같은 계략을 지닌 인간의 평정(平靜)함을 가지고 새 지령을 기다리고 있습니다. 저는 교회의 문에서 정류장까지 세 명의 일당 뒤를 몰래 따라갈 때 두 가지 분명한 동기를 가지고 있었습니다.

첫째, 그들이 범인이라고 믿고 제가 맡아서 하는 일이라는 생각으로 그들의 뒤를 몰래 따라갔습니다

둘째, 이것은 개인적인 투기의 문제인데, 사랑의 도피를 한 부부가 남의 눈을 꺼리는 장소를 알아내려, 이 정보를 상품으로서 젊은 부인의 가족이나 친구에게 강매하려고 생각했던 것입니다.

저는 이렇게 어느 쪽으로 쓰러지든 시간을 헛되이 보내지 않은 점에 대해 벌써부터 자랑스럽게 여기고 있습니다. 만일 경찰국에서 시인해 주지 않는다면, 저는 흥미 있는 정보를 가지고 리전트 공원 근처에 있는 고상한 구조의 별장식 주택으로 가게 될 것입니다. 어쨌든 이 사건 덕분에 제 주머니에는 돈이 들어오고, 보통이 아닌 빈틈없는 사람으로서 제 통찰력에 한층 관록이 붙는 셈입니다.

한마디 더 드릴 말이 있습니다. 제이 씨 및 그 일당이 돈 상자 도난 사건과 무관하다고 주장하는 사람이 있다면, 저는 그 사람을 향해──가령 그 사람이 식스턴 주임 경감님이더라도──그렇다면 소호구 레저포드 거리에서 도둑질을 한 사람은 어떤 사람이냐고 되물어 보겠습니다.

귀하의 유순한 부하

매시 셔핀

식스턴 주임 경감으로부터 밸머 부장 형사에게

버밍엄 7월 9일

밸머 부장 형사――저 풋내기 매시 셔핀이 예상한 대로 레저포드 거리 사건에서 바보짓을 해 버렸네. 나는 일이 있어서 이곳을 떠날 수 없으므로 자네가 사건을 다시 조사해 주도록 이 편지를 쓰는 바이 네. 셔핀 녀석이 보고라고 보낸, 뜻을 알 수 없는 편지를 함께 보냈 으니 읽어 보게나. 이 실없는 소리의 뜻을 살펴보면 자네는 자만심으 로 똘똘 뭉쳐 있는 이 바보 녀석이 진짜 관계자만을 남기고, 다른 방 면에서 범인을 쫓고 있었다는 사실을 알 것이네. 여기까지 오면, 자 네라면 5분만에 진짜 범인을 잡을 수 있겠지. 곧 해결해서 이쪽으로 보고해 주기 바라네. 그리고 셔핀에게는 이 다음에 따로 통지가 있을 때까지 출근할 필요가 없다고 전해 주기 바라네.

프란시스 식스턴

밸머 부장 형사로부터 식스턴 주임 경감에게

런던 7월 10일

식스턴 경감님――보내 주신 서한 및 함께 보내 주신 셔핀의 편지 는 잘 받아 보았습니다. 현명한 사람은 우둔한 사람에게도 언제나 배 우는 법이라는 속담이 있습니다. 자신의 어리석음을 폭로한 셔핀의 장황한 보고서를 다 읽었을 때, 저는 귀하가 생각하신 대로 레저포드 거리 사건이 결말까지 명확하게 내다보였습니다. 그래서 저는 30분 뒤에 그 집에 갔습니다. 제가 처음 만난 사람은 바로 그 셔핀이었습 니다.

"날 응원하러 오셨나요?" 셔핀이 먼저 말문을 열었습니다.

"뭐, 그런 일이 아니야. 이 다음에 따로 통지가 있을 때까지 자네는 출근할 필요가 없다는 말을 전하러 왔어" 하고 저는 말했습니다.

"좋습니다." 그러나 그는 자신의 솜씨에 대한 거만한 콧대가 꺾여진 기색도 없이 말했습니다. "당신이 날 질투하리라고 생각하고 있었습니다. 그것은 당연한 일이니까 당신을 탓하지는 않습니다. 자, 어서 들어오셔서 제 마음은 편안하게 해주십시오. 나는 지금부터 리전트 공원 근처에 가서 혼자 조사할 일이 있어서 밖으로 나가야겠으니까, 그럼 부장 형사님⋯⋯."

이런 말을 남기고 셔핀은 나갔습니다. 제가 바라던 바였습니다.

가정부가 현관문을 닫자마자 저는 야트먼 씨에게 내밀히 이야기할 문제가 있다고 전하도록 했습니다. 가정부는 저를 가게 안쪽에 있는 객실로 안내했습니다. 들어가 보니 야트먼 씨는 혼자 신문을 읽고 있었습니다.

"도난 사건 때문에 왔습니다." 저는 말했습니다.

야트먼 씨는 불쾌한 듯이 제 말을 가로막았습니다. 그는 원래 연약한 여자 같은 남자입니다.

"네, 네, 알고 있습니다. 3층의 벽에 구멍을 뚫은, 뛰어난 솜씨를 가진 사나이가 잘못을 저질러, 내 돈을 훔친 악당의 단서가 사라져버린 사실을 말하러 오셨겠지요?"

"그렇습니다. 내가 온 것은 그 일 때문입니다. 그러나 그 밖에 다른 이야기가 있습니다."

"도둑을 알아냈나요?" 야트먼 씨는 먼저보다 더 불쾌한 말투로 물었습니다.

"그렇습니다. 알고 있는 셈입니다."

야트먼 씨는 읽던 신문을 놓고, 약간 걱정스러운 듯 오들오들 떠는 표정을 지었습니다.

"우리 집 점원은 아니겠지요? 저 사나이를 위해 점원이 아니기를 바랍니다."

"아닙니다. 한 번 더 맞춰 보시지요." 저는 말했습니다.

"저 게으름뱅이, 방종한 가정부입니까?"

"그야 그 여자는 게으름뱅이입니다. 게다가 방종한 여자입니다. 맨 처음 조사했을 때 이미 알았습니다. 하지만 도둑은 아닙니다."

"그럼 대체 누굽니까?" 야트먼 씨는 말했습니다.

"실례지만 지금부터 대단히 불유쾌한, 뜻밖의 말씀을 드릴 테니까 아무쪼록 마음의 준비를 해 주십시오. 더욱이 당신이 화를 내시면 안 되니까 미리 말씀드려 두겠는데, 나는 당신보다 강하고 만일 내 게 손찌검을 하는 일이 생기면 나도 본의는 아니나 순전히 자기방위로서 당신을 혼낼 수밖에 없습니다."

얼굴이 창백해진 야트먼 씨는 의자를 저에게서 약 1미터 정도 떼어 놓았습니다.

"누가 당신의 돈을 훔쳤는지 말해 달라고 하셨지요?" 하고 저는 계속했습니다. "꼭 대답하라고 하신다면……."

"꼭 대답해 주기 바랍니다." 야트먼 씨는 가냘픈 목소리로 말했습니다. "훔친 사람은 누굽니까?"

"부인이 훔쳤습니다." 저는 침착하지만 단호하게 말했습니다.

그는 제가 칼이라도 들이댄 것처럼 의자에서 뛰어오르더니 주먹으로 테이블을 쳤는데, 너무 격심해서 판자가 갈라질 정도였습니다.

"자, 침착하시고, 이렇게 흥분하시면 진상을 설명할 수 없습니다." 저는 말했습니다.

"거짓말이야!" 그는 또다시 주먹으로 테이블을 치며 말했습니다. "아주 비열한, 철면피한 거짓말이야. 어째서 당신은……."

야트먼 씨는 말을 끊고 의자에 털썩 쓰러져 어찌 할 바를 모르는 모습으로 주위를 돌아본 다음, 이윽고 큰소리로 울기 시작했습니다.

"냉정해지시면," 하고 저는 말했습니다. "당신도 신사이기 때문에 방금 하신 말을 반드시 취소해 주시리라고 생각합니다. 그 때까지 되도록 내 설명을 들어 주십시오. 셔핀 군은 참으로 친절치 못한, 매우 어리석은 보고서를 경찰국 경감님 앞으로 보내고 있었습니다. 그리고 보고서에는 자신의 바보스러운 행동이나 말에 대해서도 씌어 있었습니다. 대개의 경우 그런 보고서는 휴지통에 버려집니다만, 셔핀 군의 보고서를 읽다가 우연히 거기에 씌어 있는 잠꼬대 같은 실없는 소리에서, 그것을 쓴 바보는 처음부터 끝까지 전혀 꿈에도 깨닫지 못한 결론을 얻을 수 있었습니다. 나는 이 결론에 대해서는 아주 확신이 있습니다. 그러므로 야트먼 부인이 셔핀 군의 어리석음과 자만을 이용해서 일부러 다른 사람들에게 혐의를 두도록 부추겨 자신의 죄가 드러날 것을 막으려고 한 일이 진실이 아니라면, 나는 이 직업을 그만두겠습니다. 이것은 확신을 가지고 말하는데, 왜 부인은 그 돈을 훔쳤는지 그 돈으로 또는 그 돈의 일부로 무엇을 하셨는지에 관해 결정적인 의견을 말씀드리겠습니다. 부인을 눈여겨본 사람이라면 누구라도 그 옷의 훌륭함과 아름다움에 감동하지 않을 사람이 없을 것입니다……."

제가 마지막 말을 하는 동안에 야트먼 씨는 간신히 말을 할 기력을 되찾은 모양이었습니다. 그는 곧 제 말을 가로막았는데 공작(公爵)이라도 된 듯한 말투였습니다.

"아내에게 비열한 중상을 퍼부을 작정이라면 좀더 다른 방법을 택하는 것이 좋을 텐데요." 그는 말했습니다. "한 해 동안 양장점에서 받은 계산서가 지금 내 영수증철에 있으니까 말입니다."

"실례지만 그런 것은 아무런 증명이 되지 않습니다. 우리와 같은 일을 하고 있자면 매일 같이 부딪치는데, 양장점이라는 곳에는 어떤 교활한 버릇이 있어서 말입니다. 유부녀가 신청을 하면 양장점에서는 두 가지 계산서를 만들어 주기도 합니다. 한 장은 남편이 보고 지급하는 계산서, 다른 한 장은 비밀 계산서인데, 나머지 금액은 모두 거기에 적혀 있으며, 부인들이 경제적으로 여유가 있을 때 조금씩 나누어서 남편 몰래 지급하는 것입니다. 우리의 평소 경험에 따르면, 그렇게 조금씩 나누어서 몰래 지급하는 돈은 대개의 경우 가계비를 아끼고 쪼개어서 겨우 마련하는 것 같더군요. 그러나 당신 부인의 경우엔 그 돈을 내지 않았지요. 그러자 양장점에서는 소송하겠다고 위협하는데다가 당신이 재정적으로 파탄지경에 이른 사실을 알고 있는 부인은 이러지도 저러지도 못하게 되었어요. 그래서 당신 몰래 꺼낸 돈 상자에서 비밀 계산서에 적힌 금액을 지급했다는 말입니다."

"그런 말은 믿을 수 없어." 그는 이어서 말했습니다. "당신이 입에 담는 말은 모두 나와 아내에 대한 지나친 모욕이라구요."

"당신이 남자라면," 저는 시간과 말을 아끼기 위해 그의 말을 가로막았습니다. "조금 전에 말씀하신 계산서를 영수증철에서 떼 내어 지금 곧 나와 함께 부인이 거래하는 양장점에 가 봅시다."

야트먼 씨는 이 말을 듣자 얼굴이 새빨개져 곧 그 계산서를 떼어내더니 모자를 썼습니다. 저는 지갑에서 도난당한 자기앞 수표의 번호를 적은 종이를 꺼내고 곧 그와 함께 집에서 나왔습니다.

그 양장점에 다다르자 예상한 대로 웨스트 엔드에 있는 사치스런 가게였습니다. 저는 중요한 문제로 내밀히 마담을 만나고 싶다고 청했습니다. 제가 이런 미묘한 문제를 조사하기 위해 마담을 만난 것은 이번이 처음이 아닙니다. 마담은 저를 보자 곧 주인을 부르러 보냈습니다. 저는 야트먼 씨를 소개하고 찾아온 까닭을 말했습니다.

"틀림없이 개인적인 문제겠지요?" 주인이 물었습니다. 저는 고개를 끄덕였습니다.

"그리고 여기서만의 이야기겠지요?" 마담이 물었습니다. 저는 다시 고개를 끄덕였습니다.

"부장 형사님께 장부를 잠깐 보여 드리려는데, 당신, 이의는 없겠소?" 주인이 마담에게 말했습니다.

"당신이 좋다고 생각하신다면 조금도 상관없어요." 마담이 말했습니다. 그 동안 가엾은 야트먼 씨는 우리의 신중한 의논과는 전혀 어울리지 않는 놀라움과 침통한 얼굴을 하고 있었습니다. 장부를 가지고 왔습니다. 야트먼 부인의 이름이 적혀 있는 페이지를 얼마 동안 훑어보자, 제가 조금 전에 한 말이 하나도 거짓이 아님이 충분하게, 아니 지나치게 충분할 정도로 증명되었습니다.

하나의 장부에는 이미 야트먼 씨가 지급한 금액이 적혀 있었습니다. 그리고 다른 하나의 장부에는 비밀 금액이 적혀 있고, 이것도 지급이 끝나 있었습니다. 지급 날짜는 돈 상자가 없어진 다음날이었습니다. 이 장부에 따르면 비밀 금액은 1백 75파운드 몇 실링인가 되며, 3년 동안 걸친 것이었습니다. 분할금은 한 번도 지급되지 않았습니다. 맨 끝 줄 아래에 다음과 같은 말이 적혀 있었습니다——'독촉 3회째, 6월 23일'.

저는 이것을 가리키며 마담에게 물었습니다.

"이것은 '올해 6월'을 뜻하는가요?"

역시 그것은 올해 6월을 뜻하는 것이었고, 마담은 독촉장에다 법률적인 수속을 밟겠다고 덧붙인 것을 깊이 후회하고 있었습니다.

"댁의 가게에서는 좋은 단골이라면 3년 동안의 외상 판매는 할 줄 알았는데요?"

그러자 마담은 야트먼 씨를 언뜻 보고는 제 귓전에 대고 속삭였습니다.

"주인의 주머니 사정이 나쁘지 않을 적에는요."

마담은 이렇게 말하면서 계산서를 가리켰습니다. 야트먼 씨의 재정이 기울어진 뒤의 비용도, 그 전 해와 다름없이 야트먼 부인의 형편으로서는 터무니없는 금액이었습니다. 다른 데서 절약하는지는 모르지만 옷에 관해서라면 말할 수 없는 금액이었습니다.

그 다음은 형식적으로 현금 출납부를 조사하는 일밖에 남아 있지 않았습니다. 돈은 자기앞 수표로 지급되었으며, 그 금액이나 번호는 제가 적어 가지고 간 것과 정확하게 일치했습니다.

조사가 끝나자, 저는 곧 야트먼 씨를 가게에서 데리고 나가는 것이 가장 좋겠다고 생각했습니다. 저는 야트먼 씨가 보기만 해도 가엾은 상태여서 마차를 불러 집까지 데리고 갔습니다. 처음에는 아이처럼 울부짖었는데, 이윽고 제 위로에 조용해졌습니다. 그리고 그의 명예를 위해 덧붙여 두건대, 그는 마차가 집 앞에 닿을 때, 조금 전에 한 말에 대해 정중히 사과했습니다. 저는 그 답례로 오늘 이후로 부인과의 사이를 원만히 해결해 나가는 방법에 대해 도움말을 주려고 생각했습니다. 그런데 그는 저에게는 거의 주의도 않고, 이혼이라는 말을 중얼거리면서 혼자 2층으로 올라갔습니다. 야트먼 부인이 이 난국을 잘 타개해 나갈지 어떨지 불안한 생각이 듭니다. 아마 히스테리를 일으켜 아우성치고, 가엾은 남편을 겁내게 해서 결국엔 용서받으리라고 생각합니다. 그러나 그런 문제는 우리가 이러쿵저러쿵할 바는 아닙니다. 우리가 관계하는 한 사건은 이로써 끝맺었습니다. 그리고 이 보고도 그것과 함께 결론에 이르렀다고 보아야 할 것입니다.

토머스 밸머

추신——레저포드 거리를 떠날 때, 짐을 정리하기 위해 돌아오는 매시 셔핀을 만났습니다.

"어때요?" 셔핀은 아주 기분이 좋아 두 손을 비비면서 말했습니다. "지금 막 잭의 별장식 주택에 갔다왔는데, 제가 찾아온 까닭을 이야기하자마자 그 집 사람이 갑자기 나를 내동댕이쳐서 쫓아냈어요. 폭행 사실을 목격한 증인도 두 사람이나 있습니다. 이것이 문제가 되면 1백 파운드는 된다구요."

"그건 축하하네."

"고맙소. 그건 그렇고, 범인을 찾아내어 나도 당신에게 축하한다고 말해 줄 수 있는 때가 언제쯤 될까요?"

"언제라도 좋아. 범인은 이미 밝혀졌으니까 말이야."

"생각했던 대로군요. 일은 모두 내가 처리하고, 당신은 막판에 끼어들어 혼자 공훈을 차지하는군요. 물론 범인은 제이 씨겠지요?"

"자네가 잘못 짚었어."

"그럼 누굽니까?"

"야트먼 부인에게 물어 봐. 자네에게 뭔가 할 이야기가 있어서 기다리고 있어."

"알았습니다. 나도 당신에게서 듣느니 아름다운 부인에게서 듣는 게 훨씬 기분이 좋으니까요."

그는 서둘러 집 안으로 들어갔습니다. 이것을 어떻게 생각하십니까, 식스턴 경감님? 셔핀처럼 되고 싶으십니까? 저는 딱 질색입니다!

식스턴 경감으로부터 매시 셔핀에게

7월 12일

삼가 아룁니다——밸머 부장 형사로부터 이 다음에 따로 통지가 있을 때까지 출근할 필요가 없다는 말은 이미 들으신 줄로 생각합니다. 여기에 제 직권으로서, 귀하가 형사과의 일원으로 근무하실 수 없음을 분명히 말씀드립니다. 이 편지가 경찰국으로부터의 정식 해고 통지에 갈음한다고 생각하시기 바랍니다.

개인적으로 알려드립니다만, 해고했다고는 하더라도 귀하의 인격에 어두운 그림자를 던질 뜻은 없으며, 다만 귀하가 우리의 직업에 알맞지 않다는 것을 뜻할 뿐입니다. 만약 우리 과에서 사람을 새로 뽑아야 한다면, 우리는 야트먼 부인을 당신과 비교가 안 될 만큼 적임자로 생각할 것입니다.

귀하의 유순한 하인
프란시스 식스턴

앞에 실은 왕복 편지들에 관해 식스턴 씨가 더 써 보탠 각서

나는 앞에 실은 왕복 편지들의 마지막 한 통에 대해 어떤 중요한 설명을 보충할 처지는 아니다. 매시 셔핀은 밸머 부장 형사와 밖에서 만난 다음, 닷새 뒤에 레저포드 거리의 그 집에서 떠난 사실이 밝혀 졌다. 그의 태도에서 공포와 경악의 표정을 뚜렷이 읽을 수 있었는데, 얼굴에는 여성의 손바닥으로 뺨을 맞은 듯한, 선명하게 붉은 반점이 남아 있었다. 그리고 그가 야트먼 부인의 일에 관해 퍼부은 심한 욕설을 점원이 들었으며, 거리 모퉁이를 돌아갈 때 주먹을 불끈 쥐고 있는 모습을 목격했다. 그 뒤 그의 소식은 알 수 없었다. 아마 지방 경찰서에라도 가, 그 귀중한 근무 태도를 잘 선전해서 팔 목적으로 런던을 떠나지나 않았을까?

야트먼 씨 부부의 흥미있는 가정 문제에 대해서는 그 이상은 알 수 없다. 그러나 야트먼 씨가 양장점에서 돌아간 날, 주치의가 급히 불려간 사실을 확인할 수 있었다. 그리고 얼마 안 되어 가까운 곳에 있는 약국에선 야트먼 부인을 위해 진정제 처방을 해주었다. 야트먼 씨는 그 이튿날 같은 약국에서 각성제를 사갔고, 또한 순회 도서관에 나타나 여자 환자에게 위로가 될 만한, 상류 생활을 그린 소설을 빌려 갔다. 이러한 사정에서 추측해 보면, 그는 적어도 부인의 과민한 신경 조직이 현재 상태에 있는 한은, 이혼이라는 으름장을 실행에 옮기는 일이 바람직하지 않다고 생각한 듯하다(이것은 가설이다).

3대 도서미스터리 걸작

《백모살인사건(The Murder of My Aunt)》은 리처드 헐(Richard Hull)이 플랜시스 아일즈의《살의(殺意)》를 읽고서 깊은 감동을 느껴 자신도 한 번 미스터리를 써보겠다는 결심 아래 붓을 들어 완성해 낸 처녀작이다.

지은이 스스로도 자신이 좋아하는 1인칭 소설 수법을 사용했다고 말하고 있듯이 이 작품은 1인칭 형식이다. 더욱이 도서(倒敍) 형식 (범인의 입장에서 모든 상황을 서술해 나가는 미스터리소설의 한 형식)이기 때문에 '범인 자신의 수기'라는 체재를 취하고 있다. 확실히 이 수기는 범죄 계획과 그 실행 방법을 생생하게 재현하고 있을 뿐만 아니라, 소심하고 나약한 젊은이의 성격이며 사고 방식을 묘사해 내는 데 아주 효과적이었다.

백모 입장에서 보면 주인공은 언제나 자신의 안락함만을 추구하고 어떻게 하면 맛있는 음식을 더 먹을 수 있을까만 생각하는 탐욕스러운 뚱뚱보 게으름뱅이에 지나지 않는다. 할아버지는 음주에 관련된 어떤 사건을 일으킨 적이 있고, 부모의 비극적인 죽음에 이르러서는 수수께끼에 싸인 채 자세히 이야기되지 않고 있다. 이것은 아마도 할아버지로부터의 유전적인 소질을 암시하고 있는 것인지도 모른다. 그리고 백모도 어린 시절부터 감당할 수 없으리만큼 다루기 힘들었던 그의 성격을 회상하고 있다.

그런데 이 수기에 나타나 있는 백모 살해 계획을 세우던 무렵에는, 비록 게으르기는 하지만 가는 학교마다 쫓겨나고 난폭한 행동을 했다는 데 대해서는 전혀 쓰지 않았다. 그뿐 아니라 깊이 사귀는 여자 친구도 없으며, 프랑스 소설을 즐겨 읽고, 멋부리는 취미가 있는 선량한 게으름뱅이로 그려져 있다. 그리고 자기 집안의 전통을 자랑으로 여기는 백모의 입장에서 보면 그를 기생충처럼 산다고 여길지 모르지만, 그녀도 나중에 반성하고 있듯이 너무 지나치도록 엄격하게 구속한 점이 문제였는지도 모른다.

아무튼 학문도 교양도 없고, 게으른 주인공이 피흘리는 것을 몹시 싫어하여서 직접 행동으로 나가지 않고 증거가 남지 않는 완전범죄를 꾸미는 것이므로, 저절로 익살스런 분위기가 감돌게 된다. 더욱이 상대방은 말 뒤에 숨은 뜻을 아주 잘 꿰뚫어보는 백모인 것이다. 그 허허실실(虛虛實實)의 목숨을 건 투쟁이 아주 잔인하고 혹독하면서도 교묘한 웃음을 자아내어 읽는 이는 누구나 재미를 느끼게 된다.

또한 이 수기가 자기 변호에 급급해 있기는 하지만, 뒤에 덧붙여진 백모의 기록과 비교해 볼 때 그에게 한 가닥 동정을 느끼게 하는 일종의 멍청함이 있어 살벌함은 느껴지지 않는다. 일하기 싫어하고, 다른 사람을 위해서는 손 하나 까딱하지 않으며, 계속되는 실패에도 줄곧 살해를 꾀하는 분별없는 악인의 그 속을 들여다보이는 행동 하나하나가 오히려 표현할 수 없는 감동을 안겨주기까지 한다. 그리고 마지막에는 뜻밖의 결말을 덧붙여 도서 추리의 형식을 취하면서 지은이는 거기서 한 걸음 더 나아가 새로운 개척을 시도하고 있다. 따라서 도서 미스터리소설 중에서도 실로 아주 독특한 작품이라고 할 수 있으리라.

지은이 리처드 헐은 본디 이름이 리처드 헨리 샘프슨으로, 1896년 런던에서 태어났으며, 헐은 어머니 쪽 성을 따서 필명으로 삼은 것이었다. 그는 래그비 스쿨을 졸업하고 그 학교에서 주는 수학 장학금을 받았다. 그리하여 케임브리지 대학의 트리니티 칼리지에 입학하려고 했으나, 제1차 세계대전이 일어나는 바람에 18살이 되던 생일에 소집되었다. 그는 육군에 입대하여 처음에는 보병대대, 나중에는 기관총대대에서 3년쯤 프랑스에 주둔했다.

전쟁이 끝나자 제대를 하고 회계사무소에서 몇 해 동안 일한 다음 회계사로 독립하여 사무소를 열었다. 사무소에는 늘 일이 많고 번창했으나 그의 마음은 언제나 우울하기만 했다. 그런데 때마침 아일즈의 《살의》가 간행되어 그의 창작욕을 자극했다. 그리하여 그는 작가가 될 결심을 하고 자기 자신도 도서추리 형식에 의한 장편소설을 써보았다. 그것이 바로 《백모살인사건》인 것이다.

이 작품에는 프랑스에서의 주둔 생활의 체험과 회계사라는 직업에서 얻은 지식이 넘치도록 가득 담겨 있다. 또한 《살의》에 자극되어 그 스타일을 본받고 있을 뿐만 아니라, 다분히 심리적 미스터리인 동시에 미스터리 기교에도 능숙하다고 할 것이다.

그는 1939년에 국민 의용군대대에 다시 입대하여 해외 주둔 생활을 시작했지만 건강에 문제가 생겨 그 이듬해 제대하였다. 그리고 제대와 함께 해군성의 국가 계약 경비를 조사하는 경리 사무를 맡아보게 되었다. 이 일을 꽤 오랫동안 계속하면서 여가가 나는 틈틈이 소설을 써서 20여 권이 넘는 장편을 완성해 냈다.

헐은 다음과 같이 말하고 있다.

"언제나 훌륭한 인물이 소설의 주인공이 되고 있으며, 그것은 그런 인물에 대해 쓰는 작가가 많고 재미도 있기 때문이다. "

그는 또 1인칭 소설 수법을 즐겨쓰고 있는데, 겁 많은 소악당이나 비열한 사람의 성격과 심리에 흥미를 가진 헐의 작품은 지은이 스스로의 의견으로도 본격 미스터리는 아니라고 말하며, 1인칭으로 씌어진 악의를 품은 인물의 예리한 심리분석이 그 특징이라고 할 수 있을 것이다. 그리고 기묘하게도 그러한 비열한 사람의 이름을 자신의 본명인 리처드 헨리 샘프슨으로 작품을 쓴 일도 있어서 이 자기학대적 수법이 읽는이에게 묘한 착각을 안겨주기도 했다. 그것이 저작에 얼마나 큰 도움이 되었는지는 알 수 없지만.

아무튼 이 《백모살인사건》을 가리켜 비평가 헤이클래프트는 도서 미스터리소설의 고전이며 걸작이라고 평했으며, 이에 찬동하는 사람도 많다. 물론 아일즈의 《살의》와 크로프츠의 《크로이든 발 12시 30분》과 《백모살인사건》이 '3대 도서미스터리소설'이라고 불리는 것이 정설이긴 하지만, 헐의 작품은 심리투쟁의 범죄심리소설이라고 할 만한 것으로 결말도 심리적으로 납득되지 않는 점이 있으므로 아일즈나 크로프츠의 작품과 나란히 일컫기에는 좀 무리가 있을 듯하다.

〈선데이 타임스〉지의 세계 미스터리소설 베스트 99(1959년)는 영국·미국·이탈리아의 전문가와 15명의 팬 투표에 의하여 선정된 것인데, 헐의 《백모살인사건》이 이 가운데 들어 있다는 것을 끝으로 덧붙여두고 싶다.

《은가면(The Silver Mask)》을 쓴 휴 월폴(Hugh Walpole)은 1884년 뉴질랜드에서 목사의 아들로 태어나 케임브리지에서 공부했으며, 영국 소설의 전통을 고수하여 광범위한 독자층을 확보했다. 그는 영국 독서협회 회장을 역임하고, 조지 5세의 즉위식에서 나이트의 칭호를 받았다.

그의 대표작은 《불굴(不屈, 1913)》, 《대성당(1992)》, 《니콜라스 선장(1934)》 등이고, 평론으로서는 《조셉 콘라드(1916)》, 《영문 소설, 그 전개상의 몇몇 고찰(1925)》 등이 유명하다.

《은가면(1933)》은 발표 무렵부터 평이 좋아 뒷날 브로드웨이의 무대에서 《친절한 부인(Kind Lady)》이란 이름으로 상연되었다. 친절과 순진함의 이면에 있는 잔인성을 리얼하게 묘사한 착상이 특이하다. 이른바 '기묘한 맛'을 풍기는 이색적인 미스터리 단편으로서, 서서히 독자의 전율을 자아내는 과정의 기교가 뛰어난 작품이다.

《사람이 오만하면(The Biter Bit)》의 작가 윌키 콜린스(Wilkie Collins, 1828~1889)는 영국 미스터리소설의 시조로서 문학에 뜻을 품은 것은 26세 때인데, 처음에는 역사 소설에 손을 댔으나 인정을 받지 못했다. 그는 문호 디킨즈를 알게 되어 그의 격려로 주간 문예지에 스릴과 서스펜스 위주의 소설을 기고했다.

그의 대표 장편은 《흰 옷의 여인(1860)》과 《월장석(The Moon Stone, 1868)》으로서, 포에서 도일로 이어지는 교량 역할을 해 준 불멸의 작품들이다. 《월장석》은 트릭과 구성과 의외성으로 뛰어난 작품인데, T.S. 엘리엇은 이 작품을 '가장 빨리 씌어진 가장 길고 가장 뛰어난 소설'이라고 격찬했다.

《사람이 오만하면(1860)》은 콜린스의 단편 가운데 최대 걸작으로서, 작품 속에 있는 통렬한 풍자는 백 년이 지난 오늘날에도 생생하다. 단편집 《하트의 여왕(1860)》에 실린 이 작품은 여러 앤솔러지에 수록되어 있다.